법치주의여,

어디로 가시나이까

법치주의여, 어디로 가시나이까

2018년 5월 15일 초판 1쇄 펴냄

펴낸곳 도서출판 **삼인**

지은이 한승헌
펴낸이 신길순

등록 1996.9.16 제25100-2012-000046호
주소 03716 서울시 서대문구 연희로 5길 82(연희동 2층)

전화 (02) 322-1845
팩스 (02) 322-1846
전자우편 saminbooks@naver.com

디자인 디자인 지폴리
인쇄 수이북스
제책 은정제책

ISBN 978-89-6436-141-2 03810

값 16,000원

법치주의여,
어디로 가시나이까

한승헌

삼인

한승헌

韓勝憲

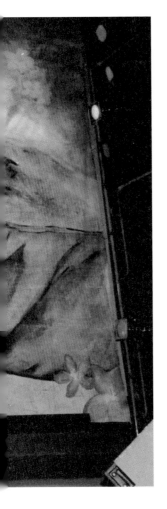

"

이 실록이 지난 한 시대의 아픔과
권력의 무도함 그리고 그런 불행으로부터
주권자와 민주주의를 지켜주었어야 할
사법부의 실체를 구체적으로 점검해보는
임상보고서가 되었으면 한다.

"

韓勝憲先生の
『分斷時代の法廷』
出版を祝う集い

한승헌 전 감사원장 직원 청렴교육

· 증언

인권변호사
한승헌 초청강연회

한국의 사법, 그 60년의 궤적

일시 : 2010년 4월 9일(금요일) 오후 7시
장소 : 진주산업대학교 산학협력관 강당

식대운동 기념사업회

서울신학대학교
개교 100주년 기념
제7기 인문학 강좌

2013.9.12 ~ 11.28

1부 매주 목요일 오전 10:40~12:00 2부 매주 수요일 오후 8:00~9:00

特定非営利活動法人(NPO法人)
刑事司法及び少年司法に関する教育・学術研究推進センター

参加無料
予約不要

第2回講演会
「**韓国の司法と日本の司法**」

日時 2014年12月21日(日)
12:30開催・13:00開演

会場 全水道会館 4階大会議室
東京都文京区本郷1-4-1

開会挨拶
第1部 講演 **韓国の国民参与裁判の現状と展望**

韓 勝憲 氏
弁護士、韓国司法制度改革推進委員会委員

韓 寅燮 氏
ソウル大学校法学専門大学院教授・弁護士…
大法院司法改革委員、参与連帯司法監視センター長

第2部 授賞式 「第2回守屋賞」「第1回守屋研究奨励賞」授賞式
第3部 対談 **刑事司法の可視化**

国防 正行 氏

제1회 고려대학교 사회인문학포럼 개최

한승헌 변호사와 함께 하는
법치와 정의, 대한민국을 진단하다

일시 : 2014년 8월 26일 화요일 오후 4시
장소 : 고려대학교 백주년기념관 국제원격회의실
주최 : 고려대학교 문과대학한국학연구소
주관 : 고려대학교 문과대학, 고려대학교 일본연구센터

고려대학교 문과대학한국학연구소

松正司件と正木ひろし特別企画
―両国の視点から―

正木 ひろし(弁護士 1896-1975年)

主催 龍谷大学矯正・保護研究センター

제1회 고려대학교 사회인문학포럼 개최

한승헌 변호사와 함께 하는
**법치와 정의,
대한민국을 진단하다**

일시 : 2014년 8월 26일 화요일 오후 4시
장소 : 고려대학교 100주년 기념관 국제원격회의실

법지수의에 내한 오네찌 힘인 사이에서

이 책에는 제가 했던 강연, 강의, 인터뷰, 대담 등의 내용이 실려 있습니다. 저작권법상의 용어를 빌리자면, 어문語文저작물 중에서 '어語'에 방점을 찍어야 되는 '말'로 표현되었던 것이어서, 거기에 담긴 감성과 생동감이 나름대로의 자력磁力이 될 수도 있지 않을까, 이런 생각도 했습니다.

두루 아시는 대로 강연, 대담, 방송 등에서는 주최자나 질문자 측이 제시하는 주제나 질문에 상응한 말을 하게 되는데, 저는 변호사인지라, 아무래도 사법 내지 법치에 관련된 출제가 많았지만, 그밖에도 시사성이 큰 정치 사회 문화 등 여러 분야의 중요한 이슈에 대해서도 거론할 기회가 많았습니다.

그런데, 우리는 과거사를 너무 쉽게 잊는 편이 아닌가 싶습니다. 좀 더 부연하자면, 개인사는 두고두고 기억하면서도, 정작 나라와 공동체에 큰 의미가 있는 사건이나 인물들에 대해서는 의외에도 기억의 시효가 짧은 것 같습니다. 하지만, 바이츠제커 전 독일 대통령의 말처럼, 과거사에 눈을 감는 사람은 현재의 일에도 맹목일 수밖에 없습니다. 하물며 미래를 말함에 있어서는 더 말할 나위가 없습니다.

그래서 저는 기회 있을 적마다 '국민들의 망각을 방지할 의무'가 지식인들에게 있음을 역설해 왔습니다. '기억 투쟁'이란 말도 같은 뜻을 환기시켜 주는 압축미가 있어서 마음에 들었습니다. 그리고 이 책을 내는 데도 그러한 '망각 방지'와 '기억 투쟁'이란 명분이 작용했다는 점을 첨언해 두고자 합니다.

저는 올해로 정확히 60년 동안을 법조인으로 살아오면서 이 나라의 법치주의의 명암을 최전방에서 체험해 왔습니다. 그러면서 적지 않은 발언도 하고 글도 써 왔지만, 그 밑천은 대부분 법조계의 야전군으로서 터득한 체험에서 나온 것들이었습니다. 거기에서 보고 듣고 체험한 한국의 법치주의는 상처투성이의 안쓰러움을 안겨주었습니다. 요즘 말로 '기울어진 운동장'이자 청산되어야 할 '적폐'가 거기에도 있었습니다.

먼저, 국민들로부터 입법권을 위임받은 국회의원들의 행태를 보면, 국민의 대표자다운 애국심과 자질을 의심하기에 족한 사례가 허다했고, 비리와 독선으로 얼룩진 행정부의 체질 또한 국민의 눈높이를 한참 밑돌고 있는 현실입니다.

그러면, 법치의 마지막 담보 또는 보루라 할 사법부를 두고 말하더라도, 박정희 독재정권의 유신 치하와 그에 뒤이은 군사정권 시절에 보여준 망신스러움은 돌이킬 수 없는 치욕이었습니다. 국민들이 힘겹게 싸워서 탄생시킨 민주정부의 출현으로 그 증세가 한때 바로잡히는가 했으나, 그것은 사법부 자신의 힘이 아닌, 법원이 '죄인'이라고 낙인찍은 피고인들의 투쟁과 희생으로 쟁취한 민주화 즉 권력 간섭 배제의 반사적 현상이었습니다. 그 후 '이명박근혜 정권'의 역주행에 휩쓸려 외풍보다 무서운 내풍內風까지 일으키면서 사법부는 굴절의 그림자를 다시 드러내고 말았습니다. 특히 사법부 수장의 내통성 대응이 더욱 의혹을 키웠으니, 지금 진행 중인 법원의 자체 개혁을 좀 더 지켜보는 수밖에 없습니다.

가장 큰 문제는 법치주의의 본질 내지 지향점에 대한 오해에 있습니다. 적어도 근대적 의미의 법치주의라면, 그것은 국민에 대한 치자治者의 하향적 준법 명령보다는, 치자도 법의 제약을 받아야 한다는 상향적 견제를 본질로 하는 것입니다. 그런데도 위와 같은 상향성과 하향성이 뒤바뀌어 마땅히 선행되어야 할 치자 준법의 일탈은 제쳐놓고 피치자의 준법만 강요되는 전도轉倒현상을 드러냈습니다. 이처럼 이 나라의 법치가 정의와 민주주의를 지향하는 정도正道를 상습적으로 벗어나는 현실을 보면서 우리 국민들은 "도대체 누구를 위한 법치주의인가?"라는 강한 의문과 부딪치게 되었습니다. 『법치주의여, 어디로 가시나이까』라는 이 책의 제호도 그런 개탄과 맥을 같이하는 절실한 염원에서 나온 작명입니다.

이 책에는 우리가 풀어나가야 할 문제의 해답이 있는 것이 아니라, 그 해답을 마련하는 데 필요한 '과거의 기억'들이 주류를 이루고 있습니다. 그러기에 논리적 완결성이나 학문적 정립과는 거리가 있음을 자인합니다. 또한 강연, 대담, 방송, 인터뷰에서 저는 서버 아닌 리시버의 입장이었으므로 주제나 내용에서 유사 내지 중복되는 부분이 있는 점도 이해해 주시기를 바랍니다.

　이 책의 간행을 맡아준 '삼인'은 몇 해 전 제가 간행위원장을 맡았던『김대중 자서전』을 낸 양서의 산실인데다가 이번에 다시금 좋은 인연을 더하게 되어 기쁘고 감사하게 생각합니다. 홍승권 부대표님과 김도언 주간님의 배려로 이처럼 좋은 모습으로 책이 나오게 된 데 대하여 깊은 사의를 표합니다.

2018년 4월 27일
역사적인 남북정상회담이 열리는 날
한승헌

차례

3장 법을 통한 정의 실현의 문제

4장 법조인생의 뒤안길

1장

한국의 법치주의와 국가권력

국가의 허상과 주권자의 민낯

— 저들만의 나라에서 우리 모두의 나라로

역사의 격랑에 떠밀린 한 법조인의 시계視界

'국가란 무엇인가'. 이런 물음이 기대하는 격조 높은 논의는 내가 감히 거론할 주제는 아니다. 그런데, '국가에 대한 거창한 담론이나 이론을 다시 잡지에 펼칠 생각은 없고, 세대와 경험한 역사가 다른 개인들이 자신의 이야기로 풀어내는 나름대로의 역사를 담아내고 싶다.'는 편집자의 두 번째 메일이 나를 '번의' 쪽으로 유도하고 말았다.

나는 어느덧 '8학년'이 되었다. 태어나서 지금까지 그야말로 숨 가쁘게 변화하는 세상을 살아왔다. 일제 지배하의 식민지 조선, 8.15 해방, 남북분단, 6.25전쟁, 이승만의 장기 독재, 4.19혁명, 5.16 쿠데타, 박정희 유신 지배, 광주의 유혈 항쟁, 전두환 노태우의 반란 정권, 6월 민주항쟁, 김영삼 정부와 IMF, 김대중 정부와 6.15 남북공동선언, 노무현 정부의 빛과 그림자, 그리고 최근 들어서 이명박, 박근혜 정권의 잇따른 출현, 거기에 세월호의 아픔까지, 해방 70년의 궤적은 격동이란 말로도 모자랄 역사의 과속 질주였다.

거기에다 나는 법조인으로서 공직도 거쳤고, 험난한 야인생활도 했는가 하면, 두 번에 걸친 감옥살이를 하면서 '무상급식'의 혜택도 입은 사람이다. 나름대로 역사의 모퉁이와 한 복판을 두루 겪다 보니, 한 민초로서, 법조인으로서, 지식인으로서, 나라를 보는 내 시각이 그리 단순할 수는 없었다. 그 모든 것을 제한된 지면에 다 담아낼 수는 없는 일이기에, 여기서는 주로 법조인의 입장과 경험에서 우러난 이야기를 정리해 보고자 한다.

분단 독재와 반공 탄압의 '묻지마 유죄' 속에서

지난날 내가 변호했던《민중교육》지 사건에서 말문을 찾아볼까 한다.

《민중교육》은 당시 실천문학사에서 발행하던 부정기간행물(무크지)이었는데, 1985년 여름호가 탄압의 덫에 걸렸다. 거기에 실린 두 편의 글, 즉 시인이기도 한 김진경, 윤재철 두 교사의 글이 '반국가단체인 북한공산집단의 선전활동에 동조하여 북괴를 이롭게 했다.'는 것이었다. 이 사건으로 두 필자와 실천문학사 편집장 송기원(작가), 이렇게 세 사람이 구속 기소되었는데, 수사가 시작되기도 전에 문교부(지금의 교육부)에서는《민중교육》지의 내용이 '용공 반미를 선동하고 계급의식을 부추기는 불온출판물'이라는 보도자료를 내놓은 터였다. 이에 대하여 피고인들은 자신들의 글은 분단극복과 교육의 민주화를 염원하는 글이라고 항변했다.

첫 공판 벽두에 검사가 송기원 피고인에게 물었다.

"피고인은 북한공산집단이 적화통일을 대남전략으로 하는 반국가단체라는 사실을 아는가?" 이런 질문에 대해서는 공소사실을 극구 부인하는 강성 피고인도 모두 "예" 하고 넘어간다. 그런데 송기원은 뜻밖의 답으로 맞섰다. "모릅니다." "아니, 북괴의 대남적화전략도 모른다고?" 검사는 당혹스러운 어조로 반문했다. "북한의 신문을 읽을 수도 없고, 방송 청취도 금지되어 있는데 제가 무슨 수로 북한의 대남전략을 알수가 있단 말입니까?" 검사도 아주 물러설 수는 없다는 듯이 "구체적인 것까지는 모른다고 치더라도 대략적인 것은 알지 않는가?" 검사의 집요한 물음에 송기원은 귀찮다는 듯이 "대략적인 것은 좀 압니다." 그러자 검사, "아니, 그럼 대략적인 것은 어떻게 알게 되었는가?" 송기원은 머뭇거리다가 입을 열었다. "예비군 훈련 가서 들었습니다." 분노보다 뜨거운 냉소에 장내는 폭소로 넘쳐났다. 그 사건 재판은 '묻지마 유죄'로 끝났다.

정권이 국가와 동일시되는 법치 현실의 모순

민주화를 주장해도 용공으로 몰아 잡아넣고 징역 보내던 정권의 민낯이 드러나는 실황이었다. 조국의 분단, 남북의 반목을 빌미로 한 독재와 탄압, 저항과 수난의 연속, 이런 일련의 과정 속에서 우리는 과연 국가(또는 나라)는 무엇인가를 묻고 따져보지 않을 수가 없었다. 비판세력 내지 국민을 억누르기 위한 명분으로 용공을 들먹이는 데서 지배자의 실체는 역연했다. 이 사건에서도 피고인 두 사람의 가정환경이 빈곤하여 현실에 대한 불만이 커졌다며, '가난-불만-현실 비판-계급의식-용공'이라는 도식을 공소장에 올려놓기를 서슴지 않았다. 가난하면 용공이 된다는 이 억지야 말로 계급의식의 발로였다. 더구나 사법부의 독립까지 흐려졌기에 재판이 국민에 대한 보장기능보다는 억압기능에 이바지하는 사례가 흔해졌다.

그러니까, 적어도 내가 변호한 시국사건의 법정 안팎에서 본 '국가'는 억압구조로 군림하는 압제적 권력 그 자체였다. 굳이 따지자면, 가해자는 집권세력이지 국가 자체는 아니라고 할지 몰라도, 국가기관 또는 그 종사자의 소행을 국가 자체의 그것과 구분하는 것은 관념론일 뿐, 현실에선 그게 그것이다. 정부 방침은 곧 국책으로 통하는 것과 마찬가지다.

의제議題와 용어조차 권력이 독점하려는 치졸함도 보여주었다. '평화통일'도 국민이 외치면 범죄가 되고, 권력자가 입에 올리면 영단英斷이 되었다. '사회권적 기본권'이나 '배분적 정의'를 강조하면 용공이라면서, 저들은 필요에 따라서 그 말을 써먹곤 해서 국민들을 헷갈리게 했다. 이러다 보니 국가는 이중 전략으로 자기 위장을 하고 국민 위에 군림하는 권력 덩어리로 불신을 받게 되었다.

단락과 청산이 없는 역사를 되풀이해서야

우리 국민이 바라는 국가(또는 나라)는 결코 그런 공격적 지배주체가 아니라 우리가 의지할 수 있는 사랑의 처음이자 마지막인 엄부자모嚴父慈母 같은 수호자였다. 그러기에 일본 식민지 치하에서 우리 동포는 의지할 데가 없는 고아였고, '나라'는 망국의 한으로 얼룩진 민족의 애절한 그리움 그 자체였던 것이다.

그 암흑의 시기에 한 쪽에서는 독립운동가와 애국지사가 있는가 하

면, 다른 한 쪽에서는 친일 매국의 부류들이 있었다. 1945년의 8.15해
방은 민족정기의 복원이어야 했고, 새로운 광복이어야 했다. 그러나 우
리의 역사에는 년력㈽에 떤… 지…이 없었다. 망국의 통한을 삼키며
조국을 위해 몸 바친 애국지사들은 일제하의 친일세력에 밀려 가난과
무력감에 쇠잔해져 갔는가 하면, 일본 강점기에 발호하던 반민족적 부
류들이 기득권층을 형성하여 권세와 부를 거머쥐는 세상이 되었다. 그
러나 남한 단독정부의 출현에 우려와 반대를 내세운 가운데서도 '대한
민국의 주권은 국민에게 있고, 모든 권력은 국민으로부터 나온다.'라는
헌법 첫머리의 그 한 줄에 감격도 하고 희망을 걸은 것도 사실이었다.
하지만 그 티 없는 민족의 염원을 짓밟는 독재자의 장기 집권 아래서
민족의 꿈은 산산이 부서졌다. 이승만은 헌법과 선거를 자기 집권에 유
리한 대로 바꾸어 나갔고, 반민특위를 와해시켰다. 6.25가 터지자 그는
서울 사수死守의 거짓말 방송을 해놓고 몰래 서울을 빠져나갔다. 군경에
의해서 엄청난 인명이 살상되었으며, 많은 동족이 빨갱이로 몰려 갇히
거나 목숨을 잃었다. 진보당 사건에서 보듯이 재판극으로 정적을 죽이
는 수법도 서슴지 않았다.

역사의 역주행 막지 못한 책임, 남 탓으로만

그런 시기에 '대한민국'이라는 나라는 민주공화국이었을까? 국민은
나라의 주인이었을까? 공포와 억압이 지배에 공헌하는 세상, 거기에
나라니 국가니 하는 허울은 불의와 허위로 범벅이 되어버렸고, 국민은
주권자 아닌 지배와 수탈의 객체로 전락했다.

육군 소장 두 사람이 '5.16'과 '5.18'에서 연달아 무력으로 국권을 찬

탈하고 대통령이 된 그런 세상에 나라나 국가에 무슨 정통성이 있으며, 무슨 합헌성이 있었단 말인가.

국민들은 정치적 허무주의와 내란 정권 아래서 국가의 존엄성 따위에는 신경을 끄고 살아야 했다. 불의한 권력을 대하는 데도 두 가지 입장이 극명하게 갈렸다. 거기에 박수치고 편승하는 부류와 분노하고 저항하는 세력이었다. 하지만 '이런들 어떠하며 저런들 어떠하리'도 어쩔 수 없는 처세의 한 흐름이 되었다.

속마음은 그렇지 않았지만 행동이 따르지 못했던 그들이 친체제의 잠재적 다수처럼 포장되어 비판적 소수를 압박하는 데 이용당한 사례도 숨길 수가 없다. 그런 풍토 속에서도 1960년의 4.19가 있었고, 1980년의 광주항쟁이 있었으며, 1987년의 6월항쟁이 있었다. 그 역사적 궐기가 가져온 희생과 민주세상을 생각하면, 그 아프고 벅차는 마음을 어찌 다 말할 것인가. 그런데 그 뒤의 반전反轉은 그것대로의 통한이자 교훈이었다. 4.19를 짓밟은 5.16, 광주항쟁에 이은 전두환 내란 정권, 6월항쟁 뒤의 노태우 정권… 그 반동의 주범들의 죄과야 새삼 되풀이 말해서 무엇하랴. 그보다는 그런 역사의 역주행을 가능케 했던 책임의 일반이 바로 우리 국민에게도 있지 않았는지 되짚어 볼 일이다.

지배자의 횡포 막을 견제기능, 주권자의 힘에 달렸다

왕조 전제시대에도 백성의 목소리가 있었고, 목숨을 건 비판과 저항이 있었거늘, 하물며 민주공화국 시대의 주권자인 우리 국민이 과연 주권자다운 도리를 다하고 살아왔느냐를 성찰해 볼 필요가 있다. '짐이 곧 국가'라는 말은 루이 14세만의 어록이 아니었다. 해방 후 역대 정권의 집권자들, 특히 군사정권이나 그와 맥을 같이하는 지배자들은 국가와 자신을 동격으로 착각하고 반정부 곧 반국가라는 우격다짐으로 비판세력을 억압하는 수법을 발휘했다. 몽테스키외는 "모든 권력자가 권력을 남용하는 것은 언제나 경험하는 터였다"는 인식에 입각하여 3권분립을 주장한 것으로 유명하다. 그는 "권력을 남용할 수 없도록 하기 위해서는 권력이 권력을 억제할 수 있는 장치가 필요하다."고 했다. 물론 그의 권력분립론은 당시 사회적 제 세력 간의 균형을 지향한 것이긴 했지만, 국가 3권의 집중이 빚어내는 위험을 막고자 한 점에서는 수긍할 바가 많았다.

그런데 우리 국민은 권력 담당자를 선출, 감시, 비판, 탄핵할 권리를 행사함에 있어서 이 분권과 균형의 이치를 충분히 이해하지 못한 면이 있었다. 알기는 알면서도 행동은 그와 다른 수도 많았다.

국민의 대표적인 선출기관은 국회 내지 의회다. 국회의원 선거에 즈음하여 국민은 과연 주권자다운 선택을 했는가? 정당이나 후보자의 헛소리에 속거나 휘둘려 넘어가지는 않았는지, 각설이처럼 나타나 시장을 누비는 악수꾼의 공세에 마음을 주거나 불의한 강자의 품에 안기려 하지는 않았는지, 생각해 볼 일이다.

세상 따라 바뀌는 사법부를 보며

3권 간의 견제 말고도, 3권 내부의 독주를 막는 견제도 중요하다. 우선 의회 내에서 여당(또는 제1당)의 독주를 막을 만큼의 야당(또는 소수당) 의석을 확보해 주어야 한다. 의회가 인준 절차를 통하여 흠 없고 능력 있는 고위직을 선택하게끔 압력도 가해야 한다. 국가형벌권의 남용을 막기 위해서는 사법부가 정치권력의 입김에 좌우되는 일이 없어야 하고, 그러자면 사법부의 독립을 지킬 만한 법관들의 신념이 필요하다. 정권의 이해와 눈치에 움츠리다가 압제자의 독주를 도와주는 과오를 되풀이해서는 안 된다.

그러자면 적어도 최고법원 구성의 단색화를 막고, 사법 감시와 최고 법관 인준이 제대로 되도록 국민이 눈을 부릅떠야 한다. 국민은 투표하는 순간만의 주권자여서는 아니 된다.

의회와 법원의 감시 견제가 바로 되어야 성권의 억압 독주 부패를 막을 수 있다. 이런 논의는 책이나 논문에서가 아니라 역사와 경험에서 우러나야 한다. 정작, 집권자의 탄압으로 사법부의 독립이 가장 절실한 시기에는 친권력적인 판결을 하면서 국민의 권리를 외면하다가도, 민주주의가 숨을 쉬게 되면 재판이 달라지거나 오히려 사법부의 독립을 내세워 구태를 이어가는 법원을 보게 된다. 대통령긴급조치 사건을 적당 적당히 유죄로 처리하던 법원이 세상 좀 달라졌다고 해서, 헌법재판소와 경쟁적으로 긴급조치 무효 재판은 서로 우리 소관이라며 다투는 모습을 보면서, 우리 국민도 깨닫는 바가 있어야 한다. 사법(부)도 국민의 감시대상으로 삼아야 한다.

나라의 주인이 지배의 객체로 살아가서야

8.15 해방, 그것은 진정한 해방이었고 진정한 광복이었는가. 이런 논의는 여간 어려운 출제가 아니어서 감당하기가 쉽지 않으니 여기선 덮어두기로 하자. 그래도 피할 수 없는 질문은, 흔히 나라의 주인이라고 하는 우리 국민들이 과연 역사의 주체였는가 하는 점이다. 그리고 여전히

지배의 객체임을 면치 못하고 있는 현실, 그 사실을 제대로 보지 못하는 착시현상은 경계하고 자성해야 마땅하다. 분단과 독재가 부추긴 국가주의가 만성화되고, 이에 한몫된 풍투가 장기화되는 가운데, 어떤 부류는 여기에 편승하고, 어떤 부류는 색맹이 되고, 또 다른 부류는 숙명처럼 부조리를 받아들이는 순종파가 되었다. 이 점을 직시하자는 것이다.

다시 말하거니와 법조인의 시각에서, 특히 압제 사건의 변호에 나섰던 법조인으로서는 분단과 독재가 국민의 기본권 내지 삶 전체를 억누르는 비인간화의 근본 요인으로 작용해 왔음을 절감한다. 그런 요소를 극복하기 위한 개체나 집단 또는 국민 다수가 참여한 역사적인 사건과 고비는 있었지만, 앞에서 말했듯이 긍정적인 단락과 청산은 없었다. 프로그레스(진행)만 있고 프로그레시브(진전)는 없었다. 우리가 바라는 역사의 진보 내지 변혁은 정치(권)의 힘만으로 실현될 수 있는 것이 아니다. 범국민적인 열망을 담아낼 수 있는 건강하고 신망 높은 중심세력이 존재해야 한다. 일부 정치세력의 독주가 아닌 언론, 지식인, 시민사회, 직능단체 그리고 청년 학생층의 역량과 능동적 참여가 따라야 한다. 그것은 1960년의 '4.19'와 1987년의 '6월항쟁'에서 우리가 얻은 경험이자 교훈이었다.

또한 독재 내지 압제와의 투쟁능력 못지않게 민주 쟁취 후의 관리능력, 즉 국가경영능력의 차원에서 국민의 신뢰와 참여가 중요하다.

올바른 길은 결코 높고 먼 곳에만 있는 것이 아니다

바른 역사를 일구어내겠다는 순수한 애국 열정을 이기적 권세가 박해하는 일은 그만 없어져야 한다. 민주화나 평등사회에 대한 지향을 용공으로 몰아 잡아가두고, 심지어 학생에 대한 무상급식 요구조차도 '종북'으로 편 가르기를 하려 한다면, 그것은 이미 공동체의 견인자 내지 구성원이기를 포기한 무법자의 파계와 다를 것이 없다. 악을 벌하고 선을 지켜주는 여러 장치, 그중에서도 사법부가 온전하게 제 소임을 다해야 한다. 권력에 예속되거나 그와 야합하는 검찰이 더 이상 존재하지 않아야 한다. 이런 요체야 말로 바른 세상을 이루어나가는 데 으뜸가는 필수조건이다. 그리고 주권자는 부도덕한 정치인의 거짓말에 속아 넘어가서 표를 주거나, 연달아 속으면서도 속는지도 모르는 지배의 객체, 애국과 해국의 분별을 모르고 착각에 안주하는 존재에서 벗어나야 한다. 그래야 바르지 못한 권력과 재물이 판을 치는 '그들만의 나라'를 '우리 모두의 나라'로 격상시킬 수가 있는 것이다.

반드시 짚고 넘어가야 할 '세월호'에 관련된 성찰은 운韻도 떼지 못한 채 지면이 다 찼다. 이 사건의 참변을 둘러싼 집권자 내지 정권의 행태를 지켜보면서, 과연 국가란 무엇이며, 어떠해야 하는가를 뼈아프게 절감해야 했다. 그리고 이것이 국가인가, 하고 분노하는 우리들에게, 한 일간지의 기사 제목이 이런 답을 던져주고 있다.

"아무것도 해결 못한 1년… 지금도 우리에겐 국가가 없다."

아직도 없다는 그 '국가'를 다시 세우고 가꾸는 일이 어찌 남을 꾸짖는 것만으로 성취될 수 있겠는가?

끝으로, 율곡栗谷의 말씀을 옮겨 드리면서, 이 글을 맺고자 한다.

우국여가憂國如家, 나라 근심을 네 집 근심하듯 하라.

도비고원道非高遠, 올바른 길은 결코 높고 먼 곳에만 있는 것이 아니다.

《실천문학》 2015년, 여름호

한국의 법치주의, 이대로 좋은가
― 고려대학교 제1회 사회인문포럼 주제 발표 요지

법치주의에 대한 오해 또는 왜곡

우리나라 헌법을 비롯한 실정법 어디에도 '법치주의'란 용어는 없다. 마치 저작권법에 '표절'이란 단어가 없는 것과 같다. 그러나 헌법에 담겨진 국민주권주의, 권력분립, 기본권 보장, 죄형법정주의, 헌법재판 등의 원리와 입헌민주적인 국체 및 정체에 비추어 한국이 법치주의를 민주공화국의 기본이념으로 삼고 있음은 의심의 여지가 없다.

그래서 사람들은 기회 있을 때마다 '법치주의'를 역설한다. 특히 집권자나 지배세력은 더욱 그러하다. 그러나 국민들의 준법만 강조하는 그들의 훈시는 근대 이후의 법치주의에 대한 오해나 왜곡에서 비롯된 '대상 착오'의 메시지일 뿐이다.

법치주의는 정치권력이 법의 근거와 절차에 따라서 제약을 받는 국가체제를 본질로 하는 것이지, 피치자의 준법에만 방점을 찍는 사상은 아니다.

'법의 지배(the rule of law)' 이론으로 유명한 다이시Albert V. Dicey (1835~1922, 영국)나 "법치국가는 국가권력에 대한 제한과 통제의 원리로서 시민적 자유의 보장과 국가권력의 상대화 체계를 구성요소로 한다."고 한 칼 슈미트Carl Schmitt(1888~1985, 독일)의 견해는 이 점을 잘 요약해 주고 있다.

발생적으로 볼 때, 당초에 법은 지배자의 의사요, 명령이었다. 그러나 근대 이후의 법치주의는 지배자의 이익과 편의를 위해서가 아니라 피지배자인 국민의 권리 보장을 주안으로 삼는 사상으로 정립되었다. 다시 말해서 하향적 지배기능 아닌 상향적 견제기능을 중시하는 데에 법의 존재이유를 두게 되었다. 따라서 민주체제 하에서는 지배자의 준법이 우선해야 하고, 억압체제 하에서는 피지배자의 준법을 앞세우게 된다. 그러니까 지배자가 국민을 상대로 준법을 역설하는 것은 억압적 사고의 표출이며, 거기에는 법치주의에 대한 그릇된 인식이 작용한 것으로 보아야 한다.

억압구조와 '법치'의 파괴

법치주의의 정당성은 법이라는 규범의 정당성을 전제로 한다. 이 명제를 충족시키기 위해서 법은 그 정립과정의 절차적 정당성(형식적 법치주의)과 내용의 정당성(실질적 법치주의)을 아울러 갖추어야 한다.

그러나 우리의 헌정사를 돌이켜보면, 법의 정립과정에서, 1) 입법권이 없는 기관에서, 또는 2) 날치기 등 절차상 흠결을 저지른 변칙적 편법으로, 심지어 3) 의결정족수 미달 등을 무릅쓴 '통과' 처리까지 감행되었다. 법의 내용에 있어서도 '국민의 자유와 권리의 본질적인 내용'을 침해하는 등 헌법상 기본권 제한의 데드라인을 벗어난 입법이 속출하였다.

  1948년 제헌 후 9번의 개헌이 있었는데, 초기에는 주로 대통령의 임기나 선거방식 등 장기 집권을 노린 통치조항의 개악이 자행되었고, 다음에는 합법성이나 도덕성이 취약한 정권에 저항하는 국민을 억압하기 위해서 기본권 조항을 형해화시키기에 이르렀다. 그때마다 위정자는 질서 유지, 공공복리 또는 국가의 안전보장을 구실 삼아 반민주적인 처사를 감행하였다.

  결국, 한국의 실정법은 법의 생성과정과 내용 및 법 집행상의 오점으로 말미암아 한갓 집권자를 위한 가식적인 규범에 불과하다는 비난을 면할 수가 없었다.

법실증주의의 위험과 '법의 지배'

  법치주의는 '법의 지배' 원리와 상통한다. 법의 지배는 사람(집권자)의 전제적 지배(경찰국가나 관료국가)를 배척하는 개념이다. 즉 집권자를 정점으로 한 공권력의 행사가 반드시 법에 근거하여 그 한계와 절차를 지켜야 한다는 원리이다. 그 점에서 그것은 앞서 본 법치주의와 마찬가지로 하향적 지배가 아닌 상향적 견제기능을 본질로 한다.

  여기서 '법'은 통상 성문법을 가리키며, 사전에 성문화된 법률로 허용과 금지의 내용을 정하여 어떤 조치 또는 행위의 적법 여부를 미리 알게 하자는 점에서 법실증주의는 법치주의에 합당한 것으로 보았다. 그러나 그러한 제정법지상주의가 악용되어 절차나 내용은 어찌 되었건 형식적인 통과의례만 거치면 된다는 그릇된 형식주의가 등장하게 되면

법치주의여, 어디로 가시나이까

서 문제는 달라졌다.

바이마르헌법 아래서 나온 나치의 '생명훼멸법', '국민과 국가의 위급을 제거하기 위한 법률' 등에 보듯이 국민의 생명과 자유가 오히려 법실증주의에 의해서 '합법적'으로 짓밟히는 역설이 현실화되기도 했다.

이에 대한 반성에서 법률의 형식적 합법성과 아울러 그 내용의 정당성(인간의 존엄과 기본권의 보장, 위헌법률 심사제도 등)까지도 요구하는 실질적 법치주의가 대두하게 되었다. 따라서 그와 거의 동의어로 쓰이는 '법의 지배' 역시 단순한 법의 지배가 아닌 '정당한 법의 지배'로 격상되지 않을 수가 없었다.

법내재적 정의와 법초월적 정의

일찍이 기원전 4세기의 플라톤 이래 많은 논자들이 법의 목적은 정의를 실현하고 유지하는 데 있다고 입을 모았다. 그런데 입법자가 법으로 실현하고자 하는 법내재적 정의와 그런 제정법의 가치를 초월하여 추구해야 할 법초월적 정의가 일치하지 않고 상극을 이루는 경우가 허다했다. 만일 이 양자 사이의 어긋남이 심화되면, 정의 실현의 규범이어야 할 법(실정법)이 도리어 정의의 실현을 가로막게 된다. 이럴 경우 특정의 제정법에 내포된 법내재적 정의를 부정하고 실정법을 (정의의 관점에서) 평가하는 법초월적 정의를 추구하는-다시 말해서 그런 실정법에 얽매이지 않고 보다 근원적인 정의와 선을 실현하기 위한 행동에 나서는 확신범이 등장한다.(Gustav Radbruch의 '확신범론') 이러한 확신범은 일반 범죄자와 처우를 달리해야 마땅하다는 주장과는 반대로 박해의 표적이 되어 '존경 받는 피고인'이 되기도 했다. 그러나 그와 같은 확신범의 용기와 수난에 의해서 정의로운 세상이 구현될 수 있다고 볼 때, 그처럼 '사서 고생하는 사람'이야말로 불의한 권세가 판을 치는 사회를 바로잡기 위해서 매우 소중한 존재가 아닐 수 없다. 그러나 현실에서는 그런 확신범을 위험시하고 모함하면서 반국가사범 또는 파렴치범으로 몰아 탄압을 가해왔으니, 그런 정치권력은 올바른 법치주의의 실현을 저해하는 박해자로 규탄되어야 마땅하다.

한국의 정치풍토와 헌법적 현실

'법'이라는 이름만 걸쳤을 뿐, 형식이나 내용면에서 규범성을 전혀 갖추지 못한 사례는 어느 나라에서나 볼 수 있었다. 우리도 헌법 파괴 하의 '법률' 위조, 위헌법률의 강행, 법의 불공정한 집행, 집권자의 1인 독재 등을 수 없이 경험했다. 이런 상황 아래서는 이른바 '헌법과 헌법적 현실의 불일치'가 훤히 드러난다.

무릇 헌법은 – 칼 뢰벤슈타인Karl Löwenstein(1891~미상, 미국)의 분류에 따르면 – 그런 어긋남의 정도에 따라 규범적 헌법, 명목적 헌법, 가식적 헌법으로 나누어진다. 그런데, 한국의 헌정사를 돌이켜보면, 기껏 가식적 내지 명목적 헌법의 언저리에서 헌법적 현실이 부침해 왔음을 쉽게 알 수 있다. 그러기에 체통을 잃어버린 헌법과 헌법적 현실을 면밀하게 점검하고 개조하여 양자일치의 규범적 헌법으로 끌어올리는 일이야 말로 우리 법치주의의 취약점을 치유하는 근본 처방이 될 것이다.

법치주의의 종착–사법부

법치를 둘러싼 논쟁과 분규의 사법적 마무리는 법원의 몫이다. 사법부

법치주의여, 어디로 가시나이까

는 인권의 마지막 보루일 뿐 아니라 법치주의의 마지막 보루이다. 여기에는 법관의 양심과 용기를 중핵으로 하는 사법권의 독립이 전제되어야 한다. 그러나 한국의 사법부는 그와 같은 소임을 제대로 다하지 못한 불행한 과거를 가지고 있다. 역대 대법원장과 고위직 법관 중에서도 그 점에 대한 고백과 자책을 한 사람이 적지 않다.

초대 대통령 이승만은 법원의 판결을 공개적으로 규탄하고 법관의 권한을 제한해야 한다는 극언도 서슴지 않았다. 그는 정치적 라이벌인 조봉암 씨를 간첩으로 몰아 투옥시켰고 법원은 그를 사형에 처했다.

김병로 초대 대법원장의 재임기간을 제외하고는 사법부가 정권의 간섭과 영향에서 자유롭지 못했다. 5.16쿠데타로 집권한 박정희 치하에서 헌정은 완전히 파괴되었고, 무도한 군사독재에 눌려 사법부는 정권의 요구를 물리치지 못했다. 특히 유신헌법과 대통령긴급조치에 의한 통치로 법원은 완전히 정권의 입김에 좌우되고 말았다. 대법원조차도 군법회의 판결의 추인기관으로 전락하여 대량 투옥과 사법살인의 협력자가 되었다.

다만, 그런 와중에서도 사법부의 명맥을 지키고자 신념을 굽히지 않은 법관들이 있었다는 사실을 여기서 자랑스럽게 거론하고 싶다.

1) 진보당사건 제1심에서 조봉암에 대한 간첩 혐의에 무죄를 선고한 유병진 부장판사, 2) 무장군인의 난입 협박에도 굴하지 않고 시위 학생들에 대한 구속영장 발부를 거부한 양헌 부장판사, 3) 동백림사건 상고심에서 간첩 유죄를 뒤집은 대법관들 4)《다리》지의 반공법 필화 사건에서 무죄판결을 한 목요상 판사 5) 10.26 김재규 사건(박정희 대통령 살해)에서 내란목적 살인을 부정하는 소수의견을 낸 대법관들, 이

들을 우리는 기억해야 한다.

또한 세 번(1971년, 1988년, 1993년)에 걸친 사법파동에 참여했던 여러 법관들의 십난행능 역시 []과싱시킨 찌기1은, 9시 시벱사에 기0[9]됨직한 의미 있는 저항이었다.

사법부의 수장 또는 고위직 법관들의 고백에도 드러났듯이 법원을 가장 옥죈 것은 국가안보나 분단상황을 내세운 이른바 '반국가적 사건'이었다. 그런 사건에 대한 정권 추종적 오판은 훗날 민주정부가 들어선 후에 과거사 진상 규명 및 재심에 의하여 무죄판결이 속출됨으로써 한층 더 분명해졌다.

피고인들이 쟁취한 사법권의 독립과 '내풍'의 문제

1987년의 6월항쟁을 겪고 난 뒤부터 사법부에 대한 공권력의 간섭은 적어도 표면상으로는 별로 드러나지 않은 채 재판권의 독립은 그런대로 큰 물의에 휘말리지 않는 것으로 보였다. 그러나 그런 변화는, 법관들이 '죄인'이라고 감옥에 보낸 피고인들의 싸움과 수난에 힘입어 얻어진 결과여서, 매우 역설적이고 민망한 일면이 있었다. 이처럼 사법부 또는 법관들 자신의 힘으로 쟁취한 사법권의 독립이 아니었기 때문인지, 소위 공안사건을 비롯한 시국사건에서는 여전히 정권 편향적인 판결이 나오기도 하였다. 간섭이 없어도 영합적인 경향을 보이는 체질은 잠재적인 오판의 위험요인의 하나임에 틀림없다.

사법부에 대한 외풍은 재판권 독립의 장애요소임에 틀림없으나 사법부 내의 내풍은 그와 다른 차원의 위험요소로서 크게 경계해야 한다. 사법권의 독립은 재판권의 독립의 필요조건의 하나일 뿐 충분조건은 아니다. 법원 내부의 관료적 간섭이나 영향력 행사로 크게 문제된 사례가 실제로 있었고 보면, 사법부 내에서의 개개 법관의 독립이 사법부의 독립과는 별개로 존중되고 주목 받는 이슈가 되어야 할 것이다.

그럼, 어떻게 할 것인가-각론

올바른 법치주의를 확립하기 위한 방안은 지금까지의 진단과 평가에서 웬만큼 그 답이 드러났다고 본다. 그래도 굳이 정리와 부연을 하자면 대충 다음과 같다.

한국의 집권자는 법치주의를 하향적 지배 수단으로 잘못 알고 있다. 헌정의 실상을 보면, 헌정의 중단 또는 파괴로 국체까지 무너진 아픔도 겪었으며, 독재정권 하에서는 형식적 법치조차도 유린되었다. 헌법과 헌법적 현실의 불일치와 아울러, 법내재적 정의가 법초월적 정의와 괴리되는 사례도 많았다. 견제되지 않는 권력의 발호로 법치가 훼손되는가 하면, 사법부에 대한 신뢰도 역시 그리 높은 편이 아니다. 대통령이 국정의 책임을 외면함으로써 '대통령무책임제'로 변질되었으며, 의회 다수당이 집권자에 종속됨으로써 권력분립의 기본이 흔들렸다. 기본권 제한의 명분을 악용한 위헌법률이 횡행하는가 하면, 법의 집행 적용에 대한 국민의 신뢰도가 매우 낮은 것이 현실이다.

이에 얼마쯤의 중복을 무릅쓰고 부문별 각론을 생각해 본다.

첫째, 집권자 내지 공직자

법치주의가 하향적 지배 아닌 상향적 권력 견제장치임을 깨달아야 한다. 특히 집권자는 국민에 대한 준법 훈시가 법치주의의 본질에 어긋난다는 점을 인식해야 한다. 이와 관련된 교육, 언론, 지식인의 역할이 중요함은 물론이다.

국가의 인신 보아, 질서 유기, 공공복리 등 국민 기본권 제약의 명분이 남용되지 말아야 하며, 법원과 헌법재판소는 그에 관련된 입법적, 행정적 과오를 엄정하게 시정하여야 한다.

둘째, 국회

집권자의 뜻과 이해에 밀리거나 종속되지 않고 오히려 집권자를 견제할 만큼의 정치역량을 발휘해야 한다. 특히 여당의원들이 대통령의 정치적 경호에 얽매이지 않아야 한다.

의회가 국민의 여러 계층(또는 계급)을 고루 대변할 수 있는 의원들로 구성되어 소수세력 또는 소외계층의 이익도 입법적으로 보장되도록 하여야 한다.

셋째, 행정부

검찰; 그 독립성과 중립성을 고수하고, 특히 집권세력의 이해가 걸린 사건에서 공정성을 잃지 말아야 한다.

표적수사나 엄폐수사 또는 형평을 잃은 사건 처리로 정권에 충성하는 도구적 존재로 전락하지 말아야 한다.

시대착오적인 권위의식, 정실·부패·유착 등으로 국민의 분노와 실망을 자초하는 일이 없어야 한다.

정보기관; 본래의 임무를 일탈한 선거 내지 정치 개입을 절대로 금지해야 하며, 종래의 정권 추종적 악습이 일소되어야 한다.

무릇 어떤 공적 기관도 '견제되지 않는 권력'으로 존재할 수는 없다는 사실을 통절히 명심해야 한다.

넷째, 사법부

독재권력에 휘둘렸던 치욕스런 과거를 재연하지 말아야 하며, 사법권의 독립이 법관 스스로의 노력보다는 국민의 투쟁과 수난 위에서 쟁취된 사실을 명심해야 한다.

권력 무간섭의 반사적 현상과 사법권 독립의 수호와의 차이를 분간해야 한다.

외부의 간섭이나 영향 등 외풍을 차단해야 함은 물론, 법원 내부의 간섭이나 청탁, 영향력 등 내풍과 전관예우의 관행도 배제되어야 한다.

대법원의 구성이 특정의 경력, 학벌, 성향, 지역 등에 편향되지 않고 다원화되어야 한다. 정책법원을 지향하는 최고법원이라면 더욱이나 그러하다.

법적 안정성과 수구적 성향을 서로 혼동하거나 오해하지 말고 사법적극주의와 정책법원의 지향점을 살려야 한다.

정치의 사법화(judicialization of politics)가 사법의 정치화로 감염되지 않도록 분별력을 갖춰야 한다.

대법원이 지금처럼 권리 구제기능을 담당하는 이상, 대법관의 증원에 인색해서는 안 된다.

이른바 전관예우의 폐습을 없애야 한다.

다섯째, 재야법조계

변호사는 지나친 배금주의에 사로잡혀 법의 권위와 신뢰 및 사법의 공정성을 의심케 하는 비행 또는 부도덕을 저지르지 말아야 한다.

변호사는 '법률업자'로 안주하지 말고 재야성을 발휘하여 비판세력을 형성하고 국민과 시민사회의 민주역량을 드높이기 위한 공익활동에도 헌신을 하여야 한다.

변호사단체는 법치주의의 확립을 위해서뿐 아니라, 정치적 사회적 이슈에 대하여 집단적 힘을 발휘하여 적극적으로 대처하여야 한다.

덧붙여야 할 과제들

역사적으로 볼 때, 법치주의는 치자의 이익 때문에 훼손되고, 피치자의 저항과 수난을 거쳐 쟁취되었다. 비정상적 법치의 현실을 법과 제도로 바로잡을 수 있다면 이상적이지만, 현실은 그렇지 못하다. 여기서 다음과 같은 몇 가지 처방을 생각해 볼 수 있다.

치자 측(집권자, 공직자 등)의 각성과 자기교정을 촉진하기 위해서, 또는 기대하기 어려운 '셀프 개혁'을 타율화의 힘으로 이룩할 수 있도록 주권자인 국민의 민주역량 배양과 강한 압력이 요구된다.

시민사회단체 내지 시민운동을 활성화하여 국정 전반에 걸친 감시, 비판, 대안 제시, 입법 건의 등을 강화할 필요가 있다. 적어도 '법의 지배'는 법에 의한 지배(the rule by law)와 달라서 최고의 권력자도 법에 구속당해야 한다는 점을 널리 인식시켜야 한다.

기만적 공약으로 공직 선거에서 당선된 후 돌변하는 배신적 후보자를 간파할 수 있는 국민적 안목과 선택 능력을 길러야 한다. 그런 기만

행위의 성공을 막는 일이야 말로 민주 법치주의의 위기를 예방하는 최선의 방책이 될 것이다.

실질적 법치주의의 구현을 위하여 자유권적 기본권에서 사회권적 기본권으로, 형식적 평등에서 실질적 평등으로, 법 적용의 평등(입법자 비구속설)에서 법 정립 내용의 평등(입법자 구속설)으로 법치의 내실을 격상해나가도록 해야 한다.

법치주의 또는 '법과 원칙'을 내세워 '묻지 마 밀어붙이기' 등 독재를 꾀하는 지도자는 불행해질 수밖에 없다. 두려움이 지배에 공헌하는 사회는 불안을 벗어날 수 없다. 맹자는 "아래 사람이 윗사람을 두려워하게 되면 윗사람이 위험하다(下畏上則上危)"라고 했다. 위정자는 자신의 준법을 신조로 삼아 올바른 법치를 펴나가는 것이 바로 그런 '상위上危를 비켜갈 수 있는 왕도임을 깨달아야 한다. 아울러 우리 국민이 '하외상下畏上'에서 벗어나 지배자를 향하여 엄하게 준법을 요구하고 문책을 하는 것이 건강한 법치주의의 착근을 위한 주권자의 책무임도 잊지 말아야 한다.

(2014. 8. 26.)

변호사의 체험을 통해 본
한국의 민주화

– 일본 와세다(早稻田)대학 초청 강연

정치적 사건 변호와 나의 행보

독재국가, 장기 집권, 군사쿠데타, 헌정파괴, 탄압, 고문, 정치범…. 한국을 연상케 하는 불행한 언어들. 그러나 국민의 힘으로 그 온갖 억압구조를 물리치고 민주정치를 바로 세운 희귀한 나라. 대통령이 사형수가 되고, 또 사형수가 대통령이 되는 나라. 나라의 중책에 전과자들이 우글거리는 나라, 한국. 이런 나라에선 변호사의 소임이 그리 단순할 수가 없다.

그래서 나의 행보는 순탄치가 못했다. 한국의 상황이 나를 가만두지 않았던 것이다.

나는 5년간 검사로 근무하고, 1965년 가을 변호사로 전신했다. 그리고 내가 예상치 않았던 정치적 사건 또는 시국사건의 단골 변호인이 되었다. 박정희, 전두환, 노태우로 이어지는 역대 군사독재 정권의 탄압으로 엄청난 정치범 내지 시국사범이 양산되었고, 나는 그 수난자들을 외면할 수가 없었다.

또한, 반독재민주화운동에 참여하면서 매우 험난한 길을 걷게 되었다. 그런 중에, 1975년 3월, 시인 김지하의 변호인을 사퇴하라는 중앙정보부의 요구를 거절했다가 반공법 위반으로 구속되었고, 1980년 5월, 이른바 '김대중내란음모사건'으로 계엄군법회의에 회부되어 두 번째 옥고를 치렀다. 뿐인가, 변호사 자격까지 박탈당하고 8년 만에 복권되었다.

1998년 봄, 김대중 정부에서 감사원장으로 근무하다가 정년 퇴임한 뒤 다시 재야 법조계로 복귀하였고, 2005년에는 국무총리와 함께 사법제도개혁추진위원회 공동위원장으로 일한 바도 있다.

역사적 맥락에서 본 한국의 정치범

한국은 비단 정치뿐 아니라 문화·제도의 여러 면에서 분단과 독재라는 두 요소에서 자유로울 수가 없었다. 정치범의 양산도 궁극적으로는 분단과 독재에서 비롯되었다. 민주주의의 변칙화도 거기서 원인을 찾을 수 있다. 8.15해방 후의 정치적 흐름을 살펴보면, 이 점이 극명해진다.

이승만의 반공노선과 사법권 경시

해방 후 한국정부의 초대 대통령이 된 이승만은 반공을 내세워 친일세력을 정부와 경찰의 요직에 중용하고, 반민족행위자(친일부역자)를 처벌하는 위원회를 강제해산시키는 등 반역사적 횡포를 자행하였다. 사법부를 경시하고 매도하는가 하면, 1인 장기 집권을 위해서 반대파를 제거하는 데 국가보안법 등을 악용하였다.

박정희의 쿠데타와 연법 파괴 그리고 사법권 침해

4.19 후의 합헌 민주정부를 무력으로 무너뜨리고 권좌에 오른 박정희는 재임 17년 동안 무단정치로 일관했다. 그의 독재에 저항하는 학생, 종교인, 야당 재야인사 등 반대세력을 무자비하게 탄압했다. 3선 개헌, 유신통치, 비상계엄, 용공조작, 대통령 긴급조치, 사법살인 등 법치주의와 인간의 존엄을 말살하는 지배가 계속되었다. 수없는 사람들이 억울한 희생자가 되었고, 사법부와 검찰은 집권자의 시녀 노릇을 거부하지 못했다.

전두환의 12.12 군사반란과 김대중내란음모사건

1979년, 10.26사태로 박정희가 암살된 후에는 국군보안사령관 전두환이 12.12 군사반란, 김대중내란음모사건 조작, 광주 학살 등 만행을 저지른 뒤 대통령이 되었다. 그의 정권을 승계한 노태우의 집권 시기까지, 군복만 바꿔 입은 대통령의 압제정치가 계속되었다. 사법의 위상과 신뢰는 땅에 떨어졌다. 두 정권의 막간에 1987년의 '6월민주항쟁'이 어느 정도의 성과를 얻기는 하였으나, 야당의 분열로 민주정부 수립에 실패하였던 것이다.

독재정치시대의 사법부의 명암明暗

이승만 시대에는 김병로 초대 대법원장 같은 인물이 재판에 대한 정부의 간섭을 질타하면서 사법권의 독립을 유지해왔으나. 박정희 이후의 군사정권 하에서는 사법부가 그 소임을 제대로 다하지 못했다. 역대 대법원장의 입을 통하여 영합적이거나 치욕적인 실상을 확인할 수가 있었다.

어떤 대법원장은 "유신은 인권보장을 위해서 필요하다"고 했는가 하면, 또 다른 대법원장은 "국가 안보와 사회방위에 역점을 두는 법원의 기능"을 강조했다. 그런가 하면, 자신의 대법원장 재임시절이 '회한과 오욕으로 얼룩진 시대'였으며, 정권측으로부터 여러 가지 '주문'을 받은 일도 있다고 고백했다.

대체로, 재판에 대한 국민의 의혹과 불신이 분노와 저주로 변하여, 성명과 시위가 잇따랐으며, 재판 거부, 법정 소란이 빈발했다. '유신판사'니, '판사의 검사화'니 하는 악평이 나왔는가 하면, 법관의 권력 추종적 행태에 국민의 비판이 모아졌다. 재판의 결과에 따라 인사상의 불이익을 입거나 재임명에서 탈락되는 법관도 있었다.

사법부의 명맥을 지킨 법관들

사법부가 무력과 순응으로 길들여진 가운데서도, 사법의 독립을 지키고자 양심과 소신을 굽히지 않은 법관들도 있었다. 중요한 사례를 열거해본다.

- 진보당 사건에서 조봉암曹奉岩의 간첩 혐의를 부정한 유병진柳秉震 판사
- 무장군인 난입에도 굽히지 않고 시위학생의 구속을 거부한 양헌梁憲 부장판사
- 월간 〈다리〉지 필화사건에 무죄를 선고하고, 법원을 떠난 목요상睦堯相

亮相 판사

- 동백림사건 상고심에서 간첩 무죄를 선고하고, 빨갱이 법관으로 몰린 대법관들
- 박정희 암살범 김재규의 상고심에서 내란목적살인을 부정하는 소수의견을 내고 보안사에 끌려가거나 사표를 낸 대법관들
- 박정희의 장기집권 비난으로 기소된 교사에게 무죄를 선고하고 좌천당한 후 사임한 이영구 판사

법관들에 의한 집단적 항의와 다짐─사법파동

행정부의 사법권 침해에 항의하고 사법의 독립 수호를 다짐하는 법관들의 집단적 의지 표명이 세 번에 걸친 사법파동을 일으켰다. 1971년의 제1차 사법파동, 1988년의 제2차 사법파동 등은 각기 그 발단의 계기나 전개 양상은 달랐으나, 사법권 침해에 대한 법관들의 집단적 저항과 자체 반성 및 개혁의 촉구라는 공통점을 지니고 있었다. 물론 그 파동이 일과성에 그쳤다던가, 개혁의 외침이 가시적 성과를 내지 못한 채, 구태가 재연된 아쉬움이 있으나, 현직 법관의 신분으로 그만큼 결집을 보여주었다는 점만으로도 큰 의미가 있는 사건이었다.

내가 변호한 문제의 사건, 사례들

<u>필화사건</u> 작가 남정현의 「분지」 사건 / 시인 김지하의 담시 「오적」 사건 / 변호사 한승헌의 「어떤 조사弔辭」 사건 / 작가 송기원 등의 《민중교육》지 사건 / 민중화가 이상호, 전정호의 〈진달래 그림〉 사건 /『노동과 노래』 책 사건 / 박순경 교수의 '기독교와 민족통일' 강연 사건

북한 측과의 접촉 동백림 사건 / 통일혁명당 사건 / 서승 형제 사건 / 한양지 사건 / 울릉도 사건

통일지향의 활동 남북한 유엔동시가입론 사건 / 남북작가회담 추진 사건 / 문익환 목사 방북사건 / 전대협 임수경 양 방북 사건 / 작가 황석영 씨 방북 사건 / 김일성 주석 조문기도 사건 / 한겨레신문 방북 취재 기획 사건 / 송두율 교수 사건

저항세력 탄압 반유신 야당의원 구속 사건 / 남산부활절예배 사건 / 대통령 긴급조치 사건 / 야당대통령후보 선거법위반 사건 / 민주회복국민회의 대표위원 구속 사건 / 보도지침 폭로 사건 / 목요기도회 설교 사건 / 대우조선 노동자 장식 방해 사건 / 김대중 내란음모 사건 / 부천서 성고문 사건

북한 출판물 관련 『해방조선』 출판 사건 / 『조선전사』 출판 사건 / 『한국근현대민족운동사』 출판 사건

변호권 침해 민청학련 군법회의 변론 사건 / 김지하 변호인 사퇴 요구 사건

탄압에 악용된 죄명, 법조法條 국가보안법 / 반공법 / 내란예비음모 / 대통령긴급조치 / 대통령 선거법, 국회의원 선거법 / 집회 시위에 관한 법률 / 뇌물죄 / 간통죄 / 범인은닉 / 저작권법 / 장식방해죄 / 주거침입죄 등

감방에 들어간 변호사들

변호사들은 변호인석 아닌 피고인석에도 서야 했고, 법정 아닌 감방에도 드나들어야 했다. 때론 거리 시위에도 나와야 했다. 수난의 변호사 몇 사람을 소개한다.

- 이병린李丙璘 변호사; 대한변호사협회회장으로서, 박정희정권의 비상계엄 무효선언 후 구속/민주회복국민회의 대표위원 사임 요구 거부 후 구속
- 태륜기太倫基 변호사; 재일동포 사건의 형사기록 일부를 피고인 가족에게 넘겨주었다는 이유로 징계처분을 받음.
- 강신옥姜信玉 변호사; 민청학련 사건 변론 중, 정권 비판 및 학생 비호 발언으로 구속
- 한승헌韓勝憲 변호사; 김지하 시인의 변호인을 사퇴하라는 요구를 거절한 후 반공법으로 구속/박정희 암살 후, 김대중 내란음모 사건으로 구속, 복역
- 이태영李兌榮 변호사; 한국 여성 법조인 제1호. 3.1 민주구국선언사건으로 기소, 유죄판결로 변호사자격 박탈
- 이돈명李敦明 변호사; 동아일보 해직기자 출신 재야 운동가 은닉을 가장 시인, 구속
- 노무현盧武鉉 변호사, 이상수李相洙 변호사; 경찰의 최루탄을 맞고 사망한 노동자의 장지葬地 문제 등을 조언한 것을 형법상 '장식방해葬式妨害죄로 구속

법정에서의 변호인의 역할과 투쟁

정치적 사건에서 변호인의 입장이나 역할은 좀 특이할 수밖에 없다. 우선, '자원봉사적'인 면이 강하고, 수임에 따르는 불이익(방해, 사퇴 요구, 감시, 협박, 회유 등)을 극복해야 한다.

위법한 접견 금지, 자의적 증거 결정, 변론 제한, 피고인의 발언 제한

등 부당한 소송 진행에 대하여 불복 항의하고, 경우에 따라서는, 기피 신청, 퇴장, 변론 거부 등 극한적인 대응도 불사不辭한다. 편향적이거나 부정확한 언론 보도에 대한 대책도 필요한 때가 있다.

막강한 권력의 독기毒氣 앞에 맨몸으로 맞서는 피고인을 위해 방어와 반격의 우군友軍이 되고, 동지가 되어야 한다. 피고인이 체념이나 좌절에 빠지지 않도록 정신 관리를 해야 할 때도 있다. 가족, 친지, 지원단체, 인권단체, 언론매체 등에 사건의 진실을 알리고 바른 인식을 심어주어야 하며, 오도誤導된 세론을 바로잡는 노력도 중요하다. 수사기관에서의 고문·가혹행위를 밝혀내고 검찰의 반칙적 공격을 제지시킨다. 피고인으로 하여금 자기의 고난과 싸움이 갖는 의미를 바르게 유의하도록 힘쓴다.

민주사회를 위한 변호사 활동의 외연外延 확대

변호사는 개별사건의 변호·해결을 위한 일반적 활동 외에도, 민주화와 인권보장을 구현할 정의사회의 실현을 위하여 거시적 관점을 갖추고 행동영역을 넓혀 나가야 했다. 나의 경험은 대체로 이러했다.

- 민주화운동 참여; 민주회복국민회의 중앙위원, 민주주의와 민족통일을 위한 국민연합 실행위원, 민주헌법쟁취국민운동본부 상임공동대표 등 단체에 참여
- 변호사단체 구성원으로서의 활동; 대한변호사협회, 서울지방변호사회, 민주사회를 위한 변호사모임의 인권운동, 대외협력, 출판 홍보, 연대운동 등에 동참
- 시민운동; 국제앰네스티 한국지부, 한국기독교교회협의회 인권위원회,

- 언론, 저술활동; 신문 잡지 기고, 저서 출판, 방송 출연, 강연 등
- 피고인으로서; 법정 진술(서), 증거신청, 변호인단 구성, 감옥 안팎의 언동
- 범국민연대운동에 집단으로 참여; 6월민주항쟁에 변호사들의 집단 참여

민주화의 성취 전후

법정에 선 정치적 사건의 피해자 중에는 '존경받는 피고인'들이 많았다. 그들은 판결문 상으로는 '죄인'이었으나, 역사의 눈으로 보면 의인이었다. 애국적이고 양심적인 지도자, 지식인, 청년 학생들이 구속, 기소·재판이라는 과정을 거치는 과정에서 변호인들은 목격자, 응원자, 기록자, 증언자, 평가자, 수호자로서의 소임을 수행해야 했다. 변호사들은 박해의 덫에서 수난자들을 구해내는 단계에서뿐 아니라 그들이 정계를 비롯한 사회 각계에서 활동하는데, 믿음직한 지원자, 조언자가 되었다. 정계나 공직에 참여하여 전문성을 발휘하기도 하였다.

1987년의 6월민주항쟁을 고비로 (비록 노태우 정권 5년이 끼어들기는 하였으나) 범국민적 재야세력은 민주화의 전환점을 확보하였다. 소위 '6. 29선언'에 뒤이은 대통령직선제와 기본권 보장 등을 포함하는 개헌은 오랜 반독재 투쟁의 성과물이었다.

1993년의 김영삼정부를 거쳐, 1998년의 김대중정부, 그리고 2002년의 노무현정부를 거치는 동안, 사법부에 대한 집권자 측의 간섭은 거의 사라졌다. 법관이 법과 양심에 따라 재판할 수 있게 된 것부터가 민주사회의 구현을 의미한다. 이런 변화에는 정치적 사건의 피고인들과

그들을 지원했던 변호인들의 역할이 적지 않았다고 본다.

과거의 사법적 오류에 대한 법적 처방

김대중정부와 노무현정부에서는 대통령과 정관계 요직에 과거의 '정치적 전과자'들이 많이 포진하였다. 그만큼 반민주시대의 '악의 유산' 청산도 도마에 올라, 지난날 독재정권 시대에 범한 사법적 오류를 바로잡는 조치가 이루어졌다. 즉, 이미 확정판결이 난 과거 사건에 대한 재조사활동, 재심 무죄의 판결이 연달아 나왔다. 그 대상은 주로 국가보안법과 반공법 그리고 대통령긴급조치를 적용했던 시국사건이었다는 점을 주목해야 한다. 이것은 특히, 반국가단체론, 국가기밀의 범위, 반국가단체에 대한 찬양 고무 동조 회합 등의 해석에 논리적 현실적 모순 또는 과오가 있었다는 반증이라고 볼 수 있다.

남북한 유엔동시가입, 남북기본합의서의 발효, 남북 정상의 선언, 남북한 간의 왕래·교류·협력 등의 실상을 도외시한 처벌은 정당성이 없다.

아직도 통일지향의 열망을 저해하고 기본권 제약의 위험을 주는 실정법이 남아 있다는 것은 국내외적으로 비판의 대상이 되고 있다.

군사쿠데타로 집권한 전두환, 노태우 두 전직 대통령을 내란과 군사 반란죄로 구속 처벌하였는가 하면, 민주화 유공자의 명예회복과 보상 관계법의 제정, 의문사 진상 규명위원회의 설치, 과거사건 진상규명을 위한 진실과 화해위원회의 활동 등은 민주화의 내실을 더욱 분명히 하는 획기적인 조치였다고 아니 할 수 없다.

한국 민주주의의 숙제와 변호사의 사회적 책무

이제 한국은 국민의 힘으로 민주화에 성공한 나라로 평가받고 있다. 그래서 시국사건 내지 정치범 때문에 변호사가 법정이나 교도소를 드나들어야 할 일은 없을지도 모르나, 변호사의 임무가 개별 사건의 변호에 국한되는 것은 아니다. 그러기에 법조인은 기능적 역할에 안주하지 말고, 보편적인 가치 추구를 소홀히 하지 말아야 한다. 민주사회를 이룩하기 위해서 법정 밖에서 할 일은 많다. 지금 한국에서는 자유권적 기본권은 웬만큼 잘 보장되고 있으며, 정치적 민주주의도 상당 수준에 달했다. 그러나, 그런 것은 필요조건일 뿐 충분조건은 아니다. 경제적 민주주의가 확립되고, 계층간 불평등이 해소되며, 복지사회가 이룩되어야 한다. 다시 말해서, 이른바 사회권적 기본권과 인간의 존엄이 실질적으로 보장되는 정의로운 평등사회의 구현이 우리에게 주어진 과제로 남아 있다.

민주주의는 쟁취하는 어려움 못지않게, 그것을 지키고 북돋우며, 모든 사람이 그 가치와 보람을 누릴 수 있도록 하는 일이 참으로 어렵다. 그리고 그처럼 중요하고 힘든 그 과제를 풀어나가는 것이 법조인을 포함한 지식인들에게 주어진 시대적 사명이라고 믿는다. 지식인들은 이제 한정된 자기 영역의 정태적 안일에서 벗어나, 우리가 직면한 역사와 상황의 한 복판에 나서야 한다.

명언을 되새기면서

나는 이번에 이와나미(岩波)서점에서 낸 『분단시대의 법정』 일어판 서문에서 이렇게 말했다.

"내가 한국의 법조인의 한 사람으로서, 또 지식인의 한 사람으로서 갖게 된 체험은 나 개인의 기억에만 가두어둘 수 없는 역사성을 띤 부분이 있고, 이것은 민주주의와 인권, 그리고 정의의 보편성에 비추어 국내외에 널리 알릴 만하다고 생각되었다."

오늘 이 자리에서의 나의 발표도 그런 뜻으로 받아들여 주시면 고맙겠다.

논어에 "선과 악이 모두 나의 스승이다.(善惡皆吾師)"라는 말이 있다. 그리고 독일의 바이츠제커 전 대통령은 "과거에 눈을 감는 사람은 현재에도 맹목일 수밖에 없다"고 말했다.

이는 한국과 일본, 두 나라의 양식 있는 위정자와 지식인 그리고 젊은이들이 다 같이 명심해야 될 잠언이 아닐까?

(2008. 4. 15.)

한국 법조의 전통과 풍토
― 사법연수원 신임 형사 재판장 연수 특강

법관 여러분은 우리나라 법조계 풍토의 어제와 오늘을 알아두어야 한다. 8.15해방 후의 법조계는 인적 자원으로 보아 일제의 연장이었다. 일제의 관리로서 우리 동포를 기소하고 재판하던 판·검사들이 해방 조국의 법정 안팎에서 요직을 차지하고 여전히 사법 권력을 행사했다.

퇴출과 심판의 대상이 되어야 할 사람들이 오히려 심판관석에 군림했다. 법원, 검찰의 일반직들이 약식시험을 거쳐 판·검사가 되었으나 그것은 행운의 신분상승이었을지는 몰라도 해방 조국의 민주와 인권 창달에 이바지하는 열의가 있었는지는 의문이다. 이처럼 우리 법조는 민족정기 면에서 볼 때 정통성이 결여된 채 민망한 역사를 열어갔다.

법원은 사법부의 독립과 관련하여 커다란 시련과 부침을 겪었다. 이승만 초대 대통령이 법원의 판결에 대하여 노골적인 불만을 표시했을 때, 김병로 초대 대법원장은 "재판은 정부가 이래라 저래라 하는 것이 아니다"라고 공개적으로 반박했다. 그러나 정치권력의 입김은 끊이지 않았다.

박정희 씨의 5.16쿠데타 후에는 한층 증후가 심해졌다. 1971년의 '사법파동'은 오랜 치욕을 못 견딘 사법부의 안간힘이자 분노의 폭발이었다. 그때 전국의 법관들은 성명을 내고 집단사표로 저항했다. 박대통령은 민복기 대법원장의 면담 요청을 거푸 거절했다. 그리고 아무런 시정도 사죄도 개선책도 얻어내지 못한 채 파동은 끝났다.

유신 치하와 대통령긴급조치 하의 재판에 대해서는 뭐를 말할까. 전두환씨의 5공 때 이영섭 대법원장은 퇴임사에서 "과거를 돌아보면 모든 것이 회한悔恨과 오욕汚辱으로 얼룩진 것뿐이다"라는 말을 남겼을 정도였다.

1987년의 6월 민주항쟁이 있은 다음해인 1988년 6월에는 전국의 소장판사 266명이 성명을 발표하고 사법부의 쇄신과 대법원장의 사퇴를 요구했다.

1993년 6월 서울민사지방법원 단독판사들은 과거 정치권력에 대하여 무력하게 침묵했던 사법부의 대대적인 반성과 개혁을 촉구하는 의견서를 내기도 하였다.

독재정권의 사법 유린에 대하여 법원은 침묵과 추종의 부끄러움을 저질렀는가 하면, 자성과 저항의 움직임도 있었다.

어느 편이나 모두 우리에게는 교훈적일 수밖에 없다.

지금은 사법부에 대한 행정부의 간섭은 없는 것으로 보인다. 그러기에 지난날과 같은 사법부의 고민은 사라졌다. 대신 법과 양심에 따른 재판이 전적으로 법관의 책임으로 돌아가게 되었다.

잘못된 재판의 원인은 외부 아닌 내부에 존재하기 때문에 법관 개개인의 의지와 판단만 바르다면 훌륭한 사법운영이 가능하다. 그만큼 지금의 법관은 행복하다. 동시에 '독립'이 주는 고립감과 책임감 때문에 더 많은 고민을 해야 한다.

검찰은 사법에 준하는 독립성과 중립성이 요구되는 터인데 행정부에 속해 있기 때문에 더러 논란의 대상이 되곤 했다. 실제로 반성할 만한 점도 많았고 비판받아야 할 점도 적지 않았다.

새로운 변화와 과제

이제 우리 법조계는 정치권력에 의한 사법권이나 변호권의 침해 외에도 권력의 간섭과 무관한 새로운 변화를 간파하고 이에 대응해야 한다.

바야흐로 법조계에도 국제화, 정보화, 전문화의 물결이 밀려닥치고 있다. 소비자·수용자 본위의 법률서비스가 강조되며 법률시장의 개방에 따른 경쟁력 강화도 요구된다. 거기에다 사시합격자 1,000명 시대를 맞아 법조인구의 급격한 증가에 따른 문제점도 검토되어야 한다.

이상 열거한 몇 가지 변수는 법조인들로 하여금 종래의 실정법 중심의 한정된 지식만으로는 생존과 적응을 어렵게 만들어가고 있다.

우선 국제화 추세를 본다. 이는 수사·재판 및 법률업무의 국제적인 공조, 국경 없는 법률시장(개방화)을 지향한다. 여기서는 세계로의 진출·확장과 아울러 밖으로부터의 잠식을 생각지 않을 수 없다.

어느 경우나 국제 기업분야의 전문지식을 강화함과 아울러 법률서비스의 질을 향상시킬 필요가 있다. 관련 분야로는 기업, 투자, 증권, 보험, M&A는 물론 전자상거래, 환경, 노동, 지적재산권 등 헤아릴 수 없이 다양하다.

송무 중심의 활동은 자연스레 비송무분야로 기울어서, 법정에 나가는 소송대리에서 기업 자문, 용역 수행 쪽으로 무게중심이 옮아가게 될 것이다. 아니 이미 그렇게 바뀌어지고 있다. 이에 따라 법조인들이 새로이 공부해야 할 분야도 넓어지고, 특히 외국어 실력의 향상이 절실히 요구된다.

전문화 추세에 맞추어 각자가 한 가지 이상의 전문분야를 개척할 필요가 있다. 법조인으로서 갖추어야 할 일반적 법률지식에 안주하지 말고 특정 분야를 정하여 집중적이고 심층적인 공부를 함으로써 전문가의 경지에 들어서라는 것이다. 다만 전문인이 되려다 보면 기능적 존재로 끝날 염려가 있는데, 그와 아울러 보편적 지식인으로서의 지적 기반을 다지는 노력도 게을리 하지 말아야 할 것이다.

일인성주一人城主의 반성

법조인은 우수한 두뇌와 일정한 노력(성실성?) 그리고 시험 합격의 행운으로 해서 사회적으로 상당한 평가를 받는다. 본인들도 자부심과 자신감을 갖는 것이 일반적이다. 그러나 위에서 말한 평가나 자부심은 때로 가공적이거나 과장되어 있기도 하며, 더러는 착각일 수도 있다.

거기에다 시대상의 변화는 법조인의 장원급제식 우월감을 용납하지도 않는다. 법조인들의 냉철한 자기 평가가 이래서 절실해진다. 그야말로 자격시험의 관문을 하나 지난 셈일 뿐, 본 경기는 지금부터라고 생각해야 한다. 합격자 1천명 시대에 접어들고 나서는 더욱 그러하다. 겸손하고 겸허하며 항상 새로운 시작이라는 자세를 지녀나가야 한다. '이

제 끝'이 아니라 '지금부터 시작'이라는 깨달음이 중요하다.

법조계는 진출 초기에는 다른 분야보다 앞선 듯이 보일 수도 있으나 몇 년 지나다 보면 박봉이니 기타에서 오히려 역전되는 수도 있다. 인생은 하나의 장거리 경주라고 할 때, 지속성과 저력이 필수적이다. 그래서 꾸준한 실력 배양이 요구된다.

지금까지는 시험과목 위주의 득점 전략의 공부를 거쳐 법조인이 되었다. 그러나 그것만으로 인간사의 백반을 다루고 잘잘못을 가려주어야 할 법조인의 소임을 수행하기에는 너무도 부족하다. 좀 더 폭이 넓고도 깊이 있는 공부를 계속하지 않으면 안 된다.

법조인이 기능공적 역할에만 안주해서는 철학 부재의 법률업자로 전락할 위험이 있다. 법의 목적이 정의의 구현과 인권의 옹호에 있다면 법조인으로서는 그와 같은 목적 수행에 필요한 정신윤리가 확립되어 있어야 한다. 적어도 불의를 배격하고 인권침해를 바로잡아야 된다는 사명감에 투철하지 않으면 안 된다.

젊은 시절에 한 선배로부터 "법조인은 면기난부免飢難富"라는 말씀을 들었다. 굶지는 않을 터이니 부자 될 생각은 하지 말라는 뜻이었다.(직역을 하자면, 굶주림은 면하지만 부자 되기도 어렵다는 뜻이다.) 바로 이 말씀을 격언으로 받든다면 우리의 삶은 지금보다 훨씬 쾌청해지리라고 믿는다.

법조인은 자기 실력으로 국가시험에 붙었기 때문인지 엘리트의식이 강하다. 그리고 업무의 성격상 개별·독자적인 면도 강하다. 이러한 일인성주一人城主 같은 기질은 자칫 타인에 대한 이해, 양보, 우애, 협력 등의 결핍으로 이어질 염려도 있다.

법치주의여, 어디로 가시나이까

배타적 우월감에 젖어 있게 되면, 이기와 독선과 권위주위에 빠져 도덕성과 분별력이 약화될 수도 있다. 머리와 심장과 손발이 조화를 이룬 전인적 인간이 되자면, 머리 외에 심장 그리고 손발 즉 행동적 실천이 따라야 한다. 이른바 지행일치知行一致, 명지독행明知篤行을 유념해야 한다.

선배 법조인들이 남긴 기성 법조의 치부나 미흡한 점을 '반면교사'로 삼는 한편, 앞서 말한 지행 또는 언행 간의 이중성을 경계하여야 한다.

역사는 유식한 사람들에 의해서가 아니라 의로운 사람들에 의해서 바로잡히고 또 발전되어 왔다는 점을 잊지 말아야 한다.

(2007. 2. 27.)

내가 겪은 유신, 긴급조치의 법정
– '10월 유신, 긴급조치' 토론회 여는 말

　38년 전의 야만적 권력과 비운의 고난을 이제 다시 반추하는 이유는 무엇일까? 학문 연구의 대상으로 적합해서 그럴 수도 있겠지만, 아직도 살아 숨쉬며 부활을 노리는 유신의 망령들을 직시하여 다시는 지난날과 같은 오욕의 역사를 재현시키지 않아야 한다는 깨달음과 다짐을 굳건히 하는 데 궁극의 목적이 있다고 하겠다.

　이번 토론회는 유신헌법과 대통령긴급조치를 정치적 법적 차원에서 점검하는 데 주안을 두고 있다는 느낌을 받았다. 나는 그런 관점에서 연구 결과를 담아낸 발제자들의 논문 내용과 중복을 피할 겸 '여는 말'의 성격도 살리기 위해서 유신재판을 둘러싼 체험과 기억을 중심으로 '이야기'를 하고자 한다. 규범의 효력 아닌 그 생태적 현장을 말하고자 한다.

　유신헌법은 '헌법'이 아니었다. 그러나 대통령긴급조치는 이름 그대

로 대통령으로서는 긴급한 조치였다. 박정희는 7·4남북공동성명, 남북
적십자회담, 남북조절위원회 회담 따위로 국민의 마음을 부풀게 한 다
음 기습적으로 유신을 선포했다. 그리고 무허가 제법으로 '유신헌법'을
제조했다. 이에 항의하고 폐기를 주장하는 국민들을 잡아넣기 위해 또
불법으로 고안된 올가미가 대통령긴급조치였다.

긴급조치 1호의 (유신)헌법 '부정 반대 왜곡 또는 비방'은 국가보안
법상의 '찬양 고무 동조'와 비견할 만한 저인망식 글짓기였다.

긴급조치를 비방하는 것도 긴급조치 위반이라고 했다. 절도죄를 비
난하면 절도죄가 된다는 식이다. 조치 위반행위를 알리는 것도 조치 위
반이라니 절도행위를 알리면 절도죄라고?

이런 조문의 아이디어를 내고 작업을 지휘했거나 실행한 하수인들
은 필시 검사나 그 상관들이었다. 그 기능공들은 가책 대신 영전을 누
렸다.

긴급조치사건이라 그런지 재판도 긴급조치로 해치웠다. 긴급조치 1
호위반의 사건번호 1호인 장준하 백기완 두 분 사건에서부터 그 본색
이 드러났다. 그 사건은 기소 10일만에 첫 공판을 열고 징역 15년 구형,
바로 다음 날 역시 징역 15년 선고, 이런 식이었다. 초스피드 못지않게
놀라운 것은 묻지 마 양형이었다. 구형에서 한 푼도 깎아주지 않는 판결,
그것은 '정찰제 판결'이었다. 나는 그때 말했다. "우리나라 정찰제는 백
화점 아닌 삼각지 군법회의에서 확립되었다고 역사는 기록할 것이다."

나중에 나온 긴급조치 4호의 '민청학련 사건'에선 피고인 32명 중
무려 29명이 정찰제 판결을 받았다. 양형은 천문학적이었다. 사형·무
기가 각 7명이나 되었고, 나머지 18명의 형기 합산은 340년에 달했다.

변호인은 피고인들이 무죄임을 확신하면서 동시에 유죄판결이 나리라는 것도 확신해야 하는 모순을 감당해야 했다. 피고인들은 죄인이 아니라 의인이었다. 굳이 '피고인'이니 불러야 한다면 '조겨받는 피고인'이었다. 진정 심판을 받아야 할 자는 군법회의 법정 단상에 환관 같은 하수인들을 내보낸 독재자였다.

단하는 심판의 대상이 아니라 심판의 주체였다. 단상에서 학생과 성직자의 본분론을 들먹이면 단하에선 군인의 본분론을 들이대며 통쾌한 역전승을 올렸다.

선고는 아무래도 좋았다. 15년 징역을 받고 당일로 항소를 포기한 분도 있었다. 항소를 취하한 분도 있었다.

피고인들은 법정에서 진술만 한 것이 아니었다. 발언 제지, 휴정, 경고, 퇴정 명령에 맞서 애국가 제창까지 했다. 결국 애국가를 부른 애국자들은 전원 퇴정을 당했다. 피고인석은 텅 비었다. 그런데 재판장은 나더러 "변호인, 변론하십시오."라고 했다. 나는 입을 열었다. "나는 방금 퇴정당한 젊은이들을 변호하려고 여기 온 것이지, 저 바닥의 텅 빈 의자를 변호하고자 온 사람이 아닙니다." 나는 변호인이라기보다는 '피고인'들과 업무분담을 하고 나간 사람이었다.

고문에 의한 허위자백을 주장하자, '일건 기록을 정사하여도 고문을 했다는 증거가 없다'고 했다. 재판 지휘자의 쪽지에 따른 재판의 효력을 문제 삼은 불복에 대해서도 '일건 기록을 정사하여도 쪽지 재판을 했다는 증거가 발견되지 않았다.'는 '명 판결'이 나왔다. 그건 맞는 말이었다. 일건 기록에 그런 사실이 적혀 있을 리는 만무하니까, 증거재판상 '증거가 없다'고 했을 뿐이겠지.

법치주의여, 어디로 가시나이까

구속된 분들이나 그 가족들, 그리고 많은 민주인사와 뜻있는 국민들이 "이게 무슨 재판이냐, 개판이지." 하며 규탄하고 분개했다. 변호인의 직책상 나는 그 분들에게 간곡히 설명을 했다. "군법회의는 어디까지나 '회의'니까, 그걸 재판으로 오해하고 화를 내실 필요는 없습니다."(그 뒤 국회는 '군법회의'를 '군사재판'으로 개명을 했다. 세대주는 그대로인데 문패만 바꾸어 단 셈이다.)

긴급조치 사건을 떠맡은 '비상보통군법회의'는 그 이름부터가 자가당착이었다. 비상이면 보통이 아니고, 보통이면 비상이 아닌데, 그런 모순 상극이 어찌 해학적이 아닐 수 있는가?

법정에는 추궁과 분노만 있는 것이 아니었다. 눈물겨운 감동의 밀물도 있었다. 긴급조치 1호 첫 사건으로 잡혀 온 백기완 선생의 주머니에선 단돈 5천원이 나왔다. 나는 물었다. "개헌운동을 주도하면서 상당한 돈이 필요했을 텐데요." 답은 이랬다. "민주주의와 통일을 바라는 엄청난 민심이 바로 우리들의 자금이자 힘이었습니다." 그런데 장준하 선생의 주머니에서는 단돈 180원이 나왔다고 한다. 참으로 눈물겨웠다.

긴급조치 4호, 민청학련사건의 김병곤 씨는 사형 구형을 받자 '영광입니다.'라고 말해서 듣는 사람을 숙연케 했다. 단상의 심판관 자리에 앉은 군인들은 피고인들을 비하하면서 딴소리를 하기도 했다. 긴급조치1호 위반으로 목사와 전도사들이 구속된 사실을 전국에 알렸다고 해서 역시 젊은 성직자들과 기독교단체의 일꾼들이 무더기로 구속된 사건의 법정에서 이런 질문질답도 오갔다. 단상, "김○○, 저기 있는 이○○가 혹시 당신의 애인이 아닌가?" 김, "아닙니다" 여기서 답이 끝났어야 하는데, 그게 아니었다. "그러나 그렇게 되기를 희망하고 있습니다."

단상단하가 일치단결이라도 한 듯이 폭소를 터뜨렸지만, 실인즉 그런 대답은 지독한 냉소이자 야유의 표출이었다.

군법회의는 그렇다 치고 최고법원인 대법원도 '싱고기기'시 '10편'이요, 지정곡처럼 되었다. 대법원은 인혁당 재건위 사건의 상고기각으로 대법원은 박정희의 기대에 맞추어 '사법살인'의 임무에 충실했다. 내가 변호한 경북대 총학생회장 출신의 여정남 씨도 대법원 판결 다음 날 새벽 통한의 형 집행을 당한 여덟 분 속에 끼어 있었다. 그의 변호인이던 나도 같은 서울구치소 감방 재소자의 몸으로 그 참극의 울 안에서 분노해야 했다.

변호사의 변론조차도 생트집을 잡아 긴급조치와 법정모욕죄로 구속했다. '인혁당 사건은 날조'라는 글을 쓴 시인을 구속하고, 그에 대한 변호를 그만두지 않는다고 변호인을 구속했다. 법원도 군법회의에 질세라 유죄와 실형을 주저하지 않았다. 대법원장은 전국사법감독관회의에서 법관들의 '확고한 국가관'을 강조하는가 하면, 하필이면 인권선언기념일 행사에서 '유신은 인권 보장의 첩경'이라고 말했다.

사법부는 독재자의 눈치와 주문 앞에 무릎을 꿇었고, 국민의 인권과 민주주의는 갈기갈기 찢겼다. 박정희는 긴급조치 1호, 4호를 해제할 때도 거짓말 술수를 썼다. 1974년 8.15경축식에서 부인 육영수 여사가 총격을 받고 사망한 뒤에 그는 이런 담화를 발표한다. "8.15 문세광사건으로 국민들이 북의 흉계를 깨닫고, 대통령 긴급조치의 참뜻을 이해했으리라 믿는다. 육영수 여사 서거 후 국민총화가 굳건해졌음을 보고 긴급조치를 해제하기로 했다"는 것이었다. 그러나 경과규정을 두어 이미 복역 중인 사람들은 하나도 석방하지 않았다. 시종 이치에 맞지 않

법치주의여, 어디로 가시나이까

는 말과 처사를 가지고 권력의 야욕을 채웠던 박정희, 그의 억지가 다시는 이 땅에 부활되지 않기 위해서 우리 국민도 긴급한 조치를 취해야 할 시점에 서 있다.

오늘의 이 토론회는 박정희 유신체제에 대한 법이론적 비판과 아울러 그런 희대의 악령이 등장하게 된 배경과 원인까지 따져 봄으로써, 38년 전의 포악과 억지가 '각설이'처럼 다시 나타난 오늘의 현실에 올바른 시대정신의 깃발을 휘날리도록 해야 할 것이다.

생각건대, 이런 토론회에서 '여는 말'은 메인 디쉬라 할 주제와 본론에 대한 애피타이저 즉 입맛 돋우기 역할을 해야 된다고 믿는다. 안방 아닌 현관이나 대문 근처에서 손님을 맞는 소임을 내가 맡게 되었다고도 할 수 있다. 과연 내가 '어텐숀 플리즈Attention Please'를 제대로 했는지 모르겠다.

이 행사를 마련하신 여러분, 발제와 토론을 맡아주신 여러분께 감사와 치하의 말씀을 드린다.

(2012. 10. 24.)

한국의 사법부, 그 60년의 궤적

- 사법제도비교연구회 제53회 연구발표회에서

존경하는 김지형 대법관님과 박시환 대법관님을 비롯한 사법부의 여러분, 또 신동운 교수님을 비롯한 학계의 여러분, 그리고 저와 함께 2년 동안 고생하신 사법제도개혁추진위원회 위원 여러분 앞에서 오늘 이처럼 발표를 하게 된 것을 매우 영광스럽게 생각합니다.

지금까지 우리나라의 사법을 논하는 자리에서 언급을 삼가온 내용에 대해서도 거론을 하고자 합니다. 우리의 사법 60년을 되돌아보는 일이 비단 과거에 대한 기억이나 학습의 차원에서만이 아니라 한국의 사법이 당면하고 있는 오늘과 내일의 과제를 풀어나가기 위한 깨달음과 처방에 다가가는 바른길이라고 믿기 때문입니다. (이하 발표 요지)

시련과 부끄러움 그리고 아픔의 역사

해방 직후와 건국 초기의 우리나라 사법부 내지 법조계는 국정의 다

법치주의여, 어디로 가시나이까

른 분야와 마찬가지로 일제의 연장선상에 있었다. 일제하의 판검사와 법원 검찰 일반직 중에서 약식시험을 거친 판사들이 재판관석에 군림했다. 동족에 대한 일제의 식민지 통치에 가담하고 협력하였기에 마땅히 퇴출과 심판의 대상이 되었어야 할 사람들이 오히려 사법권을 행사함으로써 해방 조국의 민족정기를 담아내는 정통성은 찾아볼 수 없게 되었다.(전문 인력의 부족으로 부득이?)

이승만 초대 대통령은 집권 기간 중 사법부의 독립을 끊임없이 흔들거나 위협하였다. 심지어 국회에 보낸 치사에서 사법부를 무시하고 매도하는 말을 서슴치 않았는가 하면, 법원 판결에 대한 불만과 사법권 제약의 필요성을 공언하기도 하였다.

다행히 김병로 초대 대법원장은 이에 대하여 정면으로 반박하고 항의하는 등 행정부의 반칙 공격에 강력히 대응함으로써 한국 사법의 초기에 기백 있는 전통을 보여주었다.

5.16 후의 군사정권 시대는 사법의 암흑기였고, 법관들이 법관답게 사법권을 행사하지 못한 치욕의 시기였다. 5. 16 쿠데타세력은 국회를 해산하고 국가재건최고회의가 사법을 포함한 3권을 장악하였는가 하면, 3선개헌까지 감행하는 비민주적 장기집권의 와중에서 재야인사, 학생 등 저항세력을 탄압하는 수단으로 소위 공권력과 아울러 사법기능을 악용하였다. 민주화세력 등을 시국사범으로 투옥하고 반국가사범으로 몰아 기소하면 법원은 거의 통과의례처럼 유죄와 엄벌로 화답하였다.

1972년의 10월유신 후에 나온 유신헌법과 유신통치 아래서는 적어도 정치적 사건 내지 시국사건에 관한 한 사법기능은 독립성을 상실하고 집권측의 요구나 기대에 영합, 편승 또는 체념함으로써 압력을 수용하는 것이 일반적 분위기였다.

대통령 긴급조치 1호와 4호 사건은 비상계엄 하의 군법회의에서 다룬 것이어서 소송절차, 능서반년, 법률적용, 양형 능에 거기 지내 시 구처언 표본이었다. 사형, 무기 등 중형이 남발되어 '정찰제 판결'이 양산되었는가 하면, 유신헌법 비판, 개헌 주장에 15년을 과하고, 민청학련과 인혁당 사건에 사형을 양산함으로써 민주 법치주의의 거세를 서슴지 않았다. 심판부에 참여한 판검사들도 수갑이라도 풀어주라는 말 한 마디 못하고 장식용으로 앉아만 있었다.

문제는 상고심인 대법원조차 군법회의의 각본 재판을 그대로 추인함으로써 최고법원으로서의 책무를 완전히 저버렸다는 데 있었다. 특히 인혁당 재건위 사건 피고인들에 대한 사형을 맹목적으로 서둘러 확정하여 형의 신속 집행에 협력함으로써 '사법살인'의 오명을 함께 뒤집어쓰고 말았다.

5공의 전두환 정권, 6공의 노태우 정권을 거치는 동안에도 사법의 위상은 호전될 수가 없었고, 재판에 대한 국민의 의혹 불신은 저주와 분노로 번지는 가운데, 법정소란, 재판거부 사태가 빈발하였다. '판사의 검사화', '유신 판사'라는 악평이 나돌면서 법원의 권력추종적 태도가 국민적 비난의 표적이 되었다.

그동안의 치욕적 상황은 역대 대법원장의 발언으로 더욱 분명하게 확인되었다.

어느 분은, 유신은 인권 보호를 위해서 필요하다고 했고, 또 다른 분은 자기 재임시절을 '회한과 오욕으로 얼룩진 시대'라고 개탄했다. 각본대로 따라달라는 주문도 받았다고 했다. 또 한 분은 투철한 국가관에 의한 판결, 국가안보와 사회방위에 역점을 둔 법원의 기능을 강조하였다. 시국사건의 재판 결과를 놓고 인사상 불이익을 주거나 재임명 거부를 이끌어낸 대법원장도 있어서 분노를 확산시키기도 하였다.

1987년의 6월 민주항쟁은 장기화된 군사독재정권에 대한 범국민적 저항으로서. 이른바 '6.29선언'을 이끌어냈다. 그로써 정치체제의 반민주적 요소를 일정 부분(통대선거 등) 시정하고 탄압적 조치를 푸는 등 민주적 전환의 계기를 마련하는 데 성공하였다. 아쉽게도 야권 지도자의 분열로 노태우 정권의 출현을 받아들일 수밖에 없었으나, 사법부에 대한 노골적인 간섭은 전과 같지 않았다. 보도지침 사건 등 장기미제사건 중 일부가 무죄로 바뀐 것도 6월항쟁 이후의 분위기와 무관하지 않았다고 보며, 이일규 대법원장 취임 후의 사법부가 비교적 건강을 되찾은 것도 마찬가지로 설명할 수 있을 것이다.

저항의 몸짓 – 사법의 명맥을 지키다

사법부의 무력과 순응만을 말하고 오늘의 담론을 끝낼 수는 없다. 사법권의 독립을 살리기 위한 안간힘과 용기를 다한 자랑스러운 사례도 이야기해야 한다. 그처럼 험난한 가운데서 양심과 소신을 굽히지 않은 그 분들의 결단과 수난을 잊어서는 안 되겠다.

진보당 사건의 유병진 부장판사, 무장군인 난입에도 굴하지 않은 양헌 부장판사, 동백림사건 상고심에서 간첩 무죄를 선고하고 붉은 도당으로 협박당한 대법관들, 《다리》지 무죄 판결을 선고하고 법원을 떠난 목요상 판사, 김재규 사건 상고심에서 소수의견을 내고 박해를 받거나 사표를 강요당한 6인의 대법관들, 반공법, 긴급조치 사건에 과감한 무죄 선고를 하고 옷을 벗은 이영구 부장판사. 그들이 있었기에 한국의 사법부는 그나마 머리를 들 수가 있게 되었고, 자랑스러운 전통의 단절을 면할 수 있었던 것이나.

1971년의 제1차 사법파동, 1988년의 제2차 사법파동, 그리고 1993년의 제3차 사법파동 또한 그 발단의 계기나 전개 양상은 조금씩 다르지만, 사법권 침해에 대한 법관들 자신의 항거와 수호의지의 다짐, 자체 반성과 개혁의 촉구라는 면에서 공통점을 갖는다. 물론 그 파동이 일과성에 그쳤다던가, 당시에 제기한 사법권의 독립이나 개혁의 외침이 가시적인 성과로 이어지지 못한 채 구태가 재연된 아쉬움이 있기는 하지만, 현직 법관의 신분으로 그만한 의지와 결집을 보여준 것은 우리 사법사에 기록될 만한 자랑스러운 사건이었다고 하겠다.

1993년의 문민정부를 거쳐 1998년의 국민의 정부와 2003년의 참여정부 하에서는 사법부에 대한 집권자의 간섭은 찾아볼 수가 없게 되었고, 권력에 의한 재판권 행사 방해는 사라졌다. 그야말로 헌법과 법률, 양심과 소신에 의한 재판이 가능하게 되었다. 그것은 법관의 행복이자 국민의 행복이었다. 그러나 한편으로 그 독립이 독단이나 자의로 기울 때는 법관의 불행이자 국민의 불행이 될 수도 있는 위험을 아울러 경계해야 한다.

외풍과 내풍 – 사법부의 독립은 필요조건일 뿐

사법권의 독립은 올바른 사법 실현의 중요한 필요조건일 뿐 충분조건은 되지 못한다. 올바른 사법은 외풍 만에 의해서가 아니라 내풍(법원의 내부적 요인)에 의해서도 흔들린다. 법조비리, 전관예우. 유전무죄 무전유죄, 권위주의적 재판, 법원 내부의 잡음 등이 사법의 위상을 흐리게 하고 재판에 대한 국민의 신뢰를 떨어뜨린다. 그중에서도 전, 현직 법관의 뇌물 수수 등 각종 비리 혐의는 충격을 넘어선 허탈과 아울러 사법에 치명적 상처를 안겨주게 된다.

앞서의 내풍과 연계된 새로운 외풍도 사법부를 긴장시키는 변수로 등장했다. 이미 확정판결이 난 과거사건의 재조사 활동, 재심 무죄의 판결들, 긴급조치 판결의 무효 입법론까지는 지난날의 오류에 대한 시정이라는 관점에서 이해한다고 하더라도, 법원 검찰 사이의 반복적인 갈등, 법관에 대한 테러, 법정 안팎의 소란, 재판에 대한 압력성 항의 시위, 법조비리에 대한 사회적 비난 등은 우리 사법부가 극복해야 할 힘겨운 과제라 할 것이다.

과거의 확정판결을 다시 따지는 재조사나 재심 논의의 대상은 거의 국가보안법을 적용한 시국사건임을 주목해야 한다. 그것은 국가보안법이 정치적으로 악용된 경우가 많았다는 불행을 반영하는 터이며, 무고한 희생자가 많았다는 과거사를 의미하는 것이다. 특히 반국가단체론, 국가기밀의 범위, 찬양 고무 동조 회합의 해석에 논리적, 현실적인 결함이 여전히 드러나고 있다. 남북한 유엔 동시 가입, 남북기본합의서의 발효, 남북간의 왕래 교류 협력의 실상 등을 도외시한 국가보안법 적용은 타당하지 않으며, 자백의 증거가치 판단 등 증거재판주의가 엄격하게 적용되어야 한다.

근년 퇴임한 고위 법관들은 재임 중의 재판에 대하여 자성하는 분이 있는가 하면, 외부의 비판을 부정적으로 보는 분들도 있었다.

최종영 대법원장은 시민단체와 정치권이 법관의 재판 결과를 원색적으로 비난하는 여론재판이 사법부에 대한 민주적 통제의 금도를 벗어난 것이라고 했다. 이용우, 강신우 대법관도 외부의 탓을 말했다.

그런가 하면, 손시열 대법관은 신비정신과 인 생에 대한 요 은 동침을 강조했다. 유지담 대법관은 독재 권위주의 시대의 침묵을 부끄럽게 생각한다는 겸허한 자성을 피력했다.

어느 의견을 따를 것인가는 각자의 판단에 따라 다를 수 있으나, 적어도 유신치하에서 법관생활을 한 분이라면 법관으로서의 자성이 선행되어야 마땅하다고 본다.

그밖에 한국의 사법이 안고 있는 고질적 증세는 아직도 다양하고 심각하다. 이러한 현상은 종합적이고도 과감한 사법개혁에 의해서만 치유가 가능하고 또 시대의 진운에 뒤지는 후진성을 벗어날 수가 있는 것이다.

우리나라 사법제도의 선진화를 기하고자 사법제도개혁추진위원회가 지난 2년 동안 여러 사법개혁 입법안을 성안하여 정부안으로 국회에 넘겼다. 사개추위는 그 광범위한 논의구조나 민주적인 논의과정 그리고 10여 년간 축적된 논의 성과의 총체적 결산이라는 면에서 획기적인 개혁입법을 기했다고 자부한다.

그 내용은 국선변호의 확대, 공판중심주의의 강화, 재정신청 대상의 전면 확대, (이상 형사소송법 개정안) 권고적 효력을 갖는 배심재판제도 도입, 법조윤리위원회의 신설, 양형기준의 정립, 로스쿨 제도 도입 등을 포함하고 있다. 이상의 법안은 국회에서 모두 입법화됨으로써 사법개혁이 제도상으로는 어느 정도 마무리 되는 성과를 올렸다. 다만, 군사법의 개혁과 고등법원 상고부 설치를 내용으로 하는 법안이 아직 처리되지 않고 있어서 아쉽다.

사법부의 자기성찰과 거듭나기

너무 당연한 말이지만, 국민의 신뢰를 받을 수 있는 공정한 사법을 구현하기 위하여 사법부의 자기혁신이 선행되어야 한다. 공정한 재판이라는 믿음을 얻기 위해서는 법정 안에서의 재판 진행부터 달라져야 한다. 법관들이 여전히 권위주의를 버리지 못하고 군림해서는 안 되며, 좀 더 친절한 말씨와 인내심 그리고 여러 진술을 경청하는 자세를 갖추어야 한다. 당사자나 변호인을 친소관계나 연륜에 관계없이 공평하게 대하여야 한다.

예단을 보이거나 혐의를 부인하는 진술을 성가시게 보아서는 안 된다. 재판의 지나친 지연이나 졸속은 조심해야 한다. 재판의 장기화나 미결 방치는 오해의 소지를 낳는다. 심하게는 재판의 시효를 넘기는 사례도 있었는데, 이는 직무유기나 다름없다. 법에 정해진 재판시한을 훈시규정이라는 이유로 경시해서도 안 된다.

증거 조사가 요식화에 흐르지 않아야 한다. 가혹행위 등에 의한 허위자백을 간파하고, 사안에 따라서는 판결문에 증거 설시를 좀 더 자세히 하는 것이 좋다. 종래 무리한 수사라는 문제 제기가 많았던 유형의 사건에서는 조서 의존의 판단을 자제해야 한다.

양형의 편차는 재판 불신의 가장 큰 요소의 하나이다. 특히 기업범죄, 화이트칼라형 범죄에 대한 양형에 납득키 어려운 사례가 빈발했다.

사법부는 흔히 보수적 성격을 띤 집단이며 법적 안전성을 중시해야 한다고 말한다. 그러나 그런 말이 법관 내지 법원의 수구화, 정체화, 시대착오적 화석화, 관료화를 용납하는 구실이 되어서는 안 된다. 사회의 변화와 진운에 눈감은 사법은 시대착오적인 재판을 드러낸다. 판결문도 사법민주화에 걸맞게 쉽게 쎄어서야 한다. 상급심의 심사 법도만 머두세 두지 말고 당사자와 세상 사람을 납득시키는 기능을 중시해야 한다.

이제 법관들은 법복에 쌓인 권위주의 대신, 공정하고 공평한 재판을 통해서 참다운 권위를 세워나가야 한다. 지난날 사법부의 과오와 불신 요인을 겸허하게 성찰하고, 사법의 명예와 명맥을 지키는 데 헌신했던 선배들의 뜻을 이어받아 역사 앞에 부끄럼이 없는 법관상을 확립해 나가야 한다. 법률전문가로서의 기능적인 존재에 자족해서는 안 되며, 보편적 가치를 추구하는 한 시대의 양심이 되어야 한다. 유감스럽게도 사법부의 시련은 불시에 나타난다. 그 요인은 외부(권력)에도 있고, 내부(법원)에도 있다. 지난날의 치부였던 권력눈치보기나 영합 체질에는 면역성이 없다. 언제 또 재발할지 모른다. 너무 원론적인 이야기지만, 그것을 막을 수 있는 처방은 아무리 유식한 말을 동원해도 궁극적으로는 법관 자신의 양심 자체다. 양심의 성채城砦만이 외부의 침해뿐 아니라 내면의 일탈도 막아 줄 수 있다.

우리가 기회 있을 적마다 입에 올리는 '법의 지배'는 현실적으로는 입법자의 지배, 행정권의 지배, 법관의 지배일 수밖에 없다. 3권을 분담하는 그네들의 실체 여하에 따라서는 '법의 지배'란 것도 허상에 그칠 위험이 크다. 특히, 민주적인 역량과 양식이 모자란 사람들이 법치를 빙자한 '정치의 사법화'를 선호하는 풍토에서는 자칫 그에 휩쓸리는 '사법의 정치화'도 경계하지 않을 수 없다. 이 점에서, 지난날의 사법부 이야기는 바로 오늘의 이야기, 그리고 내일의 이야기일 수밖에 없다.

법치주의여, 어디로 가시나이까

오늘의 사법부는 어떤가? 현직 대법원장의 말과 이명박 대통령의 말을 인용, 비교하고, 언론의 평가를 요약해서 임상보고서로 삼는다. 한국 사법 60주년 기념식에서 이용훈 대법원장은 "사법부가 헌법상 책무를 충실히 완수하지 못해 실망과 고통을 드린 데 대해 죄송하다는 말씀을 드린다."고 말했는데, 바로 그 자리에서 이명박 대통령은 "사법의 포퓰리즘은 경계해야 한다."고 했다. 그러자 언론에서는 '대통령이 사법부를 폄하했다.' 또는 '대통령의 말은 삼권분립을 무시한 월권이다.'라는 기사, 사설, 논평이 떴다. '법원도 권력과 코드 맞추기 우려' 또는 '시국사건에 구속 남발'이라는 주장이 언론에서 자주 회자되고 있는 것이다.

(2008. 12. 11.)

사법부 블랙리스트,
'외풍'보다 무서운 '내풍'
─〈프레시안〉 '관점이 있는 뉴스' 인터뷰

숱한 시국사건의 변호를 맡았던 한 변호사가 반공법 피고인이 된 것은 한 편의 글 때문이었다. 1972년 9월 〈여성동아〉에 쓴 「어떤 조사」라는 제목의 수필로, 사형제도를 비판하는 내용이었다. "신문 한 귀퉁이에, 눈에 뜨이기도 힘든 일단 기사에서 당신의 죽음을 알았습니다. 사형이 집행된 것입니다.(중략) 법에 사형을 규정한 조항이 너무나 많다는 입법의 과오, 생명형 아닌 다른 형벌을 선택할 권한을 용기 있게 행사하지 못하는 사법의 과오. 이런 것이 어쩌면 당신을 이 세상으로부터 앗아갔을지도 모릅니다."(「어떤 조사」 중)

검찰은 여기서 등장하는 '당신'을 '유럽 간첩단 사건'에 연루돼 1972년 7월 사형당한 김규남 전 공화당 국회의원이라고 지목하고, 간첩으로 처형된 자의 죽음을 애도한 것은 용공容共이라고 주장했다.

「어떤 조사」의 문제는 사실 허울에 불과했다. 그가 구속기소되기에 앞서 두 가지 사건이 있었다. "대한변호사협회 회장을 역임하신 이병린 변호사가 당시 재야 민주세력의 중심체인 민주회복국민회의 대표위원을 맡고 있었는데, 중앙정보부 요원이 이 변호사에게 '대표위원을 사퇴하지 않으면 간통죄로 구속될 것'이라고 협박을 했다고 합니다. 그래서 제가 법조 출입 기자들에게 '이럴 수가 있느냐'며 울분을 토했는데, 이튿날 신문에 '한승헌 변호사의 전언'이란 부제까지 붙은 기사가 크게 나간 겁니다. 바로 그날 중정 수사관이 제 사무실에 찾아와 몇 가지 묻고 가더니, 그 다음날 밤 나를 집 앞에서 강제로 연행해 갔습니다."

끌려간 곳은 남산 중정 지하실이었다. 요원들은 「어떤 조사」가 실린 책을 꺼내 보여주며, 이 글은 용공이라는 식으로 몰아붙였다. 한 변호사는 "김규남의 '김'자도, 간첩의 '간'자도 없다."며, 이 글은 사형제도 자체를 비판하는 글이지, 어느 특정인을 놓고 쓴 글이 아니라고 했다. 혐의를 인정하지 않자 가혹 행위가 시작됐다. 밤새 잠 안 재우기는 물론이고 몽둥이까지 등장했다. 말로만 듣던 대로의 곤욕을 치르고 사흘 만에야 풀려났다. 그로부터 두 달 뒤, 민청학련 사건으로 구속됐다가 석방된 김지하 시인이 〈동아일보〉에 인혁당 사건의 조작설을 주장하는 기고를 했다가 다시 구속되는 사건이 일어났다. 이전에 「오적」 사건 때도 그의 변호인이었던 한 변호사는 다시 변호를 맡고 나섰다. 그런데 변호인 선임계를 서울지방검찰청에 직접 제출한 그 날 바로 중정에서 전화가 왔다. "변호인을 사퇴하라는 요구를 하더군요. 그에 불응했더니 다시 두 번째의 전화가 와서 같은 요구를 되풀이하는 것이었습니다. '다른 사람이 김지하 사건을 맡아도 좋다. 당신이 다른 시국 사건을 맡아도 좋다. 그러나 당신이 김지하를 변호하는 건 그냥 두고 볼 수 없다'라고 큰

소리를 치더군요. 저는 어찌 변호인 선임 자체를 문제 삼을 수 있느냐고 항의했습니다. 그러자 그 중정 직원은 '상부 명령이라 어쩔 수 없다'고 했습니다. "상부 명령이라 어쩔 수 없다." 하니 이 벤드가 말한 '악의 평범성'이 거기에 있었다.

두 번에 걸친 협박성 요구를 연달아 거절하자, 중정에서는 다시 한 변호사를 강제연행해 갔으며, 마침내 정식 구속영장이 떨어졌다. 명분은 앞서 문제 삼았던 「어떤 조사」의 반공법 위반 혐의였다.

한 변호사의 구속 소식이 알려지자, 129명이라는 사상 초유의 대규모 변호인단이 구성되었다. 국내외 많은 인권 단체 또한 석방 운동에 나섰다. 그러나 재판은 불리하게 돌아갔다. 1심 재판부는 변호인단의 보석 청구와 기피 신청을 모두 기각하더니 결국 징역 1년 6월, 자격정지 1년 6월 실형을 선고했다. "통상 이런 사건에서는 겁주기 식으로 기소와 재판을 하고 나서 집행유예를 선고하는 것이 관례처럼 되어 있었는데, 제 경우에는 그게 아니었습니다." 1심 판결문은 황당하리만큼 이상했다. 공소사실에서는 간첩 김규남을 애도했다며 문제를 삼았는데, 정작 판결문에는 그 점에 대한 아무런 판단이 없었다. 엉뚱하게도, 글에도 없고 따라서 단 한 번의 문답도 나온 바 없는 '반공법 폐지 주장'을 범죄사실로 내세웠다. 항소를 거쳐 대법원까지 올라갔지만 상고는 기각 당했다. "대법원 선고기일이 의외에도 빨리 잡혔습니다. 이상해서 알아보았더니, 정년 퇴임이 얼마 안 남은 주심 대법관이 '누가 해도 욕먹을 사건이라면 차라리 내가 안고 가겠다'라고 실토하더라는 것이었습니다." 한 변호사는 결국 '사법 피해자'가 되어 억울한 옥살이를 했다. 변호사 등록도 취소됐다. 그러나 사법 피해자들을 위한 그의 활동은 멈추지 않았다. 복역을 마친 뒤 변호사 자격을 회복할 때까지 그는 변호인석 대신 방청석을 드나들며 시국 사건 피해자들을 도왔다. 그렇게 42년이 지났다. 지난 6월 22일, 그는 재심에서 무죄 판결을 받았다. 재판부의 사과는 없었느냐고 묻는 이도 있었다지만, 그저 무죄 판결만으로도 고마웠다고 했다. 그렇다고 마냥 기쁠 수만은 없었다.

"저는 그래도 8년 만에 복권이 되어 다시 법조인 생활을 하면서 살아왔지 않습니까. 반면, 재심의 기회도 얻지 못하고 고통 속에 여생을 보내고 있는 사법 피해자들이 아직도 많습니다. 또 처형되거나 사망한 뒤에 재심에서 무죄를 선고받은 억울한 피해자들도 적지 않습니다. 제 재심의 계기가 된 유럽 간첩단 사건의 김규남 의원의 경우도 2015년에 재심에서 무죄가 확정되었지만, 피고인들은 이미 40년도 전에 처형됐습니다. 목숨은 이미 사라졌는데 무죄가 나온다 한들 무슨 의미가 있습니까. 그런 생각을 하니 안타까웠고, 그래서 '때 늦은 정의는 정의가 아니다'라는 윌리엄 그래드스턴의 말을 상기시키기도 했는데, 그 말이 마치 저의 재심을 두고 한 말처럼 일부 언론에서 잘못 인용되는 바람에 곤혹스럽기도 했어요."

유럽 간첩단 사건이 무죄 판결을 받았을 당시에도 그는 슬픔에 젖었다. 자신의 명예 회복 기회가 왔다는 기쁨보단 오판으로 처형된 고인의 억울함이 더욱 사무치게 다가왔다. 그래서 재심을 꺼렸다. 그러나 동료·후배 변호사들의 끈질긴 설득으로 뒤늦게야 그는 재심을 청구했다.

과거 전두환 대통령 때에 임기를 마치고 퇴임한 이영섭 대법원장은 퇴임사에서 자기의 재임 시절을 "회한과 오욕의 나날"이라고 말했다. 그만큼 과거 사법부가 정권에 휘둘렸다는 얘기다. 사법부의 회한과 오욕의 역사를 변호인으로서, 또는 피고인으로서 지켜본 한 변호사는 '추종 법관'들에 대해 "보기에 딱했다"고 술회했다. "왜 재판부에 대하여 서운한 마음이 없었겠습니까. 하지만 시대가 시대이니만큼 큰 기대는 하지 않았습니다. 어떤 의미에서는 저들도 피해자였고, 권력에 굴복한 패배자였습니다. 자기 소신을 펴지 못하는 저들의 심정은 오죽할까 하는 마음도 들었습니다."

정권과의 관계를 생각해 보면, 사법부도 한 변호사의 주장대로 일종의 피해자, 패배자에 속할 수 있다. 그러나 국민이 보기에 사법부는 그보단 가해자 그룹에 가깝다. 그런 점에서 역사학계와 법조계 일부에선 과거사 문제 해결을 위해 부당한 재판에 관여했던 법관의 책임을 거론하는 주장이 나오기도 한다.

최근 과거사 재심에서 무죄가 나오는 경우, 판사들이 선배 법관들을 대신해 법정에서 사과를 하는 경우가 더러 있다. 한 변호사는 이에 대해선 "대단히 좋은 일"이라며 "비록 선배 법관이 저지른 일이지만 국민 입장에서 보면 같은 사법부의 일원이므로, 오판에 대한 고통에 대해 사죄하는, 이런 사례가 쌓이면 사법부가 국민 신뢰를 회복할 수도 있지 않겠느냐"고 했다. 현 정부 들어 법조계 전반에 개혁 바람이 불고 있다. 한 변호사는 사법 개혁의 요체는 독립이며, 사법부의 독립은 두 가지 측면에서 봐야 한다고 말했다. 즉, 사법부 밖으로부터의 간섭이나 침해, 즉 '외풍'과 사법부 내에서 정치적인 분위기에 영합하거나 편승하는 '내풍' 두 가지를 다 막아내야 한다는 주장이다. "지금은 외풍보다 무서운 것이 내풍이라고 생각합니다. 과거에는 외풍을 막아내지 못해 떠밀려서 많은 오판이 생겼지만, 지금은 사법부 내의 관료적 위계질서나 법관 상호 간의 친분이 작용해서 재판에 영향을 미치는 경우도 적지 않은 것 같습니다. 과거 세 번에 걸친 사법 파동 모두 외풍에 초점이 맞춰져 있어 내풍을 간과했다는 성찰이 나오기도 했습니다. 저는 지금이 사법부의 내풍에 대해 거론하기 좋은 시점이라고 봅니다. 지금 '사법부 블랙리스트' 파동이 진행되고 있지 않았습니까? 최근에 사실심 판사들이 대법원장에게 그 진상 규명을 요구하고 있는데, 제대로 짚고 넘어가야 할 중요한 문제라고 생각합니다. 이런 움직임이 재판권의 독립, 개별 법관의 독립을 위해서 바람직한 일이라고 봅니다."

정보기관인 국가정보원도 개혁에 착수했다. 국정원은 내외부 인사들로 구성된 적폐청산TF를 설치하고 13가지 적폐 사건에 대해 조사를 진행하고 있다. 이와 맞물려 국정원의 존립 근거라 할 수 있는 국가보안법도 폐지해야 한다는 주장이 심심치 않게 나오는 상황이다. 국보법 폐지는 참여정부 당시 4대 개혁입법 과제 중 하나였지만, 반대 여론에 밀려 흐지부지되고 말았다. 시국 사건 변호인이자 반공법 피해자이기도 한 한 변호사는 국보법이 법리적 측면에서나 구체적 적용 면에서 심각한 문제점을 안고 있는 법률이라고 지적했다.

"국가보안법은 기본적으로 북한이 반국가단체임을 전제로 만들어진 법입니다. 그런데 우리 헌법과 7.4 남북공동성명, 남북기본합의서와 부속합의서, 남북한 유엔 동시 가입 및 남북 당국자 간 교섭 합의 사례 등을 본다면, 북한을 반국가단체로 보기 어려운 조항이나 내용들이 적지 않습니다. 만일 북한이 반국가단체라면 마땅히 무력으로라도 궤멸시킬 의무가 정부에 있다고 봐야 하는데, 이는 헌법 제4조의 평화통일 조항과 모순됩니다. 그리고 유엔 헌장 4조엔 평화 애호 국가만을 회원으로 한다고 명시돼 있는데, 북한이 반국가단체라면 왜 대한민국 정부가 북한에 권유하여 함께 유엔에 들어갔는지를 설명할 수가 없어요. 가장 놀라운 것은 1992년 채택된 남북기본합의서와 부속합의서입니다. 입의서를 보면, 남과 북은 상호 관할구역을 인정하고 내정에 간섭하지 아니하며, 상대방을 파괴 또는 전복하려는 일체의 행위를 하지 아니한다는 대목이 있습니다. 남북 정부가 공식적으로 합의한 내용입니다. 이것도 '북한은 반국가단체'라는 등식과 맞지 않습니다. 정작 우리 정부가 나서서 그런 합의를 했을 때도 국민들이 '용공 정권'이라고 대거 규탄한 기억이 없습니다. 정부가 하면 영단이고 국민은 말만 해도 범죄라는 모순을 씻어내야 합니다."

정치 검찰에 대해서도 쓴 소리를 던졌다. 한 변호사는 과거 시국 사건을 변호했다는 이유만으로도 검찰에 의해 구속 기소까지 당했다. 그러나 이는 과거만의 일이 아니다. 서울시 공무원 간첩 조작 사건, 북한 보위부 직파 간첩 조작 사건 등의 변호를 맡은 장경욱 변호사도 최근 검찰에 소위 '찍힌' 변호사다. 검찰은 장 변호사가 간첩 혐의를 받고 있는 피고인에게 거짓 진술을 강요했다는 이유로 대한변호사협회에 징계를 요청하기도 했다.

한 변호사는 "시국 사건에서 검찰을 '물 먹였다'는 이유로 담당 변호사들의 흠집을 잡아서 압박을 주는 것은 한 마디로 검찰의 자해행위라며 "검찰이 지금까지 얼마나 분별없이 권력을 남용하였으며, 경우에 따라선 권력자에 영합했는지를 보여주는 사례"라며 검찰 개혁을 촉구했다. 검찰 개혁은 문재인 정부의 최우선 과제이기도 하다. 문 대통령은 취임 직후 검찰을 개혁 대상 1호로 선정할 만큼 강한 의지를 보이고 있다.

"문 대통령은 노무현 정부 때 직접 검찰 개혁의 실패를 경험한 분이 아닙니까. 그 당시 검사들과 노 대통령이 소위 말해 '맞짱'을 뜨는 장면을 방송으로 본 사람 중에는, 검찰은 정권 초장에 잡아야 한다고 생각하는 사람도 많을 겁니다. 당시 노 전 대통령과 신경전을 벌이던 검찰은 나중에 진짜 정권으로부터 독립한다는 듯이 노 전 대통령의 측근을 잡아들였습니다. 후일 노 전 대통령의 비운은 사실 그 연장선상에서 일어났다고 볼 수 있습니다."

한 변호사는 그러나 검찰 개혁이 성공하려면 우선 검찰 조직 내부의 진통을 줄여야 한다고 했다. 그는 그런 점에서 문무일 신임 검찰총장이 당장은 검찰 개혁에 대해 소극적인 태도를 보이고 있는 것을 노상 부정적으로만 볼 일이 아니라고 했다.

"많은 사람이 국회의 검찰총장 청문회를 보며 답답해했을 겁니다. 그런데 검찰 개혁은 총장 의지대로만 되는 것은 아닙니다. 기관 부처의 책임자 또는 관리자는 조직에 자극도 줘야 하지만, 추스르기도 해야 하는 복합적 입장이 있습니다. 그래서 검찰총장도 청문회 자리에서는 무난하게 답변의 기조를 정하지 않았나 싶습니다. 실인즉, 검찰 개혁의 제도적인 틀은 국회의 입법사항이란 점을 국민들이 이해하고 주시해 주길 바랍니다."

(2017. 8. 2.)

국가권력과 인권

– 인권연대 연수 특강

첫머리에

가장 오래된 문제가 가장 새로운 문제라고 했던가? 사람과 법, 인권과 국가 상호 간의 관계 역시 오랜 인류 역사의 흐름 속에서 중요한 성찰의 주제가 되어왔다. 고래로 생성 발전해 온 법이라는 강제규범 속에서 인권 내지 인간은 어떤 위상에 놓이게 되었는가? 인간은 법의 규제 대상인가, 보호대상인가? 이런 문제를 더듬어보는 것이 이 논의의 출발점이라면, 인간의 존엄과 권력의 본능, 인간과 법의 갈등, 그 아픔을 실증해 준 한국적 경험, 인권의 외연 확대에 따른 새로운 과제 등을 두루 살펴보는 것이 오늘 이 강론의 숙제라고 할 것이다.

이번 인권연대의 교사 연수 안내에 '살아 있는 역사를 배운다'라는 목표가 나와 있었다. 그래서 '살아 있는 인권의 역사'와 '살아 있는 인권의 현실'을 살피는 것으로 이 강좌를 진행해 나가기로 한다.

국민의 기본권에 관련된 주목할 만한 사례들

- 이른바 '전관예우'를 불식시키기 위한 방안을 마련하기 위해 국회, 대법원 등 국가 최고기관과 대한변협 등 민간단체에서 특위를 구성, 공청회 등 세론의 집약에 나섰다. – 공정한 사법의 저해요인 상존

- 박 대통령이 '법 앞에 만인이 평등하다는 원칙 아래 유전무죄 무전유죄와 같은 부끄러운 말이 더 이상 나오지 않도록 해야 한다.'고 말했다.(2013년 4월 25일, 법의 날 기념식 축사) 그는 또 '약자에게 법이 정의로운 방패가 되는 사회를 만들 것'이라고도 했다.(같은 해 3월 25일 대통령 취임사) – 대통령의 원론적 언급

- 현직 검사가 직무 관련 비리로 구속되는 사태가 연달았다. 스폰서 검사, 그랜저 검사, 벤츠 여검사 등의 치부가 드러나자 검찰은 공황상태에 빠졌고, 검찰총장이 대국민사과를 했다. 자기가 집무하는 검사실에서 여성 피의자를 희롱하고 성관계를 맺은 초임 검사까지 나왔다. – 검사 겸 범죄인의 속출

- 박정희 정권 이래 검찰은 정치권력의 도구 노릇을 서슴치 않았다. 특히 정보기관이나 청와대에 파견된 검사들은 유신헌법이나 대통령 긴급조치를 만드는 데 공을 세우기도 했다. – 검사의 도구화

- 법정에서 피고인에 대하여 불경한 말씨와 위압적 모욕적 폭언을 하는 판사가 속출하여 징계 또는 인사조치를 당하는 사례까지 있었다. – 판사의 오만불손

- 박정희 정권 때의 대통령긴급조치(1호~9호) 위반 사건에 대하여 중형을 선고하던 사법부가 거의 40년이 지난 최근에 와서 그런 조치가 위헌 무효라는 재심 판결을 연달아 내고 있다. 국가보안법 위

반 등 일부 시국사건에 대해서도 확정판결을 뒤집고 무죄를 선고했다. – '외풍'에 영합했던 사법부의 때늦은 뒤집기

- 인터넷 실명제는 익명 표현을 포함인 표현의 자유를 침해하는 것이라고 하여 헌법재판소가 정보통신망법 관계 조항의 위헌 결정을 하였다. – 인터넷 언론 봉쇄 위한 위헌 입법

- 대법원은 부부간에도 강간죄가 성립될 수 있다는 확정판결을 내렸다. 배우자 간의 동거의무는 상대방의 폭행까지 수인할 의무를 포함하는 것이 아니라면서 배우자의 '성의 자기결정권'을 인정한 새로운 판결로서 주목을 받고 있다. – 침실에 들어간 판결, 낯선 권리의 출현

- 최근에는 SNS나 인터넷 등에 노출된 개인정보의 확대재생산에 의한 피해를 막기 위해서 온라인상에서 '잊혀질 권리'(right to be forgotten)가 인정되어야 한다는 논의가 주목을 받고 있다. – 신종 권리의 정서적 호칭

- 국민의 70%는 '법은 돈과 권력에 의하여 불공정하게 집행되고 있다'고 믿는다–는 설문조사(형사정책연구원) 결과가 나왔다. 돈이 많으면 법을 어겨도 처벌 받지 않는 경향이 있다고 응답한 사람은 79.1%에 달했다. 법원, 검찰, 경찰, 지자체 등에 대한 신뢰도는 낙제점을 겨우 면했다. – 사법에 대한 국민의 엄청난 불신

- 사회적 경제적 강자인 '갑'의 횡포에 짓눌리는 '을'(곧 약자)의 저항이 이슈가 되어 '을'의 권리에 대한 관심과 공론의 수위가 높아지고 있다. – '갑'의 천하, '을'의 눈물 – 집단적 경제적 인권

인권의 분류와 외연 확대

인권의 개념은 대체로 기본권의 개념과 같이 쓰이고 있으며, 그 범위는 차츰 넓어져서 새로운 성격의 인권이 계속 분화되거나 정립되어 가고 있다. 인권은 국가와의 관계에서 다음 세 가지로 나누어진다.

첫째, 국가가 국민에 대하여 불개입 부작위를 함으로써 보장되는 권리(소극적 권리) – 국가로부터의 자유

둘째, 국가가 국민에 대하여 어떤 작위를 함으로써 보장되는 권리(적극적 권리) – 국가에 의한 자유

셋째, 국민이 국가에 대하여 참가 등 능동적 태도를 취함으로써 보장되는 권리(능동적 권리) – 국가에의 자유

인권은 그 내용에 따라 자유권(정신적 자유권, 경제적 자유권, 신체적 자유권), 사회권(대표적인 것이 생존권), 참정권(능동적 권리)의 세 가지로 나누어 볼 수 있다. 인권의 분류는 절대적인 것이 아니며, 또 앞의 권리들 외에도 행복추구권과 같은 포괄적 권리, 명예권, 프라이버시권, 성의 자기결정권과 같은 새로운 권리도 주목을 받고 있다.(부부강간죄, 잊혀질 권리 등)

지배자의 의사와 법의 속성

인류의 역사를 놓고 볼 때, 권력에 의해서 강제되는 법이라는 규범은 지배자의 이익을 염두에 둔 지배자의 명령이었다. 피치자의 처지를 중히 여기는 일면이 있었다 하더라도 그것은 어디까지나 다스리는 자의 은덕이나 정략의 소산이었을 뿐이었다. 법은 하향적 지배기능을 당연

한 존립목적으로 삼고 있었다.

법학개론 같은 교과서식 법의 개념이 무엇이던 간에, 법이라는 것은 당초 지배자의 통치수단 내지 질서유지를 위한 도구로서 고안된 것이었다. 원시사회나 미개사회에서는 물론이고, 봉건적 정치권력과 가톨릭 교회의 절대적인 권위가 판을 치던 중세 유럽시대까지도 법은 그러한 기능을 위해서 태어났다. 동양의 오랜 전제사회 하에서는 더욱 말할 나위가 없었다.

그러한 시대에는 사람을 위한 법보다는 치자의 편의를 위한 법, 그런 사람에 의한 지배가 압도적이었다. 언뜻 그렇지 않은 듯이 보이는 면이 있었다 하더라도 그것은 (앞에서 말 했듯이) 다스리는 자의 통치 즉 치세의 방편을 위한 우회성이 다를 뿐이었다.

자유권적 기본권과 사회권적 기본권

천부인권설이나 국민주권설은 다 같이 무한권력에 대한 항의개념에서 싹텄다. 근대 이후의 입헌민주국가에서 헌법상으로 국민의 기본권을 보장하게 된 것도 정치권력을 가상적 또는 경험적 침해요소로 보았기 때문이었다. 그러나 '국가로부터의 자유'만으로는 노동문제를 비롯한 산업사회의 새로운 모순 속에서 인권의 실질적인 보장이 어렵다는 사실이 드러났다. 다시 말해서 19세기에는 국가의 불간섭 즉 자유권의 보장(소극적 국가관)이 주된 목표였으나, 20세기에 접어들면서는 사회적 약자를 위한 실질적 자유·평등을 보장하기 위해서 사회권적 기본권(적극적 국가관)이 무게를 더해가게 되었다. 이에 따라 구체적인 정의 실현을 위하여 국가권력의 개입 조정이 필요하게 됨으로써 권력배제가 요망되는 자유권적 기본권과는 별개로 권력의 조정기능이 수반되는 생존권적 기본권(국가에 의한 자유)의 비중이 높아져갔다.

그러나 전제주의적 성격이 짙은 정부는 국민의 자유와 권리의 보장이 국가가 추구해야 할 궁극적 정의임에도 불구하고 국가이익과 질서유지라는 명분을 남용하여 기본권조항을 퇴색시키는 경우가 허다하다. 여기서 국가의 이익과 정부의 이익이 혼동되거나, 유지해야 할 질서의 정체가 반민주적일 때에는 법치주의가 오히려 압제의 수단으로 변질될 우려가 현실화되기도 하였다. 그러므로 법에 의한 지배는 법 그 자체의 정립과정이 합헌적이어야 함은 물론이요, 그 내용 또한 강제규범으로서의 타당성이 공인될 만큼 정의로워야 하며, 그 시행이 공명정대하여야 한다.

국민기본권의 억압으로 지탱되는 질서와 안정은 국민에게는 물론이요, 정부를 위해서도 결코 이롭지가 않다. 실인즉 자유의 남용보다는 억압의 남용에서 혼란이 더욱 심화된다는 사실을 위정자는 깨달아야 한다.

법의 지배기능에서 보장기능으로

근대 이후의 법치주의는 다스리는 자의 편의를 위해서가 아니라 다스림을 받는 자의 권리 보장을 위해서 요구되는 제도이다. 그러기에 법률은 하향적 지배기능보다는 상향적 견제기능이 제대로 발휘될 때에만 온전한 규범이 되는 것이며, 그런 요건이 충족되지 않고는 피치자의 인권이 보호되기 어렵다. 만일 법률이 다스리는 자 위주의 지배도구로 전락한다면 법에 의한 통치는 법의 이름을 빌린 권력의 전제와 다를 바가 없다.

법과 권력에 의해서 보호되어야 할 기본권 내지 인권은 매우 광범하고 다양하다. 그 중에서도 신체의 자유와 언론의 자유는 기본권 중의 기본권이다. 그것은 기본권의 한 부분이라기보다는 모든 자유를 담보하고 증진시키는 중핵적인 권리이다. 언론의 자유를 놓고 말하더라도 그것은 역사적으로 볼 때 생사적 사유의 단경과 떼어서 생각할 수가 없다. 그리고 반대의 자유를 주축삼은 비판기능이 그 생명이다. 국민을 저버린 권력 추종의 언론은 실인즉 언론의 자유와는 무관한 것이다. 왜냐하면 그런 추종은 언론의 자유가 존재하지 않았던 시대에도 권력의 비호를 받으며 허용되었기 때문이다. 언론은 정부에 대해서 책임을 지는 것이 아니라 국민에 대하여 책임을 져야 한다는 말은 참으로 지당하다.

우리 헌정사를 돌이켜보건대, 전후 아홉 차례의 개헌이 있었는데, 초기에는 주로 권력구조 내지 통치형태에 관한 부분이 개정의 표적이었다. 그런데, 차츰 정치권력이 독재화하고, 정권의 정당성 내지 도덕성이 취약해짐에 따라 국민의 비판과 저항을 진압하기 위하여 언론의 자유를 비롯한 기본권의 봉쇄를 노린 여러 장치가 법의 형태로 등장했다.

헌법상 기본권 제한이 용인되는 사유에는 '질서유지와 공공복리'가 있고, 박정희정권 하의 유신헌법(1972) 아래서 '국가의 안전보장'이 추가되었다. 문제는 위와 같은 제약사유를 확대해석하거나 남용하여 위헌적인 억압을 야기시키는 현실에 있다. 다시 말해서 아무리 법으로 정한다 하더라도 '자유와 권리의 본질적인 내용을 침해할 수 없다.'는 기본권 제한의 헌법상 데드라인이 제대로 준수되어야 하는 것이다.

요컨대, 법의 지배니 법치주의니 하는 명제는 두 가지로 작용한다. 억압정치 속에서는 피지배자의 준법을 강요하는 데 이 말이 쓰이고, 민주체제 안에서는 지배자의 준법에 역점을 두고 이 말이 강조된다. 적어도 근대 이후의 법치주의나 법의 지배는 후자를 가리키는 것이 일반적이다. 도구적 법치주의는 올바른 법치주의가 아니다.

법초월적 정의와 법실증주의

특히 헌법과 헌법적 현실의 불일치가 극심한 우리나라의 경우에는, 헌법의 하위규범인 법령이 헌법의 정신과 규정을 떠나서 집권자의 이익에 부합하는 방향으로 제정되거나, 입법절차에 흠이 있는 변칙입법을 하거나, 아예 헌법상의 입법기관도 아닌 곳에서 법률을 만들거나, 법의 적용 시행과정에서 자유의 억제를 강화시킨 일련의 실상을 부인할 수가 없었다. 그렇기 때문에 건국 이후 오늘에 이르도록 기본권에 관계된 중요 법률에 대하여 위헌 내지 정치적 악용의 논란이 끊이지 않았다.

결국 법의 정립, 내용, 운용에 관한 임상적 경험에서 법치주의의 본질에서 괴리된 현실을 확인할 수 있었다.

정치권력이 법실증주의를 악용하여 변칙을 되풀이한 실례는 히틀러 집권 하의 독일에서 그 표본을 찾을 수 있다. 히틀러(1889~1945, 독일)는 '생명훼멸법', '국민과 국가의 위급을 제거하기 위한 법률' 등을 만들어 사람을 합법적으로 죽이고 투옥하고 추방했다. 그와 같은 '합의에 의한 독재'가 진보적 민주헌법의 전형이라는 바이마르헌법(1919) 아래에서도 감행되었고 보면, 그보다 못한 헌법 아래에서 합의를 가장한 독재는 얼마든지 가능하다. 히틀러가 한 일은 항상 '합법적'이고, 헝가리 투사들의 행동은 언제나 '불법'이 되었다. 요컨대 형식만의 적법성으로 포장된 권력의 발동 앞에서 많은 인간의 희생이 강요될 수밖에 없었다.

이러한 변화 속에서 인권의 개념 또한 예전과는 달리 실존적 현실적인 파악을 통하여 확장·재구성되지 않을 수 없게 되었다.

그 골자인즉, 환경파괴의 위협으로부터의 인간 해방, 전쟁의 살육으로부터의 인간의 해방, 경제적 궁핍으로부터의 인간 해방, 언론·표현에 대한 억압으로부터의 인간 해방 등 네 가지 강도고 요약한 수 있다.

이렇게 보자면, 인권은 형식적 추상적인 자유의 논의에 멈추지 않고, 구체적 현실로 육박해 오는 위협에 대한 투철한 인식을 수반하게 된다. 뒤집어 말하면 공해산업, 전쟁위기의 조성, 경제적인 부의 편재 및 언론의 탄압 등이 해소되지 않고는 참다운 인권 보장은 기대할 수 없게 된 것이다.

그럼에도 불구하고 한 나라의 실정법은 기득권(자)의 보호에 끌린 나머지 보수성 또는 수구적인 구태를 버리기 어렵다. 여기서 법의 이념과 법의 현실 사이의 갭이 더욱 넓어지고, 법과 정의의 갈등까지도 빚어지게 된다. 그리하여 정의 실현의 장치여야 할 실정법이 도리어 정의의 실현을 가로막게 되며, 특정의 실정법이 내포하는 '법내재적 정의'는 실정법을 평가하는 척도로서의 '법초월적 정의'에 의하여 규탄을 받게 된다. 그리고 인간은 실정법에 얽매이지 않는 선의 실현을 추구하는 행동성 때문에 법초월적 정의를 추구하는 확신범이 되어 수난을 당하기도 한다. 인권을 부르짖다가 인권을 빼앗기는 시니컬한 현상도 그런 모순의 하나이다.

사법부와 인권

흔히 사법부를 '인권의 마지막 보루'라고 한다. 여기에는 입헌주의, 권력분립, 사법권의 독립, 법관의 양심과 용기 등이 전제가 되어 있다. 그러나 한국의 사법부는 국민의 인권을 지키는 소임을 제대로 다하지

법치주의여, 어디로 가시나이까

못한 것은 물론이고, 집권세력의 간섭을 거부하지 못하거나 그에 영합함으로써 오히려 권력에 의한 국민의 기본권 침해를 합리화시켜 주는 과오마저 범했다.

초대 대통령 이승만은 사법부가 검찰의 기소 내용을 무시한다고 공개적으로 공격을 서슴지 않았고, 심지어 법관의 권한을 제한해야 한다고 위협을 했다. 그는 '진보당사건'을 꾸며 대통령 선거에 강한 라이벌로 부상한 조봉암을 처형하였으며(1958), 여러 정치적 사건을 통하여 탄압을 감행하였다.

4.19혁명 후의 민주당 정권은 민주적인 헌법 아래 민주정부로서의 면모를 보였으나, 박정희 소장의 5.16쿠데타에 의해서 무너지고 말았다. 그는 헌정을 파괴한 뒤 불법으로 권좌에 올라 온갖 학정·탄압을 자행하였다. 그는 자신의 영구집권 장치인 유신헌법에 대한 국민적 저항을 막아보고자 정보 수사기관을 총동원하여 노골적인 사찰과 탄압을 자행하고 시국사범을 양산시켰으며, 사법기능을 악용하여 대량 투옥을 서슴지 않았다. 인권 침해국가라는 세계의 비난도 귀담아 듣지 않았다.

1974년이 밝아오자 박 정권은 전 국민적인 유신헌법 철폐운동을 분쇄하기 위하여 대통령긴급조치 1호를 발동하여 개헌을 주장만 해도 군법회의에 부쳐 징역 15년에 처하였다. 긴급조치 4호로 민청학련사건을 조작하여 180명이나 기소하였는가 하면, 사형과 무기징역 선고를 남발한 외에도 검찰관의 구형을 그대로 따르는 '정찰제 판결'이 허다하였다. 대법원조차도 군법회의의 그런 판결을 그대로 추인하는 허수아비 노릇을 함으로써 민청학련의 배후로 꾸며진 인혁당 재건위사건의 사형수 8명에 대한 '사법살인'에 동조하였다. (여기서 박정희정권 치하에서의 지식인, 학생, 종교인, 근로자, 법조인 등에 대한 잔혹한 탄압을 좀 더 살펴볼 겨를이 없이기 아쉽다.)

박 정권 이래의 많은 용공소가거 중에는 담시「오적」사건을 비롯한 여러 필화사건이 있어서 언론·창작 등 표현의 자유기 반공의 이름으로 숱한 탄압을 받았다. 법원은 검찰의 공소장에 '판결문'이라는 포장을 씌워주기에 바빴고, 국민의 사법부에 대한 불신과 절망은 극에 달했다.

과거 군사독재시대의 정권 추종적 오판은 민주정부가 들어선 이후의 과거사 진상 규명 및 재심에 의하여 무죄판결이 속출하는 것만 보아도 쉽게 알 수 있다.

역대 대법원장의 말은 둘로 나누어진다. '유신은 인권보호에 필요하다'는 등 정부권력에 영합한 사람이 있는가 하면, '모든 것이 회한과 오욕으로 얼룩졌다. 각본대로 따라달라는 주문을 받았다. 소신대로 못한 것이 많다.'라고 고백한 이도 있었다.

물론 정치권력의 간섭이나 눈치를 무시하고 소신껏 재판한 법관들도 있기는 했으나 극소수에 지나지 않았고, 그중에는 갖은 불이익에 시달리다 못해 끝내는 퇴임한 사람도 있었다.

1987년 6월 민주항쟁 이후에 사법부의 독립은 그런대로 모양을 갖추어 나가는 것으로 보였다. 그러나 그것은 사법부 자신의 힘에 의해서가 아니라 국민들의 궐기로 민주화를 쟁취한 덕분이었다. 다시 말해서 법원이 '죄인'이라고 감옥에 보낸 피고인들의 싸움과 수난에 힘입어 사법부가 독립을 누리게 된 것이다. 다만 공안사건 등 일부 시국사건에서는 여전히 법원 판단의 공정성에 의심이 가는 경우가 적지 않다.

이 점에 관해서 한 퇴임 대법관은 '(사법부가) 권력에 맞서 사법부의

102

독립을 외쳤어야 할 독재와 권의주의 시대에는 침묵하면서, 정작 사법부에 대한 경청할 만한 비평을 겸허히 받아들여야 할 때, 사법권 독립이라든지 재판의 권위라는 등의 명분으로 이를 외면한 것이 부끄럽다.'고 고백한 바 있었다.

그런데 사법부의 독립은 올바른 재판의 필요조건의 하나일 뿐이다. 법관의 독립은 법원 밖에서의 외풍 뿐 아니라 법원 내부의 관료적 간섭 즉 내풍에 의해서도 흔들릴 위험이 크다. 실제로 서울의 한 법원장이 일정 유형의 사건 또는 구체적 사건의 재판에 관하여 담당 법관에게 간섭을 하여 크게 문제가 된 바가 있었다.

마무리 하나-국회, 법원, 검찰 등의 일대 변신

근대 입헌국가의 법은 기본적 인권의 보장을 으뜸 되는 가치로 삼아서 제정·운용되어야 하지만, 통치의 편의나 치자의 이익을 우선시하는 권력에 의해서 이 명제는 항상 위협을 받는다. 반인권적 법률이 그래서 생겨난다.

따라서 입법권을 갖는 국회가 집권자의 간섭으로부터 자유롭게 기능을 다해야 한다. 정당정치의 이름으로 여당이 집권자에 예속되면 권력분립은 허울만 남는다. 집권자의 이해와 의견에 따라 법이 만들어진다면 거기에 국민기본권의 보장은 기대할 수가 없다.

입법부의 구성원들이 헌법상의 기본권 제한사유인 국가의 안전보장, 질서유지, 공공복리를 구실 삼아 반인권적 법률을 생산해서는 안 된다. 다수당의 머릿수만 앞세운 일방적 강행이나 날치기 또한 마찬가지다. 기존 법률 중에서 폐지론이나 위헌 논의가 많았던 법률들은 과감하게

개정 또는 폐지해야 한다. 헌법재판소에서 위헌 또는 헌법불합치 결정
이 난 법률에 대하여 응분의 개폐를 하지 않고 방치하는 처사 또한 입
법부의 직무유기에 다름 아니다.

검찰은 '공익의 대표자'답게 국민의 인권을 존중하는 국가기관으로
거듭나야 한다. 검찰이 아직도 전근대적인 특권의식과 관료체질에서
벗어나지 못한 채, 갖가지 반인권적 과오와 가혹행위까지 자행하는 사
례가 남아 있는 것은 개탄스럽다. 검찰권의 독립은 차치하고 정치적 중
립조차 외면한 채, 집권세력의 이해와 필요에 추종하는 듯한 검찰권 행
사, 그에 대한 논공행상이 인사에서 드러나는 현실은 참으로 개탄스럽
다. 정치적 의도로 자행하는 표적수사나 엄폐용 수사는 검찰에 대한 국
민의 신뢰를 더욱 크게 손상시켰다. 특검제에다가 특별수사기구 신설
까지 거론되고 대검 중수부의 폐지를 감수할 수밖에 없었던 작금의 사
태를 교훈 삼아 검찰의 겸허한 자성과 철저한 자체 혁신이 요망된다.

인권보장의 마지막 보루라고 불리는 사법부에 관련해서는 앞서도
언급한 바 있거니와, 과거의 부끄러운 허물에 대해서 겸허한 성찰을 하
는 마음이 법관들에게 있어야 한다. 재판에서 흔히 말하는 '개전의 정'
은 단하의 피고인에게만 요구되는 것이 아니라 단상의 법관들에게 더
욱 절실히 요구되는 덕목이다. 앞에서 강조했듯이 사법부 밖으로부터
의 '외풍' 못지않게 법원 안에서의 '내풍'(내부적 간섭 또는 영향력 행사)
을 경계하지 않으면 안 된다.

대법관의 성향을 보수일색 또는 특정 학교 출신 일색으로 하지 말고,
진보성향 내지 소수자 보호를 염두에 두고 다양성과 균형을 고려하는
것이 바람직하다.

　　　　　　　　　　　법치주의여, 어디로 가시나이까

위헌법률과 위헌적 처분을 심사하는 헌법재판소가 제 기능을 다함으로써 입법부나 행정부에 의한 위헌적 반인권적 처사를 과감하게 바로잡아야 한다. 법의 안정성과 기존의 질서에 치우치는 애매한 결정은 역사의 진보와 소수자 보호에 어긋나는 결과를 빚어낼 개연성이 많다.

국가인권위원회가 제 소임을 다하지 못한 채 국내외의 비판에 직면하고 있는 현실은 매우 안타깝다. 위원장과 위원은 인권에 관하여 전문성을 갖추고 반인권적 요소를 척결할 소신을 가진 사람을 임명해야 한다. 친정부적인 성향을 갖고 정부의 입장에 손을 들어주는 사람을 앉히는 것은 모처럼의 국가적 인권기구를 거세하는 결과를 가져온다. 국내외의 인권단체 및 국제기구로부터 비난이나 받는 부끄러운 현상을 하루속히 벗어나야 한다.

마무리 둘─새로운 시대에 걸맞는 인권의 보장

앞서 보았듯이 지금은 자유권적 기본권 뿐 아니라 사회권적 기본권이 새로운 보호대상으로 중시되는 시대이다. 생존권, 노동권 등 사회적 약자가 국가에 대하여 실질적인 자유와 평등의 보장을 요구할 수 있는 권리는 20세기에 들어서 주목받는 국민의 중요한 기본권이다. 사회적 평등의 실질적 구현이 없는 자유권은 인간의 존엄을 지켜주지 못한다. 이 점은 입법·행정·사법의 모든 영역에서 전향적으로 수용하고 지켜져야 할 명제이다.

자칫 소홀해지기 쉬운 분야의 인권에도 눈을 돌려야 한다. 외국인, 재소자, 군인, 미혼모, 범죄피해자, 장애인, 소비자, 개인정보 등의 인권과 환경권, 행복추구권, 프라이버시 등이 보호·구현될 수 있도록 제도와 그 운영이 획기적으로 진전되어야 한다. 민간 인권단체 또한 포괄적 인권뿐 아니라 각 분야별 인권 영역에서 계몽·감시·조사·분석·대안제시·시정요구 등에 역할을 넓혀 나감으로써 정부와 기업에 이은 제3섹터로서의 책무를 다해야 한다.

위헌법률에 대한 헌법재판소의 공정한 결정, 입법부와 정당의 과오를 예방 시정할 수 있는 시민운동 내지 유권자 운동의 활성화는 더욱 절실하다. 정치에 대한 냉소주의와 무관심 등에 기인한 투표 기권행위를 막는 일도 매우 중요하다.

또한 제2차 세계대전을 계기로 파시즘의 반인도적 인권유린을 경험한 인류는 인권을 국내문제로 국한시키지 않고 국제적으로 보장해야된다는 점에 눈뜨게 되었다. 그리하여 유엔헌장, 세계인권선언 등에 국제적 인권보장의 보편적 기준이 제시되었고, 이어서 당사국을 법적으로 구속하는 국제조약이 탄생하였다. 1976년에 발효된 유엔의 '경제적, 사회적 및 문화적 권리에 관한 국제규약'(사회권규약, A규약)과 '시민적 및 정치적 권리에 관한 국제규약'(자유권규약, B규약)이 그것인데, 우리 한국도 그 국제인권규약 가입국으로서 소정의 의무를 충실히 이행해야 마땅하다.

한국은 민주공화국을 표방하면서도 그 국체와 정체에 걸맞지 않는 과거를 경험했다. 집권자의 정치적 야욕에 의한 헌법파괴와 정치적 탄압 등으로 법제와 현실 양면에서 반인권적 사태가 끊이지 않았다. 억압에 굴하지 않은 국민 각계의 오랜 저항과 수난을 통하여 군사독재는 물리쳤으나, 민주화 이후의 민간정부 역시 인권보장 면에서 미흡한 면이 적지 않았다.

법치주의여, 어디로 가시나이까

특히 이명박 정부의 등장 이후에는 민주주의와 인권의 역진 후퇴현상이 두드러져서 이를 바로잡는 일이 국민적 과제가 되어 왔다. 우리 국민은 지난날의 빛나는 민주 대장정의 경험과 자부심을 살려서 민주와 인권의 선진국으로 격상해 나가야 한다.

일찍이 영국의 정치학자 해럴드 J. 라스키(1893~1950, 영국)가 말했듯이 자유를 지키는 데는 제도상의 개혁과 아울러, '자유를 보전하는 데 필요한 국민의 용기'가 무엇보다도 중요하다. 심지어 그는 '궁극적으로는 항상 반항하는 용기가 자유의 요체'라고 극언을 했다.

인권을 수호·확장·향상시켜 나가는 국민의 결집된 민주역량이야 말로 이 나라를 인권선진국으로 빛나게 하는 밑거름이자 도약대가 되리라고 믿는다.

올바른 법치주의를 구현하고 인권을 드높이는 일은 우리 시민 모두의 책무이다. 국가폭력으로부터, 사회의 구조악으로부터, 불의와 불평등으로부터 인간을 구원하는 일이야 말로 이 나라 지식인에게 주어진 고뇌이자 소임이라는 점을 유념해야 할 것이다.

(2013. 6. 3.)

압제에 맞선 저항과 수난의 기록

-『한국의 정치재판』(일어판) 출판기념회 저자 답사

변변치 않은 책 한 권을 내고 현해탄을 건너와 이 자리에 서게 되니 부끄러운 마음이 앞섭니다. 또한 뜻밖에도 일본 각계 여러분의 따뜻한 축하를 받게 된 것을 분에 넘치는 영광으로 생각합니다.

여러모로 바쁘신 중에 귀한 시간을 할애하셔서 자리를 함께 해주신 여러 선생님들, 참으로 감사합니다. 여러분의 사랑과 격려를 오래도록 마음에 간직하겠습니다.

이번에 출판된 졸저는 책의 제호가 말해주듯이, 한국에서 있었던 정치적 사건의 재판이야기가 주된 내용을 이루고 있습니다. 제가 담당변호인으로서 재판 현장에서 보고들은 이야기와 재판기록에 근거한 실록물입니다.

저는 군사독재 밑에서 벌거벗은 권력을 상대로 싸우는 양심수와 억울한 정치범들 속에서 살아왔습니다. 저는 그들의 형사사건을 변호한

다기보다는 민주화투쟁의 역할 분담을 한다는 마음으로 그들의 재판 현장에 함께 있었습니다. 형사사건 변호의 성과를 판결만 가지고 평가하자면 저는 실패한 변호사입니다. 오죽하면, 제가 변호했던 한 정치인은 여러 사람 앞에서 이렇게 말했습니다.

"한 변호사가 변호 맡은 사건치고 징역 안 간 사람이 있으면 손들어 보라"고. 그럼 저도 한 마디 합니다. "징역 가면서도 나에게 고맙다고 인사 안 한 사람 있으면 손들어 보라"고. 물론 손드는 사람은 아무도 없습니다. 이것은 그냥 웃고 넘어갈 수만은 없는 한국적 희극이자 비극입니다. 우리가 힘을 모아 극복해야 할 역사의 모순입니다.

이 책을 내면서 저는 분단과 압제 밑에서 옥고를 치르거나 그밖의 고난을 당한 많은 분들께 다시금 머리를 숙입니다. 그들의 값진 저항과 수난을 올바르게 기록하고 평가하는 일은 매우 소중한 작업이라고 생각합니다. 그런 작업의 첫 삽을 뜨는 마음으로 이 책을 썼습니다.

물론 이 책은 아직 밑그림에 불과하지만, 과거를 너무 쉽게 잊거나 잘못 알고 있는 사람들에게 역사의 진실을 알려주는 실마리가 되었으면 좋겠습니다.

한국의 불행은 남북분단과 정치적 압제에서 비롯되었습니다. 이 불행을 극복하기 위해서 수없는 저항과 도전이 있었습니다. '존경받는 피고인'도 그래서 늘어났습니다. 제가 변호했던 정치적 사건의 피고인들은 거의다 죄인 아닌 의인이었습니다.

그들의 투쟁과 희생에 힘입어, 압제는 어느 정도 완화된 듯이 보이나, 분단은 오히려 고착되어가고 있습니다. 그래서 저는 여전히 '불행한 조국'이라고 표현할 수밖에 없었습니다. 그 불행한 조국은 바로 '불행한 어머니'처럼 우리 마음을 아프게 합니다. 그러나 그 어머니에게 효도를 다 하고자 하는 많은 사람이 한국에 있다는 것을 저는 자랑스럽게 여기는 바입니다.

이 책이 한국과 일본에서 동시 출판된 것은 적지 않은 의미가 있다고 생각합니다. 정의와 인권은 인류사회의 보편적 가치에 다름아니기 때문입니다. 한국의 아픈 경험을 기록한 책을 굳이 일본에서 내는 이유는 이 책의 머리말에서 제가 언급한 그대로입니다.

지금 이 자리에 와 계신 한 분 한 분이 모두 한국에 대해서 또는 저에 대해서 깊은 애정을 베풀어주신 분들입니다. 시간관계상 여러분을 개별적으로 다 소개해드리지는 못하고, 단 세 분만 소개해 드리는 것을 양해해 주시기 바랍니다.

요시마쓰(吉松繁) 목사님, 일찍이 1970년대 초기부터 재일 한국인의 석방운동에 헌신해오셨습니다.

나카다히라(中平健吉) 변호사님, 이분은 제가 1975년 3월 구속되었을 때 일본에서 '한승헌 변호사를 지원하는 모임'을 만들어 일본 각계 인사 400여 명의 서명을 받아 서울의 법원에 제출하는 등 석방운동을 해주셨습니다.

그 나카다히라 변호사님을 도와서 저의 석방운동을 전개해 주신 분 가운데 가무라(加村赴雄) 선생이 계셨습니다. 몇 년 전에 애석하게도 고인이 되셨는데, 그 미망인 가무라(加村千代子) 여사가 이 자리에 와 계십니다. 이 세 분들을 비롯한 여러분의 국경을 초월한 인간애에 경의와 감사를 표합니다.

이 책을 펴내는 데 힘써주신 사이마루 출판회의 다무라(田村勝夫) 회장님 이하 임직원 여러분께 감사드립니다. 번역을 맡아서 수고해 주신 다데노(舘野晳) 선생님 참으로 고맙습니다.

저로서는 일본의 여러분들께 더 많은 감사와 애정을 표시하고 친밀한 정을 나누고 싶습니다만, 과거 일본 침략주의에 희생되거나 고난을 당하신 지하의 선조들께서 눈을 부릅뜨고 책망하실 것 같아서 이만 억제를 하겠습니다.

다시금 여러분께 감사드리며 앞으로 진정 축하받을 만한 걸작을 써서 여러분의 사랑에 보답하겠습니다.

대단히 감사합니다.

(1997. 6. 27.)

낯선 '법원의 날'에 대한민국 법원을 생각한다
– 전주지방법원 주최 기념강연

'법원의 날' 제정의 의미와 다짐

대법원은 9월 13일을 '대한민국 법원의 날'로 정하고 , 해마다 여러 가지 기념행사를 거행한다고 발표하였다. 9월 13일은 1948년 8월 15일 대한민국 정부가 수립된 직후 미군정으로부터 사법권을 이양 받아 가인街人 김병로 선생이 초대 대법원장으로 취임한 바로 그날이다.

[미 군정 하의 사법부] 군정청 법무국에는 2명의 사법부장 (민)김병로, (군)코넬리 소령 1945. 10. 11. (미 군정청) 대법원장 김용무, 법관 39명만 임명, 일선 법관 충원 되지 않음. 법원 서기 출신들을 서류 심사 또는 약식 전형만으로 판사 임용 (경력 확인 154명 중 약 30%)

대법원은 '사법주권 회복과정과 사법부 독립에 대한 국가적인 자긍심을 일깨우고, 법치주의의 의미를 되새기며, 국민과 사법부 구성원들

법치주의여, 어디로 가시나이까

이 자부심을 느낄 수 있는 계기를 부여하는 것'이 새로운 기념일을 정한 의미라고 밝히고 있다. 국민의 입장에서는, 이 새로운 기념일이 이 나라의 법원(또는 법관들) 스스로 자신을 돌아보고, 올바른 사법의 소임 수행을 다짐하며, 주권자인 국민의 뜻에 귀를 기울이는 기회가 되어야 한다고 믿는다. 또한 사법에 대한 국민의 바른 이해와 신뢰를 기대하는 법원의 뜻도 이 날의 의미에 담겨 있다고 하겠다.

오늘 법원의 주최로 각계의 여러분을 모시고 이런 강연회를 열게 된 동기 역시 국민의 생각을 널리 수렴하는 공동의 장을 마련함으로써 법원과 국민 사이의 벽을 낮추고자 하는 충정의 발로에 있다고 본다.

그런데 하필이면 내가 오늘의 연사로서 초청된 이유가 무엇일까? 이런 자문을 해보았다. 법조계 안팎의 다양한 체험을 놓고 말한다면, 나는 전후 56년 동안 법조인으로 살아 오면서 이 나라 사법의 과거와 현장, 양지와 음지를 온몸으로 경험한 사람의 하나이기는 하다. 심판관석 (군재), 검찰관석, 변호인석 등을 두루 거친 외에 피고인석, 방청석에도 앉아보았다. 수감생활도, 민간 구치소·육군 교도소·소년교도소를 두루 순례했다. 우리나라 교도소 네 종류 가운데 오직 한 군데, 청주 여자교도소만 못 가보았다. 이런 곡절 많은 법조인의 삶이 오늘 내가 이 자리에 연사로 불려나온 이유인지도 모르겠으나, 나는 결코 내 자신의 수난의 기억에 집착하지 않고, 그동안의 사회적 공론에다 법관들의 목소리까지도 재생하면서 이 강연을 풀어나가고자 한다.

해방 조국, 사법부의 인물난과 민족정기

일본의 식민지 지배에서 해방되어 독립국가를 건설하는 초기에는

'민족정기'가 온 겨레의 키워드였다. 사법부의 구성에 있어서는 더욱이나 그러했다. 따라서 일제치하에서 판사나 검사로 활동한 사람들은 일본 식민지 통치의 ██████████████████을 했던 터이므로 광복된 새 나라에서는 마땅히 퇴출되거나 단죄되어야 할 대상들이었다. 하지만 고도의 전문성이 요구되는 재판업무를 맡을 인력이 없었기 때문에 그들을 오히려 판검사로 중용하는 모순도 피할 수가 없었다. 결국 이와 같은 '인물난'을 이유로 사법의 정체성은 흐려질 수밖에 없었다. 그런데 일제하에서 법정 안팎에서 독립투사들을 변호하고 민족운동을 이끌어 오는 등으로 항일운동에 헌신했던 가인 김병로 선생(1887-1964)이 계셨기에 사법부의 수장首長만이라도 떳떳하고 자랑스러운 인물을 모실 수가 있었던 것이니, 천만다행스러운 일이었다.

'가인街人'이란 아호는 '나라 없이 방황하는 거리의 사람'이란 뜻. 이승만 대통령은 당초에 다른 인물을 대법원장에 지명하려 했으나 일제하에서 함께 항일운동을 했던 이인李仁 법무부장관의 강력한 추천으로 가인을 지명했다. 국회의 인준 투표에서 재석 157, 가可 117의 압도적 찬성으로 임명동의안이 통과되었다 .

사법부 정체성의 상징, '가인'이라는 거목

가인은 이승만 대통령의 안하무인격인 사법부 폄훼에 대해서 강하게 맞섬으로서 사법권의 독립을 수호했다. 뿐만 아니라 지극히 청빈한 삶으로 만인의 귀감이 되었다.

이승만 대통령은 법원의 재판 결과에 대한 불만을 공공연히 표명하였고 , 심지어 국회에 보낸 치사致辭에서 법관의 권한을 제한해야 한다고 주장할 정도였다. 이에 대하여 가인은 '재판은 정부가 이래라 저래라 하는 것이 아니다. 판결에 불만이 있으면 불복절차를 밟으면 된다.'고 일축하였다. 당연히 두 사람 사이에 불화가 커질 수밖에 없었다.

1952년에 발생한 '서민호의원 사건'(서 의원이 자기를 살해하려는 현역 대위를 권총으로 사살)에 법원이 정당방위라고 무죄를 선고하자 , 이 대통령은 "도대체 그런 재판이 어데 있느냐?"며 공개석상에서 항의했다. 이에 가인은 "판사가 내린 판결은 대법원장인 나도 이래라 저래라 말할 수 없는 겁니다. 무죄 판결이 잘못되었다고 생각하면 절차를 밟아 상소하면 되지 않습니까?"라고 반박했다. 그는 또한 정치권력의 재판 간섭을 반박하면서 "최근 상고사건의 대부분이 검찰 견해를 뒤집는 쪽으로 파기되고 있다. 검찰은 법원만 탓하지 말고 수사에 좀 더 신중해야 될 것이다"라고 경고를 했다.

이 대통령은 1956년 2월, 정기국회에 보낸 치사에서 '삼권분립한 중에서 사법부의 형편이 말이 아니니, 경찰이나 검찰에서 소상히 조사해서 법원에 넘기면, 법원에서는 그냥 백방白放하며 범행과 상관없는 판결을 한다. 다행히 대법원장이 그 폐단을 심히 양해해서 중대한 문제가 생기면 행정부와 협의하고 판결하는 까닭에 큰 위험은 없다. 재판장의 권한에 한정이 있어야 되겠다.'는 견해를 밝혀서 큰 파문을 일으키기도 하였다. 가인의 뒤를 이은 후임 대법원장들은 집권자 내지 정치권력과의 관계에서 가인처럼 확고하고 분명한 선을 긋지는 못했다.

사법부의 독립, 그 빛과 그림자

'법원의 날'을 제정한 취지에는 '사법부의 독립에 대한 국가적 자긍심을 일깨우고자 하는 지향성이 내포되어 있다. 두 말 할 필요도 없이 사법권의 독립은 사법권의 생명이다. 법관이 사법부 내외의 어느 누구의 간섭도 받지 아니하고 오직 법률과 양심에 입각한 자신의 신념과 판단에 의해서만 재판을 하는 것이 철칙이다. 무릇 3권 분립은 국가권력 상호간의 견제를 기조로 하는 만큼 정부나 국회의 잘잘못을 선언하고 바로잡는 것이 무엇보다 중요하다. 그러나 행정부와 입법부는 정치권력의 주체이기 때문에 저들의 정치적 이익을 위해서 오히려 사법부에 영향을 미치려고 하는 속성이 있다. 그 때문에 역대 권위주의 정부 내지 독재정권 하에서 사법부는 엄청난 시련을 겪었다.

사법발전재단에서 간행한 『역사 속의 사법부』(2009년)에도 '사법권 독립에 대한 위협'이라는 항목이 따로 나와 있고, 거기에는 박정희 정권 때의 무장 군인 법원 난입, 수사 정보기관의 사법부에 대한 간섭, 법관에 대한 구속영장 청구, 그리고 전두환 정권 하에서 국가안전기획부의 재판 간섭 – 이라는 등의 소제목 아래 그 구체적 실상을 기록해 놓았을 정도였다. 또한 법원행정처에서 간행한 『사법사』(1995)에도 구체적 사건까지 열거해 가면서 압제정권의 사법 간섭 사례를 기록해 놓았다.

집권자의 압제조치나 탄압사건 등 이른바 시국사건 또는 정치적 사건에서 법원이나 법관은 정치권력의 압력을 받는 일이 빈번했고, 이에 추종하기도 했다. 그런 아픔과 치부는 다름 아닌 전 현직 법원 고위직 법관들의 개탄에서도 확인할 수가 있다. 이른바 유신통치시대를 혹독하게 겪은 이영섭 대법원장은 퇴임에 즈음하여 "모든 것이 회한과 오욕으로 얼룩졌다. 소신대로 못한 것이 많다. 당시 법원의 위상이 말이 아니었다. 각본대로 따라달라는 주문도 받았다." 이렇게 고백한 바도 있다.

법치주의여, 어디로 가시나이까

과거의 잘못을 인정하고 반성하는 용기

유지담 대법관은 퇴임(2005년) 후에 이렇게 말했다. "권력에 맞서 사법의 독립을 진정코 외쳤어야 할 독재와 권위주의 시대에는 침묵하면서, 정작 사법부에 대한 경청할 만한 비평을 겸허히 받아들여야 할 때 이를 외면한 채 사법권 독립이라든지 재판의 권위라는 등의 명분으로 사법부의 집단이익을 꾀하려는 우려가 있는 움직임에도 그냥 동조하고 싶어 했다. 국민 위에 군림하는 그릇된 유산을 청산하고 진정으로 국민을 섬기는 법원으로 되돌려 놓아야 한다."

6공(노태우 정권) 출범 당시 소장 판사 85명이 대법원의 반성과 개혁을 촉구하는 성명을 발표한 적이 있는데, 거기에는 "돌이켜보면 우리 국민은 자신의 기본권을 보장하여 줄 것을 위임한 사법부에 기대어 기본권을 보장 받기보다는 오히려 많은 부분을 국민들 자신의 희생과 노력으로써 스스로 쟁취해왔으며, 이 과정에서 많은 국민들이 사법부를 불신하고 심지어는 매도하기에 이르렀습니다."라는 대목이 나온다. 한 걸음 더 나아가서, 사법권의 독립은 사법부 스스로의 힘으로 쟁취한 것이 아니라 오히려 피고인들의 투쟁의 성과로 얻어졌다는 목소리도 나왔다.

이용훈 대법원장은 취임 초에 사법부는 과거의 잘못을 반성하는 용기가 필요하다며, 이렇게 말했다. 즉 "권위주의체제가 장기화되면서 법원이 올곧은 자세를 온전히 지키지 못해 헌법의 기본적 가치나 절차적 정의에 맞지 않는 판결이 선고되기도 하였다. 사법부가 국민의 신뢰를 되찾고 새로 출발하려면, 먼저 과거의 잘못을 그대로 인정하고 반성하는 용기와 노력이 필요하다."

앞서 인용한 『역사 속의 사법부』의 발간사에도 '어두운 과거의 부끄러운 역사를 한사코 부인하고 거부하려 한다면, 이는 스스로 자기 존재의 근거를 어두는 일이니.'미는 대목이 들어 있다

사법부를 둘러싼 부조리와 국민의 신뢰도

언론이나 국민들이 법원에 대해서 가장 많이 언급하는 것은 '사법의 신뢰도'이다. 역대 대법원장의 발언이나 법원 내부의 다짐을 보아도 역시 그러하다. 신뢰도는 무엇보다도 공정한 재판에 대한 믿음이자, 법원에 대한 불신과 함수관계가 있다. 지난날 독재정권 아래에서는 정치권력에 의한 압력과 간섭이 법원에 영향을 미쳤기 때문에 사법 불신이 확산될 수밖에 없었다. 뿐만 아니라 사법부 자체의 체질과 그 밖의 내부적 요인이 문제되기도 했다. 이런 사태 내지 상황에 대한 인식은 법관과 국민 사이에 상당한 격차가 있을 수 있다. 이 점에 착안하여 한 종합월간지가 전직 판사들(응답자 41명)의 생각을 모아 본 여론조사 결과를 발표한 적이 있다. (《월간중앙》, 2007년 5월호) 좀 묵은 데이터이긴 하지만, 현직 판사와 국민의 중간지대쯤에 있다고 볼 수 있는 전직 판사들의 의견이어서 참고할 여지가 있다고 본다.

먼저. 사법에 대한 국민의 신뢰도를 묻는 질문에 '신뢰하지 않는 편이다.'(53.7%, 2)가 '신뢰하는 편이다.'(43. 9%)를 압도하였다.

국민이 사법을 신뢰하지 않는 원인으로는 '판사들의 권위적 태도 (29.2%)가 가장 많았고, '불성실한 재판 진행'(22.2%)이 그 뒤를 이었다. 그밖에도 '불공정한 재판 진행'(18.1%), '금품 향응 등 법조비리'(19.4%)도 지적되었다. '사회적 약자 보호 미흡'(11%)이 10%대를

넘는 것도 주목할 만 했다.

'법관의 독립성'에 대해서는 '매우 충실했다.'(39.0%)와 '충실한 편이었다.'(56.1%)가 일반의 예상보다 높은 편이었다. '과거 판사 시절, 변호인과의 친소관계가 재판에 영향을 미치지 않았다.'는 응답(70.7%)이 3분의 2를 넘었다. '판사 시절, 정치권의 압력으로 재판에 영향을 받은 적이 있느냐'는 물음에는 '없다.'(87.5%)가 '있다.'(21.5%)보다 압도적으로 많았다. '판사 시절, 소송관계인으로부터 판결에 영향을 미칠 만한 유혹을 받은 경험이 있다'(58, 5%)는 응답도 놀라웠다.

몇 해 전의 조사결과이기는 해도. 사법부에 대한 신뢰를 해치는 요인을 따져보고 이를 극복하기 위한 참고자료가 되리라는 점을 거듭 상기시키고자 한다.

얼마 전 OECD 보고서에 우리나라 국민의 사법제도에 대한 신뢰도(Percentage of citizens confident with the judicial system. 2014)가 27%(조사대상 42개국 중 39위)에 불과하다고 발표되어 충격을 준 바 있다. 이 조사에 대한 얼마쯤의 의문도 없지는 않으나, 우리나라의 사법에 대한 국민의 신뢰도가 높지 않다는 것이 재확인된 점은 부정할 수 없고 보면, 사법부로서는 이를 쓴 약으로 알고 반성의 자료로 삼아야 할 것이다.

사법의 굴절 속에 용기 있는 법관도

정치적 사건의 재판은 사법의 명과 암을 집약하여 국민 앞에 보여주는 시험대가 된다. 해방 이후 역대 정권을 거치면서 우리 사법부는 바로 그 집권세력에 시달리는 시련을 겪어왔다, (앞서 본 『법원사』와 『역사

속의 사법부』에 그 실상이 자세히 언급되어 있다.) 그런 풍파 속에서 일부 법원 수뇌부와 일선 법관들이 자의든 타의든 정권의 의도에 추종하거나 영합하는 새년을 [.....] 서 꼬끼이 실망과 분노를 산 것은 부인할 수 없는 치부恥部였다.

그러나 그와는 달리 권력의 간섭과 위협을 무릅쓰고 올바른 재판을 견지하여 사법의 명맥을 지킨 법관들, 그로 인해서 온갖 박해와 불이익을 당한 법관들이 있었다는 사실도 잊어서는 안 된다. 1958년, 이승만 대통령의 정적으로 몰리어 간첩으로 기소된 진보당 사건의 조봉암 당수에게 간첩 무죄를 선고한 유병진 부장판사, 1964년, 무장 군인의 난입 협박에도 굴하지 않고 시위 학생들에 대한 구속영장 발부를 끝내 거부한 양헌 부장판사, 1968년, 동백림사건 상고심에서 간첩 무죄의 취지로 파기환송 판결을 한 대법원 판사들, 야당 지도자의 측근들을 구속한 월간《다리》사건 1심에서 무죄를 선고하고 옷을 벗은 목요상 판사. 대통령긴급조치 사건에 무죄판결을 하고 좌천된 후 사임한 이영구 판사 등 용기 있는 법관들을 기억해야 한다. 그리고 전후 세 번에 걸친 사법파동(1차-1971년 2차-1988년 3차-1993년)에 분연히 나섰던 많은 법관들도 사법부의 독립을 지키고자 용기를 발휘했다. 사법부가 위기에 처했을 때, 뜻 있는 법관들의 고민과 용단이 우리 사법부의 체통을 살리는 자랑스러운 역사를 기록했다는 것을 불행 중 다행으로 생각한다.

사법부의 전향적인 변화-사법개혁

또한 우리 사법부가 민주사법의 바른 틀을 마련하기 위해 진력한 성과도 인정을 해야 한다. 그 중에서도 오랜 숙원인 사법개혁에 법원이 전향적인 노력을 기울였던 것은 참으로 기념비적인 일이었다. 대법원은 2003년 사법개혁위원회를 산하에 두고 획기적인 사법개혁안을 마련하여, 2005년에 대통령 자문기구로 발족한 사법제도개혁추진위원회가 최종 성안한 사법개혁안의 기반을 마련해준 바 있다. 2005년 초부터 2년간 사법제도개혁추진위원회의 책임자로 일한 본인은 정부, 법원, 민간 각계의 관계 인사들과 더불어 당시 10년을 끌어온 사법개혁의 최종안을 확정 짓는 과정에서 법원측의 전향적인 준비와 개혁의지에 감동한 바도 있다. 공판중심주의의 강화와 국민참여형사재판 등 새로운 제도의 도입에 법원측이 보인 적극성은 의외였다고 말하는 사람이 적지 않았다. 이로써 국민을 위한 재판에서 '국민에 의한 재판'으로 민주사법의 지평을 업그레이드한 것은 높이 평가할 만한 개혁이었다. 또한 국선변호의 확대, 양형제도의 개선 등 인권의 실질적 옹호에 이바지한 점도 획기적이었다. 그밖에 법원이 이룩한 사법시설과 사법서비스 차원의 개선도 괄목할 만한 성과였다고 본다.

'선출되지 않은 권력'의 민주적 기반 확대

법원은 국가 3부 중에서 유일하게 '선출되지 않은 권력'이다. 국민주권의 원리가 사법부에도 확대되어야 한다는 관점에서 국민참여재판제도가 도입되어 연착륙되는 과정은 그런 의미에서 매우 바람직스런 변화이다. 국민이 재판에 직접 참여하는 배심재판 외에도 사법부가 국민의 소리에 귀를 기울여 민주적 정당성을 보완하여야 한다. 더러는 여론 내지 세론을 사법권의 독립을 저해하는 잡음쯤으로 배격한 고위 법관이 있었지만, 그것은 사법부 독립의 참뜻을 오해한 독선일 수도 있어 유감스러웠다.

이 섬에 관년해서 최릉 성 긴 메법인가요 '기민단체와 정치권이 법과의 재판 결과를 원색적으로 비난하는 여론재판이 부쩍 늘고 있다. 이는 사법부에 대한 민주적 통제의 금도를 벗어난 것이다.'라고 말했다. 또 강신욱 전 대법관은 '판결이 입맛에 안 맞는다고 비난하면 안 된다. 대법관 되기 위하여 특정 단체의 눈치를 보는 경향도 있다. 시끄러운 소수에 다수가 묻혀서는 안 된다.'라는 말도 했다.

사법부는 재판의 과정 및 결과를 비롯하여 사법제도, 법원의 운영, 사법정책, 법관의 언행 등에 대한 국민의 의견에 귀를 기울여야 한다. 법원은 예전에 비해서 이런 노력을 차츰 확대해 가고 있다. 이렇게 해서 '선출되지 않은 권력'의 한계를 극복하고 민주적 정당성의 기반을 북돋우어 나가야 한다.

지금 사법부가 귀를 기울여야 할 공론 내지 여론 중에서, 이른바 '법적 안정성'이 보수화 또는 수구화와 등식等式관계로 흐르거나, 기득권 세력 우위와 혼동되어서는 안 된다는 점, 그런 시각에서도 대법원 구성의 다변화를 주장하는 여론은 존중되어야 한다는 점을 전향적으로 수용해야 한다.

전에 100인의 법관이 참여했던 한 성명에도 "대법원이 지나치게 동질적인 연령, 배경, 경험을 가진 법조인들로만 구성되어 있다"고 문제를 제기한 바 있었다. 또한 그 성명에는 '법원 내적으로 수직적인 관료구조가 심화되어 있다. 소수자의 기본권 보호에 소극적이었다. 법해석을 통한 법창조적 기능을 중시하는 사법적극주의를 조화 있게 실현해 나가야 한다.'라는 등의 주장도 포함되어 있었다.

대법원을 비롯한 합의제 재판에서 '소수의견'이 없다는 것은 재판을 통하여 존중되어야 할 소수자 보호의 목소리가 사라진다는 징후인데, 이 또한 최고 법원 구성의 단색화에서 오는 위험한 현상이다. 그리고 근 자에 늘어나고 있는 '정치의 사법화'가 '사법의 정치화'로 번지지 않도 록 각별히 경계해야 한다. 수사 정보기관의 무리한 처사에 대하여 이를 견제하고 바로잡아줌으로써 국민의 인권과 안전을 지켜 주어야 한다.

법관은 권위의 화석 아닌 정의의 화신이어야

법관은 법률지식으로 굳어진 화석化石이 아니라 정의와 공평의 화신 化身이어야 한다. 사회의 변동 발전과 시대정신을 읽어내는 보편적 지식 인이 되어야 한다. 권력의 하향적 지배보다 권력에 대한 상향적 견제가 민주적 법치주의의 본질이라는 점을 중시해야 한다. 그리고 법원의 재 판이 사법부 밖의 정치적 사회적 상황, 특히 민주화가 진퇴하는 시류에 따라 달라지는 일이 있어서는 안 된다. 정권의 성향에 근접해가는 듯한 변화추세는 더구나 배제해야 옳다.

자칫 법관은 재판업무의 성격상 군림하는 자세에 길들여지기 쉽다. 참된 권위와 그릇된 권위의식을 분별해야 한다. 사법권의 독립을 국민 과의 거리를 멀리하는 격리 고립상태와 혼동해서는 안 되며, 귀를 닫는 것이 사법의 성역을 지키는 처방으로 오해할 염려도 있다. 실인즉, 국민 과의 소통과 이해를 도모하고자 사법부의 각급 법원은 여러 자문기구 와 심의기구에 외부 인사를 참여시키고 있으며, 국민 각계와의 교류를 넓히는가 하면, 공청회 등으로 여론 파악에 힘을 기울인다. 이런 노력의 성과는 사법부의 민주적 기반을 보완하는 데 바람직한 결실로 이어질 것이 분명하다.

근자에 상고법원 설기무제로 찬반이 엇갈리는 가운데 법원측이 일방적으로 독주하지 아니하고 국민의 이해와 설득을 위해 겨주하게 홍보와 호소를 하고 있는 점은 그런 의미에서 긍정적이라 하겠다.

법관의 고뇌, 재판의 어려움 이해하는 금도襟度

제1회 법원의 날을 기념하면서 우리 국민은 공적 직분 중에서도 고난도에 속하는 재판업무를 수행하고 있는 법관들에 대하여 그 노고와 고민과 어려움을 이해하고 경의와 격려를 보내는 금도도 갖추어야 한다. 국가 3부의 공직자 중에서 가장 사명감이 높고 공정을 기하려는 노력이 돋보이는 곳이 바로 사법부라고 믿는다. 어쩌면 이런 생각이 법원을 공직사회에서의 상대적 우위로 변명하는 '정상론'처럼 들릴지 모르겠다. 그런데 이 강연을 준비하고 있는 중에 읽은 한 현직 법관의 신문 칼럼에서 법원의 '상대적으로 깨끗하다는 변명의 안이함'을 자책하는 글을 읽고 감동했다. 그는 '다른 기관과 비교해 면죄부를 받을 수 있는 것도 아니다.'라고도 했다. 내가 차마 그렇게 주문할 수 없는 높은 수위水位를 법관 스스로 제시한 그의 말씀이 이 나라 모든 법관의 생각으로 번져나가기를 바란다. 법관을 비롯한 사법부의 공직자들도 공복公僕인 이상 주권자인 우리 국민은 그들을 감시하고 비판을 하되 , 나라의 주인다운 자세로 오로지 신성하고 공정한 사법을 염원하는 일념에서 이해하고 격려하는 것도 소홀히 하지 않아야 한다. 그리고 끝으로, 손지열 전 대법관의 다음과 같은 말씀을 상기해 드리고자 한다. "법관은 올곧은 자세로 나라와 공동체를 지탱해 오던 선비정신을 되살려내야 한다. 재판을 하기 위해서는 지식과 강직함만으로는 부족하고, 인생에 대한 깊은 통찰과 인간에 대한 애정을 두루 갖추는 것이 긴요하다."

아무쪼록 , 올해가 처음인 '대한민국법원의 날'이 앞으로 연례적인 기념식이나 행사의 되풀이에 그치지 않고, 사법부의 국민과의 소통과 이해, 민주사법의 발전 등에 도움이 되는 내실 있는 계기로 정착되어 나가기를 염원한다.

(2015. 9. 7.)

2장

압제에 대한 기억과 지식인

새 시대에 합당한 법조인,
입신에서 헌신으로
– 서울대학교 2014년도 로스쿨 입학식 상연

오늘 법학전문대학원에 입학한 여러분은 이제 소정의 교육과 시험을 거쳐 변호사의 자격을 얻게 될 것이다. 그러니까 지금의 여러분은 예비법조인이다.

나는 여러분의 법조계의 선배로서, 그리고 로스쿨제도 도입을 포함한 사법제도 개혁의 성안을 책임졌던 사람으로서 여러분의 앞날을 남다른 애정으로 축복하면서 몇 말씀 드리고자 한다.

법조인의 좋은 점

법조인이 된다는 것은 세인의 부러움을 사는 자랑스러운 성취의 한 단계이다. 우선 신분과 생활에서 안정을 기할 수 있기 때문에 흔히들 입신양명을 떠올리기도 한다. 또한 두뇌나 성실성을 인정받기도 한다.

판·검사, 변호사라는 직업에 대한 선망은 지금도 여전한 것 같다. 법조인에게는 세상을 위해서, 남을 위해서 좋은 일을 할 수 있는 힘과 기회도 있다. 법조계 밖의 다양한 직역으로 진출하는 데 어드벤티지도 있으며 사회활동의 무대가 널리 열려 있다는 이점도 있다. 다만 그 자부심이 자존심을 넘어 자만심으로 빗나가서는 안 될 것이다. 그것은 착각이자 오만이다. 법조인의 무거운 사명과 세상의 엄청난 변화를 생각한다면 더욱이나 그러하다.

지적 역량과 인성

홀륭한 법조인이 되자면 우선 그 신분에 상응한 자질을 갖추어야 한다. 여기에는 법률에 관한 전문지식 등 지적인 역량과 아울러 인성人性이 중요한 평가 대상이 된다. 그래서 무엇보다도 법률지식에 정통해야겠는데, 법률전문가라고 해서 법률만 아는 사람, 또는 법률 밖에 모르는 사람이 되어서는 안 된다. 우리 인생이나 사회는 법률지식만 가지고 흑백을 가리기에는 너무도 복잡하다.

그러기에 법률(시험)과목의 울타리를 넘어선 여러 분야에 넓고 깊은 지적 온축蘊蓄이 병행되어야 한다. 사회현상의 변화와 과학기술의 발전, 그리고 경제의 글로벌화 등에 따른 법적문제의 해결을 위해서는 더욱 그러하다.

로스쿨 신입생의 일정 비율 이상을 법학 이외의 다른 분야의 전공자 중에서 뽑도록 한 로스쿨 제도의 목적도 여기에 있다. 서울대학교 로스쿨의 올해 신입생의 65%가 비법학 전공 출신이라는 사실은 앞서와 같은 관점에서 볼 때 매우 바람직한 선발이었다고 본다. 또한 로스쿨 입학 전후의 전공이 무엇이든 문사철文史哲을 비롯한 폭넓은 독서와 천착이 절실하다고 하겠다.

법조인 잎의 어디 등모

법조인의 원형은 통념상 판·검사나 변호사이다. 그러나 이제는 직역 내지 활동분야를 좀 더 넓혀서 생각할 때이다.

이미 입법부와 행정부 및 학계에는 법조인들이 많이 진출하고 있거니와 그 밖의 여러 영역의 공직과 공공단체, 정당, 기업, 연구기관, 언론 기관, 직능단체, 시민사회단체 등 정치 경제 사회 문화의 모든 영역으로 그 무대를 넓히는 것이 바람직하다.

이는 취업 차원의 타개책이 아니라 새로운 시대에 걸맞는 법조인의 소임에 상응한 외연의 확대라고 보기 때문이다. 로스쿨을 통하여 다양한 전공자를 확보한 법조계에서 역시 다양한 여러 분야로 전문 인력을 진출시키는 것은 매우 자연스러운 일이다. 법치사회의 기반을 건실하게 만드는 데도 바람직한 변화라고 하겠다.

자존심과 우월감의 허상

더러는 판·검사, 변호사를 권세와 부를 누리는 벼슬 내지 출세 길로 여기는 경향도 있다. 그러나 이는 지나친 출세주의적 시각이다. 그런 성취가 부수적이 아닌 본질이나 목표가 되어서는 안 된다.

여러분은 법조인의 영달을 생각하기 전에 그 사명의 무게와 그에 따른 책무를 가슴에 새겨야 한다. 변호사 윤리강령 첫머리에 나오는 '인권의 옹호와 정의의 실현'을 잠언으로 삼고, 그 실현을 자기 소임의 기본으로 받들어야 한다. 거기에는 세속적인 부귀영화와는 촌수가 먼 무거운 짐과 고뇌가 따르기 마련이며, 법조인은 그 어려움을 감당해야 한다.

선민의식과 특권의식 또는 '슈퍼갑'의 우월감에 빠져서는 안 된다. '일인성주一人城主'의 독단주의적 성품도 경계해야 하며, 자부심과 자존심의 허상도 간파해야 한다.

화석 아닌 화신으로

법조인은 일반적으로 안정된 신분과 생업에 길들여져서 사회변동에 우려를 앞세운 나머지 현실 고착의 보수성 내지 수구성에 얽매일 가능성이 크다. 그래서 사회정의와 인권을 거론하면서도, 이른바 법적 안정성과 해석법학의 틀에 갇혀서 전향적인 판단과 실천을 주저하는 수가 많다. 그러나 법의 해석이나 적용에 있어서 강자 위주와 수구 일변도에 굳어진 화석이 되지 말고 사회의 변화와 시대정신을 담아내는 정의의 화신이 되어주기를 바란다.

또한 법조인은 직무의 속성상 인간만사를 흑백, 시비, 정사正邪로만 양분하려는 2분법적 사고에 젖기 쉽다. 하지만, 그런 두 틀에만 익숙하다 보면 좀더 높은 차원의 진·선·미에 대한 이해가 결핍될 수가 있다. 그런 경직되고 단순화된 좁은 소견에 기울지 않도록 시야를 넓혀나가야 한다.

신념과 학기學妓 사이

누구나 우수한 자질을 갖춘 법조우등생이 되기를 바라거나 기대하게 된다. 기본적으로 맞는 말이다. 그러나 그에 못지않게 올바른 법조인이 되는 것이 보다 중요하다.

해방 70년을 맞는 한국 사법의 역사 내지 법조사를 돌이켜본다면, 모처럼의 법조인의 신분과 권능과 전문지식을 곡학아세의 제물로 바친 신배들도 있고, 그의는 달리 안심깨 기자를 지켜내 서배들두 있었다. 명문 대학 출신의 인재들일수록 발탁이나 탄압의 표적이 되기도 했다. 목전의 영달에 끌리어 법조인 또는 지식인답지 않은 행보를 서슴지 않는 사람을 두고 '학기學妓'라는 말도 나왔다. 여러분은 우리 법조사에서 부침한 인물들을 살펴보고, 그중 어떤 유형의 선배를 본받을 것인가를 놓고 올바른 선택을 하기 바란다.

대접받기보다 존경을 받도록

여러분은 '갑' 또는 '슈퍼갑'의 신분으로 어디서나 부러움을 사고 대접을 받을 여지가 많다. 그러나 남한테 대접 받는 사람이 되기보다는 존경 받는 사람이 되어주기 바란다. 직함에서 '사'(士 또는 事)자를 떼어놓고서도 존경받을 수 있는, 그런 지성인이 되고 인격자가 되어야 한다.

갑의 편에 끌리어 범하기 쉬운 자신의 과오를 스스로 경계하며, 약자 또는 소수자의 입장을 존중하는 마음을 잃지 않아야 할 것이다. 힘없고 소외된 사람들이 억울한 차별을 받지 않도록 배려하는 것이 인간의 존엄과 사회적 평등을 담보하는 분모이기 때문이다.

개인의 입신에서 사회적 헌신으로

흔히 법조인이 되는 것을 입신출세라고도 한다. 입신을 바라는 것 자체는 사람의 기본된 욕망일 수도 있고, 따라서 장려할 만한 일이다. 그런데 나는 그 입신 이후를 말하고자 한다. 한 마디로, 입신을 한 다음엔

법치주의여, 어디로 가시나이까

반드시 헌신을 해야 한다는 것이다.

전문지식과 역량에 따른 신분과 권능을 가지고 남을 위해서, 세상을 위해서 기여를 해야 한다. 아무런 반대급부나 공명심 같은 것을 생각지 않고 남과 세상을 위해 헌신하며, 때로는 사서 고생도 해야 한다.

특히 법조인에게는 공익적 성격의 기여와 헌신에 더 많은 노력을 기울여야 할 사회윤리적 책무가 있다. 입신의 성취감 못지않게 헌신의 보람은 크고 아름답다.

씻어야 할 부정적 이미지

법조인에 대한 세인의 평가 내지 대외적 이미지는 반드시 긍정적인 것만은 아니다. 세속적인 출세에 뒤이은 처신, 전문직의 전횡 따위를 연상시키는 일면 때문일 것이다.

외국에서도 '자신의 전문능력을 곡예적인 술수와 결합시켜 지적 독재로 사람 위에 군림한다.'고 법조인을 비난한 학자가 있었다. 또한 최근엔 예일대의 프레드 로델 교수가 쓴 『법률가여, 저주를 받을지어다』라는 책의 번역서가 관심을 끌고 있다. 그는 어려운 전문용어와 법이론 뒤에 숨겨진 법의 실체를 폭로했는가 하면, 법률가를 부족시대의 주술사와 중세의 성직자에 비유했다. 물론 우리나라 법조인의 부정적인 실체를 비판한 국내 출판물도 적지 아니 나와 있다.

우리는 그런 비판에 귀를 기울이고, 자신을 겸허하게 성찰해야 마땅하다. '잘 난 사람' 보다는 '바른 사람'을 지향하는 법조인이 되도록 힘써야 한다.

법조인은 법률기능공이 아니다

최근엔 '법과 원칙'이란 용어가 난무한다. '법과 원칙'의 파괴자들 또는 정치권 사람들소자노 그런 밀을 버릇처럼 입에 담는다.

법조인의 사고가 '법대로' 쪽으로 굳어지다 보면, '법치주의'도 하향적 지배기능만 강조하는 훈시나 명령쯤으로 곡해하기 쉽다. 또한 실정법만능주의에 빠질 우려도 있다.

그러나 헤겔도 말했듯이 '법의 극은 불법의 극'이다. 자칫 법조인은 법의 이름에 가탁하거나 그 가면을 쓴 불의에 동조할 위험도 있다. 이점을 유의해야 한다. 하버드 로스쿨의 한 법학교수는 해마다 신입생들에게 '법률가의 첫째 가는 책무는 defence of the people 즉 인민(의 자유와 권리)을 지켜주는 일이다.'라는 내용의 강의를 했다고 한다.

적어도 법조 전문직이자 최고의 지성임을 자부하는 법조인이라면, 권력자의 이익과 국민의 이익이 맞섰을 경우에 어느 편에 설 것인가를 현명하게 판단해야 한다.

법조인은 단순한 법률 기술자 또는 기능공에 그쳐서는 안 된다. 보편적 가치를 사고의 기준으로 삼고 이를 추구하는 지성인이어야 한다. 의를 위해서는 고난도 무릅쓰고, 손해도 감수하는 사람, 개인적으로는 피할 수도 있는 위험 앞에서 비켜서지 않는, 그런 법조인이 되기 바란다.

법치주의의 위기─부작위의 과오

언필칭 민주주의와 법치주의를 내세우는 이 나라에서 법조인 또는 법률가의 책무는 더 없이 무겁다. 민주와 법치가 제 길을 따라 정착하지 못하고 위정자에 의해 일탈이 되풀이되는 마당에는 더욱 그러하다.

법치주의여, 어디로 가시나이까

반민주 반법치를 방관, 방조, 편승하는 법조인은 국민의 기대를 배신하는 사람이다. 반민주적 권력의 엑스트라나 공범이 되는 경우는 더 말할 나위가 없다.

지난날의 반민주적 악령이 각설이처럼 다시 나타나는 한국적 현실에서는 법조인의 각성과 분발이 한층 더 절실히 요청된다. 참과 거짓 사이에서 아무런 고뇌도 하지 않은 채 영일寧日에 안주하는 것은 적어도 시대정신에 합당한 법조인의 도리가 아니다. 우리는 해서는 안 되는 과오(Sin of comission)뿐 아니라 해야 할 일을 하지 않는 과오(Sin of omission)도 경계해야 한다.

선택의 어려움과 자승自勝

신념과 이익, 영달과 고난 사이에서 올바른 선택을 하는 것은 결코 쉽지가 않다. 자기 안의 갈등이나 자기와의 싸움은 결코 만만치가 않은 법이다. 하지만, 그런 양자택일의 어려움은 누구에게나 있을 수 있다. 남과의 싸움에서 이기는 사람은 힘이 있는 사람이고(勝人者有力), 자기와의 싸움에서 이기는 사람은 진실로 강한 사람(自勝者强)이라고 노자는 말했다. 그리고 율곡은 '사람은 올바른 도리로써 자신을 다스려야 한다(治身以道)'라고 했다. 그러니까 어려운 갈림길에서 우리는 '사람의 도리'에 합당하게 선택을 하고 처신을 해야 한다.

그렇다고 사람의 도리는 결코 멀고 높은 곳에만 있는 것은 아니라(道非高遠)고 그 분은 또한 말씀하셨다. 사람된 도리는 거창한 국면이 아닌 일상적인 삶 속에서도 얼마든지 찾을 수가 있는 것이다 비록 고단하고 힘겹더라도 사회적 신분에 상응한 시대적 소명을 다하는 길이 역사가 요구하는 새로운 법조인상이라고 생각한다.

신부님 문병에서

모처럼의 귀한 자리에서 무거운 주문을 나열해서 미안하다. 더구나 나 자신도 실천하지 못한 덕목을 거론한 것이 마음에 걸린다. 그러나 이런 말을 하게 되는 나의 충정을 여러분은 이해해 주실 줄 믿는다.

끝으로 오늘의 강연을 마치면서 보너스로 이야기 하나를 덧붙이겠다. 임종을 앞둔 신부님께서 누구의 문병도 허용치 않으셨는데, 한 변호사의 간청만은 받아들여서 병실에 들어오는 것을 허락하였다. 병상에 다가간 변호사가 감지덕지하며 말했다. "신부님, 저에게만 이처럼 특별히 문병을 허락해 주셔서 감사합니다." 그러자 신부님께서 이렇게 말씀하셨다. "뭐, 감사할 것까지는 없어요. 다른 사람들이야 이다음 천국에서 다시 만날 수 있겠지만, 당신 같은 변호사야 지금 만나지 않으면 다시 만날 기회가 영영 없을 터이니까."

여러분은 신부님 문병을 갔다가 이다음 천당에서 만나자며 거절당하는, 그런 법조인이 되시기 바란다.

바라건대, 여러분의 큰 뜻이 이루어지고, 입신과 헌신을 통해서 정의 실현의 큰 보람을 쌓는 법조인이 되시기를 간절히 빌고 기대한다.

(2014. 2. 28.)

온 삶으로 일깨워 주신
민주와 통일의 길
─고 김대중 대통령 묘비 제막식 추도사

옳은 일을 하다가 박해를 받는 사람은 행복하다. 하늘나라가 그들의 것이다. 나 때문에 모욕을 당하고 박해를 받으며 터무니없는 말로 갖은 비난을 다 받게 되면 너희는 행복하다. 기뻐하고 즐거워하라. 너희가 받을 큰 상이 하늘에 마련되어 있다. (마태복음 5:10~12)

옳은 일을 하시다가 박해를 당하시어 이 세상의 빛이 되셨고, 지금은 하늘나라에서 큰 상을 받으셨을 김대중 대통령님 영전에 삼가 머리 숙여 추모의 말씀을 올리나이다.

대통령님께서 저희 곁을 떠나 하늘나라로 가신 지 어느덧 50일이 되었습니다. 영면하고 계신 여기 유택幽宅에 묘비와 추모비를 세우고 이를 제막하는 의식을 봉행하고자 이 자리에 모인 저희들, 다시금 대통령님

서거의 슬픔을 반추하면서 애통하고 애석한 마음을 가눌 길이 없습니다. 그런 애절한 마음이 어찌 이 자리에 있는 저희들뿐이겠습니까?

대통령님께서 서거하신 뒤 국내외에서 넘쳐난 애도와 추모의 물결은 일찍이 보지 못한 놀라움이었습니다. 대통령님의 삶과 업적에 대한 존경과 칭송 또한 그러했습니다. '살아계신 것만으로도 우리의 힘이 되셨던 분' '언제 그런 지도자를 다시 만날 수 있을까' ― 신문에 실린 이런 기사제목이 곧 만인의 생각이었습니다.

대통령님께서 생전에 남기신 그 고결한 숨결과 가르침은 서거하신 뒤에 오히려 더욱 아름다운 유훈이 되어 많은 사람들의 마음에 깨달음을 주고 있습니다. 대통령님의 여러 저서가 서점에서 베스트셀러가 되었는가 하면, 해외 여러 나라에서까지 조문과 추도 행사가 이어졌습니다. 최근에도 미국 애틀랜타에서 추모모임이 있었고, 다음 달에는 일본의 두 도시에서 추도행사가 거행될 예정입니다. 생전에 직접 힘 기울이신 대통령님의 자서전이 머지않아 출간되면 또 한 번 대통령님의 삶과 가르침이 세상에 잠언이 되어 널리 읽혀질 것입니다.

오늘 이 식전에서 헌정해 드린『옥중서신』두 권도 바로 대통령님 내외분의 절절한 육성 고백으로서 많은 사람들에게 큰 감명을 줄 것입니다. 전에 나온 대통령님의『옥중서신』을 보완한 데도 적지 않은 의미가 있지만, 이희호 여사께서 옥중의 대통령님께 띄운 그 많은 서신을 제2권으로 발간하게 된 것을 대통령님께서 더 기뻐해 주시리라고 믿습니다.

이른바 '극한상황'이라는 말로도 표현이 모자랄 위급한 시간과 공간에서도 일신의 위험보다 나라와 겨레를 더 걱정하시던 그 높으신 뜻을 누가 따라갈 수 있겠습니까? 거기에다 글과 말씀이 곧 삶의 실천으로 이어졌기에 만인의 존경심이 더 뜨거울 수밖에 없었습니다.

고난을 이겨내셨고, 박해에 굴하지 않으셨으며, 사인여천事人如天의 정신으로 인권과 민주주의를 위해 싸우셨고, 대통령이 되신 뒤에는 나라의 위급을 구하시고 민주의 터전을 더욱 굳건히 하셨으며, 분단 조국의 하나됨과 평화정착을 위해 누구도 하기 어려운 결단과 성과를 실증하셨습니다. 그리고 노벨평화상의 영광으로 세계를 안으셨습니다. 화해와 용서의 본을 보이셨고, 철학이 분명한 지도자의 길을 닦으셨으며, 대통령문화의 새 지평을 여셨습니다.

남은 저희들은 대통령님에 대한 지극한 추모가 한 때의 회상이나 화두에 그치지 아니하고, 그 숭고한 뜻을 부단히 되새기고, 거기서 깨달음을 얻고, 그에 합당한 실천을 하도록 힘쓰겠습니다. 대통령님의 위대한 삶과 업적을 널리 알리고 유지를 받들어 실천하는 일에도 최선을 다하겠습니다.

아! 우리의 자랑이자 우뚝한 봉우리이신 김대중 대통령님, 이제 가슴 아팠던 고별을 현실로 받아들이고, 대통령님께서 남기신 그 넓은 빈 자리를 다 채우지는 못하더라도, 대통령님께서 평생을 걸고 바라시던 정의가 강물처럼 흐르는 그런 세상을 이룩하는데 저희들의 힘을 모으겠습니다. 참, 지난번 '사랑의 친구들' 바자회도 이희호 여사께서 임석하신 가운데 예전과 다름없이 성황을 이루었고, 불우한 형제들을 돕는 성과도 컸습니다.

대통령님께서 그토록 사랑하고 존경하셨던 이희호 여사의 평생 헌신에 저희들 모두가 감복하고 있으며, 지극한 슬픔 가운데서도 의연하게 품격을 지켜나가시는 사모님께 모두 존경과 사랑을 보내고 있습니다. 사모님의 자서전 『동행』의 일본어판이 불원 출판된다는 기쁜 소식도 아울러 전해드립니다.

마지막 병상에 드시기 전까지도 강조하신 '행동하는 양심', 명심하겠습니다. '행함이 없는 믿음은 죽은 것'이라는 성서 말씀과 아울러 마음에 새기고 살아가겠습니다. 추모의 참뜻을 살려나가겠습니다.

대통령님, 존경하는 김대중 대통령님! 이제 평화스런 하늘나라에서, 생전에 동교동 사저에서 그리 하셨던 것처럼, 아름다운 정원의 화초에 물도 주시고, 날아오는 새들에게 모이도 주시면서 영생복락을 누리시옵소서.

삼가 명복을 비옵나이다.

2009년 10월 6일
한승헌 삼가 올립니다.

'재판 실록'으로 상을 탄 '수상'한 사람의 생각

– 제2회 임창순 학술상 시상식 수상자 인사

여러분, 반갑습니다. 감사합니다.

먼저, 제가 영광스러운 임창순 학술상을 받게 된 것을 과분하게 생각합니다. 청명문화재단 성대경 이사장님과 심사위원 여러분께 머리 숙여 감사의 말씀을 드립니다.

조심스럽게 말씀 드린다면, 어느 모로 보나 학술상 감으로는 어울리지 않는 실록물을 수상작으로 격상시켜 주신 심사위원님들의 결정에 이의가 없는 것은 아니지만, 청명문화재단의 학술상 심사 규정에 수상자 결정에 대한 불복조항 즉 이의신청 절차가 없기 때문에 그냥 상을 받기로 마음을 정했습니다.

이렇게 해서 저는 어느 모로 보나 '수상한 사람'이 되고 말았습니다.

이번에 수상하게 된 저의『변론사건 실록』은 제가 지난 40년 동안에 법정 변론을 맡았던 시국사건의 기록과 관련 자료를 모은 실록물입니다. 엄격히 말해서 그중 시 사건의 피피이리고 한다면, 가 사건의 내용과 평가를 담은 해설 부분과 변론서 그리고 몇 편의 글을 들 수 있을 정도입니다.

이 실록에는 시국사건을 다루었던 사법경찰, 검사, 판사와 그들에게 끌려가 온갖 고난을 당한 피고인, 증인, 변호인 및 그런 사건에 관심을 갖고 의견을 남겨주신 분들의 기록성 문장이 함께 모여 있는 집합저작물입니다.

그런 점에서 이 실록에는 역사의 전진을 갈망하는 사람과 역사의 역주행을 감행한 사람들이 뒤엉켜 있습니다. 사건 당시의 배역 여하를 불문하고 어둠의 역사 속에서 악연을 같이 했던 그들이 맞붙었던 싸움의 실체를 생생하게 기록한 전사戰史이기도 합니다. 법정에서 벌을 받은 사람과 역사에서 벌을 받아야 할 사람이 동승하고 있는, 그야말로 오월동주의 희한한 항해의 궤적이라고도 할 수 있습니다.

그러나, 악역도 역사 발전에 공헌하는 경우가 적지 않습니다. 로마 총독 빌라도의 사형판결이 있었기에 예수의 십자가도 있었고 부활도 있었다고 볼 때, 역설적으로 역대 독재자들도 민주화를 향한 국민의 자각과 분노, 그리고 범국민적 역량의 결집을 통한 투쟁에 원인 제공을 한 공로가 있다고 하겠습니다. 아니, 박정희 씨를 비롯한 독재자들이 없었다면 오늘 상을 받게 된 저의 이 변론사건 실록도 나오지 않았을 것이고, 따라서 이러한 영광된 자리도 없었을 것입니다.

물론 저의 이 말에는 중대한 허점이 있습니다. 그러한 불법 집권과 독재에 분연히 항거하여 일신의 고난을 무릅쓰고 싸웠던 의로운 분들이 없었다면, 이 실록에 수록된 여러 사건이나 변론은 존재하지도 않았을 것입니다. 그러기에 이 실록은 국가폭력의 기록이자 민주항쟁의 기록이며 분단 극복의 기록입니다. 그 대결의 접점이라 할 법정에서 저는 좌절과 분노, 보람과 승리의 출렁임을 경험했습니다.

법정은 불공정 게임의 특구였습니다. 심판도 규칙도 말이 아니었습니다. 그 와중에서도 단하의 피고인들은 분명 경기에서 이겼건만, 판정에선 언제나 패배였습니다. 재판관이 항상 검찰관의 손을 들어준다면 피고인은 하나님을 변호인으로 모셔오는 수밖에 없다는 말이 절실하게 떠올랐습니다.

변호인석의 저는 처음부터 판결문 상의 승리는 기대할 수가 없었습니다. 그러기에 시간과 공간의 한계를 넘어선 국민의 심판, 역사의 심판을 생각하면서 목격자, 증언자 그리고 기록자로서의 소임이 나의 몫이라고 깨닫게 되었습니다. 그런 사명 자각의 부분적인 성과가 바로 이번의 『변론사건 실록』입니다.

이 실록의 정리 집필 간행을 계속 역설하고 재촉해주신 박원순 변호사님과 수지타산에 매이지 않고 방대한 출판을 맡아주신 범우사의 윤형두 회장님께 참으로 고맙다는 말씀을 드립니다.

해방 후 이 땅에서 빚어진 정치적 대결과 탄압은 분단을 빌미 삼은 독재로 말미암은 것이었고, 그것들이 법정으로까지 비화된 사례가 적지 않았습니다. 하지만, 그에 관한 기록이 제대로 남아 있지 않거나 구해보기가 어려워 아쉬움이 큰 것으로 압니다. 특히 재판 기록은 지배자에 의해서 왜곡된 참과 거짓을 정확히 규명하는 데 귀중한 실증 사료가 됩니다. 그러기에 사건을 맡았던 변호사들로서는 그런 자료의 보존 정리 및 배포에 일정한 책무가 있다고 하겠습니다.

　　하지만 그러한 기본 인식에도 불구하고 이번 저의 실록은 여러 면에서 미흡한 점이 많습니다. 그렇다고 그 취약점을 모두 말해버리면 모처럼의 수상 결정이 당장 취소될 위험도 있으니까 잠깐 접어두기로 하거니와, 우선 제가 변론한 시국사건 모두를 수록하지 못한 점, 각 사건의 자료도 일부밖에 수록하지 못한 점, 사건에 대한 좀 더 충실한 성찰과 평가를 하지 못한 점 등이 아쉽고도 죄송스럽습니다.

　　그럼에도 불구하고 저는 이 실록이 많은 분들에게 읽혀지기를 바랍니다. 이 책이 한국 민주주의의 역사 내지 한국현대사의 연구에 조금이라도 도움이 되었으면 합니다. 불의와 정의가 맞붙어 싸웠던 지난날의 실상을 제대로 규명하여, 거기서 역사의 교훈을 얻고, 우리 각자의 실천과제를 찾아내어 다시는 이 실록에 담겨 있는 바와 같은 비극이 되풀이되지 않는 민주 평등사회와 통일조국이 이루어지기를 간절히 소망합니다.

　　이러한 바람은 일찍이 우리의 선각이셨던 청명 임창순 선생님께서

글과 실천으로 보여주셨던, 불의에 대한 저항과 민주 통일에의 신념과
도 맥을 같이 하는 것이라고 봅니다. 또한 이 실록에 나오는 의로운 수
난자들의 염원도 역시 그러하다고 하겠습니다.

분단 극복과 민주사회 구현을 위해서 고난을 당하신 분들을 잊지 맙
시다. 말과 글로써 그들의 의미 있고 위대한 삶을 널리 알립시다. 그들
이 염원했던 세상을 이룩하는 것이 우리들의 과제입니다. 이것이 또한
먼저 가신 청명 임창순 선생님의 뜻을 받드는 길이라고 믿습니다.

일찍이 선비의 안일을 버리시고 4.19의거 때 교수단의 시위에 과감
히 참여하시고, 분단조국의 통일운동으로 철창신세를 마다하지 않으신
청명 선생님, 그러면서 학문 연구와 저술 그리고 후학 양성에 평생 헌
신하신 청명 선생님의 삶을 다시금 우러르며, 그 높고 귀한 이름을 모
신 임창순 학술상의 수상자로서 영광과 감사와 다짐의 말씀을 드리면
서 이만 인사에 가름하고자 합니다.

청명문화재단의 발전과 추천위원, 심사위원 여러분의 건승을 빕니
다. 또한 여러 모습으로 축하를 해주신 각계의 여러분, 이 자리에서 축
사와 회고담을 해주신 선생님들 그리고 귀한 시간을 할애하시어 이 자
리를 빛내주신 귀빈 여러분께 거듭 감사의 인사를 드립니다.
여러분, 고맙습니다.

(2007. 4. 12.)

나의 법조 55년을 돌아본다
― 하승허 법조 55년 기념 선집 간행 축하 모임 답사

바쁘신 중에 이처럼 자리를 함께 해주신 각계 내빈 여러분께 깊은 감사를 드립니다.

오늘 이 자리에 서게 되니, 지난날 민주화를 위한 싸움에서 우리를 이끌어 주셨던 민주 선열들과 법정 안팎에서 헌신하시던 변호사님들의 얼굴이 떠오릅니다. 그리고 어렵게 쟁취한 민주 세상을 어이없이 망치고 있는 현실 앞에 참으로 부끄럽고 죄스러운 마음을 억누를 길이 없습니다. 먼저 가신 영령들의 명복을 빕니다.

제가 법조계에 들어선 지 어언 55년이 되었습니다.

반세기가 넘는 지난 시기는 이름 그대로 격동기였습니다. 산촌의 나무꾼 소년으로 자라서 촌놈답게 조용히 살고자 했던 제가 어쩌다가 세상의 광풍에 휘말려서 시대의 한 복판을 걸어야 했습니다.

나뭇가지는 조용히 있고 싶은데 바람이 멎지를 않았던 것입니다. 무도한 권력자의 탄압에 짓밟히는 억울한 형제들과 의로운 지사들이 감옥에서 법정에서 저를 기다리고 있었습니다. 그들을 위한 저의 노력은 판결문상의 효과만 놓고 보자면 보잘 것이 없었지만, 상처 입은 형제를 외면하지 않고 부축하고 대변하고자 했다는 점에서 의미있는 행보였다고 믿습니다.

저는 제가 변호한 피고인들로부터 감화를 받고, 얼마쯤 세뇌가 되어 바른 세상을 향한 발돋움을 해보기도 했습니다. 불의한 권세와 싸운 사람들, 특히 피고인들에 의해서 세상은 바로잡혀갔으며, 민주주의와 인권이 숨 쉬는 날이 우리 곁에 다가왔습니다. 비록 주역은 아니었지만 저는 고난 속에서 보람을 찾고 단역 나름의 성취감도 확인할 수가 있었습니다. 그러나 어쩌다보니 세상은 다시 바뀌었습니다. 지금은 다릅니다. 지난날의 반민주와 억압과 횡포와 파렴치가 다시 넘쳐나고 있습니다.

우리는 쉽게 과거사를 잊어버립니다. 그래서 현재를 제대로 인식하지 못하고 미래를 내다보지 못합니다. 그렇습니다. 역사의 건망증에 빠지는 사람들에게 기억을 되살려주는 일은 정신적 재활을 통해서만 기약할 수가 있습니다. 저는 변호사인지라 시대의 상처와 인간의 아픔에 관해서 임상적인 현장 체험을 많이 하게 되었습니다. 특히 이 나라의 사법이 정의와 불의를 아울러 외면했기 때문에 그 부조리한 실상을 기록하고 널리 알리는 것도 법조인의 한 사명이라고 여겨왔습니다.

제가 법조인생 55년을 정리하는 의미에서 기념선집을 내기로 한 것도 한 시대의 나상裸像을 정확히 기록하고 널리 알려야 하는 법조인 내지 지식인의 책두를 나임으로써 새 ~~~ ~~~ ~~~ ~~~ ~~~ 다는 생각에서였습니다. 지난날을 너무 쉽게 망각한다면, 우리는 역사의 교훈을 놓치고 오늘을 표류하거나 아픔과 어리석음을 반복하는 국민이 되고 말 것입니다. 제가 변호했던 탄압적 시국사건만 해도, 그런 압제 철권정치가 나라와 겨레에게는 물론이고 독재자 자신에게 돌이킬 수 없는 불행을 남겼던 것인데, 거기서 아무런 교훈과 깨달음을 얻지 못하고 1인 치하 '다시보기'를 하고 있으니, 참으로 개탄스러운 일입니다.

저는 과거를 잊지 말자고 기록성 있는 글을 써왔습니다. 먼 훗날에 쓰는 회고록이 아니라 사건과 재판이 있었던 그 시점에서 기록을 했습니다. 그러니까 '녹화중계' 쯤 되는 글들이라고 자평을 할 수 있습니다. 『피고인이 된 변호사』는 자전적인 산문 모음이지만 결코 저 개인사의 기록이 아니라 저의 삶에 배접된 시대상황이 담겨 있습니다. 『권력과 필화』는 기본권 중의 기본권이라는 언론의 자유 · 표현의 자유의 상처를 되새겨보는 거울입니다. 『한국의 법치주의를 검증한다』와 『한일현대사, 평화와 민주주의를 생각한다』도 지난 이야기가 아니라 바로 오늘의 과제를 푸는 데 유용한 담론입니다.

이번 저의 선집은 학술 연구서는 아닙니다. 역사서도 되지 못합니다. 다만 학술 연구나 역사 정립에 주추가 되는 원자재 내지 반제품으로서의 존재가치가 있다면 그저 협력업체가 된 정도의 자족감을 간직할 수는 있을 것입니다.

지금까지 살아오면서 실로 많은 분들의 사랑과 편달을 받아왔습니다. 특히 제가 감옥살이를 비롯해서 여러 모양의 고난에 처했을 적에 참으로 가슴 뜨거운 도움을 입었습니다. 오늘 이 자리를 빌어 충심으로 감사를 드립니다.

　이제 저는 농구로 치면 제4쿼터에 접어들었습니다. 어쩌면 후반전이 거의 끝나가는 시점인지도 모르겠습니다. 그야 어찌 되었든 저는 앞으로도 각계 여러분의 사랑에 보답하는 삶을 가꾸어나가는데 힘쓰겠습니다.

　이번 선집이 나오는 데는 여러분의 노고와 배려가 컸습니다. 우선 범우사와 문학동네 그리고 일본평론사 CEO들의 배려와 관계자 여러분의 노고가 있었기에 상재가 가능했습니다. 선집 네 권의 표지에 공통으로 들어간 유휴열 화백의 작품도 책을 더욱 빛나게 해주었습니다.

　이 행사장의 현수막 등을 만들어주신 기획사 컨티뉴의 김 사장님도 열성을 다해주셨습니다. 행사의 기획과 준비에 참여해 주신 간행위원님들, 전주의 '마당' 여러분, 그리고 산민회 여러분들의 성심도 대단하셨습니다.

　이상 여러분의 헌신적 참여와 협조에 깊은 감사를 드립니다. 그리고 끝으로, 그러면서 중요한 사실, 사회를 맡아주신 두 분 변호사님, 나란히 서서 호흡이 척척 맞는 명 사회솜씨가 꼭 부부처럼 보입니다. 사실은 '처럼'이 아니라 실제로 부부 간입니다. 한승헌이보다 백 배나 더한 백승헌과 정연순 내외분께 박수를 보내주시면 고맙겠습니다.

축전과 화환 또는 기념선물을 보내주신 각계의 여러분께도 머리 숙여 감사의 인사를 드립니다. 내빈 여러분께서 뜻하시는 일, 두루 보람 있게 이루어지기를 기원합니다. 감사합니다.

(2013. 11. 14.)

법치주의여, 어디로 가시나이까

마사키 히로시 변호사와 이득현 사건
– 일본 교토 류코쿠(龍谷)대학 초청 특강

들어가는 말

본인을 이번 행사에 초청해주시고, 이처럼 발표를 위한 귀한 시간을 할애해 주신 것을 감사하게 생각한다. 나는 한국의 한 법조인이자 법학도로서, 일본의 두 얼굴에 대하여 나름대로 생각해 보고 평가를 해왔다.

한국을 침략하고 강압했던 일본이 그 하나라면, 참다운 이웃으로서 서로 이해하고 돕는 길을 밟는 일본(인)이 다른 하나이다. 주권을 침탈한 것도 일본이었지만, 한국의 민주화와 인권을 위해서 나서준 것도 일본(인)이었다.

일본 내에서 한국인을 차별하는 일본인이 있는가 하면, 그런 차별을 반대하는 일본인도 있다. 오늘은 일본인의 그러한 두 개의 얼굴 중에서 후자에 관한 이야기를 하게 되겠다. 마사키 변호사의 양심과 정의로운 변론을 살피는 일은 비단 한국인에 대한 그의 고마움을 넘어서, 법조인으로서의 보편적 정의를 추구한 그의 생애를 통하여 오늘의 우리가 배워야 할 바가 많다고 보기 때문이다. 일본(인)을 말함에 있어서 외국인으로서의 한계도 있는 만큼 많은 이해와 질정叱正을 바란다.

'이득현 사건 후원회'의 활동

마루쇼(丸正운송점)사건과 마사키(正木) 변호사의 활동에 관한 뉴스가 서울의 우리들에게 전해진 것은 1967년 2월경이었다. 억울하게 기소된 한국인 이득현李得賢씨를 무료 변호하던 마사키 히로시 변호사가 오히려 명예훼손의 피고인이 되어 재판을 받고 있다는 요지였다.

서울에서는 마사키 변호사의 헌신에 감동한 사람들이 모임을 갖고 '이득현사건후원회'를 조직하였다. 여기에는 변호사, 문학인, 언론인, 사회운동가 등이 참여하였다. 이득현 씨를 돕기 위해서 성금을 모으는 한편, 문인들의 작품(시)을 기증받아 시화전을 열어 그 수입금을 마루쇼사건 후원회 측에 성금으로 전한 바도 있다.

또한 〈이득현사건 후원회보〉를 발간하면서 이득현사건의 진실을 파헤친 마사키 변호사의 저서 『고발』을 번역 간행했다. 나는 당시 한국에서 가장 영향력이 컸던 월간지 〈신동아〉에 「이득현 유죄의 의문점」이라는 제목으로 장문의 기고를 하여, 그 사건과 마사키 변호사의 헌신을 널리 알리는 데 일조를 하였다.

그리고 위 후원회에서는 그해 4월 3일, 변호사 두 사람(후원회 부회장 문인구, 이사 한승헌)을 일본에 파견하였다. 마사키 변호사에 대한 항소심 공판(동경고등재판소) 기일에 맞추어 도일을 했던 것이다.

마사키 변호사와의 첫 대면

일본에 건너간 문 변호사와 나는 마사키 변호사를 그의 자택으로 방문하였다. 그날 오후의 재판 준비를 하던 그는 우리 두 사람을 반갑게 맞아주셨다. 명성에 비하여 매우 검소한 생활을 하는 것 같았으며, 방에는 재판사건기록들이 천정 밑까지 쌓여 있어서 유명 사건의 변호인으로서 그 분의 관록을 말해주고 있었다.

우리 두 사람은 먼저 한국인들과 후원회 회원들이 마사키 변호사에게 드리는 감사의 뜻을 전하였다. 그리고 "한국인 이득현 씨를 위해서 그토록 고난을 무릅쓰고 싸워주셔서 무어라 감사드릴지 모르겠습니다."라고 머리를 숙였다. 그러자 마사키 선생은 의외의 말씀을 하셨다.

"나는 한국인 이득현 씨를 위해서라기보다는 일본의 양심을 위해서 싸우고 있는 중입니다." 그 말에 나는 감동했다.

선생은 나이에 비하여 매우 정열적이고 투지에 넘치는 인상이었으며, 이득현 씨가 무죄라는 확신을 갖고 있었다.

나는 선생에게 "적당한 시기에 한국에 오셔서 이득현 씨 사건 등에 대해서 강연도 해주시고, 인권문제에 대한 관심도 환기시켜 주시면 좋겠습니다"라고 말씀드렸다. 이에 대한 선생의 대답은 이러했다. "나 혼자는 한국에 가지 않을 것입니다. 감옥에 있는 이득현 씨를 석방시켜 가지고 함께 가겠습니다."

나는 다시금 감동했다. 아무나 할 수 있는 대답이 아니었다.

선생은 화가이기도 하다는 말을 들었는데, 시도 쓰시는 다재다능한 분이셨다. 일행인 문 변호사가 여기 있는 한 변호사도 시를 쓴다고 하자, 선생은 당신의 시가 실린 잡지 한 권을 나에게 주시기도 하였다.

도쿄 고등재판소 법정에서

문 변호사와 나는 그날 오후 마사키 변호사에 대한 명예훼손 피고사건의 제2심 공판이 열리는 도쿄 고등재판소의 법정으로 나갔다. 일본의 여러분이 익히 아시는 대로, 마사키 변호사와 스즈키 변호사는 이득현 씨의 강도살인 사건이 최고재판소에서 유죄로 확정되자, 재심을 유도하기 위해서 진범인이 실은 피해자의 친척 3인이라며 그 이름까지 공개했다. 예상대로 거기에 지목된 사람들은 위의 두 변호사를 고소하였고, 검찰은 그 두 사람을 명예훼손죄로 기소하였다. 그리고 1심에서 유죄판결이 나자 피고인들의 항소로 2심 재판이 열리게 된 것이었다.

우리는 법정 복도에서 이름난 문학평론가이자 영문학자인 이토오 세이(伊藤整) 씨를 만났다. 그 분은 마사키 변호사와 각별한 인연이 있었다. 1950년에 그가 번역한 『채털리 부인의 연인』이 외설문서라고 하여 재판을 받게 되었을 때, 마사키 변호사가 자진해서 변호를 한 바 있었다. 그런데 이번에는 마사키 변호사가 피고인이 되어 재판을 받게 되자 이토오 교수가 마루쇼사건 진상규명의 후원회장을 맡고 나선 것이다. 실로 아름다운 보은의 시범이었다.

이날 법정에는, 마사키 변호사가 마루쇼사건의 진범이라고 지목한 고이데(小出榮太郎)와 그의 아내(幸子)가 증인으로 나왔다. 마사키 변호사는 피고인 신분이었지만, 그들을 예리하게 신문했다. 게시판에 사건 현장의 도면까지 붙여놓고 날카롭게 추궁하자 증인들은 머뭇거리거나 당황하는 기색이 역력했다. 누가 피고인인지 분간하기 어려울 정도였다.

마사키 변호사는 피해자를 죽인 진범은 그 운송점에 드나드는 트럭 운전수인 이득현 씨가 아니라 그 집 내부에 있는 사람이라는 점을 과학적으로 증명하는 데 힘을 기울였다.

간사이지역의 법의학의 권위자 오오무라 도쿠조(大村得三)도 피해자의 얼굴에 나타나 있는 두 줄기의 혈흔과 입은 옷의 오점을 감정하고 나서, 마사키 변호사와 거의 동일한 의견서를 냈다.

그럼에도 불구하고, 항소심 역시 두 변호사에 대하여 금고 각 6월에 집행유예 1년을 선고한 1심이 옳다며 항소를 기각했다.

두 변호사는 상고했다. 마사키 변호사는 상고심에 사건이 계류 중이던 1975년 12월, 세상을 하직했다. 다음 해 3월 스즈키 변호사 혼자서 상고기각 판결을 받았다.

역시 재심이란 일본에서도 낙타 바늘 귀였다. 그러나 두 변호사의 양심과 용기, 정의감과 실천적 사랑은 사법절차상의 결론과 무관하게 변호사의 정도正道로서 존중되고 본받아야 할 사표師表임에 틀림없다.

마사키 변호사에 대한 나의 이해

첫째, 원죄寃罪사건 피고인의 무실함을 밝히기 위해서 무료 변호에 나선 변호사가 확정판결의 재심을 겨냥하여 스스로 명예훼손의 피고인이 되어 싸운 것은 그 결과 여하간에 그 동기, 과정, 노력만으로도 아름다운 헌신이었다.

둘째, 민사사건 변호사로서의 역량이 인정된 그가 보수는커녕, 자기 돈을 써야 하는 원죄사건의 변호만 하다가 가난하게 되고, 심지어는 출장비 마련에도 힘이 들었다는 것은 매우 감동적인 이야기였다.

셋째, 수학, 물리학, 해부학 등에 대한 지식을 가지고 증거(물증)에 대한 과학적 관찰력을 통하여 자신이 감정을 하거나, 감정에 대한 확신을 가지고 전문가에 감정을 의뢰하여 그 결과를 증거로 제출하는 등 특이한 노력을 기울였다.

넷째, 법정 밖의 언론활동(기고, 저술 등)으로 법정 변론 이상의 효과를 거두는 한편, 변호비용을 조달하기도 하여 2중의 실리를 얻는 독특한 방식을 개척하였다. 재판비판의 영역에서도 선도적인 노력을 하였으며, 사건의 진실에 대한 대중적 이해와 올바른 재판을 촉구하는 시민적 자각을 불러일으켰다.

다섯째, 일본의 중국 침략과 태평양전쟁에 대하여 공개적인 반전활동을 하였으며(〈가까운 데서부터〉라는 개인잡지의 제작 배포 등), 패전 후 전쟁책임을 놓고 천황을 비난(천황제 부정론 또는 천황 타도론)하는 등 일본의 군사적 침략 내지 군국주의에 반대하는 행동을 서슴지 않은 양심과 용기도 놀라운 바 있다.

여섯째, 그가 한국인 이득현 씨를 헌신적으로 변호하면서 "일본인의 양심을 위한 행동"이라고 말한 것도, 일본의 한국침략과 한국인에 대한 일본인의 편견 차별을 부당시하는 양식에서 우러난 고백으로 이해한다. 이는 일본인으로서는 둔감하거나 말하기 싫어하는 집단적 수치심을 공개적으로 드러낸 신념에 찬 언동으로 평가할 수 있다.

감동적인 체험의 연장

마루쇼 사건의 변호활동과 그 연장전으로서 일어난 제2마루쇼사건(위 두 변호사에 대한 명예훼손 사건)의 피고인으로서의 투쟁, 그리고 그들의 여러 저술과 직접 만남 등을 통하여 나는 위 두 분과 같은 법조인으로서, 일본에 의해 강점을 당했던 나라의 한 지식인으로서 많은 감명을 받았다.

뿐만 아니라 다음과 같은 또 하나의 뜻밖의 체험도 잊을 수가 없다. 우리 일행이 미야기(宮城) 형무소에 가서 이득현 씨를 접견하고 나올 때, 그곳 교도관들이 우리를 정문까지 배웅해 주면서, 이득현 씨를 위해서 멀리 찾아와 준 것을 감사한다고 인사를 하는 것이었다.

그 무렵 일본 전국을 뒤흔들었던 스마다코(寸又峽) 라이풀 사건(한국인 김희로가 한국인을 모욕한 일본 경찰관을 살해한 사건)의 김희로 씨를 시즈오카(靜岡) 형무소로 가서 접견했다. 그때, 김희로는 처음엔 다른 형무소에 구금되어 있었는데, 그전 복역 때에 호의적으로 대해준 보안과장 밑에 가서 수감생활을 하고 싶다고 희망하였고, 당국이 이를 받아들여 그곳으로 이감을 오게 되었다는 사실을 알게 되었다. 그 보안과장은 형무소 정문까지 우리를 배웅하면서, 김희로는 본시 착하고 의리가 강한 사나이였는데, 한국인이 일본인으로부터 차별과 멸시를 당하는 데 분노하여 사고를 일으킨다고 하였다. 그때 문득, 도쿄의 한국거류민단 간부 한 사람이 김희로를 비난하면서 절대로 접견을 가지 말라고 만류하던 생각이 났다.

이득현 씨를 만나고 도쿄로 돌아가는 남행열차 안에서 나는 시 한 편을 썼다.

돌아가는 길목에 깔리는 마음 / 이국의 담장 안에서 만난 / 아까 그 사람을 생각한다. / 호소로 얼룩진 / 목숨의 건널목에 / 그와 마주 앉아 / 서툰 일본말을 해야 했던 나 / 여기는 남의 땅 / 기원은 얼룩지고

/ 가슴 적시며 / 남으로 가는 밤이 비에 젖는다.

마사키 변호사의 삶이 무리에게 수는 교훈

마사키 변호사는 마루쇼사건의 진실을 밝히기 위해서 자신이 썼고, 또 그로 인해서 출판물에 의한 명예훼손죄의 피고인이 되고, 유죄판결까지 받은『고발』이란 책의 서문에서 이렇게 말했다.

"일본인은 서양인 앞에서는 비굴할 정도로 굽실거리면서도, 정작 동양의 한국인에 대해서는 오만한 태도로 경멸한다. 이것은 매우 부끄러운 일이다. 일본의 양심을 위해서도 일본인은 반성해야 마땅하다."

또한『일본인의 양심』에서는 "천황과 악마(태평양전쟁을 일으킨 도죠(東條) 전 수상 등 군부를 지칭)와의 합체, 그것이 일본민족의 비극의 근원이다. 이 악의 힘에 대하여 협력하는 것은 즉 악이고, 반대하는 것은 선이었던 것이다."

시대의 흐름과 무관하게 그의 이런 말은 보편성을 갖는다. 지난날의 이야기가 곧 오늘을 말해주고 있는 것이다.

마사키 변호사가 태평양전쟁 말기의 '목 없는 (시체)사건'을 비롯하여 패전 후 정치적 사회적 관심이 컸던 여러 사건을 변호하면서, 일본 재판 사상 전례 없는 논쟁을 불러일으킨 것은 주목할 만한 일이었다. 세상에서는 그의 용기와 정의감을 칭송하는 사람들이 있는가 하면, 기행奇行 또는 매명이라고 비판하는 사람도 일부 있었다고 한다. 그러나 매명 운운은 근거 없는 비방이라고 본다. 마사키 변호사는 자기의 그런 변호 및 언론활동을 자신의 출세나 이익을 위해서 써먹은 적이 없었기 때문이다.

마사키 변호사는 보수적 경향이 지배적인 일본 법조계에서는 매우 이례적이라고 할만큼 인권 지향적이고 투쟁적인 인물이었다.

나는 지금까지 일본이라는 국가와 DNA를 달리하는 많은 일본인을 만났다. 그리고 감동과 존경심을 아울러 갖게 되었다. 그 첫 번째 인물이 바로 마사키 변호사임을 기회 있을 때마다 역설하였다. 그 분처럼 자국의 과오를 책망하면서, 불의한 현실을 바로잡기 위해서 헌신하는 일이야말로 도리어 일본을 훌륭한 나라로 높여 나가는 애국적인 길이라고 생각한다.

(2008. 12. 27.)

분단 속의 독재와 싸운
의로운 피고인들

―『분단시대의 법정』(일어판) 출판기념회(도쿄) 저자 답사

자리를 함께 하신 여러분, 안녕하십니까? 여러 가지 바쁘신 가운데, 이처럼 저의 출판기념회에 왕림해 주셔서 감사합니다.

변변치 않은 책 한 권을 내고서 많은 분들의 축하를 받게 된 것은 분에 넘치는 영광이 아닐 수 없습니다. 그러나 한편으로는 여러분들에게 번거로움을 끼치게 되어 죄송스럽습니다.

생각하건대, 졸저『분단시대의 법정』의 일역판이 일본에서 가장 전통과 품격을 자랑하는 이와나미 서점에서 간행된 것부터가 영광스러운 일입니다. 야마구치 사장님을 비롯한 이와나미의 여러분께 깊은 감사를 드립니다. 출판사 측의 탁월한 성형수술과 메이크업에 의해서 변변치 않은 책 내용에도 불구하고 아주 품격있는 신간이 되어서 매우 기쁩니다. 그래서 이 책은 볼만한 책이라고 자랑할 수가 있게 되었습니다.

물론 읽을만한 책이라고는 말할 수가 없지요.

이 책의 간행과 관련된 저의 입장이나 생각은 원저인 한국어판 머리말과 이번의 일본어판 첫머리에 대충 밝혀 놓았습니다. 그래서 중복은 피하면서, 한두 가지만 첨가해서 말씀드리고자 합니다.

제가 한 사람의 변호사의 몸으로 1백여 건의 정치적 사건을 변호했다는 것은 결코 저 개인의 업적이나 자랑이 아닙니다. 과거 독재정권의 수치입니다. 한국 역사의 아픔이었습니다. 동시에 반민주적 권력에 대해서 얼마나 많은 사람들이 저항했는가 하는 기록이 될 수도 있습니다. 그런 저항이 없었다면 불의한 권력을 민중의 힘으로 물리치고 오늘날과 같은 한국의 민주사회는 이루어질 수 없었을 것입니다.

제가 변호했던 피고인들은 거의 '존경받는 피고인'이었고, 나는 오히려 그들을 통해서 많은 가르침과 깨달음을 얻을 수가 있었습니다. 그래서 저는 "피고인은 변호사를 잘 만나야 한다고 하지만, 변호사는 피고인을 잘 만나야 한다"는 이치를 경험으로 터득하게 되었습니다.

오늘의 이 뜻깊은 자리도 바로 그 분들을 변호한 덕분에 제가 누리게 된 축복이라고 생각합니다. 저는 이번 책의 원전격인 『한승헌 변호사 변론 사건 실록』으로 한국에서 이름 있는 두 개의 상을 받았습니다. 남의 벌 받은 이야기를 써가지고 제가 상을 받게 되다니, 아니 일본까지 와서 이런 축하를 받다니, 저는 그 분들에게 죄송스러울 뿐입니다.

그런 미안함을 줄이는 방법의 하나가 그들의 용기와 고난을 제대로 기록하여 세상에 널리, 그리고 후세에 오래도록 알리는 일이었습니다. 불의와 정의를 다 같이 외면한 재판에서 변호인석을 지킨 저의 또 하나의 책무, 기록자로서의 소임으로 말미암아 이번의 일어판도 나오게 되었습니다. 그리고 불의한 압제에 대한 싸움은 단순히 한 나라의 문제가 아니라, 인류의 보편적 가치와 인간의 존엄에 이어지는 중대한 과제입니다. 자칫 제 나라 치부처럼 보일 수도 있는 사건 이야기를 일본의 독자 앞에 내놓기로 한 이유도 여기에 있습니다.

지금 한국에서는 지난날의 민주화 쟁취 과정에서 어떤 수난과 희생이 있었는지에 대해서 무관심해지는 경향이 있습니다. 평화가 지속되면 전쟁 때의 참상을 잊기 쉽듯이, 민주사회도 그것을 이룩하고 나면 독재치하를 망각하기 쉽습니다. 저는 그런 망각을 방지하고 기억을 회생시키는 일이 중요하다고 믿습니다. 저는 그래서 "과거에 눈 감는 사람은 현재에도 맹목일 수밖에 없다"는 바이츠제커 전 독일 대통령의 말을 명심하고 있습니다.

저는 저의 이번 책이 일본에서 많이 읽혔으면 좋겠습니다. 이와나미가 저의 책을 냈다가 손해를 봤다는 이야기가 나와서는 안 되기 때문입니다. 아무쪼록 이와나미가 바위처럼 의연하고 파도처럼 역동적인 출판사로서 성장 발전해 나가기를 기원합니다.

번역의 노고를 다해주신 저의 오랜 벗 다데노 아키라(舘野晳) 선생, 저의 이런저런 주문을 너그러움으로 받아들여 편집자로서 각별한 배려를 아끼지 않으신 이와나미 편집부의 바바기미히코(馬場公彦) 과장님, 두 분께 깊은 감사의 인사를 드립니다.

끝으로 이 행사를 마련하는데 크게 수고해 주신 이토오 나리히코(伊藤成彦) 교수님, 마에다 겐지(前田憲二) 감독님, 오카모도 아쓰시(岡本厚) 《세카이(世界)》 편집장님을 비롯한 발기인 여러분, 그리고 준비과정에서 애써주신 여러분께 사의를 표합니다. 오늘의 행사를 빛내주신 참석자 하객 여러분의 각별하신 정을 결코 잊지 않겠습니다.

감사합니다.

(2008. 4. 16.)

불낸 자가 119 신고자를 잡아간 '보도지침' 사건

– '보도지침' 폭로 30주년 민언련 인터뷰

'보도지침을 폭로한 사람들' 네 번째 인터뷰로 '보도지침' 사건의 변호인 이상수, 한승헌 두 분을 만났다. '보도지침' 사건의 변호인은 총 11인이었다. 작년(2016년) 12월 16일 열린 '보도지침 30주년 기념식'에서 우리는 11인의 변호인과 민주사회를위한변호사모임(이하 민변)에 감사패를 드렸다. 그중 김상철, 신기하, 조영래, 조준희, 황인철 변호사께서는 이미 고인이 되셨다. 너무 늦게 감사의 뜻을 표하게 되었음에 새삼 죄송함을 느끼며, 우리는 한승헌, 이상수, 박원순, 고영구, 홍성우, 함정호 변호사께 기념식 참석과 인터뷰 요청을 부탁드렸다.

그리고 1월 16일 한승헌 변호사와 이상수 변호사가 민언련을 방문했다. 이야기를 시작하기 전, 한승헌 변호사께 감사패를 전해드렸다. 그러자 한 변호사는 매우 진지한 표정으로 "여기 적힌 건 내 이름이 맞는데, 이거 첫째 둘째 문장은 허위사실 유포구면"이라고 말했다. 깜

짝 놀라서 감사패의 문구를 다시 읽어봤다. "인간의 기본권인 언론 자유와 정의를 위해 법정에서 열렬히 싸워 주셨습니다. 선생님은 어두웠던 그 시절 한줄기 빛을 밝힌 양심적 법조인입니다. 역사의 법정에서 언론 자유와 민주주의를 위한 변론을 펼쳐 주셔서 고맙습니다"라고 적혀 있었다. 뒤늦게 웃음이 터졌다.

인권 변호사의 상징과 같은 한승헌 변호사, 마르고 꼿꼿하고 깐깐한 한 변호사의 촌철살인 유머에 빨리 적응하지 않으면 이 인터뷰가 매끄럽게 되지 않을 수도 있다는 긴장감이 느껴지면서 동시에 오늘 인터뷰에서 얼마나 웃게 될지 기대가 되었다. 노동전문 인권 변호사·국회의원·노동부 장관을 지낸 이상수 변호사는 여전히 젊고 열정이 넘쳤다. 그 이름만으로도 시대를 느낄 수 있는 인권 변호사들이 모두 모였던 '보도지침' 사건 변론, 이제 한승헌·이상수 변호사 두 분을 통해서 당시 이야기를 풀어보자. 김언경(민주언론시민연합 사무처장)

시국사건을 어떻게, 왜 변호했는지 묻는 것은 '전형적 우문'

김언경 먼저 '보도지침' 사건 변론을 맡게 된 계기부터 들어볼까요?

한승헌 70~80년대의 이른바 시국사건들을 우리가 어떻게 접했는지, 어떤 경위로 변론을 맡게 되었는지 개별적·구체적으로 기억하는 것은 매우 어려워요. 하도 많아서요. 불이 나면 소방관이 달려가듯, 사건이 터지면 우리는 누가 뭐랄 것도 없이 이심전심 모여들었지요. '보도지침 사건'도 마찬가지였습니다. 더구나 '보도지침' 같은 사건을 맡으면서, 거기에 무슨 신변의 고려가 있었겠어요? 70년대에 해직 기자가 많이 양산되고 동아투위와 조선투위가 피눈물 나게 싸울 때도 여러 법조인들이 그들을 격려·응원하고 나섰죠. 그런데 조선일보에 있던 신홍범 씨, 기자협회장을 역임한 김태홍 씨, 이런 분들이 민주언론운동협의회를 만들어서 조직적으로 반독재 투쟁을 하던 중 한국일보 김주언 기자가 가져온 엄청난 사건을 폭로해서 구속되었단 말이에요. 이게 알려지면서 그야말로 '누가 먼저랄 것도 없이' 변호인단이 구성된 거죠.

김언경 당시 보도지침 사건 변호사님들이 '정법회(정의실천법조인회)' 소속 변호사였는데, 그 '정법회'를 많은 분이 모르세요. '정법회'에 대해서 좀 설명해주세요.

이상수 변호사들이 시국사건을 맡는 과정을 설명해 보면 이래요. 우리 선배님들이 70년대부터 쭉 인권 변호를 해왔지 않습니까? 그때만해도 각 개인이 단독으로 변론을 해주는 경우가 많았지요. 그런데 너무 구속자도 많아지고 시국사건이 많아지자, 이걸 개인적으로 대응하는데 한계가 있다고 본 거예요. 그리고 사건이 터지면 개인적으로 유명한 변호사에게 부탁하는 경우도 있지만, 일단 천주교나 기독교 등에서 변론을 의뢰해 오거든요. 개별적으로 사건을 맡지 말고 의뢰를 받는 창구를 만들기로 한 거죠.

그러다가 구로동맹파업 사건이 터져 많은 노동자가 구속되는 바람에 모든 인권 변호사들이 참여해야 했고, 같이 조를 짜서 변론하면서 선후배들 간에 신뢰가 쌓이게 되었어요. 그 이후 사건이 터지면 선배 변호사와 후배 변호사가 호흡을 맞춰 같이 맡으면 참 좋다, 이런 걸 느끼게 되었죠. 예컨대 '구로 연투 사건' 때는 선배님 중 홍성우 변호사님과 제가 같이 해보는 식이죠. 그러면서 이돈명, 유연석 변호사님 등 선배님 그룹, 그 아래 황인철, 조준희, 홍성우 변호사님 등 중견 그룹, 아래로 조영래, 김상철, 저 이런 사람들이 함께 결합을 하게 되었어요. 이게 정법회라고 할 수 있어요. 간사회의와 조직 간사, 총무 간사, 연구 간사 등을 두면서 조직적 활동을 하게 되었죠. 그렇게 인권 변호사들이 정법회를 결성해 조직적으로 활동을 해오다가 그것이 나중에 민변으로 확대되었던 것이죠.

그나저나 제가 이제부터는 한 변호사님께 선배님이라 호칭하겠습니다. 사실 저는 당시 언론인을 위해서 한 변론은 처음이었거든요. 그런데 선배님께서는 해직언론 기자들에 대해서도 변론을 그전에 많이 하셨어요. 그렇죠?

한승헌   나는 한국기자협회 고문변호사로 활동하면서, 개별적으로 기자들이 수난당할 때 변론을 한 경우가 더러 있었지요. 가령 언론 기사를 가지고 반공법 위반, 또는 명예훼손이라고 기소된 사건들을 변론했지요. 그래도 '보도지침' 변론은 특별한 케이스였어요. 당시 열 명이 넘는 변호인단이 구성됐거든요. 우리가 한 번 집단적인 힘으로 법정에서 싸워보자는 의지가 매우 강했던 것이죠.

보도지침 사건 변론의 백미는 조영래 변호사의 '석명'

김언경   재판과정의 에피소드를 듣고 싶습니다.

이상수   먼저 민주언론운동협의회 간사와 당시 《말》지 기자 분들이 자료를 다 가져다 주고 또 우리가 부탁하는 것도 다 조사해주고 많은 도움을 주었습니다. 그런데 난 참 그때 생각하면 가장 기억에 남는 것이 조영래 변호사가 검사에게 석명을 구했던 거예요. 사실 우리가 시국

사건 변론을 많이 하다 보면 나름의 노하우가 생기거든요. 그중에서 피고인의 모두진술이라는 부분이 있어요. 거의 사문화된 조항이라고 할 수 있는데, 그걸 누가 딱 알아내서 공판 막후에 피고인한테 충분히 얘기할 수 있는 기회를 주는 겁니다. 그 당시에는 그게 재판에 영향을 미치지 못하는 경우가 많았지만, 시국사범들은 자신의 정당성을 주장하고, 그걸 제대로 전하는 것만으로도 큰 의미를 두었죠. 심지어는 당시 우스갯소리로 우리가 변호를 맡으면 되레 형기가 올라간다는 말까지 있었거든요. 그런데도 피고인들이 기꺼이 우리한테 사건을 맡기는 이유는 꼭 무죄를 받기 위해서가 아니라, 자신들의 정당성을 충분히 제대로 전해달라는 뜻이 있었지요. 그런데 '보도지침' 변론을 하면서 조영래 변호사가 모두진술 말고 아주 특별한 아이디어를 냈는데, 그게 바로 검사한테 석명이라는 것을 구하는 것이죠.

김언경 석명이요?

이상수 석명釋明. 검찰의 공소장에 대한 석명을 요구하는 거죠. 조영래 변호사가 검사의 공소장을 하나하나 적시하면서 이건 어떤 의미냐? 이건 상호모순 아니냐? 하면서 조목조목 따지는데, 하여튼 검사가 아주 죽어 나갔어요.

김언경 재판 과정에서 박수치고 웃음이 터졌다는 것이 그런 장면이었군요.

한승헌 좀더 설명하자면, 검찰에 대해서 석명을 구하는 식으로 역공을 가하는 건데요. 통상 문서로 제출하지는 않고 법정에서 구두로 해 왔거든요. 예를 들면 '보도지침'이 '보도협조 사항'이라고 했는데 '협조 사항'과 '보도지침' 사이에 어떤 차이가 있는가 물었죠. 또, 검사가 보도

협조를 요청하는 것은 국내외의 언론 관행이라고 했는데, 그게 국내의 관행이지 외국에도 그런 관행이 있는가? 이걸 밝히라고 했죠. 국내의 관행이었다면, 그 관행은 언제 누가 만들었는가? 뭐 이런 식으로 석명을 구했지요.

그런데 조영래 변호사는 미리 석명사항을 문서로 작성해서 질문하면서 석명권 행사를 유효 적절하게 활용하셨으니 참 명석한 분이셨지요.

이상수 그러니까요. 조영래 변호사가 정말 재미있고 쉽게 했어요. 그래서 그 아주 엄혹한 상황에서도 모두 폭소를 터뜨렸잖아요. 공판정에 나왔던 모든 사람이 통쾌해서 손뼉을 치고, 검사 얼굴은 홍당무가 됐어요. 당시 조영래 변호사의 재기발랄한 그런 모습을 보면서 흐뭇했던 그런 기억이 지금도 생생합니다.

김언경 고 조영래 변호사께서 보도지침 사건 당시 참 큰일을 하셨군요. 지난해 12월 '보도지침' 30주년 기념식 당시 사모님이신 이옥경 여사께서 참석하셔서 "조영래 변호사와 부부라는 인연으로 맺어져서 항상 많은 분들의 사랑을 받고 있다"며 "새삼 감사하다"고 말했어요. 이옥경 여사가 "오늘 와서 보니까 30년 전에 있었던 일, 그리고 오늘(2016년) 촛불 사이를 보니, 이렇게 많은 분들이 열심히 일해주셨던 덕분인 것 같습니다. 조영래 변호사가 남겨 놓고 간 사랑과 짐이 있습니다. 저는 그 나름으로 열심히 살아왔다고 생각했는데 여러분들을 보면서 다시 한번 저를 다잡겠습니다"라고 말해서 저희가 마음이 찡했습니다.

보도지침 재판에서 조영래 변호사가 검사에게 석명을 구한 내용은 다음과 같다.

첫째, "보도 협조사항" 또는 "언론 협조사항"과 제4쪽 제2행의 "홍보지침" 사이에는 어떤 차이가 있는가?

둘째, "홍보지침"이 아니고 "보도 협조사항"이라는 것은 지침성, 통제성이 전혀 없다는 뜻인가?

셋째, "그 요청을 받은 언론사는 독자적으로 판단하여"라 함은 아무런 압력을 느낌이 없이 자주적으로 판단한다는 뜻인가?

넷째 "국내외 언론계의 관행"이라 함은 외국에도 있는 관행이 일상화·상례화·제도화되어 있는 일이며 정당한 일이란 뜻인가?

다섯째, 그 같은 "관행"은 언제부터 형성되었으며 언론인들 누구나가 그 같은 "관행"의 존재를 알게 된 것은 언제부터인가?

여섯째, "외교·군사사항의 기밀에 관한 사항" 등의 표제는 보도지침 중에 들어 있는 표현을 이용한 것인가 아니면 공소관청의 주관적 평가를 기재한 것인가?

일곱째, "국가안보에 관한 사항", "남북대화 관련사항", "북괴 등 대공산권 관련사항" 등으로 분류된 사항들은 전부 자동적으로 "외교상 기밀"에 해당한다는 취지인가?

여덟째, "외교·군사상의 기밀에 관한 사항"으로 분류된 사항들 중 어느 것이 "외교상의 기밀이고 어느 것이 군사상의 기밀"인가?

아홉째, 외교상의 "기밀"이라 함은 보도통제의 대상이 된 내용사실이 기밀사항이라는 취지인가 아니면 그러한 내용사실에 대한 보도통제가 있었다는 사실이 기밀사항이라는 취지인가? 예컨대, "F-16 1차분 7일인수식" 그것이 외교상의 기밀인가, 아니면 그 인수식 사실에 대한 보도 통제 사실이 외교상의 기밀인가?

열째, "한국의 이익과 국제간의 신용을 위하여 보지하여야 할 사항", 또는 "대북한간의 관계에 있어서 국가안전보장 상 중대한 결과를 초래할 우려가 있는 사항"이라 함은 구체적으로 무엇을 지칭하는가?

열한번째, "헌법에 의하여 설치된 국가기관"이라 함은 구체적으로 어느 기관을 지칭한 것인가? 문화공보부 홍보정책실인가?

변호인 측 증인을 전원 채택했다가 모두 취소한 판사의 사연

김언경　신홍범 선생께서는 전에 한 변호사님이 "보도지침 사건은 불났다고 신고한 사람을 불낸 사람이 잡아 가둔 격"이라고 말씀하셨다면서, 참 재기 넘치면서도 멋진 반론이었다고 말씀하셨어요.

한승헌　제가 최종 변론에서 그렇게 말했죠. 보도지침을 통해서 정부가 언론탄압을 한 것이 만천하에 다 알려졌는데, 오히려 언론을 탄압한 정부가 언론인을 구속했으니, 이건 그 불낸 사람이 방화신고자를 잡아간 거나 마찬가지라고 주장했지요. 당시 그 말이 기사 제목으로 인용이 되고 그랬죠. 또 "이 사건의 심판대상은 보도지침을 폭로해서 이 법정에 묶여 와있는 세 분 언론인이 아니라 바로 '보도지침'을 만들어 악용한 사람들이라고 말했던 기억이 납니다. 그리고 또 지금 이 '보도지침' 사건 재판 기사도 보도지침에 걸렸는지 일단一段 이상으로 못 나가고 있다, 이런 말도 했지요.

김언경　재판 과정에서 또 기억나는 질문이나 답변이 있으신가요?

한승헌 피고인들의 폭로행위를 외교상 비밀누설이라던가, 압수된 서적을 이적출판물이라는 등의 검찰 주장을 놓고 법정에서 상당한 논쟁을 했죠. 재판과정에서 웃지 못할 일화들이 많았어요. 심사는 보도지침은 국가기밀 사안에 대한 보도를 신중히 해달라고 언론에 협조를 요구한 것이라고 했는데, 그럼 문공부 장관이 지방 행사에 가서 연설한 것이 무슨 국가기밀이라고 보도지침에 포함시켰는가, 그리고 그것이 기밀이면 보도하지 말아야지 왜 1면에다가 크게 실으라고 했느냐고 따지기도 했지요. 또 '김대중 씨 사진은 신문에 쓰지 말라'는 대목이 보도지침에 나오는데. '아니 김대중 씨 얼굴이 무슨 국가기밀이냐'고 따졌죠. 이런 웃지 못할 사례들이 참 많았어요.

이상수 한 선배님 기억력이 정말 좋으세요. 제 기억으로는 다른 재판에 비해서 판사가 상당히 이야기를 잘 들어주려고 했던 것 같아요. 그게 특별히 언론인들에 대한 재판이어서 그런지는 몰라도 상당히 재판 분위기 전체를 피고인들이 압도해 나가면서 진행했던 재판이었다고 기억이 납니다.

한승헌 3차 공판에서 송건호, 박권상 등 언론계 중진 두 분의 소신 있는 증언을 들은 후, 변호인단에서 문화공보부 간부와 전·현직 언론인 등 24명의 증인을 신청했어요. 그때 담당 박태범 판사는 처음에 그 24명 전원을 증인으로 채택해 주더라고요. 그래서 우리 변호인들은 이 재판이 제대로 되겠구나 싶어 매우 고무되었어요. 그런데 다음 공판기일에 판사가 검찰과 변호인 측이 신청한 증인 전원의 채택 결정을 전부 취소하더라고. 그런데 더 황당한 것은, 그러면 그 취소이유를 좀 알고 싶다, 왜 증인 채택 결정을 전부 취소하느냐고 따졌더니 판사는 우물쭈

물하면서 대답을 못 하는데, 난데없이 검사가 "판사님이 기록을 보기 전에 증인 채택을 다 했는데 기록을 다 검토해 보고 난 뒤 그 증인들이 필요 없다고 판단하게 돼서 그래서 취소했다"고 말하는 것이 아니겠어요? 공소사실에 대한 입증 책임은 검찰에 있으니까, 검찰 측 증인도 모두 취소된 것에 대해서 자기들도 펄쩍 뛰며 항의를 해야 할 터인데, 아무 이의도 제기하지 않으니 이상하지 않아요? 그래서 우리 변호인들이 "아니 판사님도 증인 취소한 이유에 대해서 아무 말씀도 못 하는데, 어떻게 검사가 그 사정을 자세히 알아 가지고 이렇게 설명을 하느냐?"며 또 따졌지. 나는 판사가 증인 채택을 했다가 하루아침에 뒤집는 것으로 봐서, 이 재판은 법관이 아닌 보이지 않는 세력에 의해서 좌우되고 있는 것이 분명하다면서 신랄하게, 좀 장황할 정도로 공격했던 기억이 나요.

김언경 한 변호사님이 이후 재판도 계속 변론을 하셨던가요?
한승헌 물론이죠. 그런데 유감스럽게도 87년 6월, 1심은 전원 유죄로 판결이 났습니다(김태홍 징역 10월에 집행유예 2년, 김주언 징역 8월에 집행유예 1년, 신홍범 형의 선고유예). 그런데 항소심에서는 재판을 안 하고 계속 방치하는 거예요. 그 후 이 사건은 1994년 7월 5일에야 무죄판결이 났어요. 다시 말해서 정권이 두 번이나 바뀐 뒤에야 나온 판결입니다. 그나마 문민정부라고 하는 김영삼 정권이 들어서니 그때야 무죄판결을 한 거죠. 그 와중에 검사가 상고를 해서, 1년 반이 지난 95년 12월에야 상고 기각으로 무죄가 확정 되어서 석달 모자라는 10년 만에야 사건이 종결되었지요.

물론 무죄판결이 확정된 것은 반가운 일이지만, 그것이 독재정권이 물러가고 난 뒤에야 사법부가 변모한 사례의 하나라는 점에서는 대단히 유감스러워요. 당시 이런 사건들이 여러 건 있었지요. 심지어 세 번에 걸친 재법변고지도 ᄋᄉᄋ게 ᄆᄉᄒᄆ 서ᄋᄉᄋ ᄋᄒᄉᄆᄆᄆ ᄋᄋᄋ가 선 셈이거든요. 난 이 모든 게 정치 민주화가 제대로 이루어져야지 사법부도 올바른 재판을 할 수 있다는 교훈을 주는 사례라고 생각해요.

김태홍 선생을 회고하며, 거듭 확인하는 대단한 폭로의 의미

김언경 그렇군요. 정말 오늘 사법부에 대해 많은 이야기를 듣게 되네요. 먼저 진행한 인터뷰 도중 신홍범 선생께서 당시 담당 변호인이 박원순 시장이었다고 회고했거든요. 이상수 변호사님은 누구를 담당하셨나요?

이상수 나는 김태홍 선배 주심 변호사였어요. 그래서 그 당시 모든 면회를 제가 가고 연락도 저를 통해서 했죠.

김언경 아 그러셨군요. 저희가 이번에 '보도지침을 폭로한 사람들'을 기획하면서 참 아쉬웠던 게, 작고하신 김태홍 선생님의 이야기를 듣지 못하는 거였어요. 김태홍 선생을 변호하셨다니 더 듣고 싶어요. 전에 신홍범 선생과 김주언 기자 두 분은 잡혀가셨을 때 취조 과정에서 다른 사람보다는 덜 고초를 받지 않았나 말씀하셨어요. 김태홍 선생님은 어떠셨는지 들으신 게 있으세요?

이상수 일단 사건이란 게 뭘 파헤쳐야 하는 사건이 있고, 이미 경위는 다 드러난 사건이 있잖아요. 그런데 '보도지침' 사건은 사실 뭘 파헤치기보다는 공모자를 확대하는 수사만 하면 되는 정도였으니, 상대적으로 전모를 밝히기 위한 사건보다는 덜 고초를 겪었을 것 같아요. 하지만 김태홍 선배는 제일 먼저 잡혀 들어갔기 때문에 누구랑 같이 했느냐 이런 걸 조사하면서 좀 고문을 당했다고 그러더라고요.

한승헌   보통 수사관과 피의자가 서로 부딪치는 부분이 첫 번째는 사실관계이고, 두 번째는 평가 차원에서 입장이나 견해의 차가 벌어지는 건데, 이 사건은 사실관계는 크게 다툴 여지가 없었어요. 다만 어떻게 보도지침을 입수해서 어떤 의도로 어떻게 책으로 만들었으며, 어떻게 배포했나, 이런 걸 조사하는 것이었죠. 하지만 내 생각에는 조사받는 과정에서 세 분이 소위 관련자와 방조자, 조력자를 대라고 추궁당하는 과정에서 틀림없이 상당한 고초를 겪었을 겁니다.

이상수   오히려 회유하려고 들었을 가능성이 높아요. 이런 걸 누가 지시했느냐? 만약 말이에요, 취조 과정에서 '보도지침을 정부의 누가 지시한 것이다', '어떻게 지시한 것이다'. 이런 구체적인 이야기가 나오면 권력이 상당히 곤혹스럽지 않겠습니까? 그러니까 사건을 축소하려고 하는 차원에서 오히려 회유하려고 들었을 가능성도 높고요. 당시 사건을 파헤치기보다는 자꾸 회유하려고 들었고, 법정에 나가서도 말 조심하라든가 이런 차원에서 압박을 좀 가했을 것으로 짐작됩니다. 그나저나 김태홍 선배 이야길 좀 더 하자면, 김태홍 선배는 정말 낙천적인 분이었어요. 뭐 전설처럼 김태홍 선배가 언론계의 '3구라'라는 말이 있었잖아요(하하). 그렇게 이야기도 재미있게 하고요. 그래서 내가 피의자 면회를 가서도 사실 부담이 별로 없었다고요. 아주 세상 태평하고, 늘 남들 걱정하고 그랬어요. 상당히 허허롭고 아주 유머러스했죠.

한승헌   그분은 매우 소탈하셔서 외모나 말씨에 허식이나 꾸밈이 없어서 실제와는 달리 소위 전략가로는 보이지 않았어요.

이상수 그렇죠. 그런데요, 내가 같이 정치도 해봤지만요, 오히려 김태홍 선배는 간단치 않은 측면이 있었어요.

한승헌 그게 양면이 있어서, 그렇게 담백한 성품이면 나도 당신한테 마음을 주고 싶다, 상대방에게 이런 생각을 갖게 해줄 수가 있지요.

이상수 허허실실이 있는 사람이었다니까요. 겉으로는 굉장히 태평하지만 왜 걱정이 없겠어요. 아무튼, 자기를 탁 던지는 그런 사람인 거죠. 그러니까 보도지침 이런 걸 주도해서 터트릴 수 있는 겁니다. 이쪽저쪽 다 재는 사람이라면 이건 못합니다. 어떻게 보면 우직한 사람입니다.

한승헌 그렇게 직선적인 생각과 행동방식이 소위 운동에서도 필요하다는 생각이 들어요.

이상수 사실 그때가 정말 새벽이 오기 직전인 시기여서인지 가장 어두웠던 시기죠. 그런데 그런 시절에 정권과 언론의 민낯을 확실하게 보여주는 이런 사안을 폭로한다는 것은 정말 굉장한 용기였던 것입니다. 권력이 언론하고 유착해서 이렇게 문제를 왜곡시키고, 언론이 정말 완전히 권력의 하수인이구나 하는 것이 적나라하게 드러난 것이죠. 그래서 국민이 '세상에 이럴 수도 있나. 썩어도 이렇게 썩을 수가 있나' 분노했던 것이고요. 그것이 6·10 항쟁의 동인이 된 것이죠. 그래서 난 그분들의 용기에 대해서 지금도 존경하고 감사하죠. 대단한 일이었어요.

한승헌 맞아요. 그 세 분도 용감했고, 그렇게 할 수 있도록 힘을 실어 준 천주교 신부님들도 대단하셨지요.

법치주의여, 어디로 가시나이까

정치도, 언론도 단합된 국민을 이겨낼 수 없다

김언경 두 분은 법조인이신데, '보도지침' 사건을 접하고 변론을 맡으면서 언론 문제에 대해서 더 많이 생각하게 되셨을 것 같은데요. 보도지침의 의미와 한국 언론에 대한 생각을 듣고 싶어요.

이상수 권력이 언론을 장악하고 있다는 것은 대충 짐작하잖아요. 그래도 압력을 가하며 '이 사건은 좀 빼죠', 이렇게 겁이나 주고 구슬렸을 것으로 생각했지, 이렇게 구체적으로 '글을 이렇게 써라', '몇 단으로 써라' 이렇게 딱딱 정해준다는 건 참 상상할 수 없는 일이었어요. 아 정말 우리 사회가 이렇게까지 되었구나. 권력이 이렇게까지 언론을 길들였구나 생각하니 정말 참담하더군요. 이건 제도언론이라는 말도 달아줄 가치가 없고, 그냥 완전히 정부 홍보지인 거죠. 오히려 당시 진짜 언론의 역할은《말》지 같은 '찌라시'가 한 거죠.

한승헌 6월 항쟁 직전에 그나마 '보도지침' 사건 관계자들이 집행유예로 나오긴 했지만 시국사건, 반정부 사건에 대한 언론보도는 여전히 여러 모양으로 왜곡되거나 제약이 많았어요. 우리가 바라던 언론 자유의 회복은 이루어지지 못했어요. 무슨 사건이 일어나면, 국민의 비판이 거세져서 일시적으로 그 흉계가 잠복해서 뭐가 좀 나아지나 싶지만, 얼마 지나지 않아서 다시 그 문제가 반복되곤 하는데요. 큰 사건을 겪고 나면, 권력은 더욱 미묘한 방법으로 언론을 통제하고 말살하려는 그런 행태가 되풀이되곤 하지요. 예를 들면 언론인을 직접 구속하고 법정에 세우는 그런 방식은 많이 달라졌지요. 하지만 우회적으로 언론사의 책임자나 경영자를 조종해서 언론인을 겁박하는가 하면 블랙리스트처럼 그렇게 아주 조직적으로 표현의 자유를 억압하는 이런 형태로 나오곤 했죠.

이상수 저는 언론에 대해서 이런 생각을 합니다. 언론이 정치권력에 의해 새끼이 되니고, 그 싱입적 입벽 때문에 피기가 끼끄 크런 시매였잖아요. 그런데 이제 언론환경이 근본적으로 바뀌고 있다고 봅니다. 이제 정보를 만드는 기관이 언론이 아니에요. SNS가 이렇게 발달하면서 이제 정보를 만드는 주체는 개개인일 수 있습니다. 그러니 이제 언론 운동도 정보에 대한 접근권이 강조되어야 한다고 봅니다. 또한, 지금 언론에 주요한 압박 요인은 포퓰리즘이 아닐까 생각합니다. 현재 언론에 의해 인권을 침해당하고 명예가 훼손되는 분위기가 만연한 것도 문제이고요. 특히 네이버의 광고 수입이 전체 모든 신문의 광고 수입하고 맞먹는다는데 이렇게 공룡화되어, 독과점 체제로 가는 것도 문제라고 봅니다. 걱정되는 일이죠. 민언련에서도 이제 새로운 정보화 시대에 맞는 활동을 더 연구해야 한다고 봅니다.

한승헌 권력자는 예나 지금이나 언론 통제에 관해서 반성하는 그런 실증이 없어요. 오히려 더욱 더 지능적으로 억압하는 그런 악순환을 되풀이해왔지요. 그런데 권력에 대해서 거부하고 저항하는 양심적 언론인이 있기는 하지만, 국민의 믿음에 제대로 부응하는 언론인은 그리 많지 않은 것 같아요. 국민은 언론인들이 각성하고 정말 국민의 그 믿음에 보답하는 참된 길을 가주기를 바라는데, 실제론 그렇지 못하죠. 저는 이렇게 생각합니다. 국민이 언론인들에게 주문만 하고 있으면 발전이 없다고요. 당장 우리 작금의 상황만 보더라도 국민이 정말 강한 민주 의지를 가지고 이 세상을 바꾸기 위해서 집단적인 의지와 결속된 힘을 보여줘야 언론도 변할 수 있다고 말입니다.

마무리하려다 다시 시작된 웃음코드, 그리고 민변

김언경 오늘 두 분 말씀을 들으면서 정말 해야 할 일이 더 많다는 생각이 듭니다. 이제 인터뷰 마무리하면서 사진 좀 찍을까요?

한승헌 그래요. 우리 둘이 앉아 있는 모습 하나 찍어주세요. 나는 지금까지 산전수전 다 겪으면서 어느덧 '8학년'이 되도록 오래 살다 보니, 이제 어느 자리에 가나 군번이 제일 빠른 축이 되었어요.

이상수 그래서 한 선배님은 정말 잘 사신 삶입니다. 이제 뭐 남은 생을 위한 덤이라고 생각하시고 편안히 지내세요. 그런데 이렇게 한 선배님 만나니 예전 생각이 많이 납니다. 우리 한 선배님이 정말 우스개 말씀도 잘하시고 저희에게 의외의 힘을 주시는 그런 분이세요. 예전에 거제도 대우조선에서 이석규 군이 최루탄에 맞아 숨졌을 때, 내가 조사도 할 겸 국민운동본부를 대표해서 조문을 갔거든요. 그런데 내가 거기서 한 일주일 동안 있다가 구속이 됐어요. 그때 선배님이 어느 장례식장에서 '저 사람은 장식방해죄 전과가 있으니 조심해요'라고 농담을 하시는데 어찌나 재미있던지, 지금도 그 일이 생각이 납니다.

한승헌 87년 6월 항쟁이 한고비 넘겼다 싶었는데, 노동계는 그해 늦가을까지 항쟁을 계속하는 과정에서 거제도 대우조선의 이석규 씨가 경찰의 최루탄을 맞고 사망한 사건이 발생했어요. 현장에서 크게 대치하는 상황이 벌어지자, 당시 6월 항쟁을 주도한 민주헌법쟁취국민운동본부에서 현지에 그냥 맡겨두면 되겠느냐면서 서울에서는 이상수 변호사, 부산에서는 노무현 변호사, 이 두 분에게 거제도로 가달라고 부탁을 한 거지. 두 분이 가서 노동자와 사망한 이 씨 유족 측을 위해서 여러 가지 지원을 하고 조언을 했는데요. 마지막에 장지 문제로 고성 삼거리에서 상여차를 두고 실랑이가 벌어지면서 이 변호사는 충무경찰서에, 노무현 변호사는 부산 해운대경찰서에 구속되는 사태가 벌어졌어요. 서울에서는 그분들에게 미안한 생각도 있고 해서 법소빈빈 내가 두 분을 접견하러 현지에 갔었지요. 난 금방 풀려날 줄 알았는데 덜컥 기소가 됐는데 죄명이 희한하게도 '장식방해죄'라는 거였어요.

김언경　네(사실 그게 무슨 뜻인지도 몰라 제대로 웃지도 못하고).

이상수　아마 그때 그 사건이 장식방해죄 최초의 적용 케이스였을 거예요. 장식 방해, 그러니까 장례식을 방해한 죄라는 겁니다.

한승헌　코미디도 이런 코미디가 어디 있어. 제가 그때 그랬어요. 형법 생긴 이후에 장식방해죄로 구속된 사람은 아마 이번이 처음일 것이다. 세상에 어떤 '명석한' 검사가 이미 사문화 되어서 장례를 치러버린 '장식방해죄'를 살려서 이번 사건에서 이렇게 써먹었냐고. 그리고 장식방해죄로 구속된 이상수 변호사는 앞으로 어디 문상도 다니지 말라고 했죠.

이상수　그 당시 제3자 개입금지 조항으로 기소됐으면 그걸로 족한데 이 사람들이 굳이 장식방해죄를 적용한 것은 변호사 친구들이 민주화운동 한다고 하면서 하는 짓이 파렴치하게 남의 장례 방해나 하고 다닌다고 도덕적으로 흠집을 가하려 한 거죠. 그때 한 선배님이 나보고 장례식 다니지 말라는 그 말이 얼마나 재미있던지. 그 엄혹한 순간에도 한 선배님은 그렇게 유머러스한 이야기를 하셨어요. 그런 여유가 우리한테 또 굉장한 힘을 주셨죠.

김언경 하하하, 제가 사실 한 변호사님 말씀하실 때, 웃어야 하나 말아야 하나 그런 순간이 많았어요. 이제부터는 그냥 크게 웃어야겠어요. 마지막으로, 저희가 민변에도 감사패를 드렸는데요. 민변에 대한 이야기 좀 해주세요.

한승헌 정법회가 민변으로 발전적인 변모를 한 것이 6월 항쟁 다음 해인 88년 5월이었어요. 그런데 나는 조직 선호도가 낮은 체질인데다 집단적으로 막 나서기를 좋아하지 않는 온건파여서….

이상수 무슨 말씀을. 선배님은 6월 항쟁 때 아스팔트에서 싸우자고 앞장섰잖아요.

한승헌 아무튼 민변이라는 조직을 만들어서 뭘 하겠다는데, 나는 별로 공헌한 게 없고, 다만 '민주사회를위한변호사모임'이라는 간판 글씨를 써서 인사동 가서 목판에 새겨서 민변 발족하는 날 걸어주었을 뿐이에요. 그 간판이 오랫동안 민변의 로고처럼 되어서, 민변 20주년 행사 때 내가 이렇게 말했어요. 그동안 많은 싸움과 고난을 통해서 민변의 이름과 간판이 빛났다면 그건 다 내 덕이다. 왜냐. 그 간판을 내가 썼으니까.

김언경 하하하(눈치 안보고 시원하게).

이상수 이렇게 말씀을 재미있게 하신다니까요.

한승헌 민변 발족을 계기로 법조인들이 결집된 힘을 모아서 압제정권하고 정말 '맞짱' 뜨는 싸움을 할 수 있었죠.

'보도지침 30주년 기념식'에는 고 조영래 변호사의 부인 이옥경 여사와 이상수 변호사, 그리고 민변 정연순 회장이 참석했다. 민언련이 민변에 드린 감사패에 이런 문구가 있다.

"보도지침 사건을 포함해 인세니 기신이고 싰않기는 시믈씨 찐씨썼던 민주사회를위한변호사모임. 민변의 인권 변론 활동 덕분에 우리사회 민주주의와 인권이 한 걸음 한 걸음 발전할 수 있었습니다. 인권이 강물처럼 흐르는 민주세상을 만들 때까지 항상 그 자리에 있어주시기 바랍니다."

감사장을 받으러 시상식에 온 정연순 민변 회장의 인사말은 더 정겨웠다.

"민변은 1988년에 창립됐습니다. 보도지침이 폭로된 지 2년 후입니다. 그래서 당시엔 민변의 이름으로 변론을 한 건 아니지만 보도지침을 변론한 분들은 민변의 주요 창립 멤버인 선배님들이십니다. 오늘 슬라이드에서 이미 세상을 떠나신 선배님들의 이름을 확인하면서 마음이 울컥했습니다. 내가, 얼마나 많은 것들을 이미 이 세상을 떠나신 분들, 그리고 오늘 이 자리를 함께하신 분들, 언론의 자유를 지키려고 애쓰시고 투옥되신 분들께 빚지고 있지를 새삼 느꼈기 때문입니다.

민변은 그런 훌륭한 분들의 창립 정신에 터 잡아 어언 28년 동안 천 명이 넘는 회원 조직으로 성장했습니다. 그리고 오늘 사실 과분하게도 제가 이 감사패를 받는 영광을 안게 되었는데요. 천 명의 회원들을 대표해서 감사 말씀을 드립니다.

그리고 아울러 이러한 감사패를 주는 이유는 앞으로도 민주언론의 든든한 벗으로서 동지로서, 언론의 자유를 위해서 투옥되고 거리로 쫓

겨나고, 온갖 불이익을 감수하고자 하는 사람들을 위해 끝까지 훌륭하고도 완벽한 변론을 부탁한다는 취지로 알아듣겠습니다. 잘하겠습니다. 열심히 해서 끝까지 좋은 사회 만들겠습니다."

예나 지금이나 이런 든든한 법조인이 우리에게 있다는 것이 참 고마운 일이다. '보도지침' 사건의 변호인들. 고 김상철, 고 신기하, 고 조영래, 고 조준희, 고 황인철, 한승헌, 홍성우, 고영구, 이상수, 박원순, 함정호 변호사. 그리고 정법회와 민변, 이처럼 많은 양심적 법조인들이 민주주의를 지킨 큰 축이었음을 느끼며 이번 인터뷰를 마무리한다.

(2017. 2.)

험난한 역사를 증언할 지식인의 책무

－〈한겨레〉와의 인터뷰

2009년 12월 8일 자서전 『한 변호사의 고백과 증언』(한겨레출판)의 출간을 알리는 기자 간담회에서 "이번 책이 제일 조심스럽고 힘들었다"고 한승헌(75) 변호사는 말했다. "전에 법치주의에 관해서나 사회비판적인 글을 쓸 때는 느끼지 못했는데, 이번엔 나 자신의 얘기인데다 속마음까지 다 드러내야 하는 것이어서 자칫 자기자랑이 되지 않을까 하는 걱정도 있었다."

지금까지 서른 권이 넘는 책을 냈다는 그가 '자서전'이라는 형식으로 낸 책은 이번이 처음이다. 하지만 통속적인 자서전류에선 벗어나고자 했다. "자서전은 그것을 쓰는 사람 자신이 주인공이자 화자話者가 되는 글이다. 그런데 내 삶의 이야기로만 귀한 지면(그의 자서전은 〈한겨레〉에 연재되었음)을 채울 수는 없었다. 오히려 내가 접했던 빛과 어둠의 인물들에 대해서 말하고 싶었다. 불의와 고난의 시대에 의를 위해서 저항하고, 무도하게 탄압받고, 그러면서도 바른 세상을 향한 열정을 접지 않은 사람들의 이야기를 쓰고자 했다. 결국 나는 나 자신만을 말하는 화자일 수는 없었고, 이 세상을 바로잡고자 '사서 고생한 사람들'을 알리는 화자이어야 했다."

올해 정초부터 5월 초까지 〈한겨레〉의 기획물 '길을 찾아서'에서 '한 승헌의 사랑방 증언'이라는 제목으로 연재한 이 글들은 그러다 보니 "법적으로 말하자면, 자서전으로서의 필요적 기재사항들이 누락돼 버렸다." 바로 자신의 나고 자란 얘기는 물론 아내나 가족 얘기, 건강과 신앙, 유머 얘기 등이 빠져버린 것이다. "책에선 연재할 때의 오류나 미흡한 점들도 보완했지만, 특히 '나 자신으로 돌아와서'라는 제목의 제9장은 그런 부분을 보충하기 위해 완전히 새로 쓴 것"이다.

그러면서도 언제나처럼, "이렇게 쓸 자격이 있나" 하는 자격지심 같은 것을 떨쳐내지 못했다. 그는 자신을 항상 주전 멤버가 아닌, 어시스트를 주로 한, 그러나 "화려한 주역은 아닐지라도 누군가가 맡고 나서야 할 소중한 배역"쯤으로 자리매김해왔다. 그 자신 두 차례의 옥살이와 고문까지 받아야 했던 군사독재정권 시대의 '시국사건 변호인 제1호'는 그런 이름을 얻게 한 자신의 결코 평범하지 않은 활약도 "박해받는 사람들을 외면했다가 나중에 가책을 받을까봐 떠맡게 된 것"이고 "베푼 것보다는 그들을 통해 얻은 것이 더 많다"는 겸양지덕을 잊은 적이 없다. 그래서 이번 책도 '세상 도우미의 노래'이자 '수비수의 비망록'이라 했다.

하지만 이번엔 "피할 수 없어서 알리는 것"이라는 '피알'을 좀 했다. "적어도 머리에 먹물이 좀 들어 있다는 지식인으로서, 특히 사회정의와 인권을 들먹이는 변호사로서 저 험난한 역사의 가시덤불을 헤치고 살아온 사람이라면 동시대와 다음 후대를 위한 증언자와 기록자로서의 책무가 있다고 믿는다. 자신의 삶과 생각을 개인의 영역에 묻어놓고 겸손을 내세우기보다는 사적 경험과 사유思惟의 공유가 더 의미있는 일이라고 생각한다."

책의 '차례' 속에 즐비하게 등장하는 사건들을 일별하는 것만으로도 그가 분명 한 시대의 중심에 서 있었음을 우리는 알 수 있다. 1965년 남정현의 「분지」 필화사건부터 민청학련 사건, 김대중 내란음모 사건 등을 거쳐 2004년 노무현 대통령 탄핵사건까지 현대사의 거의 모든 굵직한 사법사건 속에 변호인 또는 피고인으로 등장하는 그의 개인사가 또 하나의 한국 현대사였다.

민주세상을 이룩할 수 있었던 토양이기도 한 "그 잔혹한 시대"를 오히려 대견해한 그는 지금을 "역진하는 수레바퀴"에 비유하면서 "전시의 싸움에서는 이기고, 평시의 '관리'에서는 실패한 결과가 되었다"며 안타까워했다. "대아大我 앞에서 접어두었던 각자의 소아가 재발했기 때문이 아닐까." 집권세력에 대해서도 한마디 했다. "법치주의 얘기를 하는데, 근대적 의미의 법치란 위에서 아래로 지시하는 하향식 법치가 아니라 아래서 위로의 상향식 견제가 본질이다. 권력행사를 법의 절차와 제약에 따라 하라는 얘기다. 하향식 법치는 근대적 법치주의를 오해하고 있거나 왜곡하는 것이다. 독재자들일수록 그런 법치주의를 더 강조한다."

한 변호사는 사건 위주로 된 자신의 자서전이 "비유컨대, 간선도로 위주로 달리며 찍어나가는 데 바빠서 국도, 시골길, 오솔길, 골목길의

정감 넘치는 인간사를 제대로 그려내는 데는 모자람이 있어서 아쉬움
이 남는다"고 했다. 거기에는 "교훈이나 감동 또는 흥미를 위한 과장 ·
각색은 전혀 하지 않는다"는 소신도 한몫했다.

　　하지만 "이 책은 무지막지한 폭력의 역사를 기록한 것임에도 , 마치
한 편의 우화를 읽고 난 뒤처럼 산뜻한 감동이 남는다. 참 재미있고 특
별하다"고 한 강금실 변호사의 얘기처럼, 결코 칙칙하거나 무미건조하
지 않다. 시집과 수필집을 내고 문학단체 활동까지 한 그의 탁월한 문
사 자질 덕도 크겠지만, 무엇보다 "어떠한 상황에서도 돋보이는 유머"
와 유쾌한 여유와 겸손 덕이라는 게 강 변호사 생각이다.

　　책 제목의 '한 변호사'는 한韓 변호사가 아니라 '어느 변호사'로 읽어
야 한다고 그는 굳이 설명했지만, 한韓 변호사로 읽어도 전혀 어색하지
않을 만큼 어느덧 칠순의 그는 분명 한 시대의 주역이었다.

(2009. 12. 8.)

가신 이의 염원과 '산 자'의 도리
－『김병곤 평전』간행 출판기념회 축사

1974년의 그 숨 막히던 여름, 서울 삼각지의 군법회의 법정과 영천의 서울구치소에서 의로운 '피고인'들과 분노를 같이 했던 변호인의 한 사람으로, 40여년이 지난 오늘 이 자리에 서게 되니, 참으로 착잡한 심회에 젖지 않을 수 없습니다.

역대 독재정권 하에서 시국사건을 변호할 때나 오늘 이 자리에 나올 때에 상통하는 저의 심경은 '나라도'의 마음 하나입니다. 나설 사람이 없거나 모자랄 때에 '나라도 빈자리를 메꾸어야지' 하는 생각에서입니다.

군사독재의 광풍에 맞서 세상을 바로잡고자 온 삶을 바쳤던 김병곤, 그의 불꽃같은 삶을 되살려보는 이 평전이 세상에 나온 것은 참으로 의미 있는 일입니다. 우리는 젊은 나이에 통한을 안고 타계한 그를 인간적으로 추모하는 데 머물지 말고, 그가 열망했던 세상이 지금 어디쯤

와있는지를 점검하여, 그의 염원을 구현하기 위한 깨달음과 다짐을 새로이 해야 된다고 믿습니다.

민청학련 사건은 그 배후로 조작된 인혁당 사건과 아울러 오로지 독재자 박정희를 위한 탄압 목적의 대량구금, 고문 조작, 사법살인의 표본이었습니다. 심지어, '김일성을 잡아와도 그 이상의 죄목이 없을 정도'라는 말까지 나왔습니다. 군사재판은 유치한 연출 그 자체였고, 대법원 역시 치욕적인 그 허상의 본색을 드러냈습니다.

군법회의 법정에선 단하가 단상을 질타했는가 하면, 애국가 제창과 퇴정명령이 교차되는 등의 극적인 장면이 전개되기도 했습니다. 이 평전의 주인공인 고인이 검찰관의 사형 구형에 대하여 '영광'이라고 받아넘긴 최후진술은 아주 감동적인 고전이 되었습니다. 저도 변호인석에서, 구형대로 선고하는 형량을 두고 '정찰제 판결이다.', 피고인 전원을 퇴정시킨 뒤의 변론 요구에 '빈 의자 변호하러 온 것이 아니다.'라는 말로 울분을 토했습니다.

고인은 모진 고문에 못 이겨 '허위자백'을 하는 마당에도, 잡혀온 동지가 한 일까지 자신이 했노라고 진짜 허위자백을 했는가 하면, 앞서의 '사형 구형은 영광'이라는 최후진술에서 보듯이 담대하고 의연했습니다. 이 평전에도 나와 있듯이 그는 남다른 운동가요, 투사였습니다. 무엇보다도 그는 '운동적 삶과 한 인간으로서의 삶이 분리되지 않은 사람'이었습니다. 또한 1973년 10월, 소위 '유신'에 대한 학원가 최초의 반대시위에서부터 1987년의 구로구청 부정선거 규탄 농성사태에 이르기까지 전후 6차례의 구속이 말해주듯이 올곧은 투쟁의 삶으로 일관한 전형적인 투사였습니다.

그런 그가 38세의 젊은 나이에 애통하게도 세상을 뜨셨는가 하면, 그의 내조자이자 동지였던 박문숙 여사조차 2014년 어느 추운 겨울날 숨을 거두었을 때, 저는 '하느님의 엄청난 사무착오'라는 원망까지 했습니다. 박 여사는 두 딸을 키우면서 번역, 액세서리 가게, 보험 외판원 등 생계를 위한 온갖 고된 일을 했는가 하면, 감옥 안의 남편이 "면회 올 가족도 없는 학생, 옥바라지 좀 해주라."고 하면 거기도 챙겨야 했습니다. 그들은 이런 부부였습니다.

저는 '인혁당 재건위'와의 연결고리로 민청학련 사건에 끼워져 있다가 끝내 형장으로 끌려간 여정남 씨의 변호인이기도 했습니다. 그에 대한 사형이 집행되던 그날 새벽, 그의 변호인이던 저도 반공법 피고인의 몸으로 같은 서울구치소에 수감되어 잠을 자고 있었습니다. 참담한 시대였습니다.

민청학련사건과 그 배후로 조작된 인혁당 사건이 훗날 재심에서 무죄로 뒤집혔지만, 이미 목숨을 빼앗긴 원혼은 되살아 올 수가 없습니다. 그러나 이런 천인공노할 죄악에 대하여 책임을 지는 자가 누구 하나 없는 것이 이 땅의 역사이자 현실입니다.

그나마 '촛불 민의'에 의한 독재정권의 퇴출은 하나의 전기로 볼 수도 있습니다. 하지만, 민주 선열들이나 우리 국민 대다수가 바라는 궁극의 목표는 비단 정권의 교체에 그치는 것이 아니라 참다운 민주화와 사회적 불평등의 해소를 주축으로 하는 사회정의의 구현에 있다고 하겠습니다. 그럴진대, 지난날 유신세력과 맥을 같이하는 사고思考와 세력이 상존하는 현실은 우리의 궁극적인 염원을 달성하는 일이 만만치 않음을 보여주는 일면이기도 합니다.

민청학련사건은 지도자급 배후세력+학생운동권+기독청년세력+인혁당 재건위 등을 망라해서 꾸며낸 군부독재 정권의 '작품'이었습니다. 그런 터무니없는 망라작전은 역설적으로 재야 각 분야 민주세력 간의 연대와 공조 단합의 계기가 되어 민주화운동에 적지 않은 플러스 요인이 되기도 했습니다.

그런데, 정치적 민주화가 얼마쯤 실현되고, 반사적으로 과거 탄압세력의 위력이 어느 정도 약화됨에 따라 민주적 사회세력 간의 연대의식 및 사회정의를 향한 열망과 지향성이 둔화된 듯하여 걱정스럽기도 합니다.

매사에 본질적 변화와 비본질적(또는 착시적) 변화를 냉혹하게 판별, 간파하여 역사적 단락段落을 매듭짓는 성과를 이룩하는 것이 먼저 가신 분들에 대한 올바른 추모의 길이며 '산 자'의 도리라고 할 것입니다.

민청학련계승사업회가 아직도 민청학련 주역들만 참여하는 현장을 보고, 저는 '계승사업회'니까 '계승할 사람 내지 세대가 새로 나와야 하는데.'라는 생각을 한 적이 있습니다. 그런 인적 계승 못지않게, (그와 병행하여) 이번과 같은 평전의 간행과 이를 계기로 한 행사 등을 통하여 민청사건을 비롯한 정치적 탄압사건의 배경, 실상 그리고 그에 얽힌 청년학생들의 수난을 세상에 널리 알림으로써 '그 정신의 계승'을 촉진하는 것이 매우 절실하다고 생각합니다.

선인들의 행적을 잘 익히는 일은 오늘을 다스리고 내일을 마련하는 데 필수적인 요체입니다. 그런 뜻에서, 함석헌 선생님께서 즐겨 강조하시던 "執古之道 以於今之有." 즉 옛 사람의 간 길을 파악하여 오늘의 '있음'을 다스린다라는 노자의 말씀을 전해드리면서, 이만 맺기로 하겠습니다.

이 평전을 쓰신 김현서 님, 그리고 간행과 행사의 일을 맡아서 노고를 다하신 여러분께 치하와 감사의 말씀을 드립니다.

삼가, 김병곤 님과 박문숙 여사, 내외분의 명복을 빕니다.

(2017. 11. 27.)

'반민주'에 대한 복습과 예습
−『권력과 필화』간행에 즈음한 〈연합뉴스〉와의 인터뷰

법조 인생에서 황금기와 암흑기는?

아주 대답하기 어려운 분류법이다. 기준을 어디에 두느냐의 문제도 있다. 정치의 암흑기에는 사법부도 집권자에 영합하는 재판을 했기 때문에 내 법조인생도 어두울 수밖에 없었다. 특히 내가 많이 변호했던 시국사건 내지 정치적 사건의 경우는 법관의 독립이 흔들리고 있어서 재판이 탄압의 절차로 전락하고 있었다. 쿠데타로 시작된 군사정권 하에서는 법과 양심에 의한 판결을 기대할 수가 없었다. 1987년의 6월민주항쟁의 성과로 재도와 사회 분위기가 얼마쯤 민주화되면서 사법의 명맥이 살아나기 시작했고, 김대중정부와 노무현정부를 거치는 동안 민주주의는 크게 신장하였다. 그 시기에는 재판의 독립이 살아났다는 의미에서 황금기라면 황금기였다. 한 마디로, 나의 직분의 성패는 나라의 정치기상도에 따라 개임과 흐림이 교차되곤 했다.

혹시 고난의 시기를 말한다면, 변호활동에 따른 험난한 고비와 박해가 심했던 유신치하와 긴급조치시대를 들 수 있겠다. 반면, 감사원 ▨ ▨▨▨ ▨▨▨▨▨▨ ▨▨▨▨▨ ▨▨▨ ▨▨ ▨▨▨ ▨▨▨▨▨▨ 평화적인 직무에 충실할 수가 있어서 비교적 맑음에 속했다고 말할 수가 있겠다.

이 시기에 4권의 책을 내게 된 동기

나이 80이 되니 뭔가 내 한 일을 정리해 보고 싶었다. 8자가 붙으면 팔자가 끝나는 것 같아서 5자를 찾아보니 나의 법조 55년이 생각났다. 어차피 현역을 떠난 몸이어서 지금까지 쓴 글을 몇 가지 주제별로 분류하여 선집을 내기로 했다. 그런데 박근혜정부 들어서 민주주의에 역행하는 행태가 무모하리만큼 드러나고 있어서 마치 예전의 유신통치를 떠올리게 하는 사례가 빈발하게 되었다. 그래서 내가 겪은 시대의 격랑, 탄압정치의 실상, 필화로 대표되는 언론자유의 위기, 법치주의의 본질 등에 관해서 정리를 해보고 싶었다.

반민주적인 과거를 복습함으로써 새로운 '반민주'에 대비하는 예습 효과를 기대해 보자는 의도는 있었다.

법치와 정의가 나란히 서기 위한 요건은?

법은 그 안에 내재하는 정의가 있지만, 그 법의 정당성을 평가하는 법초월적 정의를 이탈해서는 안 된다. 그러므로 정의에 어긋나는 법의 정립, 집행, 사법 등이 바로잡히지 않는다면, 법치는 오히려 정의와 불화를 일으키고 악의 수단이 될 수도 있다. 법치주의를 지배자의 하향적 훈시나 요구사항쯤으로 오해하고 있는데, 실인즉 상향적 견제기능과 기본권의 보장기능을 다하는 것이 법치의 본질이다. 다시 말해서 국민의 준법보다는 지배자의 준법에 무게를 두는 것이 올바른 법치의 이해라 하겠다. 그렇지 않으면 법의 지배는 사실상 강자의 자의적 지배를 덮어주는 포장지에 불과할 수도 있다. 한국의 위정자들은 거의 전도된 법치주의를 훈시해왔으며 자신의 준법은 생각지 않고 국민의 준법만 역설해왔다는 점을 이제라도 깨닫고 시정해야 한다. 법내재적 정의가 법초월적 정의에 부합되어야 한다.

역사적 성취가 후진하는 현상의 반복에 대하여

역사는 긴 안목으로 보면 분명히 전진한다고 믿는다. 그러나 단기적으로는 정체와 후진현상도 보인다. 역사를 이끄는 힘이랄까 주체가 바뀌어질 수 있기 때문이다. 이 나라의 민주주의를 쟁취하고 그것을 누린 것이 엊그제 같은데, 어쩌다보니 보수 기득권세력이 역습에 성공하여 반민주시대로 회귀하고 있다.

권력의 여론 조작, 거짓말과 배신이라는 속임수 그리고 민주진영의 패착 등에 의하여 권력이 되넘어가자 기득권 중심의 국정운영과 1인통치 그리고 공안몰이가 자행되고 있다.

역사적으로 보아 이승만 장기 독재가 4.19로 종식되고, 민주정치가 되살아나는가 했지만 5.16으로 재역전되었고, 박정희 군사독재는 10.26으로 끝나는 듯했는데 전두환의 군사반란과 국권 찬탈이 있었다. 그리고 6.29에 의해 쟁취된 민주주의가 이명박정부 등장으로 다시 후퇴했고, 이어서 박근혜정부는 한층 더 수구화되고, 1인지배로 치달아 역

사를 반전시키고 있다. 야당, 시민세력이 주축이 되고 국민 각계가 민주
역량을 강화하여 역사발전의 바른 길로 나아가야 한다.

(2012. 11. 11.)

법치주의여, 어디로 가시나이까

3장

법을 통한 정의 실현의 문제

필화사건과 창작의 자유
− 국제앰네스티 한국위원회 인권 강좌

문학·예술과 실정규범은 그 추구하는 바가 항상 일치하는 것은 아니고 때로는 심한 괴리나 충돌을 겪는다. 필화는 그러한 양자 충돌의 접촉면으로 파악될 수 있다. 어떤 경우는 실정법의 이름을 앞세운 권력과의 갈등에서 빚어지기도 한다.

그렇다면 문학·예술활동의 소산인 창작물 또는 창작행위 자체에 반규범·반사회적 요소가 개재되었기 때문에 사건화되는 사례와 창작물의 내용을 기휘忌諱하는 권력자의 반격 현상, 이 두 가지 성격이 병존 혹은 구분되어질 수 있다.

규범과 권력의 입장은 일응 하나로 용해되어 있는 듯이 보이나 냉철한 관찰을 통하여 투시해보면, 규범상 문제되지 않을 것을 권력이 법의 이름으로 포장하여 제재 대상으로 삼기도 한다.

흔히 필화에서 논란이 되는 초점은 바로 후자에 대한 것이다. 법의 본의와 권력의 의도가 오버랩된 때에는 권력 쪽의 도덕적 문제가 제기될 수 있다. 그렇지만 권력 쪽이 견강부회로 나오게 되면 그때는 저의를 지탄받게 된다. 그렇다고 한결같이 권력 쪽의 악의만으로 귀책시키기는 어렵다. 가령 법규 해석상의 이견, 규범의 언어와 창작언어의 개념상의 불화, 창작물 이해에 있어서의 견해차 등도 그 요인이 될 수 있기 때문이다.

본시 권력과 문학의 상관성은 권력이 문학예술에 대해 어떤 태도로 임하느냐에 중점이 있다. 그것은 방임, 보호, 규제의 세 가지 현상으로 나타난다.

이념상으로는, 자유로운 창작을 위해서는 방임 쪽이 바람직하다.

그리고 문화국가적인 기능을 살리자면 어떤 형태의 보호도 불가결할 때가 있다.

그러나 모든 창작물이 규범 또는 권력과 꾸준한 우호관계를 유지하기는 어렵다. 투르게네프의 말을 빌리자면, 문학의 본질은 하나의 개조요, 저항이요, 고발이고 갈망이며 연소작용이라고 할 수 있다. 따라서 현재적 질서와 권위에 집념하는 권력과의 상충은 차라리 숙명이라고 보아도 무리가 아니다.

고금의 위대한 작품이 거의 그러한 상충과 수난을 통해 더욱 빛나는 유산으로 평가되어왔음은 우리에게 적지 않은 암시를 주고 있다.

정신문화적인 관점에서는 어떠하든 간에 현실적으로는 문학예술도 법의 한계를 벗어날 수 없다는 것은 상식이다. 명예훼손, 프라이버시 침해 또는 음란 등은 이른바 작품의 예술적 가치와는 관계없이 법에 저촉된다. 우리나라 특유의 금제禁制로는 반국가단체(또는 그 구성원)의 찬양,

고무, 동조 행위가 첨가된다.

따라서 창작에 대한 규제도 법률상으로는 방금 열거한 각종 형사법의 조항에 위배되는 것에 한해야 한다. 그런데 실제에 있어서는 위반의 한계 규명이라는 것이 크게 문제된다.

대개의 통치자나 법집행자는 문학작품을 평가함에 있어서도 현실 긍정을 편애한 나머지 문학의 본질을 이해하려 하지 않는다. 문학의 허구성, 기법, 상징성, 창조정신 등을 묵살한 채 국어독본식 미시분석微視 分析에 치중하기 쉽다. 기성관념과 현상 보전의 안목으로 당위를 따지며 작품 전체의 흐름과 정신을 외면하고 부분 위주로 거론한다.

예단과 편견이 상승작용을 일으키기도 한다. 혹은 작품이 미치는 영향에 예민한 가상假想을 하며 자기 자신을 곧 평균적 수준의 독자로 착각한다.

여기서 위정자의 문학에 대한 의식과 이해가 얼마나 중요한가를 실감하게 된다. 가령 객관화된 작품의 평가나 영향에 관하여 작자의 창작 의도와는 관계없이 상반되는 두 견해가 나올 수 있다 하더라도 상대주의 철학을 전제로 하는 민주체제 아래서는 이질적인 것의 공존이 당연한 만큼 누구에 의해서도 그것이 적대시되어서는 안 된다. 특히 작품(또는 그 작자)을 시국범時局犯으로 다스리는 마당에서는 위정자가 자칫 범하기 쉬운 독단과 압제를 최대한으로 자제해야 한다.

규범의 언어와 문학의 언어를 반드시 동일한 것으로 혼동하지 말 것이며, 가능성의 허구를 현실의 복사로 오해하지 말아야 한다.

우리나라에서도 필화 사건은 적지 않게 있었다. 그중 창작물의 형사 문제화는 수적으로는 그리 많지 않았지만, 그것이 던지는 의미는 자못

법치주의여, 어디로 가시나이까

심각한 바가 있었다.

방송드라마 〈앵무새〉, 소설 「분지」, 담시 「오적」을 문제삼은 사건 등이 그 예에 속한다. 언론에 관련된 필화에서도 그러하듯이 창작물을 둘러싼 필화에도 몇 가지 주목할 현상이 있었다. 명예훼손, 프라이버시 침해, 음란 등이 논란의 불씨가 되는 외국의 경우와는 달리 우리나라에서는 용공·이적의 혐의가 공격의 주된 명분이었다는 점이다. 이는 우리가 살고 있는 시간적·공간적인 특수상황에서 빚어진 통증이라고 할 수 있고, 자유와 권력의 개발도상적 증세로 볼 수도 있다.

아직도 한쪽이 내세우는 국익론과 다른 쪽이 항변하는 기본권론은 원만한 조화를 보지 못하고 별거 상태에 있는 느낌이다.

사건이 재판단계에까지 이른 것은 결론 여하간에 판결의 이름으로 흑백이 가려지지만, 그 이전의 어느 단계에서 일단락된 것은 피차에 애매한 입장에서 머물고 만다.

형사문제로 입건·수사하는 그 자체가 작가의 입장에서는 하나의 수난에 속한다. 자기 작품이 과연 법에 저촉되는지를 끝내 밝혀보겠다는 생각으로 의연毅然하게 맞서기에는 여러 가지 제약이 있다. 직접·간접 위축이 따르고 정신적 좌절에 직면하기도 한다.

걸리지 않게 써야 한다는 생각이 앞서는 그 자체가 이미 창작의 자유를 녹슬게 한다. 좋은 작품을 생각하기보다는 '안 걸리게 쓰는 작품'으로 안일할 때, 문학정신은 이미 위기에 들어갔다 해도 지나친 말은 아니다.

이렇게 되면 규제하는 쪽으로서는 한 건의 처벌 또는 몇 건의 입건을 통해 일반경계적인 효과를 달성한 셈이 된다. 문학이 본래의 본질과 사명을 접어놓고 이야기 접속의 문자 나열에 그칠 때, 이것은 작가 한 사람의 타락이 아니라 한 나라 한 시대의 비극으로 이어질 수도 있다.

필화가 없다는 것은 겉보기에는 좋은 현상일 수도 있다. 하지만 그것은 아무 제약 없이 쓰고 싶은 작품이 나올 수 있는 상황에서만 성립될 이야기다.

역설 같지만, 필화 사건은 있어도 불행하고, 없어도 불행하다.

앞의 경우에 규제자의 몰이해나 억압 그리고 작가의 수난이 불행이라면, 뒤의 경우는 작가의 무기력이나 문학 부재의 반사적 안정일 수도 있어서 역시 불행하다는 말이다.

지금 우리는 이 두 가지의 불행에서 어느 만한 거리에 있는가. 전자의 불행보다 후자의 불행이 과연 가벼운 것인가?

앞서의 투르게네프의 말을 상기하면서 좀더 긴 안목으로 볼 때, 필화는 있어서 불행한 것도 아니고, 없다고 다행한 것도 아니다.

(1972. 6. 26)

법치주의는 권력이 먼저 법을 지키는 것
- CBS 인터뷰 '키워드로 읽는 한국현대사'

얼마 전 천성관 검찰총장 내정자가 임명 전에 사퇴하는 초유의 사태가 벌어졌는가 하면, 몇 달 전 신영철 대법관은 특정 재판사건의 판사 배당에 압력을 가한 것 아니냐는 사회적 논란을 불러일으키기도 했습니다. 바로 어제가 제헌절이었죠. 하지만 우리 사회에서 사법권 독립은 여전히 요원해 보입니다.

뉴스쇼가 마련한 기획 인터뷰 '키워드로 읽는 한국 현대사', 오늘은 그 세 번째 시간입니다. 1971년에 일어난 1차 사법파동을 통해서 우리 사회의 사법권 독립을 생각해 보는 시간을 마련했습니다. 우리나라 인권 변호사의 원조 격으로 지난 참여정부 때 사법제도개혁추진위원장을 역임한 바 있는 한승헌 변호사를 만나보겠습니다.

구성수 요사이 어떻게 지내고 계십니까?

한승헌 요즘은 연내에 자서전을 출판하려고 원고를 정리·보완하고 있습니다.

구성수 법정에도 가끔 나가시나요?

한승헌 1999년 9월 감사원장 정년퇴임 후에는 법정에 나가는 활동은 전혀 하지 않고 있습니다.

구성수 사법권 독립을 둘러싼 논란의 기원은 71년에 일어난 1차 사법파동으로 볼 수 있을 것 같은데요. 1차 사법 파동의 배경과 과정에 대해서 말씀해주시죠.

한승헌 그때는 박정희 대통령 치하였습니다. 사법부가 집권자의 비위를 거스르는, 가령 시국사건에 대하여 무죄 판결을 한다든가, 국가배상법 위헌 판결을 선고하곤 하니까, 검찰이 거기에 대한 보복으로 현직 법관 두 사람을 뇌물죄로 입건해가지고 구속영장을 청구했죠. 이 영장을 법원이 기각하니까 검찰이 재청구를 했어요. 검찰의 이런 처사에 분개한 서울형사지법의 판사 수십 명이 집단 사표를 내면서 사법권 침해의 사례를 구체적으로 열거·폭로했습니다. 그리고 판사들의 이런 항의가 전국으로 번져서 많은 법관들이 집단 사표를 내고 항거를 했기 때문에 법조계는 물론이고 전 국민적인 뜨거운 관심사로 확산되어 사상 유례 없는 사법파동을 일으키게 된 것입니다.

구성수 판사들이 그처럼 대규모로 항의에 나선 것은 처음이었죠?

한승헌 그렇게 알고 있습니다. 법관들이 개별적인 불만이나 항의를

법치주의여, 어디로 가시나이까

표시한 적은 있었지만, 그처럼 집단적으로 결집된 의지와 행동을 보인 것은 처음이었죠.

구성수 그후 사법권의 독립은 이뤄졌습니까?

한승헌 제대로 이루어진 것이 아무것도 없었다고 봅니다. 그 무렵 시국사건의 법정에 많이 드나들었던 저로서는, 여전히 집권 측이 사법부에 대해서 여러 형태로 간섭하고 사법권을 침해하고 독립을 흔들었지만, 사법부가 이것을 막아내지 못하고 뒷걸음질 치는 것을 확인할 수 있었습니다. 그렇기 때문에 1987년 6월항쟁이 있은 다음 해인 1988년에 두 번째 사법파동이 일어나고, 1993년 김영삼정부가 들어선 후에 세 번째 사법파동이 일어납니다. 그처럼 사법부의 법관들이 나서서 계속 사법권 독립의 침해에 항의하고 잘못을 바로잡겠다고 자성도 하고, 비판도 하고, 다짐도 하는 그런 의지를 공개적으로 밝혔지만, 그 후의 추이를 보면, 그다지 바람직한 성과로 내세울 것이 없었습니다.

구성수 상당히 아쉬운 점이 있었지만 1차 사법파동의 역사적 의미를 찾는다면 어떤 게 있겠습니까?

한승헌 굳이 효과만을 가지고 모든 걸 판단할 건 아니겠죠. 그러나 사법파동은 1, 2, 3차 파동을 총체적으로 볼 때에, 우선 현직 법관의 신분으로 그렇게 집단적인 행동을 보였다는 것, 그리고 집권세력의 사법권 침해에 대해서 정면으로 맞섰다는 의지가 대견스러웠다고 보아야겠지요. 그리고 그때마다 반성을 앞세우며, 내부 개혁을 촉구한 것도 그 자체로서는 평가할 만합니다. 그러나 거기에 상응하는 사법부 스스로의 지속적이고 실천적인 노력이 재판에 반영되지 못했다는 점은 무척 아쉬웠다고 보겠습니다.

구성수 그게 이뤄지지 않으니까 2차 3차 4차로 계속 간 게 아니셨습니까. 결국은 최근 신영철 대법관 사건까지 발생하기도 했는데, 신영철 사건은 5차 사법 파동으로 규정하기도 하지 않습니까?

한승헌 그것을 몇 차 파동이라고 이름 붙이는 건 잘 모르겠습니다만….

구성수 이 사건은 어떻게 보고 계십니까?

한승헌 신영철 대법관 사건은 종래의 사법파동과는 전혀 성격이 다릅니다. 종전에는 외부로부터의 사법권 침해가 원인이 되어 거기에 대한 항거였는데, 이번엔 사법부 내부에서 사법 관료 시스템의 남용으로, 말하자면 내부적인 간섭이 이뤄진 것입니다. 종래에는 사법권 독립의 침해라면 외풍만 생각했는데 반해서, 이번 사태는 하나의 내풍이라고 봐야 합니다. 외풍과 무관하게 내부에서 이루어진 재판권 간섭이기 때문에 어떤 면에서는 외풍보다도 더 심각하고 위험하다고 볼 수 있고, 아직은 그 사태가 완결됐다고는 보기 어려운 만큼, 신대법관 본인도 여러 가지 생각을 하고 있지 않을까 생각합니다.

구성수 한 변호사님께서는 참여정부 시절에 사법제도개혁추진위원장을 맡으셨죠. 사법제도개혁추진위원회는 어떤 일을 다루는 기관이었나요?

한승헌 간단히 말씀드리자면, 해방 후 60년이 지나는 동안 낡고 흐

트러진 사법제도를 대폭 리모델링한 겁니다. 그래서 인권을 보다 철저히 보호함으로써 진실로 국민을 위하는 사법, 나아가서 배심재판처럼 국민이 사법의 객체에서 주체로까지 격상하는 사법, 그리고 보다 올바른 법조인을 양성하기 위한 로스쿨 제도의 도입, 이런 걸 주로 말씀드릴 수 있겠죠.

구성수 개혁의 핵심은 뭐였습니까?

한승헌 크게 세 가지라고 봅니다. 첫째는 법정 심리에서 수사기관 작성의 조서 위주의 재판이 아니라 법정에 나타난 진술과 증거를 중심으로 판단을 하도록 하는 공판중심주의가 그 하나입니다. 두 번째는 재판의 대상으로만 지내온 국민이 배심원 자격으로 재판에 참여하는 배심재판 제도를 신설한 것. 그리고 조금 전에 말씀드린 로스쿨 제도, 이 세 가지를 말씀드릴 수 있겠습니다. 그밖에 여러 개혁안이 법안으로 나갔습니다만 그 중에서도 군사법의 개혁 등은 뜻을 이루지 못해서 아쉽습니다.

구성수 상당한 개혁성과를 일궈냈네요. 천성관 후보자 임명 전에 사퇴를 하는 일이 있었고, 또 고 노무현 전 대통령에 대한 검찰 수사를 둘러싸고서도 논란이 많지 않았습니까? 사법제도개혁추진위원회를 맡으셨던 입장에서 검찰 개혁의 필요성에 대해서는 어떻게 생각하십니까?

한승헌 글쎄요. 검찰이 여러 가지 떳떳하지 못한 면을 스스로 고쳐나가지 못한다면 국민을 위한 검찰이 될 수가 없지요. 따라서 검찰 내에 특별 기구를 두고 외부 인사가 검찰권 행사에 참여하도록 한다든가,

아니면 아예 검찰조직 밖에다 위원회나 특별 기구를 신설하여 거기서 제도적인, 또는 실효성 있는 개혁을 실현하도록 하는 방안도 생각해볼 수 있죠.

구성수 어제가 제헌절이었죠. 서두에 우리나라 인권 변호사의 원조라고 소개해 드렸는데, 한평생 법조인으로서 정의와 인권을 위해서 살아오신 입장에서 우리 사회에 하시고 싶은 말씀 있으시다면 한 말씀 해 주시죠.

한승헌 드리고 싶은 말씀이 많지만, 근자에 들어서 법치주의, 법치주의 하는 말을 많이 하는데, 바로 그 법치주의에 대한 오해와 왜곡을 바로잡아야 한다는 말씀을 드리고 싶습니다. 법치주의는 통치권자나 지배자가 국민에 대해서 법을 지키라고 준법 훈계를 하는 것과는 다릅니다. 오히려 국민이 집권자 내지 권력자들에 대하여, 법을 준수하여 권력 행사를 하라고 요구할 수 있는 것이 본질입니다. 다시 말해서 집권자의 자의에 의한 사람의 지배가 아닌 법에 의한 지배가 법치주의의 요체입니다. 그러므로 권력자의 준법 여부는 제쳐놓고 국민의 준법만 강조하는 것은 법치주의를 잘못 알고 있는 것입니다. 국민에 대한 집권자의 하향적인 준법 명령이 아닌 집권자에 대한 국민의 상향적인 준법 요구야 말로 근대 이후의 법치주의의 핵심입니다. 만약에 국민보고만 법 지키라고 하는 것이 법치주의라고 한다면 나치 히틀러시대나 한국에 대한 일제의 통치가 가장 모범적인 법치였다고 말해야겠지요. 그렇다면, 대통령이나 정부가 자신들의 준법의무는 접어둔 채 국민에 대하여 법치주의 설교만 하는 것은 사돈이 내 말 하는 격입니다. 또 이런저런

법치주의여, 어디로 가시나이까

현실적 병폐를 이유로 삼아 요즘 개헌 얘기가 나오는데, 작금에 일어나는 바람직스럽지 못한 여러 현상을 헌법 탓으로 돌리지 말고, 권력자들의 체질과 정치풍토를 먼저 바로잡는 데서 올바른 해답과 처방을 찾는 것이 옳다고 생각합니다.

구성수 귀담아 들을 말씀 해 주신 것 같습니다. 오늘 말씀 여기까지 듣겠습니다. 고맙습니다.

(2009. 7. 18.)

서울에서 벌어지는 만행들
─〈뉴스위크〉 브래들리 마틴 기자와의 인터뷰

저명한 인권변호사 한승헌씨는 1970년대 군부독재정권에 맞선 야당 지도자 김대중씨와 시인 김지하씨를 변호했다. 현재 그는 불법방북으로 기소된 문익환 목사를 변호하고 있는데, 이 사건은 정부에서 보안정국에 문제가 될 만한 사람들을 조사하고 탄압하는 도화선이 되었다. 최근 뉴스위크 사의 브래들리 마틴 기자는 한 변호사와 서울에서 인터뷰를 진행했다. 아래는 그 발췌문이다.

마틴 언론사들은 지난 해 노태우 대통령이 취임한 이래 2,000명이 넘는 사람들이 국가보안법 위반으로 구속되었다고 보도했습니다. 이것이 현 한국의 인권 상황을 대체적으로 보여준다고 할 수 있을까요?

한승헌 현재 한국에선 전두환 정권 때보다 두 배 더 많은 사람들이 체포되었습니다. 엄청난 증가율입니다. 한국의 인권 상황은 과거의 정

법치주의여, 어디로 가시나이까

권들 때보다 더욱 악화되고 있습니다. 공안들은 예전보다 더욱 활발하게 활동합니다. 대중에게 공포심을 심어주고 있는 것입니다. 여러 사람들이 구속영장 없이 체포되고, 고문과 만행의 대상이 되었습니다. 이 뿐만 아니라 정부에선 대부분의 경우 피고인의 변호인 접견조차 금지하고 있습니다.

마틴 어떤 고문이 행해지고 있습니까?

한승헌 간첩 혐의를 받은 방북자인 서경원 씨 사건과 관련된 두세 명의 피고인들은 안기부에서 조사 중 고문을 받았다고 법정에서 진술했습니다. 또한 정권에 대항하는 민중예술운동에 참가했던 피고인 역시 고문을 받았다고 진술했습니다. 이러한 주장은 모두 언론에 보도되었습니다. 현재 국회에서 진행되고 있는 정보기관 감찰에서 다른 고문 행위의 증거가 나올 수도 있습니다. 내가 만행이라고 부른 것들 역시 서양에서는 고문으로 간주될 수 있습니다. 예를 들어, 신문하는 기간 내내 잠을 재우지 않고 조사하는 것 등입니다.

마틴 구속영장 없는 체포에 관해서 어떤 것을 말해줄 수 있습니까?

한승헌 노조에 속한 교사들, 서경원 씨 사건에 연루된 사람들, 다른 근로자들과 청년들 모두 반정부적 행위로 인해 체포되었고, 그 대부분이 영장 없이 연행되었습니다.

마틴 일각에서는 정부의 탄압이나 법과 질서를 다시 강조하는 것이 민중의 지지를 받고 있다고 주장합니다.

한승헌 정부가 민중의 지지를 받고 있다고 생각하지 않습니다. 오히려 그 반대로 사람들은 정부에 실망했고, 현 사태를 규탄하고 있습니다. 그래도 현 정부는 예전의 긴박한 시대에 상태를 지키려는 거기 그 시절의 행태를 답습하고 있습니다.

마틴 현 탄압을 주도하는 인물들은 누구입니까?

한승헌 정부는 강경파와 온건파로 나뉩니다. 강경파는 예전과 같이 힘으로 진압하려고 합니다. 우린 그들을 '공안'이라고 부르는데, 공공의 안전을 위해 일한다고 주장하고 있습니다. 노 대통령 본인의 입장엔 두 가지 설이 있습니다. 하나는 강경파와 온건파 사이에 끼어 있다는 설입니다. 다른 가설은 극우 강경파들을 지지하고 지원하고 있다는 것입니다.

마틴 현 상황에서 공안들은 얼마나 눈에 띕니까?

한승헌 예를 하나 들겠습니다. 예전엔 공안당국이 제복경찰과 사복경찰을 법원 앞에 파견했지만, 단체로 법정 안에 들여보내지는 않았습니다. 그런데 지금은 수십 명의 제복경찰과 사복경찰이 법정 안으로 들어오고, 문익환 목사에 대한 재판의 방청석을 차지하고 있습니다. 최근의 재판에선 40에서 50명의 경찰들이 법정 안에 들어와 있었습니다. 방청석의 절반 이상을 차지한 이 경찰들은 고압적인 분위기를 만들어 피고인들과 다른 방청객들을 압박합니다. 일반 방청객들과 이 경찰들 사이에 다툼이 일어나는 것도 목격했습니다. 내가 보거나 들은 그 어떤 나라의 법정에서도 이러한 일들은 일어나지 않았습니다.

법치주의여, 어디로 가시나이까

마틴 방청객들의 소란스러운 항의가 일어난다는 것을 고려할 때, 이러한 공안들이 재판정에서 사람들을 지켜봐야 할 필요가 있지 않겠습니까?

한승헌 공안은 재판의 질서를 위해서 입장한다고 하고, 법원 공무원들 역시 치안유지를 위하여 공안을 불렀다고 합니다. 하지만 법원에 이미 법정을 지킬 공직자들이 있고, 교도관들이 피고인들을 동행하여 제지합니다. 법정 질서는 이러한 조치로도 충분히 유지됩니다.

마틴 법정에 다른 문제들을 발견했습니까?

한승헌 재판관들은 피고인의 이익을 위해 충분한 증인을 채택하는 것을 거절했습니다.

마틴 현 사법부가 정부와 집권여당에서 정말로 독립되어 있습니까?

한승헌 대답하기 어려운 질문입니다. 법정에서 여러 번 문익환 목사 등 피고인들에게 편향된 재판 진행을 비판했습니다만, 사법부의 독립 여부를 판단할 기준은 외부의 개입 또는 압력이 있었는지 여부입니다. 외부의 개입이 없이도 판사들의 친정부 성향이 재판의 결과를 통해 드러난 것으로 의심되는 사례가 여러 번 있었습니다만, 확실하게 말하기는 어렵습니다.

마틴 현재 남한에는 10년 전보다 북한 요원들이 활동하기 좋은 여건이 조성된 것 아닙니까? 그렇다면 공안문제에서 정부가 취한 강경한 입장도 납득될 수 있는 것 아닙니까?

한승헌 그런 주장을 하는 사람들이 있지만, 사실 학생들이 북한 요원들과 실제로 접촉한 경우는 별로 없습니다. 그리고 공산주의의 침투를 막는다는 구실로 민주주의를 짓밟는 정부는 민주주의를 부정하는 것입니다.

(1989. 10. 9.)

박근혜, 완전 고백·완전 사과부터
– 〈한겨레 21〉과의 인터뷰

산민山民. 서민 또는 민중과 같이 있을지어다. 한승헌 변호사는 자신의 아호대로 살아왔다. 44년 전 서예가이자 금석학자인 검여劍如 유희강 선생에게서 받은 아호에선 '소외받는 계층, 불우한 사람들을 멀리하지 말라'는 깊은 당부가 느껴졌다. 일제강점기 첩첩산중에서 가난한 농부의 아들로 태어나 해방 뒤 고학으로 법조인이 된 자신의 인생에 좌표를 찍는 순간이었다.

민중의 편에 선 그는 늘 권력자와 충돌했다. 박정희 정권이 철권통치를 한 18년은 혹독했다. 1965년 소설 「분지」 필화 사건을 시작으로 동백림 사건(1967년), 전국민주청년학생총연맹 사건(1974년), 인민혁명당 재건위 사건(1974년) 등 시국사건을 맡아 법정과 구치소를 뛰어다녔다. '벌거벗은 권력 앞에 외롭게 서 있는 피고인에게 위로가 되는 우군이 돼주자' '우스꽝스러운 재판 현장을 후세에 알려주는 증인이 되자'는 생각으로 버틴 시절이었다.

결국 1975년 김지하의 「오적」 필화 사건에서 "손을 떼라"는 정권의 협박과 회유를 거부했다가 투옥됐다. 5년 뒤인 1980년 전두환 정권에서도 김대중 내란음모 사건에 휘말려 또다시 옥살이를 했다. 민주화 열망이 뜨거웠던 1986년 그가 참여한 최초의 인권변호사 모임인 정법회는 민주사회를위한변호사모임(민변)의 모태가 된다. 후배 법조인과 시민들은 그를 1세대 시국변호사, 인권변호사라 불렀다.

정권이 교체된 뒤에는 국정 운영에도 참여했다. 김대중 정부에서 감사원장을, 노무현 정부에서 사법제도개혁추진위원회 위원장을 지냈다. 헌정 초유 사태인 노무현 대통령 탄핵심판 사건을 공동 변론하기도 했다.

그렇게 50년 넘는 세월 동안 여러 정권의 속살을 목격하고 기록해온 그도 '최순실 국정 농단' 사태는 "미증유의 권력 사유화, 반헌법적 국정 문란"이라고 한탄했다. 그러면서 "모든 문제의 출발은 대통령이고, 귀결도 대통령"이라며 문제의 현상인 최순실이 아니라 본질인 박근혜 대통령을 봐야 한다고 지목했다. 그는 "박 대통령이 제발 '누구의 딸'이라는 말 안 듣고 정치를 했으면 좋겠다고 생각했는데 '역시 DNA는 못 숨긴다'는 말이 나온다"며 "그건 아버지를 욕먹이는 이야기"라고도 말했다.

한승헌 변호사와의 인터뷰는 10월 27일 서울 은평구 역촌동 자택 근처 한 커피숍에서 진행됐다. 처음엔 인터뷰를 거절했던 그가 "싫은 건 안 하는 게 최선이지만 어쨌든 나왔으니까 이야기를 해보자"며 입을 뗐다. 팔순이 넘은 원로 변호사는 박근혜 정부의 이중성과 허약성을 매섭게 지적하면서도 마지막 실낱같은 기대를 거두지 않았다.

법치주의여, 어디로 가시나이까

한겨레21 이번 사태를 어떻게 보시나요.

한승헌 기가 막히는 일입니다. 뭐라고 표현하든, 문자 그대로 미증유의 국난이자 국치라고 봅니다. 내가 자유당 정권 이후 지금까지 많은 정권의 부침을 경험해 보고, 참여도 하고, 당해도 봤지만 이런 일은 난생처음이에요. 그러니까 뭐라고 규정해야 하느냐, '국정 농단'이란 말을 갖다붙일 수 있죠. 국정 농단이 뭐냐면 권력의 사유화, 반헌법적 국정 문란입니다.

한겨레21 왜 미증유의 국치인가요.

한승헌 정치라는 게, 또 국가 운영이란 게 쉬운 일이 아니니까 실정도 할 수 있고, 사건을 일으킬 수도 있어요. 그런데 이번처럼 국정의 최고책임자인 대통령과 (그와) 사적 친분을 가진 사람이 일대일로 딱 밀착돼서 장기적으로 여러 문제를 일으킨 것은 처음이에요. 또 하나, 국가기관 안에 온갖 비리의 예방, 적발, 제재 그리고 재발 방지 등을 위한 여러 시스템이 있는데도 그게 전혀 작동하지 않았다는 거. 그래서 결국 파국에 이르렀다, 그런 점에서 미증유라는 거죠.

한겨레21 역대 정권에서 없던 일이 왜 박근혜 정권에서 벌어졌을까요.

한승헌 문제의 출발이나 귀착점은 대통령 박근혜에게 있다고 생각해요. 과거 어려울 때 은혜를 입은 사람이라 하더라도, 나라의 큰 기틀을 이렇게 흔들어가면서 보은할 수는 없는 일이거든요. 박근혜 대통령의 정치적 빈곤은 차치하더라도, 한 인간으로서 참 덕이 없는 사람이라는 데 더 큰 문제가 있지 않나 싶어요.

한겨레21 최순실의 대통령 연설문 작성 또는 수정과 국정 개입은 얼마나 중대한 문제인가요.

한승헌 정치적 차원, 헌법적 차원, 일반 형사법적 차원에서 말할 수 있죠. 정치적 차원은 정치인이나 언론인이 평가할 일이고. 법적으로는, 대통령은 취임에 즈음해서 "헌법을 준수하겠다"고 선서를 해요. 만일 헌법과 법률에 위배되는 행위를 하면 탄핵까지 당할 수도 있어요. 그렇다면 대통령일수록 국가 기밀을 잘 지켜야 하는데, 그걸 누설했다는 의혹을 비롯해서 (이번에) 여러 실정법상 책임을 거론할 수 있죠. 그런(법률을 위반했다는) 점에서 헌법 위반을 제기할 수도 있고, 스스로 사임하거나 탄핵으로 파면 당하기 전에는 당장 기소할 수 없을 뿐이지, 대통령 재임 중의 위법행위가 다 면책되는 건 아니거든요.

한겨레21 하야 요구, 탄핵소추도 가능할까요?

한승헌 9월 25일 대국민 사과를 통해 박 대통령이 최순실의 국정 개입을 자백했어요. 마침 그 시간에 기자회견 장면을 봤는데, 황당하다고 생각했어요. 왜냐, 거기 대통령 입에서 나온 말대로 연설문 작성에 도움을 받았다는 정도라면, 굳이 그렇게 대국민 사과까지 할 문제는 아니지요. 그런데 대통령답지 않게 갑작스럽게 기자회견을 한 것은 '아, 저기에 표현되지 않은, 표현할 수 없는, 엄청난 흑막이 있다'는 예감을 갖게 했죠. 그게 금방 드러났지요. 대국민 사과라는 건 우선 사과의 전제가 되는 잘못을 사실대로 고백하고 해야 하는데, 고백할 걸 숨기려는 하나의 작전처럼 벼락 사과를 한 것은 대통령이 패착을 둔 거죠. 그나마도 녹화된 것이었고.

법치주의여, 어디로 가시나이까

<u>한겨레21</u> 사과 방송을 보고 나서 더 분노한 시민도 많았어요.

<u>한승헌</u> 2분도 안 되게 자기 할 말만 하고 그냥 휙 돌아갔으니까. 어쩌면 저렇게 국민 앞에서 두려움을 모를까 싶었어요. 그런 대국민 자세가 이번 한번이 아니잖아요. 마땅히 국민 앞에 해야 할 말을 수석비서관들만 앉혀놓고 하고. 그래서 우스운 얘기지만, 남북 정권 사이에 차이가 있다면, 북한에선 (참모들이) 서서 받아쓰고 남한에선 앉아서 받아쓰는 차이가 있더라고. 이미 다 드러난 거지만 결국 누가 써준 걸 그대로 읽어나가는 대통령의 발언은 생명력이나 진실성이 없는 거죠. 또 그런 방식이 최순실을 더 필요로 하게 만들었는지도 모르고. 그런데 대통령은 공적으로 많은 보좌진이 있는데, 그 사람들 제쳐놓고 왜 사적 지인에게 의지했을까, 도저히 이해할 수 없죠. 그래서 종교니 사교邪教니 이야기가 나오는 거겠죠. 공개적으로 얘기되지 않았을 뿐 그런 말은 조금씩 돌고 있었거든요. '심령대화'라는 말도 나오고.

<u>한겨레21</u> 국민이 이토록 분노하는 이유는 뭘까요.

<u>한승헌</u> 우선 박 대통령의 부덕과 이중성, 자기를 청와대로 보내준 국민에 대한 배신, 그런 것이 많은 사람을 분노하게 하는 거죠. 그들 중에는 박근혜 대통령을 박정희 씨의 딸이란 이유 하나만으로 거의 맹목적으로 지지한 사람들까지 포함돼요. 역대 대통령이 가족의 비리 때문에 곤욕을 치르고 심지어 아들들이 구속되고 했잖아요. 그런 점에서 박 대통령은 걱정이 없다. 왜? 가족이 없으니까. 그랬는데 이번에 가족보다 몇 배 더 끈끈한 밀착 관계로 최순실이나 그의 딸이 등장하는 거 보면, 굉장히 변칙적이죠. 오죽하면 대통령의 모교(서강대) 학생들이 가장

먼저 시국선언으로 들고일어났겠어요?

한겨레21 박 대통령에 대한 탄핵, 하야 요구도 나오는데요.

한승헌 지금 이런 대통령에 대해서는 어떻게 할 수 있느냐. 아마 사유로만 따지면 하야를 요구할 수도 있고, 탄핵소추에 부칠 수도 있다고 생각해요. 그런데 그런 대처법이 가져오는 후폭풍이라든지 다른 혼란도 생각해서 신중하게 해야겠지요.

한겨레21 이승만 대통령 하야, 노무현 대통령 탄핵소추를 보면서 느낀 게 있으신가요.

한승헌 대통령 탄핵소추는 헌정 이후 노무현 대통령 때 딱 한 번 있었어요. 그때 우리가 걱정한 것은 헌법재판소가 정말 올바르게 헌법 정신과 법률과 국민의 뜻에 맞게 결론을 내줄 수 있나? 그건 참 위태위태한 일이니까. 노 대통령이 탄핵에 걸린 사안도 지금 보면 우스꽝스러운데, 그래도 노 대통령을 추방해야 한다고 찬성표 던진 헌법재판관이 있었잖아요. 지금 헌재 구성으로 보아 대통령 탄핵소추를 한다고 해서 과연 결과가 제대로 나올지 판단이 쉽지 않군요.

한겨레21 세월호 참사 직후에는 "국민이 대통령에게 하야를 요구할 수도 있다"고 했는데요.

한승헌 문제는 현 대통령 임기가 정권 말이긴 하지만 아직도 1년 4개월이나 남았어요. 짧다면 짧고 길다면 길어요. 대통령이 궐위하는 경우나 탄핵소추로 직무가 정지되는 경우 등 여러 가지 공백을 생각하면,

법률과 재판을 좀 아는 사람은 당장 뭐라고 말하기가 참 어려워요. 그냥 두자는 뜻은 아니고. 대통령이 이제라도 좀더 진솔하고 사실 자체를 감추지 않는 모습으로 국민에게 사과하고, 그 다음에 사후책을 논의하는 것이 수습의 정도라고 생각해요. 박 대통령이 그렇게 할 가능성은 반반이라고 봐요. 왜냐면 사태가 워낙 엄중하니까 생존 방책으로 그렇게 나올 수도 있지만, 끝내 그렇게 안 할 거라 보는 것은 지금까지 박 대통령의 방식이 그랬으니까요.

　

한겨레21 정치권에서 거국내각을 구성하자는 말도 나옵니다.

한승헌 박 대통령이 스스로 반성하고 참회하지 않을 경우 두 가지 가능성을 생각할 수 있어요. 박 대통령이 어떤 계기로 다시 힘을 만회해 역공을 할 수도 있고, 또 하나는 그렇게 하고 싶더라도 나라를 다스릴 동력을 상실한 경우죠. 대통령으로서도 국정 장악, 국정 운영의 동력이 상실됐다면 사실상 이 나라는 무정부 상태, 권력 공백 상태에 빠지는 거예요. (그렇지만) '거국'이란 게 여야 혼성팀으로 권력을 맡아 운영한다는 건데, 글쎄 어떨까 싶고. 아니면 내각 구성을 거국적으로 안 하더라도, 국민과 시민사회 등 각계가 힘을 합쳐 위기를 넘기는, 국가적인 기구도 한번 생각해볼 수 있겠죠. 가령 대통령 빼고 정부를 재구성하는 협의체를 만드는 거죠. 우리가 장관직을 1년 하면 길다 그러는데, 대통령 임기가 아직 1년 4개월 남았으니까.

　

한겨레21 청와대 참모와 장관이 바뀐다고 달라질까요.

한승헌 (이번에 보면) 문제를 간파하고 견제하고 억제할 수 있는 국가 시스템이 전혀 작동하지 않았어요. 가장 대표적인 게 검찰, 또 (검찰 출신) 민정수석과 특별감찰관까지. 나도 검찰 출신이지만 이건 검찰이 백번 잘못한 거예요. 해바라기 꽃이 수기처럼 권력자의 눈치를 봐서 수사를 하고 안 하고, 강약을 조절하고. 중요한 건 검찰이 중립성을 지켜서 본래 임무에 나서려 해도 지금까지 박 대통령이 거기에 꼭 보복을 했다는 거죠. 예컨대 검찰이 국가정보원의 여러 비위를 캐내려 했을 때 채동욱 검찰총장을 사생활 문제로 찍어냈잖아요. 미운 사람은 어떻게든 찍어낸다는 대통령의 심술을 제거해야 돼요. 모든 문제는 A에서 Z까지 대통령에게 있는 거예요.

한겨레21 우리는 최순실이 아니라 박 대통령을 봐야 하는 거네요.

한승헌 그렇죠. 물론 최순실, 그 여자도 왜 문제가 없겠어요? 그래도 출발은 대통령이고 귀착점도 대통령이지요. 거짓말하고 남 탓 잘하고 싸움 잘 걸고, 이런 건 대통령이 해선 안 되죠. 반대로 대통령은 보듬고 포용해야 해요. 나는 예전에도 박 대통령이 제발 '누구의 딸이니까'라는 말은 안 듣도록 정치를 했으면 좋겠다고 했는데. 역시 DNA는 못 숨긴다고, 그런 얘길 하는 사람들 있거든요. 그거 아버지 욕먹이는 이야기예요. 또 고아가 돼서 고생도 많이 했다지만 그렇게 고생 안 한 사람도 없지요. 그리고 청와대에서만 있었다지만, 그 안에서 권력과 인간의 비극을 체험했으니 거기서 교훈을 얻을 만하거든요. 근데 그걸 참… 불행한 거죠.

한겨레21 박근혜 정권이 어떻게 기억될 거 같나요.

한승헌 민주헌정 체제에선 누구도 상상할 수 없었던 정권이라고 봐요. 특히 그의 제왕적 기질은 사람들 기억에서 쉽게 지워지지 않을 겁니다. 위기의 불씨도 거기에 있습니다. 〈맹자〉에도 '아랫사람이 윗사람을 두려워하기만 하면 윗사람이 위태롭다'라는 말이 있거든요.

한겨레21 패닉 상태에 빠진 시민들은 앞으로 어떻게 해야 할까요.

한승헌 그 질문을 저도 하고 싶습니다. (웃음) 묘약 처방은 없어요. 우선 대통령이 지금처럼 입 다물고 청와대에 다시 숨어 있는 동안은 아무것도 풀릴 수 없고요. 그렇게 되면 진짜 탄핵이나 하야 압박밖엔 남은 게 없지요.

한겨레21 국정 농단을 막으려면 개헌이 필요하다는 주장도 나오는데요.

한승헌 나는 조금 생각이 달라요. 혹자는 '87년 체제'가 생명을 다했다 하는데, 지금 헌법 어디가 나빠서 박근혜 정권이 탄생했나요. 적어도 우리나라에선 대통령제를 내각제로 바꾸는 정도라면 몰라도 '5년 단임제가 수명을 다했으니 4년 중임제 하자'는 건 정말 아니에요. 그게 무슨 장점이 있나요. 오히려 4년 집권한 사람이 더 하고 싶어서 집권하자마자 다른 예상 주자들 견제 억제하고, 그럼 또 끌어내리려 싸움하고 레임덕(권력 누수)도 당겨지고. 정치적 혼란만 더 와요. 지금 헌법이 30년 수명을 누린 것은 다 그럴 만한 장점이 있기 때문이라고 봐요.

(2016. 10. 31.)

독재 치하에서의
한국 앰네스티와 한승헌 변호사
—〈앰네스티 매거진〉과의 인터뷰

1972년 10월 박정희 군사정권은 허울로나마 유지하던 민주주의를 완전히 무너뜨리고 유신헌법을 선포하며 독재체제를 굳건히 합니다. 하지만 그 해는 국제앰네스티 한국지부가 출범하며 한국 현대사에 본격적으로 국제적 인권운동이 태동된 해이기도 합니다. 서슬 퍼런 군사정권의 그늘 속에서 인권단체를 조직하여 활동했다는 그 자체가 기적과도 같은 일이었습니다.

앰네스티 한국지부 탄생의 중심에는 한국 현대사의 굵직한 시국사건마다 몸을 사리지 않고 억울한 이들을 변호해온 변호사 한승헌이 있었습니다. 두 차례의 옥고에도 굴하지 않고 시대의 상처를 묵묵히 보듬어 온 한승헌 변호사는 현재 법무법인 광장에서 고문으로 일하며 법조계와 시민사회의 원로로서 고언苦言을 아끼지 않고 있습니다.

고은태 앰네스티 국제집행위원이 앰네스티 한국지부의 산파역을 맡았던 한승헌 변호사를 만나 한국 앰네스티의 지난 발자취와 한국 인권사를 정리해 보는 시간을 가졌습니다.

고은태 국제앰네스티 한국지부가 40주년을 맞이했습니다. 한국지부 40주년은 앰네스티 전체적으로도 굉장히 큰 의미가 있습니다. 전 세계 앰네스티 지부들 중에서도 굉장히 빠른 편이고요. 지난 20여 년간 한국지부처럼 발전한 지부가 하나도 없습니다. 초기에 생긴 소위 선진국 지부들은 쭉 성장해서 자리를 잡았고, 그 외에 제3세계의 지부들은 어려움만 계속 겪어 왔거든요. 한국지부가 20여 년 만에 작은 지부에서 큰 지부로 성장해서 세계에서도 주목을 받고 있습니다. 40주년의 산 증인이신 한승헌 변호사님께 인터뷰를 요청 드렸습니다.

한승헌 변호사님은 한국 인권운동의 1세대, 개척자라 말씀드릴 수 있을 거 같은데, 처음에 시국사건 변호라든지 인권문제에 관여하시게 된 계기가 어떤 것인지요.

한승헌 제가 검사에서 변호사로 전신한 시기가 1965년입니다. 당시는 박정희 군사정권이 추진하던 한·일 회담, 즉 한·일 굴욕외교 반대운동이 절정에 이르고, 한국군의 월남파병 등 국내에서 여러 사회 갈등이 격화된 시기입니다. 당시 박정희 군사정권은 독재적인 탄압을 다반사로 감행했고, 그 결과로 많은 정치범, 시국사범, 양심수들이 양산이 된 때입니다. 억울한 피해자, 박해 받는 사람들이 줄줄이 법정에 서게 되었을 때 그들을 변호해줄 변호사가 많지 않았어요. 그때 마침 내가 변호사 개업을 하게 되었는데, 시국사범들을 보고 가만히 있을 수가 없었어요. 당시 독재의 칼날이 제일 처음 표적으로 삼은 것이 작가, 언론인 또는 학자들이었고, 내가 아는 한 작가의 소설 한 편을 놓고 벌어진 반공법 사건이 제가 시국사건의 변호인석에 서게 된 계기가 되었죠. 한마디로 60년대 ~~통인 믹깅의 메~ 늑게 신과깨 비새 인살 시국사건과~~ 변호사로서의 사명감이 맞닥뜨려서 그 후 연달아 시국사범 법정의 변호인석에 서게 되었습니다. 난데없이 당한 사람이 있으니까 내가 쫓아간다, 이런 심정이었는데 예상과 달리 탄압과 저항이 장기화 되다 보니까 제가 본의 아니게 많이 끌려 다니는 변호사가 되었죠.

고은태 저희가 흔히 알고 있는 '인권 변호사'라는 개념이 생기기 10년 전에 이미 시작을 하셨는데, 검찰 출신으로 창창한 미래가 보장되어 있는 상황에서 변호사로 전신하시기가 쉽지 않으셨을 터인데요.

한승헌 그때 정권에 미움을 받으면서 억압된 사람들을 위해 변호하겠다고 나서는 사람들이 많지 않았습니다. 아무런 잘못도 없는데 권력의 핍박을 받고 맨몸으로 법정에 서는 사람들이 있을 때, 누군가는 변호도 하고 위로도 하고 힘도 실어주는 그런 사람이 필요했던 시기였습니다. 언론이나 세간에서는 제가 정의감이나 용기가 남다른 사람으로 미화를 하기도 하는데 그것은 전혀 아닙니다. 우선 당장 핍박을 받고 신음하는 사람이 있으니 응급처치라도 하자고 뛰어 다닌 것뿐인데, 얼마쯤 미화된 일면이 있습니다. 세인들이 '인권변호사' 라는 말을 쓰는데, 저는 사실 그런 용어에 대해서 별로 달갑지 않게 생각합니다. 그래서 한 번도 제 자신을 인권변호사라고 말한 적이 없습니다. 변호사란 본시 인권을 지키고, 부축해주고, 인권침해를 막는, 그것이 본시 부여된 직분인데, 변호사라는 말에 굳이 인권이란 말을 없는다는 것은, '공 잘

차는 축구선수' '헤엄 잘 치는 수영선수'라는 말처럼 동의어의 반복이어서 듣는 저로서는 민망스럽습니다. 그냥 변호사, 변호인, 그런 호칭으로 족합니다.

고은태 국내 상황이 국제적인 흐름과는 완전히 동떨어져 있던 70년대 초에 앰네스티 운동에 투신을 하셨는데, 그 시절에 어떻게 앰네스티를 접하고 참여하게 되셨는지요.

한승헌 5.16 쿠테타로 권좌에 오른 박정희 대통령은 정권을 유지하기 위해서 일련의 초헌법적인 조치로 헌정을 유린하는 사태를 야기시키게 되죠. 60년대 후반에 들어서는 3선개헌과 같은 정상적인 헌정에서는 도저히 상상할 수 없는 그런 일이 터집니다.

70년대에 접어들면서 71년이었던가, 순천의 윤현 목사로부터 '앰네스티 통신'이라는 팸플릿이 하나 배달이 되어서 그걸 읽고 '앰네스티'라는 국제 인권 기구가 있다는 것을 알게 되면서 뜻있는 몇 분이 모여서 이야기를 시작하게 되었죠.

한국 앰네스티는 그 출범단계에서부터 폭넓은 각계의 지지와 참여를 얻을 수 있었는데, 그 공로는 박정희씨에게 있습니다. 박정희 대통령이 그처럼 군사독재적인 폭압정치를 반복하지 않았다면 한국 앰네스티에 대한 호응의 폭이나 정도는 그렇게 강하지 않았을 겁니다.

당시의 한국적인 상황이 앰네스티가 추구하는 목표하고 역설적으로 잘 맞아 떨어진 것입니다. 박정권시대엔 정치범에 대하여 사형까지도 서슴치 않는 가혹한 형벌이 남발되었고, 많은 고문이 행해졌습니다. 재판이 공정하게 이뤄지지 않았을 뿐 아니라 수감자들이 비인도적인 처우를 받았습니다.

이런 참이라서 국제앰네스티가 내세우는 활동 목표가 한국의 반민주적 반인권적 상황에 딱 맞춘 것처럼 느껴진 거에요. 그래서 '이거다' 하고 앰네스티의 깃발 아래 모여들었죠. 다만 당시 한국 앰네스티는 외국과 달리 출범 초부터 구성원들의 면면이 지도자급 내지 명망가 중심의 조직이 되어있었어요. 이건 한국 앰네스티의 아주 특이한 점이었는데, 그것은 자연스럽게 형성된 장점이기도 하고 조직의 구성 체질상의 문제점이기도 했습니다. 그렇지만, 그런 덕분에 빠르게 성장할 수 있었다고 봅니다.

또 하나는, 비록 독재 치하에서도 국제기구라는 이름을 내세워 활발한 활동을 할 수가 있었어요. 독재정권이 국내에서는 강하지만 국제적인 면에서는 의외로 나약한 데가 있습니다. 그걸 파고 든 것이죠. '이건 국제인권단체의 활동의 일환이다.'라는 걸 내세워 유신의 틈에서도 활기를 살릴 수 있었습니다.

그러나 동시에 어려웠던 점은 앰네스티활동에 참여하고 지원하는 사람들이나 세력들이 앰네스티가 일종의 투쟁기구가 되길 기대한 것이죠. 우리도 시작할 때 정확히 그것을 분별한 것은 아니지만, 그러나 앰네스티의 이름을 걸고 활동하는 이상 앰네스티의 활동원칙을 준수하려고 노력을 했습니다. 그러자 앰네스티 외부에서는 물론이고 내부에서도 앰네스티가 자국문제 불개입의 원칙에서 벗어나서 일반 투쟁단체처럼 그렇게 나서주기를 기대하고 촉구하는 사람들이 일부 있었습니다. 윤현 목사를 비롯한 한국 앰네스티 운영의 중심에 있던 몇 사람은 중간에서 고민도 하면서 앰네스티 본래의 활동방식에 대해서 이해를 시키

법치주의여, 어디로 가시나이까

고자 상당한 노력을 했죠.

고은태 한국 앰네스티의 70년대 뉴스레터에 나온 명단을 보면, 마치 한국의 민주화 운동세력의 총 집결체 같다는 느낌을 받는데요.

한승헌 한국의 반독재 민주세력은 편의상 크게 정치권과 비정치권(재야세력)으로 나눌 수가 있는데, 그 두 세력을 하나로 포괄하는 그런 자리에 앰네스티가 있었습니다. 정치권의 이른바 거물들, 그리고 재야의 원로 지도자들이 다 앰네스티에 들어왔는데, 출범 당초의 직능별 인적구성을 보면 크게 법조계 언론계 종교계 인사로 나눌 수가 있었습니다. 제도언론에서 쫓겨난 해직 언론인들도 참여하였는데, '한국언론에 비친 앰네스티 5년사'에 실린 당시의 기사를 보면, 압제 체제하에서도 언론의 반응이 제법 괜찮았던 것을 알 수 있습니다.

고은태 제가 어렸을 때 아버지가 영어로 된 백과사전을 사오셨는데, 백과사전이 중간중간 시커멓게 먹물로 칠해져 있더군요. 뉴스도 아니고 신문도 아닌 백과사전이. 그렇게 요즘은 상상조차 할 수 없는 일이 벌어지던 시절인데요, 그런 시절 앰네스티 활동에는 여러 가지 어려웠던 일들이 있었을 것 같습니다.

한승헌 해외 출판물, 신문 잡지 단행본 등을 까맣게 지우는 건 다반사였습니다. 처음에는 그런 해괴한 짓에 분개하다가 나중에는 냉소를 하면서 둔감해졌습니다. 하지만 정부 당국의 봉쇄에도 불구하고 들어올만한 간행물들은 어떻게든 들어오고, 우리가 접하게 됩니다. 그리고 검정으로 덮인 부분이 있으면 '아, 여기야 말로 우리가 읽어 봐야 할 대목이구나' 하고 더 눈여겨보게 되지요. 결국 눈 가리고 아웅하는 격이었고, 우리는 알 것은 다 알고 있었습니다. 해외정보를 우리가 접하는 경로는 주로 선교사나 목사님들을 통해서였습니다. 종교계는 전면적으로 탄압은 못하니까 상대적으로 운신폭이 남아 있는 신부님이나 목사님들은 해외와의 소통이나 왕래가 유지가 되었던 것이지요. 그런 편을 통해서 정보나 자료를 입수할 수 있었습니다.

고은태 앰네스티 활동을 하시던 분들 중에는 내란음모의 혐의로 잡혀가신 분들도 있었지요?

한승헌 한국 앰네스티는 여러 모로 많은 감시와 회유, 탄압을 받으면서도 제 할 일을 상당히 잘해 나갔습니다. 정치범, 반공법·국가보안법으로 어려움을 겪는 분들에게 국내외에서 보내온 도움으로 변호인 선임도 하고, 영치금이나 영치물도 넣어주고, 가족에 대한 생계보조와 석방된 사람들에 대한 직업훈련도 지원했습니다. 그 뿐만 아니라 드러내놓고 할 수 있는 캠페인을 통해 사형폐지와 고문반대 운동을 지속적으로 해왔습니다. 그런 면에서는 한국 앰네스티가 민주화와 인권의 향상에 이바지한 바가 상당하다고 말할 수 있습니다. 그런 가운데 정부권력, 특히 '남산'으로 별칭 되는 당시 중앙정보부와 경찰의 감시와 공작 회유의 대상이 되어왔었죠. 한국앰네스티를 운영하는 입장에서는 이런저런 어려운 국면이 많았습니다.

특히 80년 5월 정기총회를 3일 앞두고 제가 5.17 김대중 내란음모 사건으로 남산에 붙들려가서 계엄당국의 조사를 받을 때, 맨 처음엔 한국앰네스티 활동이 '용공적'이라는 혐의를 가지고 문제를 삼았습니다.

"한국에서 당신네들이 말하는 양심수라는 것은 반국가사범이다. 반국가사범을 돕는 것은 이적 용공이다."라는 식이었습니다. 심지어 우리가 인혁당이나 남민전 사건까지 다 도왔거든요. "이건 천하가 다 아는 반국가적 범죄인데, 이걸 도와주고 가족의 생계비 보조까지 한 것은 완전히 이적이다."라고 하면서 몰아붙이더군요. 그리고 나서 또 횡령사건으로 얽으려고 했지만, 그것도 잘 안 되자 이번에는 형법상의 내란죄를 들이대더군요. 결국 앰네스티에 연관된 조사는 없었던 걸로 하고, 저는 계엄법 위반으로 기소가 되었지요. 어쨌던 초기에는 앰네스티를 잡으려고 했어요.

고은태 대한민국의 사형제도 폐지운동이 80년대 들어와서 시작된 것처럼 말하는 사람들이 있는데, 자료를 보면 이미 70년대 초에 한승헌 변호사님을 중심으로 앰네스티 한국지부를 비롯해서 한국 사회에서 상당히 활발한 사형제도 폐지운동이 있었던 걸로 알고 있습니다. 사형제도 폐지운동이 어떻게 시작되었고 전개되었나요?

한승헌 한국에서 사형제에 관련해서 정말 가슴 아픈 일은 6.25때 있었던 무차별적인 사형, 양민학살입니다. 당시 '비상사태 하의 범죄처벌에 관한 특별조치령'이라는 것이 있었습니다. 격화된 전란 속에서 단심單審으로 많은 사람이 억울한 형집행을 당했죠. 국가폭력이 아주 절정으로 치달아 이렇게 야만적으로 많은 사람들이 죽어도 되겠느냐 하면서 사형제도 자체에 대해서 많은 의문이 제기되었습니다. 이승만 대통령의 정적 제거의 방식으로 가령 진보당 사건의 조봉암 선생에 대한 사형집행도 그런 예의 하나지요. 이런 일들로, 누가 꼭 이론으로 정립하거나 캠페인 운동으로 세력화하진 않았지만 사형제도라는 것이 이대로 두면 안 되겠다는 공감대가 많이 형성되어 있었습니다. 누가 어느 계기에 그런 생각과 그런 운동을 하나로 결집시키느냐는 문제가 남아 있었는데, 적어도 공식적으로 그런 운동을 하나의 힘을 모아서 국가권력 앞에서 정식으로 문제제기를 한 것은 한국 앰네스티였습니다. 한국 앰네스티 출범 후에 첫 사형폐지 캠페인이 있었어요. 사형폐지에 관한 건의문이 한국 앰네스티 이름으로 나갔는데, 그 건의문을 제가 작성했습니다. 저는 현직검사 때도 사형제도에 대해서 의문을 갖는다는 글을 발표한 적이 있고, 앰네스티 활동과 관계없이 사형제도와 관련한 글을 쓴 적이 있습니다. 그후 75년에 김지하 시인의 변호인 사퇴 요구를 거부했더니 중앙정보부가 저를 반공법으로 잡아갔는데, 그때 불씨가 된 것이 사형폐지를 내용으로 하는 저의 수필 한 편이었죠. 검사의 기소 내용을 보면, "당신은 사형폐지를 주장했다. 결국 북괴의 남파간첩의 사형도 반대하는 거니까 용공이다", 이런 논법이었습니다.

그 뒤에 한국 앰네스티가 사형폐지 캠페인을 몇 번에 걸쳐서 전개했음에도 불구하고 인혁당 사건이라든가 여러 사건들이 반복되어 나왔지만, 그러나 결국 김대중 정부 이후 10년을 사형 집행 없이 지난 것으로 사실상 사형폐지국이 되었잖아요. 이제 사실상이 아니라 법률상으로 폐지하는 그런 나라로 나아가는 게 당면한 과제인데, 어떤 정권은 엄단을 내세워서 역시 사형은 집행해야 한다, 사회질서나 국가방어를 위해서 사형은 필요하다고 주장하는 사람들이 있지만, 역시 대세는 사실상 폐지에서 법률상 폐지로까지 나아가야 된다는 걸로 가닥이 잡혔다고 생각합니다.

법치주의여, 어디로 가시나이까

현재 사형폐지에 관한 법률이 국회에 살아 있지요. 사형의 존폐는 역시 법률의 문제로 귀착이 되니까 앞으로 의회가 새로 구성이 되고 권력이 새로 재편이 되면 우리가 열망하는 사형폐지가 법적으로 실현되지 않을까 기대를 하고 있습니다.

결국 사형폐지 주장이나 국가보안법 폐지 주장을 범죄로 보고 처단까지 하는 그런 시대는 어쨌든 갔지 않습니까. 지금은 국가인권위원회가 사형폐지와 국가보안법 폐지를 권고한 이런 시대니까 그만큼 진전이 있는 거예요.

그래서 우리는 사형제가 살아 있나, 죽었나, 둘 중에 하나만 놓고 이렇게 낙망하고 공격할 것이 아니라, 겉은 아직 다 부서지진 않았지만 실질적으로 다 와해되고 깨진 상태까지 온 건 우리도 평가해야 됩니다. 그걸 보면 역사는 역시 진전하고 있고, 그런 진전에는 우리 선배나 동시대의 많은 분들의 절규와 고난이 있었다 생각하고, 이에 대해서 우리는 경외심과 자부심을 가져도 된다고 생각합니다.

__고은태__ 60년대부터, 저희 앰네스티 역사로 보면 지난 40년 동안, 한승헌 변호사님께서는 한국의 민주화운동, 혹은 인권 운동에 늘 한 가운데서, 제일 앞에서, 탄압 받는 위치에서 몸을 던져 오셨는데, 지금 한국의 인권의 수준이랄까 발전과정에 대해서 총평을 해주신다면.

__한승헌__ 제가 민주화와 인권 운동에 앞장섰다고 할 수는 없을 것 같습니다. 저는 성격상 요즘 말하는 리더십, 먼저 앞장서서 무리를 끌고 나가는 힘은 처음부터 모자란 사람입니다. 제가 읽은 글 가운데 유시민 씨가 낸 항소이유서가 명문이었어요. 거기 보면 '자기처럼 평범한 학생

이 어떻게 해서 이런 투사가 되었는가. 왜 나 같은 사람을 투사로 만드는가'라는 대목이 나옵니다.

신 이씨나 보니 잎새 니기게 디었는데요, 여러 가지 항의하는 마당에 뒷전에만 처져 있을 수는 없었고… 특히 87년 6월 항쟁 때 변호사들이 국본(민주헌법쟁취국민운동본부)에 법조계를 대표하는 상임공동대표로 참여하고 사상 초유의 변호사 가두 시위에 두 번이나 참여하는, 이런 과정을 겪다 보니 변호사치고는 좀 맹렬한 것처럼 보이긴 했는데, 저로서는 몇 십 년간 꾸준히 뒷줄에서나마 이탈을 안 하고, 내가 옳다 생각한 대의를 따라온 데에 자부심을 갖고 있습니다.

6월 항쟁이 그만한 성과라도 거둘 수 있었던 것은 종래의 데모세력이 아닌 계층과 분야의 사람들이 참여했기 때문입니다. 예를 들어서 교원이나 의료인들, 상공인들이 그때 국본 참여 성명을 내고 많이 동참을 하는 등 그야말로 범국민적인 투쟁의 실질을 갖추었기 때문에 6월 항쟁이 그만큼 성공했다고 말할 수 있습니다.

민주정부 10년을 두고 이런저런 평가도 하지만, 그 세력들이 실제로 국정에 참여하며 자기 역량을 실험할 기회도 있었고, 그때에 시민사회가 많이 영양보충을 한 셈입니다. 10년 동안에 시민사회가 그만큼 성장하고 활발해진 게 사실이지요. 넓게 보면 다 나라를 바르게 끌고 나가는 힘의 원천들이거든요.

사회를 이끄는 주된 요소로 국가권력, 기업, 그리고 시민세력을 꼽는데, 시민세력이 이제 힘도 얻고 당당해졌다, 이것이 우리나라 민주화에 따른 큰 재산이다, 밑천이다, 이렇게 생각합니다. 다만 현 이명박 정부 들어와서 민주주의도 역진했다, 후퇴했다, 이렇게도 말하고 있는데, 거

법치주의여, 어디로 가시나이까

기에 구세주로 나타난 것이 SNS입니다. 정치가 세상의 전부는 아니지만 정치만큼 세상에 중요한 것이 없는데, 그럼에도 불구하고 젊은 세대와 지식인들이 정치에 무관심하고 거기에 참여 안 하고 투표장에도 안 가는 것이 마치 고고한 초월주의같이 잘못 생각되던 그런 풍조가 상당히 있었습니다. 20~30대의 저조한 투표율에서 많은 실망과 개탄을 한 것이 엊그제 같은데, 이제 SNS 같은 새로운 매체의 위력에 의해서 많은 젊은 세대가 정치에 관심을 갖고 투표장으로 가고 일상적인 여러 의사형성을 하는 것, 이것이 한국 민주주의를 바로잡는 대단히 웅대한, 누구도 거스를 수 없는 큰 흐름이 되었다 생각합니다.

고은태 그렇다면 오늘을 사는 우리들이, 이 다음 단계에 추구해야 할 것은 어떤 게 있을까요.

한승헌 첫째로 앰네스티 한국지부가 많이 성장했지만 한국사회에 더 넓게 뿌리를 내렸으면 좋겠습니다. 여러 분야에 앰네스티의 얼굴과 흔적이 뻗는 것이 참 중요하거든요. 두 번째로는 우리가 이제 이만큼 민주주의와 인권을 확립했다는 데에 자부심을 갖고, 해외의 양심수와 압제에 대해서 같이 걱정하고, 탄원엽서만 보내는 것이 아니라 필요하다면 다른 지원도 해야 할 것입니다. 아직도 인권상황이 열악한 국가가 얼마나 많이 있습니까. 거기에 앰네스티 한국지부의 손길을 뻗치고 도움을 주어야 하지 않을까 생각합니다. 앰네스티 운동을 저는 '국제적인 품앗이'라고 표현합니다. 국제적인 품앗이를 하는데 우리가 이제 좀 더 선도적인 일을 할 수 있지 않겠습니까.

고은태　만약 인생을 다시 산다 해도 그 힘든 길을 다시 가실 건가요? 아니면 다른 삶을 살아보고 싶으신가요?.

　　안능연　다시 태어나고 변호사가 될 것입니다. 변호사는, 자기 생활을 지탱하면서 맘만 먹으면 남을 위해서, 세상을 위해서 헌신을 할 여력이 있는 직업입니다. 변호사에게는 소송 수행뿐 아니라, 변호사라는 사회적인 지위를 가지고 할 수 있는 일, 할 만한 일, 해야 될 일이 참 많이 있습니다. 특히 한국사회에선 그렇습니다. 그리고 다시 태어나서 변호사가 된 후에 다시 박정희 군사 독재 같은 탄압정권이 생긴다면 나는 또 같은 길을 갈 수 밖에 없지요. 내 과거의 시국사범 변호라는 것은, 그것은 운명은 아니고 선택이라고 생각했는데, 몇 십 년 지난 뒤에 되돌아보니까 단순한 선택이 아니고, 그게 내 운명이었습니다. 그런 운명의 두 축 마냥, 내 변호사란 직업과 독재정권이라는 권력이 또 부딪친다면 나는 지난 몇 십 년 동안 걸어온 그런 변호사의 길을 또 갈 수 밖에 없지 않나… 그건 저한테 선택이면서 동시에 운명이라고 생각합니다.

(2012. 3. 10.)

42년 만의 재심 무죄, 한승헌 변호사

-〈한겨레〉와의 인터뷰

"내 나이 마흔한 살 때 「어떤 조사弔辭」 필화사건으로 구속기소돼 유죄 판결을 받은 제가 83세가 된 지금 재심 끝에 무죄가 됐지요. 그나마 저는 살아서 무죄 판결을 받아 개인적으로는 다행이지만, 여전히 참담하고 착잡한 마음입니다. 과거 독재 치하에서 범죄인이라는 누명을 쓰고 '사법살인'으로 참변을 당한 뒤에 뒤늦게 재심무죄가 된 분들을 생각하면, 영국 정치가 윌리엄 글래드스턴의 '너무 느려 빠진 정의는 정의가 아니다'라는 말이 떠오릅니다."

24일 서울 태평로 프레스센터에서 〈한겨레〉와 만난 한승헌 변호사의 표정엔 회한이 묻어났다. 이틀 전, 그는 1975년 검찰의 조작 수사로 법원에서 유죄 판결을 받았던 이른바 '어떤 조사' 필화사건 재심에서 무죄 선고를 받았다. 시국사건 변호에 평생을 헌신한 국내 대표적인 인권변호사도 반공법을 위반한 범죄자라는 '주홍글씨'를 떼는 데 무려 42

녀이란 세월이 필요했다.

시민의 빈민은 1972년 9월, 한 변호사가 《여성동아》에 쓴 「어떤 주사」라는 제목의 수필이었다. "당신의 죽음을 아파하는 것은 앞날의 '미확정 사형수'를 위한 인간의 절규를 높이는 결의"라는 대목 등을 검찰이 문제 삼았다. 검찰은 글에 등장하는 '당신'을 '유럽간첩단사건'(1969년)에 연루돼 1972년 7월 사형당한 김규남 전 공화당 국회의원이라고 지목했고, 결론적으로 한 변호사가 반국가단체 구성원인 김 전 의원의 활동을 찬양·동조했다(반공법 위반)는 논리로 그에게 올가미를 씌운 것이다.

하지만 이 글은 '미확정 사형수'에 대해 실제 사형집행이 이뤄졌던 당시 국내 현실을 꼬집은 것이다. 반공법을 비판하거나 북한을 찬양·동조하는 내용은 전혀 들어 있지 않았다. 실제 한 변호사는 「어떤 조사」에 "미국의 연방대심원(연방대법원)에서 사형제도의 위헌을 선언하여 생명의 불가침이 크게 재인식된 터"라고 환기하며 "지구상에 사형을 폐지한 나라가 40개 나라에 이른다"고 적었다. 이어 "만일 '당신'이 한국 아닌 다른 나라에 태어났더라면 최소한 오랏줄에 목을 매이는 그런 최후는 면할 수도 있었을 것"이라고 지적했다. 또한 "오직 법관만이 자기 심증으로 흑백을 말할 수 있다. 그러나 인간은 아무리 높은 지존의 자리에 있다 해도 전능일 수 없다"면서 사법부의 판단만으로 생명을 앗아가는 사형제를 강하게 비판했다. 그는 "권력이 전능을 탐하고 심판이 완전을 착각하기 때문에 절대의 생명이 상대적 판단 앞에 아침이슬이 되곤 한다"는 안타까운 소회를 밝히기도 했다. 글 어느 곳에도 반공법

법치주의여, 어디로 가시나이까

위반의 소지는 없었다.

그러나 당시 그는 민주회복국민회의 중앙위원, 한국앰네스티 창립 이사 등으로 민주화와 인권운동에 참여하고 있었기에 독재정권에 '미운털'이 박힌 상태였다. 때마침 그가 일본에서 한국 중앙정보부원에 의해 국내로 납치된 김대중 씨의 선거법 위반사건의 변호를 맡은 외에, 반독재운동에 나섰던 이병린 민주회복국민회의 대표위원(전 대한변호사협회장)에 대한 검찰의 구속수사 배후에 중앙정보부(현 국가정보원)의 정치공작이 있었음을 공개하고, 시인 김지하의 인혁당 조작폭로 재구속사건의 변호까지 맡자, 검찰이 결국 「어떤 조사」를 트집 잡아 한 변호사를 구속기소한 것이다.

한 변호사는 당시 상황을 이렇게 설명했다. "「어떤 조사」는 사법당국의 오판으로 '사법살인'이 일어날 가능성을 지적한 글이었습니다. 내가 검찰에 구속됐을 때는 1974년 긴급조치 1·4호가 발동되면서, 형식적인 법치주의마저 사라졌던 시대였어요. 민주화운동에 나선 인사나 저항적인 인물에 대한 도청·미행은 일상적인 일에 가까웠고, 나 역시 구속 수사 과정에서 중앙정보부 수사관들로부터 물리적인 위협까지 받았어요."

구속된 그를 위해 129명에 이르는 역대 최대 규모의 변호인단이 꾸려졌다. 하지만 권력의 눈치를 살핀 사법부의 태도를 바꾸지는 못했다. 대법원에서 징역 1년6월에 집행유예 3년형이 확정됐다. 그리고 변호사 자격을 박탈당했다. 시련은 그게 끝이 아니었다. 1980년 5월 이른바 '김대중 내란 음모' 조작사건에 연루돼 다시 징역 3년형(1년 복역)을 받았다. 두 사건으로 8년간 변호사 자격을 박탈당했다. 이 때문에 한동안 그는 시국사건 법정의 민호인석이 아닌 방청석에서 재판을 지켜봐야 했다.

"당시 검찰 수사는 진실을 밝히는 과정이 아니라, 그 자체로 민주화 운동을 했던 인사들에게 정신적, 육체적 고통을 주는 수단이었어요. 사법부의 태도도 비슷했습니다. 다행히 저에게는 복역 기간 중에 여러 가지 공부를 하고, '의로운 피고인들'과 인연을 맺는 소중한 기회가 되었어요. 유신반대 데모를 하다가 잡혀온 대학생이 옆방에 들어왔길래, 교도관을 통해 새 '메리야쓰'(내의)를 한 벌 건넸는데, 나중에 알고 보니 그게 '경희대 법대생 문재인 군'이었어요.(웃음)"

2015년, 서울고등법원이 '유럽간첩단사건'으로 처형된 김규남 전 의원 재심 사건에서 무죄를 선고했고, 이제는 한 변호사 차례였다. 이듬해 한 변호사는 '김 전 의원이 간첩이 아니라는 사실이 확인됐고, 그를 애도·위로해 반공법을 위반했다는 유죄의 전제도 소멸됐다'며 재심을 청구했다. 지난 6월 22일 재심 재판부는 "수필 내용은 사형집행을 당한 사람을 애도하고 있을 뿐, 국가보안법이나 반공법 폐지 주장은 나오지 않는다"며 무죄 판결을 내렸다.

한 변호사는 1965년 이후 30여 년 간 시국사건 120여건을 변호했다. 그러나 그는 자신을 '나약한 사람'이라고 했다.

"사람들이 '저 사람은 독재정권 시절에 시국사범을 변호할 만큼 겁없는 사람'이라는 말도 해요. 하지만 보다시피 저는 몸도 허약하고, 담

법치주의여, 어디로 가시나이까

력도 약한 사람입니다. 다만 변호사이면서 불의한 권력에 탄압받는 사람들을 외면하면 나중에 스스로 가책받는 게 더 두려워 용기를 낼 수밖에 없었어요. 그렇게 몇 건 하면 끝날 줄 알았는데, 독재정권의 탄압이 장기화되는 바람에 평생 이런 삶을 살게 됐어요. 나중에는 국가안전기획부(현 국가정보원) 전직 직원들까지 '한 변호사만큼은 무슨 압력을 가해도 끝까지 변호를 그만두지 않을 것'이라면서 자신들의 부당해고 소송을 맡아달라고 하더군요.(웃음)"

한 변호사는 올해 법조인으로서 60년을 맞았다. 2005년엔 노무현 정부의 사법제도개혁추진위원회 위원장을 맡아 공판중심주의 강화 등 사법제도 개혁을 주도하기도 했다. 그는 최근 개혁의 화두가 된 검찰과 사법부에 대해서도 "사법부와 검찰이 권력에 휘둘리거나 그 동조자, 추종자가 돼서는 안 된다"며 '적극적인 변화'를 당부했다.

인터뷰 말미 그가 건넨 자신의 시집 『하얀 목소리』에 실린 '백서'라는 시에는 이런 대목이 있었다.

'거센 비바람이야 어제오늘인가/ 아직은 목마름이 있고/ 아직은 몸부림이 있어/ 시달려도 시달려도 찢기지 않는/ 꽃잎 꽃잎/ 꽃잎은 져도 줄기는 남아/ 줄기 꺾이어도 뿌리는 살아서/ 상처 난 가슴 가슴으로 뻗어 내려서/ 잊었던 정답이 된다'.

(2017. 6. 26.)

과거를 바로 알아야
미래를 바로 본다
—〈위클리 서울〉과의 인터뷰

위클리서울 법조55년 기념선집 네 권이 지난 3월 완간되었다. 감회가 새로울 것 같다. 어떤 동기에서 출간했나.

한승헌 2013년은 내가 법조인으로 활동을 시작한 지 55년이 되는 해였다. 55주년이라는 것을 제 개인사로만 여기지 않는다. 그 동안 우리나라는 역사적으로 굴곡이 많았다. 그래서 집권자의 독재 탄압으로 양산된 많은 정치적 사건의 변호에 나섰던 체험과 생각을 담은 글을 네 권의 책으로 묶어 선집을 냈다. 집권자의 압제로 찢겨진 민주 법치주의의 참상을 기록하고 이를 널리 알림으로써 야만적 권력의 재현을 막아낼 역사인식을 배양하는 데 일조가 되었으면 하는 바람에서였다. 다시 말해서 이번 선집은 정치적 탄압의 현장에서 박해 받은 사람들을 중심으로 한 반독재 민주화투쟁의 기록이자 증언이다. '야전의 현장에서 쓴 역사의 사초史草'라고 감히 말하고 싶다. 무릇 변호사는 그때그때 부여된 변호업무를 잘 수행해야 하지만, 재판에 정의가 제대로 반영되지 못할 때, 그 실상을 기록해서 동시대인들에게 널리 알리고 또 다음 세대에게 이를 전해 줄 의무가 있다. 이번에 낸 나의 선집이 우리 역사를 배우는 후대들에게 도움이 되었으면 한다.

위클리서울 근작『한국의 법치주의를 검증한다』를 간략히 소개하자면.

한승헌 우선 법치주의에 대한 근본 인식부터 바로잡아야 한다는 생각에서 이 책을 내게 되었다. 법치주의라는 게 참 잘못 인식돼 왔다. 국가가 국민에게 준법을 요구하기 전에 위정자의 준법이 선행돼야 하는데, 우리나라에서는 그와 반대로 법치가 국민에 대한 하향식 준법 명령처럼 되어버렸다. 국민이 위정자에 대하여 법에 따른 지배를 요구하는 것이 '법의 지배'요, 법치주의다. 그럼에도 불구하고 역대 반민주적인 권력자들이 어떻게 법치주의를 훼손했는가 하는 것을 실증적으로 탐구했다. 가식적 법치주의의 실상을 해부한 후, 집권 정략에 의한 법의 정통성 훼손과 압제정권하의 사법의 진통과 무력함을 밝혀보고자 했다.

한국의 법치주의는 상처와 치욕으로 점철되어 왔다. 민주헌정에 고장이 빈발했는가 하면, 아예 탱크로 헌정을 밀어붙인 것도 모자라 국회를 배제하고 만든 유신헌법까지 등장했다. 입법, 행정, 사법의 3부가 모두 독재자의 입김에 흔들린 가운데 국민의 자유와 권리는 법의 민주적 본질에서 멀어져갔다. 그 현장, 그 실상을 밝혀보자는 생각에서 '검증'이라는 이름을 내걸고 이 책을 간행하게 되었다.

위클리서울　책 내용 중 74년에 쓴 '정치범과 정치현실'에선 세계 각국의 정치범 실태를 논한다. 민주주의의 발전과정에서 정치범은 '비극적 로맨'이시런 근세될 수비에 없다는 데믹이 있다. 한국사회의 과거와 현재를 비교하자면 어떤가.

한승헌　무릇 정치범은 박해와 저항의 산물이다. 위정자의 폭압은 정치권력의 탈취와 그 유지를 위한 야만적 수법이었기에, 이에 대한 국민적 저항은 자연스런 반작용이었다. 그러기에 박정희 정권을 비롯한 역대 군사정권 하에서는 무모한 폭력과 협박으로 정치범이 양산될 수밖에 없었다. 그때에 비해 지금은 보다 지능화된 수법으로 국민을 농락하고 억압한다. 과거에는 헌법 등 실정규범 자체가 불법의 산물이었으므로 체제저항적인 정치범이 많았다. 근래에 와서는 민주헌정에 배치되는 통치전략이 개발되어 이에 반대하는 개인이나 세력을 탄압하고 있다. 예전의 '내놓고 함부로' 대신 '은밀하고 영리하게'로 그 수법이 바뀌었다고나 할까.

위클리서울　정치범의 사례에서도 알 수 있듯, 국가보안법이나 내란죄 등의 법 집행 과정과 판결은 다분히 정치적이다. 사실 일반 대중들에게도 법이 정치적으로 활용된다는 게 눈에 훤히 보일 정도다. 삼권분립은 과연 형식에 지나지 않는 것인지 의문이 든다.

한승헌　법은 그 생성과정에서 정치 내지 정당의 입김이 개입된다. 따라서 실정법의 운용 즉 법의 시행 또는 해석 적용의 공정성은 사법부의 판단에 의해서 담보되어야 한다. 그것이 입헌국가의 정도正道다. 그러나 과거의 실상을 보자면, 사법부가 집권자의 압력이나 눈치를 배제하지

　　　　　　　　　법치주의여, 어디로 가시나이까

못하고 온갖 과오를 범했다. 1987년의 6월 항쟁 이후에는 법원에 대한 '외풍'이 잠잠해졌지만, 이명박정권으로 넘어간 뒤에는 예전의 악몽을 연상케 하는 이해하기 어려운 현상이 속출해 의혹을 사기도 하였다.

선진국의 경우 우리처럼 정치권력이 직접 사법부를 겨냥하는 경우는 없다. 미국만 해도 위정자가 재판에 간섭하는 일은 없지 않은가. 정보기관원이 법원에 출퇴근 하는 전례는 유신통치의 하이라이트였다. 돌이켜보면 87년 6월의 민주항쟁은 '미완의 혁명'이라고 할 수 있겠다. 국민의 자유와 권리를 지켜줘야 할 사법부가 스스로의 힘으로 독립을 쟁취한 게 아니기 때문이다. 거꾸로 사법부가 죄인이라고 낙인찍은 피고인들의 투쟁 덕에 재판권의 독립을 확보할 수 있었다. 이게 무엇을 뜻하는가. 앞으로 경우에 따라서 다시 예전으로 돌아가지 않을까 걱정된다. 독재자와 그 주변에서 재판을 쏘아보더라도, 삼권분립의 기본틀이 흔들리지 않기를 간절히 바랄 따름이다.

위클리서울 노태우 정부 당시 남북교류에 장애가 되는 국가보안법 조항을 고치겠다는 얘기가 나온 적 있다. 지금까지 크게 변화된 건 없어 보인다. 한 변호사는 책에서 "북한의 요구에 사사건건 반대해야지만 국가보안법에 걸리지 않는다"고 했다. 과거와 현재를 비교하자면.

한승헌 정부의 국가보안법 해석대로라면, 북한의 주장에 찬성하거나 합의해 주는 것은 뭐든지 찬양 고무 동조가 된다. 실제로 그렇게 처벌해왔다. 그런데 남북 정부 간에 어떤 합의를 보면, 그걸 성과라고 하는데 반하여 민간 차원에서 국민이 공감하고 합의하면 범죄로 본다. 이건 법적으로도 모순이다. 소위 통치행위론을 동원해도 납득할 수 없는 자가

당착이다. 국가보안법은 '북한공산집단은 반국가단체다'라는 전제 위에서 만들어졌고, 안보의 명목으로 자주 남용되어 왔다. 만약 북한을 정말 반국가단체로 본다면 한국 정부는 무력을 동원해서라도 즉각 이를 토벌 궤멸시켜야 할 책무가 있다. 그런데 박정희 정권은 '7.4 남북공동성명'에서 '조국의 자주적 평화통일' 원칙을 천명했고, 노태우 정권은 '남북기본합의서'에서 휴전선 이북을 북한정권의 관할지역으로 인정하고, 상호 내정에 간섭하지 않는다는 합의까지 했다. 또한 평화애호국가만이 회원국이 될 수 있는 유엔에 함께 가입할 것을 북한에 권유해 남북이 동시에 유엔회원국이 되기도 했다.

그러므로 북한이 반국가단체라는 입법은 위에서 본 한국정부 자신의 제반 조치와 양립할 수가 없다. 다시 말해서, 적어도 북한이 반국가단체라는 주장은 철회된 것으로 보는 것이 논리적이다. 그 후의 '6.15 공동선언'과 '10.4 공동선언', 그리고 남북 정부 간 또는 민간 차원의 교류 협력까지를 아울러 생각한다면 북한이 반국가단체임을 전제로 한 국가보안법의 존재는 큰 모순에 직면하게 된다.

위클리서울 사람이나 폭력이 아닌 법이 지배하는 이른바 근대적 국가원리가 법치주의라고 할 수 있겠는데, 책을 읽다보면 이 법치주의의 명분으로 국민에게 폭력을 행사한다는 느낌을 받는다. 법치주의의 한계란 무엇이라고 생각하나. 그리고 대안이 있다면.

한승헌 법치주의는 치자治者의 자의恣意나 폭력 대신 법에 의해서만 통치를 하라는 것이 그 명제이다. 다시 말해 치자의 지배방식이 법의 근거와 절차와 요건에 합당해야 한다는 것이다. 그런 상향적 견제의 결

법치주의여, 어디로 가시나이까

과로서 국민의 자유와 권리가 보장되는 것, 이것이 근대적 의미의 법치주의다. 국민이 치자에게 통치의 룰을 들이미는 의미가 있지, 국민보고 법을 지키라는 명령과 권능을 치자에게 준 게 아니다.

그런데 한국에서는 대통령이 국민을 향해서 준법을 요구하면서 법치주의를 내세우는 넌센스가 되풀이되곤 한다. 만일 치자 아닌 국민의 준법이 법치주의의 본질이라면, 과거 히틀러 시대나 유신시대가 법치주의의 모범이었다고 말해야 하지 않겠는가. 잘못된 인식을 바로잡을 대안이 몇 가지 있기는 한데, 실효성이 있을지는 의문이다. 먼저 집권자가 법치주의의 본질을 제대로 이해해야 한다. 그리고 국회가 올바른 법치의 실현을 위해 집권자에게 충고하고 감시하고 견제할 책무를 다해야 한다. 여당이 집권자의 눈치나 보며 정치적 하수인을 자처하지 말고, 올바른 국정수행을 위해 쓴 소리도 할 줄 알아야 한다.

그리고 집권자나 권력자들의 잘못된 행위를 법적으로 바로잡고 구제할 책무는 최종적으로 법원에 있다. 따라서 정치적으로 아주 중대하거나 민감한 사안에 대해서 법원은 좀 더 의연해야 한다. 헌법재판소도 반민주적인 입법을 무효면 무효, 위헌이면 위헌이라고 분명한 결정을 과감하게 해야 한다. 그렇잖아도 우리나라는 제왕적 대통령제다. 막강한 그런 권력을 효과적으로 견제해야 법치주의가 바로 선다.

위클리서울 네 권의 선집, 독자들에게 어떻게 읽혔으면 하나.

한승헌 우리는 엄청난 과거사도 쉽게 잊고 넘어간다. 심지어 4.19나 5.16은 물론 유신시대나 긴급조치도 모르거나 잊어버리고 사는 사람이 많다. 불과 몇 해 전의 사건조차도 기억에서 지워진 채 살아간다. 저는 독일의 바이츠제커 전 대통령의 "과거에 눈을 감는 사람은 현재에도 맹목일 수밖에 없다"는 말을 가끔 인용한다. 과거를 바로 알아야 현재를 정확히 볼 수 있고, 나아가서 미래를 내다볼 수가 있다. 그런 의미에서 나의 이번 선집이 국민들의 과거사 망각증을 예방하는 기억 소생 내지 '역사 다시보기'의 촉매가 되었으면 좋겠다. 다시는 이 땅의 비극을 되풀이하지 않도록 마음을 다지는 데 있어 나 정도의 경험자의 필설이라도 일조가 됐으면 하는 바람이다.

위클리서울 좀 가벼운 얘기를 하겠다. 영화 〈변호인〉 어떻게 보았나.

한승헌 무거운 얘긴데…(웃음). 영화의 모티브가 된 사건에 대해 어느 정도 알고 있었기에 스토리에 감동하진 않았다. 그러나 군사독재 하의 용공사건 조작의 실례를 잘 부각시킨 영상물이란 점은 평가할만 했다. 집권세력의 하수인격으로 비친 검찰의 광분을 보면서 나는 그냥 관객의 한 사람일 수만은 없었다. 그 시대의 그보다 훨씬 더 처절한 사례에서 억울한 수난을 당한 많은 피해자들의 처지가 떠올랐던 것이다. 주연 하나 빼면 호화캐스팅도 아닌데, 왜 그렇게 많은 사람들이 봤을까. 게다가 액션 영화도 아닌 법정 영화인데 말이다. 1천만명이 넘는 관객이 몰려들은 이유도 지난날의 폭압정치에 대한 분노의 응어리를 스크린에서나마 씻어볼 수 있다는 기대감 때문이 아니었을까. 사건의 실제 주인공인 고 노무현 대통령에 대한 존경과 추모의 일념도 적지 않게 작용했을 것이다.

위클리서울 최근 유우성 사건(서울시 공무원 간첩조작 사건)에서 증거

재판주의의 장점이 부각되기도 했다. 하지만 영화 〈변호인〉에서는 판사의 재량으로 증거가 삭제됨으로써 결국 그것이 피고인들의 발목을 잡는다. 증거재판주의의 한계는 없는지.

한승헌 재판에서 '사실의 인정은 증거에 의해야 한다'는 게 증거재판주의다. 그런데 실제 재판에서 유죄의 증거로 볼 수 있느냐의 여부는 법관의 판단에 달려 있다. 소송법상으로는 증거능력과 증명력의 문제로 귀착되는데, 유우성 사건의 1심에서는 유죄의 증거가 없는 것으로 판결이 났다. 그런데 그 후 검찰 측에서 항소심 재판부에 낸 증거문서가 모두 위조로 판명이 되자 검찰은 이를 모두 철회했다.

이번 재판에서 만약 중국측 공문서의 위조사실이 밝혀지지 않았다면 어떤 결과가 빚어졌을까. 공문서라 할지라도 판사가 판단하기에 사건의 전반적인 맥락상 유죄의 증거로 볼 수 없다고 본다면 증명력을 부정해 버릴 것이다. 그러나 반대의 경우에는 치명적인 오판이 나올수도 있다. 그것이 증거재판주의의 한계이기도 하다.

앞으로 문제는 그 밖의 나머지 증거만 가지고도 유죄로 볼 수 있느냐 하는 것인데, 항소심에서 1심과 동일한 증거판단을 하는 한 유죄판결이 나기는 어려울 것이다. 그런데도 검찰과 국정원의 체통을 생각해서 검찰이 항소 취하를 못하고 있지 않느냐고 보는 사람이 많다. 외국의 공문서까지 위조해서 유죄의 증거라고 법정에 내놓은 국정원과 검찰에 대해서는 어떤 형태로든지 엄중한 책임을 물어야 한다. 그것이 오히려 두 기관의 공신력을 위해서도 차선책으로 남아 있는 회초리가 될 것이다.

위클리서울 국정원 사태, 전교조 법외노조 사태, 통합진보당 해산청구 사태 등 박근혜 정권 아래서 벌어지는 일련의 사태에 대해서 어떻게 생각하나.

한승헌 정말 떳떳하고 강한 정부는 매사를 돌격정신과 강경책으로 밀어붙이려는 저돌적 방식을 쓸 필요가 없다. 그런데 지금의 정권 수뇌부는 군과 공안 분야의 요직 출신들로 짜여져 있기 때문인지 임전무퇴와 공안적 대응을 능사로 생각하는 것 같다. 단기적으로는 강경이 곧 효과 있는 득책으로 보일지 모른다. 그러나 적어도 민주정부의 본질에 배치되는 극약처방은 국민을 위해서는 물론이고 집권자 자신과 정권을 위해서도 독이 될 수 있다.

위클리서울 「분지」 사건에서 지금까지, 한국사회의 사법부와 사회 분위기 어떻게 변화했다고 생각하나.

한승헌 1965년 《현대문학》지에 실린 소설 「분지」가 용공작품이라는 이유로 그 작가인 남정현 씨가 반공법으로 기소되어 재판을 받게 되었다. 문학작품에 대해 정면으로 반공법을 적용한 충격적인 사례였다. 해방 후 진주한 주한 미군의 성적 만행을 다룬 내용이 반미이자 용공이라는 것이었다. 문학작품에 반공법을 들이댄 군사정권의 처사는 창작의 자유, 표현의 자유에 대한 심각한 위협이었다. 변호인인 나의 무죄 주장과는 달리 판결은 유죄(선고유예)로 끝났다. 그 후로도 반공법을 발동한 필화사건은 속출했고, 표현의 자유는 전반적으로 위축되었다.

독재정권하에서 내렸던 판결들이 이제는 재심에 의해 연달아 무죄판결이 나고 있다. 그동안 사법부가 과오를 저질렀다는 점을 사법부가

법치주의여, 어디로 가시나이까

자인한 셈이다. 문제는 앞으로 또 그런 독재권력의 검은 그림자가 미쳤을 때 과연 사법부 스스로 독립을 지킬 수 있을까 하는 걱정이다. 지금까지 사법부는 재심 무죄 판결을 하면서 간혹 오판에 대한 개별적인 사죄를 한 법관도 있었다. 이제 한번쯤은 공식적으로, 사법부의 이름으로 국민과 역사 앞에 반성과 사죄를 표명했으면 좋겠다.

위클리서울 한 변호사는 스스로 '늘 실패한 변호사'라고 했다. 어떻게 해석해야 하는지.

한승헌 여기서 실패라는 것은 지금까지 내가 변호를 통해서 주장하고 지향했던 성과를 못 얻어냈다는 의미다. 여러 재판에서 죄 없는 사람이 유죄판결을 받고 풀려나야 할 사람들이 징역을 살았다. 그러니 변호인으로서 실패가 아닌가? 제대로 된 사법부가 아니라고도 하지만 변호인인 나로서도 일말의 자책감이 들 수밖에 없다. 적어도 시국사건에 관해서는, 내 변호의 효험이 별로 나타나지 않았다. '피고인의 무죄를 확신하면서 동시에 유죄판결이 나리라는 점도 확신해야 했다'고 참담한 심정을 토로한 적도 있었다.

위클리서울 변호사 한승헌. 어떻게 인권변호사의 길을 걷게 되었는지, 그리고 지금까지 가장 인상 깊었던 사건이 있다면.

한승헌 인권변호사, 참 듣기에 민망한 호칭이다. 변호사란 말 속에 이미 인권을 지킨다는 직분이 내포돼 있다. 우리 한국의 특수한 정치 풍토와 역사의 흐름 속에서 생긴 말이기는 하나, 앞으로는 그런 호칭이 없어지고, 그냥 변호사라고만 해도 당연히 인권변호사라는 인식이 드는 시대가 와야 한다.

60년대만 하더라도 시국사건 변호에 나서는 변호사가 그리 많지 않았다. 그래서 나라도 나서야겠다는 생각이 들었던 것이다. 만일 나마저도 억압당하는 이들을 외면했다가는 나중에 가책을 느끼고 후회할 것 같았다. 당시 피의자나 피고인들의 신념과 용기에 감화를 받아 내 변호의 소임을 버릴 수가 없었다.

가장 기억에 남는 사건은 1974년 4월의 '민청학련 사건'(긴급조치 4호 발동)이다. 특히 그 중 경북대 학생회장 출신의 여정남 씨가 인혁당 재건위 사건 연루자로 조작되어 사형을 당한 것이 가장 가슴 아팠다. 그의 변호인이던 나도 그의 처형 당시, 같은 서울구치소에 수감된 재소자였으니 더욱 기가 막혔다. 그 사건은 30년이 넘은 뒤에 재심에서 무죄가 선고되었지만, 이미 처형된 사람에게 무슨 의미가 있겠는가.

위클리서울 시국사건을 맡을 때 가족들의 반응은 어땠나.

한승헌 가족들은 반대하지 않았다. 내가 변호활동의 와중에 반공법으로 구속되고 감옥살이를 한 뒤에도 집사람이나 아이들이 한 번도 시국사건 변호를 만류한 적이 없다. 오히려 아이들은 아버지를 자랑스럽게 생각했다. 반면, 밖에서 저를 아끼던 분들이 걱정을 많이 했다. 변호사 자격을 박탈당한 지 8년 만에 겨우 복권이 되자, 그만 평범한 변호사로 돌아가서 생계를 챙기라며 전자계산기를 선물한 분도 있었다. 그런데 징역 살고 나온 뒤에 시국 사건에서 손 떼는 건 양심이 허락치 않았다. 그래서 문익환, 임수경, 황석영 같은 분들을 구치소와 법정에서 마주하게 되었던 것이다.

법치주의여, 어디로 가시나이까

위클리서울 한국의 법조계, 그리고 한국 정치와 사회가 향후 나아가야할 방향에 대해 말해달라.

한승헌 이 나라의 법조인들은 신분과 소득에 안주하지 말고, 인권과 사회정의를 위해서 좀 더 적극성을 보여줬으면 좋겠다. 우리의 정치는 지난날 어렵게 쟁취한 민주주의를 퇴색시키는 단계로 후진하고 있는데, 정치인들 스스로의 각성 내지 재활능력은 기대할 수 없어 보인다. 지식인을 비롯한 국민 각계가 민주역량을 강화해 국면을 바로잡는 수밖에 없지 않겠는가.

그런 점에서 교육의 중요성을 생각하지 않을 수가 없다. 지금 우리 교육의 현실은 어떤가. 올바른 세계관을 함양시키는 교육이 아니어서 걱정스럽다. 역사를 장기적으로 보면 느리게나마 조금씩 전진한다. 자동차를 예로 들면 때로는 후진기어가 걸릴 수도 있지만, 그러나 장기적으론 앞으로 나가게 되어 있다.

그 전진을 가능케 하는 배터리 또는 전원電源은 지식인을 비롯한 유권자들의 각성과 헌신과 결집력이다. 절망 가운데서 희망의 싹이 자라는 법이다. 국민 각자의 주권자다운 언행과 참여정신이 세상을 바꿀 수 있다고 믿는다.

(2014. 3. 28.)

역사의 소명에 부응하는
참 언론으로
- 〈한겨레〉 창간 25주년 기념식, 창간위원장 축사

세계 언론사상 초유의 국민주國民株로 탄생한 〈한겨레〉 신문이 어언 창간 4반세기를 맞게 되었습니다. 참으로 감회가 깊습니다. '축하합니다.'라는 흔한 인사말로 넘길 수 없는 벅차는 감격과 감동이 되살아나는 시간입니다.

그동안 〈한겨레〉는 이 나라 자유언론의 지킴이이자 민주주의의 성채로서 제자리를 굳건하게 지키며 자라왔습니다. 저 역사적인 1987년의 6월 민주대항쟁의 도도한 흐름을 이어 받아, 민주언론 구현의 일념으로 무일푼에서 시작하여 새 언론사 설립의 꿈을 기어코 이루어낸 당시의 주역들과 동참자 여러분의 결연한 표정들이 선하게 떠오릅니다. 이미 고인이 되신 송건호 사장님, 이영희 교수님을 비롯하여 〈한겨레〉 신문 창간 단계에서 크게 헌신하신 여러분께 추모와 존경의 뜻을 바치

법치주의여, 어디로 가시나이까

고자 합니다. 또한 〈한겨레〉 창간을 전후하여 열화 같은 성원과 참여를 해주신 국민 여러분, 열악한 환경을 무릅쓰고 우리 신문의 지국을 맡아 고생해주신 여러분 또한 〈한겨레〉의 탄생과 성장의 공로자였습니다. 그리고 열악한 경영환경과 박봉을 무릅쓰고 민주언론의 현장을 지켜주신 역대 〈한겨레〉 가족 여러분께 머리를 숙이지 않을 수 없습니다.

1988년 바로 오늘 치 창간호가 윤전기에서 쏟아져 나올 때의 감격, 가정에서 가판대에서 이 신문을 펼쳐볼 때의 흥분은 곧 민주시민의 자부심이자 다짐으로 이어졌으며, 마침내 권력과 자본으로부터 독립된 참 언론 탄생의 놀라운 역사에 시동이 걸리게 되었습니다. 저 개인 생각으로는, 과연 새 신문이 나올 수 있을까 하는 의문이 아주 가시지를 않았고, 막상 신문이 나온 뒤에도 과연 얼마나 지령을 이어갈 수 있을까 하는 걱정이 지워지지 않았습니다.

창간 초기에는 신문을 집어 들면, 기사보다는 광고란을 먼저 보곤 했습니다. 우스갯소리 같지만 상반신보다는 하반신 쪽에 먼저 눈이 끌렸습니다. 하반신으로 벌어야 상반신이 연명할 수 있는 것이 신문이기 때문입니다. 신문 존립의 그런 냉혹함을 아는 민주시민의 불안과 안타까움이 〈한겨레〉에 대한 진한 애정으로 번져서 〈한겨레〉 4반세기를 뒷받침해 준 저력이 되었다고 믿습니다.

〈한겨레〉는 권력으로부터의 독립을 지키기 위해서 권력의 간섭과 탄압에 굴종하기를 거부했고, 저항과 탄압의 악순환 속에서 온갖 고난과 희생을 무릅써야 했습니다.

1989년 초, 〈한겨레〉의 '방북 취재 기획'이 국가보안법 위반으로 탄압을 받은 것은 그 대표적 예라고 할 것입니다.

한편, 자본으로부터의 독립을 위해서 재벌과의 유착을 거부해야 했고, 여기에 정부의 입김까지 겹친 광고의 격감으로 경영상의 위기를 겪었던 일은 온 세상에 널리 알려진 터였습니다.

이런 갖가지 역경 속에서도 민주언론의 대의大義와 본분을 지키기 위해서 필설로 다하기 어려운 고난을 감수한 역대 〈한겨레〉 사원과 그 가족 여러분께 다시금 경의와 위로의 말씀을 드립니다.

외부세력으로부터의 독립은 참 언론의 직분을 다하기 위한 필요조건이었습니다. '무엇으로부터'의 독립 다음엔 '무엇무엇으로' 나아가는 지향점이 중요합니다.

그 점에서도 〈한겨레〉는 국민이 기대하고 역사가 요구하는 민주언론의 대도大道를 지칠 줄 모르게 달려왔습니다. 주견이 강한 지식인 집단에서 있을 수 있는 내부적인 갈등도 슬기롭게 극복하면서, 또 기존의 언론들이 가해오는 협공에도 의연하게 대처하면서, 20대 중반의 연륜에 걸맞는 패기 있는 언론으로 성장해 왔습니다.

만일 4반세기 전 바로 오늘, 〈한겨레〉 신문이 세상에 나오지 않았더라면, 한국언론사 내지 한국의 민주주의는 어떻게 되었을까를 생각해봅니다.

이 시점에서 우리 국민들은 〈한겨레〉에 대한 치하와 격려를 보냄과 아울러 〈한겨레〉가 이른바 보수의 편견을 바로잡고 나라의 평화와 통일을 지향하는 진보언론의 깃발을 펄럭이며 전진해 주기를 간절히 바라고 있습니다.

민족의 화해와 이 땅의 평화를 위해서, 사회적 평등과 역사의 바른 길을 추구해 나아가는 민족 민주 언론의 선도자가 되어주기를 염원합니다.

오늘 이 자리를 빌어서 지난 25년 동안 〈한겨레〉의 탄생과 발전에 도움을 주신 각계 국민 그리고 애독자 여러분께 마음 깊은 곳에서 우러나는 감사를 드리면서 앞으로의 뜨거운 성원을 당부 드립니다.

지금은 지난 오랜 세월에 걸쳐서 힘겹게 이루어 놓은 민주주의에 후진기어가 걸린 채 위기를 맞고 있습니다.

나라의 앞날을 외면한 채 국민을 오도하는 요설饒舌이 난무하고 있습니다. 오늘날 〈한겨레〉를 이끌어 나가는 여러분께서 이런 상황을 바로잡을 언론의 막중한 사명을 마음 깊이 새겨서 더욱 분발해주시기를 당부 드립니다.

벅차는 기대와 함께 〈한겨레〉를 지켜보는 수많은 국민의 사랑과 성원이 여러분과 함께 할 것입니다.

감사합니다.

(2013. 5. 15.)

법을 통한 사회정의 실현은 가능한가
- 〈한국일보〉와의 인터뷰

한승헌 변호사는 지난 주말 법무법인 광장의 사무실에서 이루어진 인터뷰에서 과거 참담했던 독재 시절 사법체계가 권력자의 야욕을 합리화하는 포장지 역할을 했음을 지적하면서 "소외된 사람들, 사회적 약자들을 위해 법이 가야 할 길은 아직 멀다"고 말했다.

__한국일보__ 지난해 말 『한승헌 변호사 변론사건 실록』을 내신 바 있습니다.

__한승헌__ 저의 변론사건 실록은 한마디로 아픔과 분노의 기록이지요. 분단과 독재의 이중고 속에서 법치주의가 생매장된 시절의 시국사건 얘기입니다. 당시 얼마나 많은 고난과 저항이 있었는지를 동시대인과 후세에 널리 알리고 싶었습니다.

법치주의여, 어디로 가시나이까

한국일보 기억나는 어이없는 기소나 판결은 어떤 것인지요.

한승헌 그 시절 시국사건을 다룬 법정에서는 단상과 단하가 뒤바뀐 듯한 경우도 많았습니다. 1974년 대통령 긴급조치 사건의 경우, 유신헌법 폐지를 주장했다고 해서 군 검찰이 15년 구형을 하고, 다음날 바로 군법회의 판결에서 15년 형을 선고한 적도 있어요. 그래서 제가 법정에서 '한국의 정찰제는 백화점이 아닌 삼각지 군법회의에서 시작되었다'고 힐난한 적도 있습니다.

재일동포 모국 유학생이 방학 때 일본에 돌아가서 '한국에서는 혼·분식 장려로 대학 근처에 분식집이 많다'고 말한 것을 '한국의 식량사정에 관한 국가기밀을 누설했다'고 판결한 웃지 못할 사례도 있었습니다.

또 부천경찰서 성고문 사건의 경우, 그 가해자인 문 아무개 경장은 기소유예로 집에 보내고, 규탄대회에 나간 청년에게는 징역 4년을 구형했습니다. 그 피고인이 화가 나서 법정에서 '검사가 제 정신이 아닌 것 같아서 본 피고인은 검사에게 정신병원 4개월을 구형한다'고 반격하기도 했습니다.

한국일보 지난 2007년 1월 23일 인혁당 사건이 재심에서 무죄로 결론이 났을 때 "피해자는 있는데 정작 가해자는 사과하지 않고 있다"고 말씀하셨습니다.

한승헌 여러 사건이 조작됐지만, 인혁당 사건은 '사법살인'이라는 말이 꼭 맞는 비극이었습니다. 억울하게 숨진 분들이 살아날 수는 없으니 다시금 비통과 분노를 금할 수 없습니다.

이 같은 많은 오판과 참담한 피해에 대해 국가가 사과하고 배상해야 합니다. 사건 관련 검사나 법관들이 법에 의해 기소하고 판결했다며 반성의 기색조차 보이지 않는 것은 유감스럽습니다.

한국일보 보수세력은 현 정권이 자신들을 압박하려는 의도로 과거사 문제에 접근했다고 비난합니다. 미래로 가야 하는 지금 과거에 얽매여 갈등을 만들어서야 되겠느냐고 합니다.

한승헌 독일의 바이츠제커 전 대통령은 과거에 맹목인 사람은 현재에도 눈을 감는다고 말한 바 있습니다. 어두운 과거를 덮어두고 정의로운 미래를 말한다는 것은 이치에 맞지 않지요. 과거사 진상규명 작업은 현 정부에서 처음 시작된 것은 아닙니다.

김영삼 정부 하에서는 쿠데타로 집권한 전직 대통령 두 사람을 사법절차로 단죄했고, 김대중 정부에서도 민주화운동 관련자들의 명예회복을 위해 특별법까지 만들었습니다. 그에 비하면 현 정부의 과거사 진상규명은 사법권도, 강제조사권도 없는 상태에서 어렵게 이루어지고 있습니다.

무엇보다 지금의 진상규명은 여야 합의로 통과된 법에 따라 진행되고 있습니다. 다른 의도가 있다고 보지 않습니다. 로마 교황 요한 바오로 2세는 말년에 동방정교회에 대해 13세기 초의 십자군 전쟁을 사죄했습니다. 8백년 만의 사죄인데 감동적이지 않습니까.

한국일보 사회 분위기는 상당히 보수화됐습니다. 노조가 너무 강하고 파업이 일상화하면서 그런 요구가 제기되는 것은 아닌지요.

한승헌 우리 사회의 보수화에는 수구나 기득권 유지라는 일면이 작용하고 있다고 봅니다. 이 정부가 그렇게 진보적이지도 않습니다. 기본적인 사회정의 추구나 약자 배려를 모두 진보라고 말하기도 합니다. 진보의 본질은 제쳐놓고 자기가 반대하는 세력을 좌경으로 매도하기 위한 가설공사로서 먼저 진보를 거론한다는 느낌도 듭니다. 노조에 대해선 저도 걱정하고 있습니다. 명분 없는 파업이나 강경투쟁은 보수, 진보를 떠나 모두가 용인하지 않는 극단주의이며 국가적으로나 노동자들에게도 큰 손실이 됩니다.

한국일보 사법제도개혁추진위 위원장을 맡아 지난해 사법개혁 관련 법안을 국회로 넘겼습니다. 사법개혁이 한국 사법의 미래에 왜 중요한지요.

한승헌 사법은 사회의 민주화, 국민의 권익 보호에 매우 중요한 국가적 시스템입니다. 그러나 현 사법체계는 시대 흐름이나 민주화 수준에 걸맞지 않는 낙후된 면이 있습니다. 이를 선진화하자는 것입니다. 사개추위가 지난 2년 동안 정성껏 법안을 마련, 국회로 보냈는데 오랫동안 결론을 내리지 않고 있습니다. 유감스럽습니다.

한국일보 핵심은 무엇입니까.

한승헌 국민을 위한 재판, 나아가 국민에 의한 재판을 실현하자는 것입니다. 배심제, 참심제 도입이지요. 배심재판은 미국 영화에 나오니까 대부분 미국만 하는 줄 알고 있습니다. 그러나 선진국 수준의 나라 중에는 일본과 우리만 배심제가 없습니다. 그런데 일본도 2009년부터 시행합니다. 로스쿨, 공판중심주의 등의 형사소송법 개정, 군 사법 개혁도 중요합니다.

한국일보 공판 중심주의에 대해선 검찰 내에 반발기류가 있습니다.

한승헌 공판 중심주의는 조서 중심주의를 벗어나자는 취지입니다. 사개추위 출범 초기 검찰 일각에서 반대 목소리가 나오고 평검사들의 집단행동도 있었습니다. 그러나 여러 차례 협의를 한 끝에 절충안을 마련, 사개추위에서 형사소송법 개정안이 만장일치로 통과됐습니다. 법무장관도 찬성했습니다.

한국일보 검찰은 인신구속권이 영장실질심사제로 약해졌고 조서의 증거능력은 공판 중심주의로, 기소권은 재정신청 확대로 약화됐다고 주장합니다.

한승헌 제도개혁으로 초래되는 검찰의 어려움과 국민의 인권보장을 저울질하면 어느 것이 더 소중한지 답이 나옵니다. 영장실질심사제는 도입 초기에 일부 우려가 있었지만 10년이 지난 지금 얼마나 건실하게 잘 정착됐습니까.

검찰조서의 증거능력 문제는 이미 나와 있는 대법원 판례의 취지를 성문법으로 끌어올린 것입니다. 재정신청 확대는 유신 선포 후 형소법 개악 때 3가지 죄목으로 축소했던 것을 그 이전 수준으로 복원하자는 것입니다.

한국일보 국회로 넘어간 25개 법안 중 6개밖에 처리되지 못했습니다. 법사위가 문지기처럼 막아서고 있다는 지적도 있습니다.

한승헌 국회법을 보면, 법사위는 법률안 등의 체계·형식과 자구를 심사할 권한만 가지고 있습니다. 법사위 아닌 다른 상임위 소관 법안의 내용까지 미리 흔드는 것은 잘못입니다. 국회가 법안 처리를 외면하는 것은 직무태만입니다.

한국일보 로스쿨이 왜 필요한지요.

한승헌 사시제도는 시험과목만 달달 외워 답안을 작성하는 기술에 성패가 좌우되는 시험이 되고 말았습니다. 적어도 국민의 소중한 자유와 권리에 대한 사법판단을 맡는 법조인이 되려면 법조인 양성제도를 바꾸어야 한다는 공론이 10여년 전부터 이어져왔습니다. 로스쿨은 법조인이 갖춰야 할 자질과 지식을 교육하고 다양한 전문 인력을 흡수할 수 있는 장치입니다.

한국일보 판사나 검사의 결정은 관련된 사람의 인생에 엄청난 영향을 줍니다. 그러나 잘못된 기소나 판결에 책임지는 경우를 별로 보지 못했습니다.

한승헌 잘못된 판결에 대해선 최소한 도덕적 책임을 느껴야 하고, 의도적 오판이었다면 경우에 따라서는 법적 책임도 져야 할 것입니다. 미국에서는 법관에 대한 손해배상소송이 많아져 보험회사들이 오판보험 상품을 개발, 많은 판사들이 거기에 가입하고 있다고 합니다.

잘못된 기소로 무죄가 됐을 때 한 인생에 미치는 피해는 이루 헤아릴 수 없습니다. 검찰은 기소사건이 무죄가 되면 근무평점에 약간 감점을 한다는데 이것도 자칫 검사가 무리하게 유죄를 이끌어내는 부작용을 초래합니다. 그래서 처방이 어렵습니다.

한국일보 한국의 미래를 위해 법이나 법조계가 어떤 역할을 해야 할지, 결론적으로 말씀해주십시오.

한승헌 과거 한국의 법은 지배수단의 기능이 컸습니다. 87년 6월 항쟁을 분수령으로 국민의 권리를 보장하는 권력 견제의 기능이 입법상으로 강화됐습니다. 그러나 아직도 중간역 수준입니다. 자유권적 기본권은 확보했지만 사회권적 기본권을 구현하자면 갈 길이 멀지요. 법을 통한 정의실현과 역사의 전진을 위해서는 사회 지도층과 법조인들이 법치주의의 현실적 과제를 깨닫고, 그 해결을 위해 헌신해야 합니다. 특히 국회의원이 국익과 양식에 합당한 입법을 제때에 해야 합니다. 그리고 그것을 국민들이 감시해야 합니다. 또 법원이 지나치게 보수화되면 민주사회의 전진에 장애가 될 수도 있습니다. 특히 최고법원의 구성은 어떤 계층이나 성향에 편향되지 않도록 다변화해야 합니다. 법조계는 특권의식을 버리고 낮은 곳과 약자를 향한 올바른 안목을 갖추어야 할 것입니다.

(2007. 4. 30.)

사형제도 비판이
용공·반국가라는 허구

― 한승헌 반공법 필화사건 재심 공판 최후진술

나는 박정희 정권 치하이던 1975년 봄, 난데없는 반공법 필화사건으로 구속기소되어 징역형이 확정되었는데, 2017년 6월, 42년만의 재심판결에서 무죄선고를 받았다. 이 진술서는 위 재심사건의 공판에서 피고인의 입장과 심경을 밝힌 '최후 진술'이다.

어느덧 80대 중반의 노년에 접어든 제가, 더구나 오래 전에 은퇴한 법조인의 한 사람으로서, 재판장님을 비롯한 재판부 판사님들께 이처럼 번거로움과 심려를 끼쳐드리게 된 것을 송구스럽게 생각합니다. 또한 이번에 저에게 재심의 길을 열어주신 데 대하여 감사의 말씀을 드립니다.

이번 재심사건에 관해서는 저의 변호인과 제가 이미 귀원에 제출한 의견서, 진술서 등 여러 서면을 통하여 구체적인 입장과 견해를 밝힌 바가 있습니다. 또 사건 기록(일부)과 여러 증거 및 자료를 제출하여 나름대로의 입증 또는 소명을 한 바 있습니다. 이에 피고인인 저로서는 귀 재판부에서 그 내용들을 면밀히 살피시어 사안을 판단해 주시기를 바라면서, 다음과 같이 최후 진술을 하고자 합니다.

저에 대한 이번 재심은 '대남 간첩'으로 처형된 김규남 씨가 사후의 재심에서 무죄가 선고, 확정되었기 때문에 이를 재심사유로 해서 열리게 되었습니다. 따라서, (이런 경우에) 저에 대한 종전의 확정판결에 내재된 오류를 재론하는 마당에, 문제된 저의 글이 결코 김규남을 지칭한 것이 아니라 사형제도에 대한 일반적 비판이었다는 기본된 주장에 대해서도 판단해 주시기를 바랍니다.

다시 말해서 이왕 재심을 하는 마낭에 사건의 근본 쟁점을 처음부터 다시 검토하여, 피고인의 1차적 주장 즉, "이 글은 결코 김규남을 지칭하여 쓴 글이 아니기 때문에 무죄다,"라는 판단을 해주시기 바랍니다. 더욱이 대법원 판결에서도 긍정하는 '종합판단설'을 원용하여 사안을 본다면, 이 사건 수사의 시기와 배경(민주회복국민회의 이병린 대표위원 구속의 내막 공개 직후와 시인 김지하 재구속사건의 변호인 사퇴 요구를 거절한 직후에 중앙정보부에 강제연행되거나 구속되었다는 사실 등), 수사당국의 불법적 처사(각종 가혹행위) 등이 단순한 경과사실이나 주변적인 정황이 아니라 글의 내용 못지않게 중요한 사건의 본질을 의미한다고 보아 유무죄 판단의 축이 될 수도 있다고 생각됩니다. 그러므로 다음과 같은 사실도 주목해 주시기를 바랍니다.

첫째, 4만여 부의 독자를 갖고 있는 유수한 월간지 《여성동아》에 게재된 문제의 글에 만일 반공법에 위반되는 내용이 포함되어 있었다면, 공표 후 2년 반이 넘도록 왜 아무런 논란도 없었고, 수사당국이 이를 문제 삼지 않았을 리가 없습니다.

둘째, 그 글이 '간첩 김규남'을 특정하여 애도하였다는 공소사실은 1심 판결에서도 인정한 흔적이 없으며, 피고인이 평소 일관되게 (심지어 현직 검사 재직 당시에도) 사형제도에 대한 비판을 공개적으로 해 온 사실에 비추어 보더라도 달리 반국가적인 의도로 그 글을 썼다고 의심할 여지가 없음이 분명합니다.

셋째, 1심판결이 저의 글을 두고, 난데없이 (공소사실에도 없는) '국가보안법 폐지'를 주장했다며 (공소장 변경 절차도 없이) 유죄 선고를 하였는데, 이것은 형사소송법상의 절차에도 위반되는 오류였습니다. 뿐만 아니라, 사형제도 폐지론은 말할 것도 없고, 국가보안법 폐지 또한 하나의 입법론으로서 공공연히 주장되어왔고, 국회에 법개정안까지 제출되기도 한 터여서, 어느 모로 보나 위법이라고 볼 수 없는 일입니다.

넷째, 그럼에도 불구하고 이 사건이 대법원에서도 "1, 2심이 대남 간첩 김규남의 죽음을 애도하였음을 인정한 것은 정당하다."는 이유로 유죄를 확정(상고기각)하였다는 것은 독재권력에 의해서 사법부가 온갖 시련을 겪던 시절의 불행했던 사법풍토의 영향 때문이었다고 보지 않을 수가 없습니다.

여기서 다시 이 재심사건으로 돌아와 살피건대, 당초 '대남 간첩'으로 유죄가 확정된 김규남이 재심판결에서 '무죄'로 확정된 것은 저에 대한 앞서의 유죄판결을 뒤집기에 족한 재심사유에 해당됨이 분명하며, 이 점은 변호인의 재심청구서를 비롯한 각종 서면과 피고인이 낸 진술서 등에서 이미 밝힌 바와 같습니다.

검찰은 문제된 저의 글이 국가보안법 폐지도 주장했다며, 마치 위 김규남에 대한 재심 무죄판결에도 불구하고, 재심사유에 해당되지 않는 부분이 남아 있는 것처럼 주장하나, (글 속에 그런 내용의 표현을 찾아볼 수가 없을뿐더러) '간첩 김규남' 유죄가 이미 확정판결에 의해서 무너진 이상, '국가보안법 폐지 주장' 운운은 더구나 거론될 여지조차 없는 일입니다.

따라서 저에 대한 이 재심사건에서 위 김규남에 대한 무죄판결은 저의 위 반공법 필화사건을 무죄로 바로잡을 수 있는 충분한 사유가 된다고 믿고, 이런 일련의 사유를 살피시어 부디 저에게 무죄판결을 내려 주시어, 지난 42년 동안의 억울한 누명을 벗겨 주심으로써 뒤늦게나마 재심 법리에 의한 사법적 정의를 천명하고, 저의 명예를 회복시켜 주시기를 간절히 바랍니다.

이 진술을 마치면서 생각나는 바는, 한 사람의 '억울한 죽음'이 밝혀짐으로 해서 (그 반사적 효과로) 저의 억울한 '유죄'가 풀리게 된다는 기막힌 인간사 내지 법적 메커니즘에 개탄과 민망함을 금할 수가 없습니

법치주의여, 어디로 가시나이까

다. 또 한 가지 생각은 사형제도 반대론의 한 축인 '오판'에 의한 사형이 증명됨으로써 역시 '오판에 의한 사형 반대'를 주장한 저의 글의 정당성이 입증되었다는 사실입니다.

끝으로, 권력자 또는 집권자가 비판세력 내지 반대자를 '용공' '반국가' 등의 범죄자로 몰아 박해를 가하고, 심지어 사법의 이름으로 단죄까지 하는, 그런 선례가 재연되지 않는 명실상부한 민주사법의 시대가 구현되기를 간절히 염원합니다.

(2017. 5. 23.)

4장

법조인생의 뒤안길

나의 법조 반세기를 말한다
- 대한변호사협회 회원 포럼 발표 요지

법조인은 나의 제4지망이었다. 교사, 아나운서 그리고 신문 기자의 꿈은 낙방이나 체념으로 접어두어야 했다. 대학 3학년이 되어서야 졸업 후의 취직 걱정을 면하기 위해 뒤늦게 고등고시(사법과) 준비에 들어갔다. 두 번째 도전 끝에 요행히 합격하여 대학 졸업 직후 군법무관으로 입대했다.

4.19혁명이 나던 해 여름 군에서 예편을 하고 검사 발령을 받았다. 초임지는 부산지검 통영지청이었고, 5.16 다음 해 봄에 법무부로 전보되었다. 1년 반쯤 지난 뒤 서울지검으로 옮기게 되었는데, 검사라는 직분이 내 적성에 맞지 않는 것 같아서 1965년 가을 변호사로 전신을 했다. 그때 나는 평범한 변호사로 자유롭게 살고 싶었다.

그런데, 내 그런 설계는 초장부터 수정이 불가피하게 되었다. 박정

법치주의여, 어디로 가시나이까

희정권의 독재에서 빚어진 탄압과 저항의 상승작용으로 시국사범(정치범, 양심수)이 양산되었고, 나는 그들을 외면할 수가 없었기 때문이었다. 그런 사건 변호의 첫 케이스는 작가 남정현 씨의 소설 「분지」 필화사건(반공법위반)이었는데, 그 후 도합 100여 건의 시국사건을 변호하게 되었다.

1972년 가을, 박정희 독재정권은 난데없이 '10월유신'이라는 극약처방을 들이밀었다. 유신헌법에 대한 범국민적인 반대운동이 거세어지자 박정권은 1974년 1월, '대통령긴급조치 1호'를 선포하고 유신헌법에 대한 반대나 개정운동을 징역 15년으로 처단하기에 이른다. 나는 삼각지 언덕에 있는 군법회의 법정에 드나들면서 그 살벌한 분위기를 무릅쓰고 열심히 변호를 했지만 별로 소용이 없었다.

4월에 접어들자 긴급조치 4호가 나왔다. 민청학련 관련자들에게 사형 선고도 할 수 있는 초강수였다. 성명서에만 있었을 뿐 아무런 조직의 실체도 없는 '민청학련'을 사건화하여 180명이나 구속기소를 하였다. 나는 그 중 핵심그룹에 속하는 일부 피고인들의 사건을 맡았는데, 법정에서는 단상 단하의 공방이 계속되고, 발언 제지·경고·애국가 봉창 등으로 분위기가 험악해지자 마침내 피고인에 대한 퇴정명령까지 내렸다. 피고인 전원이 퇴장 당한 가운데 재판부는 나더러 변론을 하라고 했다. 나는 변론을 거부하면서 이렇게 말했다. "본 변호인은 방금 퇴정 당한 청년 학생들을 변호하러 온 것이지, 저기 텅 빈 의자를 변호하러 온 것이 아니다."

판결에서는 사형 7명, 무기징역 7명, 피고인 32명 중 29명이 검찰관 구형량과 똑같은 형을 받았다. 나는 말했다. "이것은 정찰제 판결이다. 한국의 정찰제는 백화점 아닌 삼각지 군법회의에서 확립되었다고 역사는 기록할 것이다." 민청학련의 배후 조종세력으로 조작된 '인혁당 재건위' 관련 피고인 7명과 민청학련사건에서 내가 변호한 여정남 씨는 대법원 확정판결 바로 다음 날 새벽 사형이 집행됨으로서 박정권은 '사법살인'의 오명을 남겼다.

그 무렵엔 일반법원의 재판도 검찰의 공소사실에 '판결'이라는 포장만 씌워주는 통과의례를 벗어나지 못했다.

피고인의 무죄를 확신하면서 동시에 유죄판결이 나리라는 것도 확신(?)해야 하는 변호인의 심경은 참담 그 자체였다. 그런데도 내가 시국사건 법정에 계속 나간 이유는 무엇이었는가? 설령 내 변론이 판결에 반영되지 않는다 하더라도, 불의한 권력 앞에 맨 몸으로 묶여서 끌려온 의로운 한 인간을 외롭지 않게 해주는 한편, 그의 기氣를 살려주고 당당하게 할 말을 할 수 있도록 분위기를 잡아주며, 적법절차에 어긋나는 검사의 공격이나 재판 진행을 감시하고 시정시키기 위해서 나는 변호인석을 지켰다. 위법 부당한 재판의 현장을 직접 보고, 이를 역사와 국민 앞에 증언하기 위해서도 나는 변호인석을 떠날 수가 없었다.

1975년의 먼동이 트자 나는 '남산'(현 국정원의 전신인 중앙정보부의 별칭)에 연행되어 반공법위반으로 조사를 받았다. 대한변호사협회 회장을 역임하신 이병린 변호사께서 구속당한 이면을 언론에 알린 다음 날 중정에 끌려갔던 것이다. 뜻밖에도 2년 반 전에 쓴 「어떤 조사」라는 글을 문제 삼아 '북괴 주장에 동조한' 내용이라고 몰아붙였다. 사형제도를 비판한 에세이를 가지고 억지를 부렸다. 2박 3일의 곤욕을 치르고 풀려 났으나, 액운은 아직 남아 있었다. 김대중 전 신민당 대통령 후보의 선 거법위반 사건의 변호에 골몰하고 있는 중에 김지하 시인이 인혁당 사 건 조작설을 일간지에 기고했다가 또 구속되었다. 나는 그의 변호인단 을 구성하고 그 선임계를 서울지검에 직접 낸 뒤에 중정으로부터 변호 인 사퇴 요구를 두 번 받았다. 그러나 나는 이를 거부했다. 그리고 중정 으로 다시 끌려가 전에 입건해둔 필화사건으로 구속되어 서울구치소에 수감되었다. 당시로서는 기록이라 할 129명의 대변호인단의 노력과 국 내외 각계의 항의 · 진정에도 불구하고 대법원까지 유죄판결로 일관했 고, 몸은 구속된 지 9개월 만에 항소심에서 집행유예로 풀려났다. 나는 변호사 자격마저 박탈당하고 하루아침에 실업자가 되었다. 법률잡지의 주간으로 일하다가 아내 명의로 '삼민사'라는 출판사를 등록하고 출판 을 시작했다. 그러면서 재야 민주화·인권운동을 계속했다.

1979년의 10.26사태로 박 대통령이 운명한 뒤, 뜻밖에도 전두환 소 장 일파는 총격전 끝에 육군참모총장을 구속하는가 하면, 소위 '김대중 내란음모 사건'을 조작하여 DJ를 비롯한 야권 인사를 대거 구속하는 변 란을 일으켰다. 나도 5월 17일 밤 남산으로 끌려가서 이틀 모자라는 두 달 동안 지하실에서 갇힌 채 어이없는 수모와 고문을 당하면서 조사를 받았다. 소위 신군부의 집권 야욕에 장애가 되는 DJ의 목숨을 노린 재 판극은 억지와 분노로 점철되어 국가보안법 위반과 내란음모의 유죄로 막을 내렸다. 피고인 24명 중 '김대중 사형'을 비롯하여 대부분 중형이 떨어졌고, 나는 계엄법 위반으로 징역 3년이 확정되었다.

서울구치소에 갇혀 있던 우리는 항소심 선고가 있던 날, 남한산성 밑에 있는 육군교도소로 전격 이감되었다. 해가 바뀐 1981년 1월 어느 날, 안기부 요원이 와서 '준법 각서'를 쓰면 석방시켜주겠다는 제의를 했다. 내가 이를 거부했더니 이틀 만에 김천소년교도소로 이감이 되었다. 훗날 나는, 내가 소년처럼 천진난만한 사람이어서 소년교도소로 보낸 것이라고 둘러대며 웃었다. 그 전 해 성탄절을 앞두고 석방 기도를 간절히 했으나 그냥 넘어갔는데, 김천으로 와서 모범수(?) 생활을 하고 있던 다음 해 5월 어느 날 이른 아침 교도관이 와서 '석방'이라며 징역 보따리를 내준다. 뜻밖이었다. 나와 보니 그 날이 부처님 오신 날이었다.

1983년 8월에야 나는 복권이 되었다. 구속된 때로부터 치면 8년만의 일이었다. 나는 다시 시국사범의 변호에 나서지 않을 수가 없었고, 재야 활동에도 힘을 기울였다. 1987년의 '6월민주항쟁' 때는 민주헌법쟁취국민운동본부'(약칭 '국본')의 상임공동대표로서 70여 명의 변호사들과 함께 '국본'에 참여했으며, '6.10', '6.26'의 범국민적 궐기·시위에 30여 명의 변호사들과 거리 행진에 나서기도 하였다.

1998년 봄, 김대중정부가 출범할 때, 나는 감사원장으로 임명을 받고 다음 해 9월 정년퇴임할 때까지 이 나라 최고감사기구의 책임자로서 봉직했다. 감사원의 직무상 독립을 견지하고 감사의 민주화를 추진했으며, 감사원장의 정년을 65세에서 70세로 연장해놓고 퇴임한 것을

법치주의여, 어디로 가시나이까

다행으로 생각한다.

　감사원장 퇴임 후 나는 박우동 변호사(대법관 역임)의 권유로 법무법인 '광장'의 일원이 되어 지금까지 10년도 넘게 '고문변호사'의 예우를 받아오고 있다. 재야 법조계로 복귀한 뒤, 2005년 연초부터 2년 동안 사법제도개혁추진위원회 위원장으로 일했다. 결코 순탄하지는 않았지만 민주적인 논의과정을 거쳐 성안된 25개의 사법개혁 법안은 국무회의를 거쳐 정부안으로 국회에 제출되었다. 그런데 당시 야당이던 한나라당의 제동으로 그 일부만 입법이 되고 대부분은 방치되는 난관에 봉착했다. 언론은 한나라당이 사법개혁의 발목을 잡고 있다고 했다. 그래서 나는 한나라당 지도부를 찾아가 "한나라당이 발목을 잡고 있다기에 나는 여러분의 손목을 잡으려고 왔다."며 회기 내 입법을 역설했다. 큰 관심의 대상이던 '로스쿨법'이 회기 종료 3분 전에 가까스로 국회 본회의를 통과하여 그나마 다행스러웠다. 그 외에 공판중심주의 강화, 국민의 형사재판 참여에 관한 법률 및 양형기준제 도입 등은 획기적인 성과였다고 생각한다.

　나는 일찍이 저작권법에 관심을 갖고 공부를 해왔다. 특히 두 번에 걸쳐 22개월 동안 감옥살이를 하는 동안 집중적으로 저작권법 분야의 책을 읽었고, 마침 우리나라가 국제저작권 보호문제로 선진국들의 압력을 받을 때인데다 아직 저작권 전문가가 드물 때여서 나의 짧은 지식이나마 활용할 기회가 많았다. 그러다 보니 대학(중앙대, 서강대, 연세대 등)에도 여러 해 동안 나가게 되었고, 그 분야의 저술도 두어 권의 책으로 펴낼 수가 있었다. 지금까지 내가 낸 책은 문고판까지 합치면 30여

권이 되지만, 거기엔 자원 낭비의 부끄러움이 없지도 않다. 다만 『한승헌 변호사 변론사건 실록』 전 7권과 『분단시대의 법정』 등은 그런대로 의미가 있는 실록물이라고 자부한다.

내가 법조 반세기의 체험에서 절실히 느낀 바는 사법부의 독립에 대한 우려와 개탄이었다. '외풍'뿐 아니라 '내풍'의 위험도 경계대상이었다. 검찰은 정치적 종속과 검찰권 남용을 반성해야 하며, 변호사는 윤리강령 첫머리에 명시된 대로 '사회정의와 인권옹호의 실현'에 좀 더 헌신했어야 옳다. 가장 오래된 과제야 말로 가장 새로운 과제라고 했던가?

(2010. 4. 15.)

*추기: 나에 대한 위의 반공법 위반 사건은 2017년 6월 22일, 서울지방법원의 재심 판결에서 무죄가 선고되어 그대로 확정되었다.

법치주의여, 어디로 가시나이까

분노하고 부딪히고 갇히기도 한 세월

— 〈경향신문〉 '이종탁이 만난 사람' 인터뷰

한승헌 변호사의 삶은 '시국과 함께'다. 시국에 웃고, 시국에 분노하고, 시국과 부딪히고 시국에 갇히면서 평생을 살아왔다. 여기서 시국時局이란 '현재 당면한 국내외 정세'를 뜻한다. 그러니까 정세에 따라 양지와 음지를 극에서 극으로 오간 게 한승헌의 인생이다. 때론 차디찬 감옥에서, 때론 비서가 승용차 문을 열어주는 고위관직에서 어제를 보내고 오늘을 맞았다. 그렇게 굴곡진 인생을 살다보면 한 번쯤 때 묻은 길로 가고 싶은 유혹을 느낄 만도 하지만 희수喜壽를 넘긴 그의 여정에 오점汚點 하나 보이지 않으니 문자 그대로 표상表象 같은 삶이 아닐 수 없다.

존경받는 원로는 사회를 떠받치는 기둥이다. 원로가 지나온 길을 더듬어보고 그 연륜年輪을 새기는 것은 미래를 위한 사회적 양분養分이 된다. 시국이 엄중할수록 사회 원로를 찾게 되는 이유다.

한승헌 변호사를 만나러 그가 근무하는 로펌의 고문 사무실에 들어섰을 때 첫 눈에 들어온 것은 문서 더미다. 사방의 벽에 책이 빽빽이 꽂힌 것으로 모자라 소파에도 겨우 한 사람 엉덩이 붙일 면적만 빼고는 자료들이 산더미처럼 쌓여있다. 말끔하게 정리된 사무실에서 짤막한 회의 또는 전화 몇 통으로 밥벌이를 하는 여느 고문과는 다르다는 인상을 준다. 감사원장을 마치고 이곳으로 온 뒤 사건을 직접 맡지는 않는다고 했는데, 사무실 풍경만 보면 여전히 현역 같다.

이종탁 언젠가 인터뷰 기사를 보니까 "새해는 정리의 해로 삼겠다"고 하셨더군요. 한해 동안 정리 얼마나 하셨습니까.

한승헌 그때 그렇게 대내외에 선포를 했지요. 사무실 책도 정리하고, 살림도 정리하고, 생각과 인생까지 정리하려고 했습니다. 그때는 자서전도 마무리한 뒤였기 때문에 한가閑暇할 줄 알았거든요. 그런데 아니더군요. 이런 저런 행사에도 나가고 강의도 하고, 글도 좀 쓰다 보니 '정리'에는 실패했어요. 제가 조상 때부터 한가韓家였는데 한가하지 못했어요.

첫 답변에서부터 특유의 유머감각이 배어나온다. 시국 얘기를 할 때 한승헌의 눈빛은 형형하고 표정은 진지하다. 군살 한 점 없이 깡마른 그의 얼굴이 펴질 틈이 없다. 하지만 그런 외양을 보고 한승헌을 꽉 막힌 엄숙주의자로 생각한다면 오판이다. 그는 남을 웃기는 데 선수다. 사람 목숨이 왔다 갔다 하는 재판정에서, 머리칼 치솟는 치열한 시국 현장에서 말 한마디로 분위기를 바꿀 줄 아는 보기 드문 재능의 소유자다.

유머라고 하면 음담패설이나 인터넷에 떠도는 우스갯소리 모음을 떠올리기 쉽다. 하지만 한승헌의 유머는 대부분 체험에서 나온 창작물이다. 건전하면서 품격이 있다. 예를 들면 한국외국어대 이사장 취임식에서 그는 "여러분, 알고 보면 저도 외대 출신입니다"라고 말한다. 사람들이 속으로 "어, 저 분은 외대 출신이 아닌데 무슨 말이지?"하며 귀를 쫑긋 세울 때 이렇게 말한다. "외대 출신, 외부대학 출신이죠."

김대중 대통령 집권초기 청와대에 갔을 때였다. 한 인사가 "청와대는 감옥과 같은 곳"이라고 대통령의 고충을 이야기하자 그가 즉석에서 되받았다.

"아니죠. 다릅니다. 감옥은 들어갈 때 기분 나쁘고 나올 때는 기분 좋은 곳인데, 청와대는 반대로 들어올 때는 기분 좋은데 나갈 때는 섭섭한 기분으로 떠나는 곳이잖아요."

김 대통령을 비롯해 모두가 폭소를 터뜨린 것은 물론이다. 그의 유머감각을 잘 아는 DJ가 재야에 있을 때 "우리가 정치자금도 궁색하고 하니 한 변호사 뒤를 따라다니며 유머를 받아적어 책을 내서 돈 좀 많이 벌어보자"라고 농담처럼 말한 적이 있는데, 실제 그는 두 권의 유머 책을 내 10쇄 이상을 찍는 대단한 성과를 거두기도 했다. 당대 최고의 유머작가로 인정받은 셈이다. 내친 김에 유머와 관련한 궁금증부터 물어보자.

이종탁　끊임없는 유머가 어디에서 만들어지는지 궁금합니다. 평소에 연구를 하시나요.

한승헌　연구를 하면 논문이 나오지 유머가 나오지는 않습니다. 답답한 세상, 정색을 하고 살아야 하는 현실에서 해방되고 싶은 본능이 내

안에 잠재돼 있다고나 할까요. 내 어머님은 촌부로서 학교도 안 다닌 분이지만 재담을 잘 하셨어요. 어머니의 그런 DNA를 물려받았는지 모르겠어요.

품격있는 유머는 웃기는 얘기를 웃지 않고 말한다는 특징이 있다. 한승헌에게 "유머가 많으십니다"하고 인사를 건네면 "제가 가난한 농부의 아들로 태어나 엄마 젖만 먹고 자랐는데 무슨 유모(머)가 있겠어요?"라고 일부러 정색을 하고 받아넘긴다.

이종탁 요즘 유머가 경쟁력이라고 합니다. 어느 자리에 가서도 좌중을 웃기는 사람을 보면 부럽거든요.

한승헌 유머는 일상의 삭막함을 치유해줍니다. 게다가 평화적이고 원가가 안 들며 아무리 즐겨도 면세라는 장점이 있죠. 선진국에선 아무리 격조있는 행사라 해도 주최측이 단상에 올라가 1~2분내 웃기는 말을 꼭 던지곤 합니다. 그렇게 분위기를 잡은 뒤에 본론으로 들어가는 거죠. 그에 비하면 우리는 상하를 막론하고 너무 엄숙 일변도입니다. 우선 정치인들이 유머를 제대로 활용할 줄 알아야 하는데, 여의도 쪽을 보면 유머와는 너무 거리가 멀거든요. 유머의 만인화, 이게 저의 바람입니다.

그러면서 한승헌은 두 가지 이야기를 들려줬다. 그가 KTX를 타고 전주를 가다가 깜박 모자를 놓고 열차에서 내렸다. 아차 싶어 코레일에 전화를 걸었더니 익산역에 보관중이니 찾아가라고 했다. 다음날 역무

법치주의여, 어디로 가시나이까

실에 가 모자를 건네받은 그는 이렇게 외쳤다고 한다.

"아, 마침내 모자상봉을 했도다!"

또 하나, 그가 사회복지공동모금회 회장을 할 때였다. 청와대에서 고액 기부자들을 초청해 오찬을 하는 자리에서 그가 말했다.

"제가 어원연구를 한 결과를 말씀드리겠습니다. 기부를 영어로 도네이션Donation이라고 하는데 이건 우리 말 '돈내시오'에서 나온 말입니다. 그러니까 도네이션의 어원국답게 앞으로도 기부 많이 해주시기 바랍니다."

그의 유머사례는 이밖에도 무궁무진하다. 유머집에 실린 예화가 아니어도 그의 입에서는 날마다 새로운 유머가 나온다. 그를 처음 보는 사람은 거의 예외없이 "인상이나 직업이나 성향으로 보아 딱딱한 사람으로 알았는데, 의외로 재미있는 분"이라는 반응을 보인다. 그럴 때 그는 "그러니까 제가 이중인격자 아닙니까"라고 말해 또 한 번 웃긴다.

사회적 지위가 올라가면 크고 작은 자리에서 한 마디 해야 할 때가 많다. 공석이든 사석이든 마찬가지다. 아랫사람이 써준 글을 앵무새처럼 읽거나, 도덕교과서에나 나올 법한 언사를 지루하게 되풀이해서는 좋은 인상을 줄 까닭이 없다.

반면 유머가 있는 사람은 어디 가도 환영 받는다. 특히 사회적 지위가 있는 사람이 격조 있는 유머까지 구사하면 부드럽게 돋보인다. 한승헌을 한번이라도 만났거나, 청중석에서 연설을 들어본 적이 있다면, 절대 한승헌을 잊을 수 없는 이유다. 오늘날 한승헌이 사회원로로 존경받는 것은 인품과 학식, 덕망 덕분이지만 남다른 유머감각도 한몫 했다고 하지 않을 수 없다. 그런 점에서 유머는 한승헌의 인생에서 성공으로 가는 결정적 터닝 포인트인 셈이다.

되짚어보면 성공으로 가는 그의 인생 열차는 양지가 아니라 음지에서 출발했다. 사법고시(당시는 고등고시 사법과)에 합격해 검사가 되고, 5년 만에 사표 내고 나와 변호사가 되었을 때까지만 보면 양지의 삶이라 할 수 있다. 그 길로 계속 갔다면 호의호식 할 수는 있었을지 모르나 존경받는 사회원로가 될 수는 없었을 것이다.

그를 고난의 길, 그러나 궁극적으로는 보람있는 삶의 길로 접어들게 한 최초의 계기는 1965년의 「분지」 사건 변호였다. 공안당국이 그해 3월호 《현대문학》에 실린 남정현의 단편소설 '분지'에 터무니없는 용공 혐의를 씌워 작가를 기소하자 한승헌이 변호인 선임계를 내고 변호에 나선 것이다. 당시 중앙정보부는 '나는 새도 떨어뜨린다.'는 말이 있을 만큼 무소불위의 권력을 휘두르던 기관. 「분지」 사건의 변호인이 된다는 것은 그 기관에 정면으로 맞선다는 것을 뜻했다. 그것이 얼마나 겁나는 일인지 삼척동자도 짐작할 만한 상황에서 그는 그 길을 가겠다고 결심했다.

그 후 중앙정보부 발표 사건은 한승헌의 단골 차지가 됐다. 남한의 문화 예술인과 유학생들이 동베를린의 북한대사관 공작원과 접선해 간첩활동을 했다고 하는 동백림 사건, 정권의 부정부패를 고발하는 시를 썼다고 시인 김지하를 구속한 「오적」 사건, 서승 서준식을 고문한 것으

법치주의여, 어디로 가시나이까

로 유명한 '재일동포 유학생 간첩단' 사건, 일본의 한국어잡지《한양》에 기고를 해 반국가단체를 이롭게 했다는 이유로 이호철 임헌영 정을병 등을 구속한 문인 간첩단 사건. 그밖에 유신헌법 관련사건, 대통령긴급 조치 위반사건 등 시국사건 법정이 열릴 때마다 한승헌은 거의 예외없 이 변호인석에 자리했다.

시국 사건의 재판은 정권의 주문에 따라 각본이 미리 짜인 상태에서 진행되기 일쑤였다. 그러니 변호인이 이길 가능성은 아주 희박할 수밖 에 없었다. 박정희 정권 때 야당의원이던 김상현이 감옥에서 2년 복역 하고 풀려나온 뒤 "한 변호사가 변호한 사람치고 징역 안 간 사람이 없 다"고 농弄을 할 정도다. 한승헌은 "내가 변호한 사람 치고 석방 안 된 사람 있느냐. 최악의 경우 만기석방으로 다 나왔다"고 맞받아쳤지만, 서 슬 퍼런 상황에 대한 회한이 없을 수 없다.

이종탁 가장 기억에 남는 시국사건은 어떤 것입니까.
한승헌 어느 사건인들 잊을 수 있겠습니까? 그래도 굳이 하나를 꼽 으라면 1975년 4월의 민청학련 사건을 들어야겠지요. 박정희 대통령 이 긴급조치 1호를 발동했는데, 그것 하나로 정권유지를 못하겠다 싶었 는지 하나를 더 발동한 게 4호예요. 그 4호 위반이라고 해서 민청학련 사건으로 조사받은 사람이 1000명이 넘었고 군법회의에 구속 기소된 사람만도 180명이었습니다. 피고인 수도 엄청났지만 고문에 의한 조작 이나 재판 결과도 터무니없고 혹독했어요. 사형과 무기징역이 무더기 로 선고되었으니까요.

민청학련 사건은 유신정권이 저지른 대표적 용공조작 사례로 꼽힌다. 중앙정보부의 후신인 국가정보원은 2005년 진실규명위원회 조사를 통해 당시 사건을 "학생들의 반정부 시위를 공산주의자들의 배후조종을 받는 인민혁명 시도로 왜곡한 학생운동 탄압사건"이라고 시인한 바 있다. 이를 근거로 사법부는 재심재판을 거쳐 사건 관련자들에게 무죄를 선고하고 국가가 손해를 배상해야 한다는 내용의 판결을 했다.

하지만 이건 30년 뒤의 일이고 당시는 어둠의 시절이었다. 1심 재판부는 피고인 7명에게 사형을 선고했고, 7명에게는 무기징역을 선고했다. 사형과 무기를 빼고 긴급조치 1호와 4호에 걸려 형을 받은 203명의 형기를 합산하면 2000년이 넘는다는 계산이 나왔다.

이런 재판이 순조롭게 진행될 리 만무했다. 변호인의 변론이라고 정상적일 턱이 없다. 악몽과도 같은 당시 상황을 떠올리는 한승헌의 목소리가 나지막히 가라앉는다.

<u>한승헌</u> 재판은 소란의 연속이었어요. 법정에서 경고, 휴정, 항의가 잇따랐죠. 한번은 피고인들이 애국가를 부르자, 재판부가 피고인 전원을 퇴정시켰어요. 그래 놓고 나더러 변론을 하라고 하길래 피고인석을 가리키며 '나는 학생들을 변호하러 왔지, 저 바닥의 빈 의자를 변호하러 온 게 아니다'고 버텨서 결국 피고인들을 입정시키고 다시 변론을 한 적도 있어요. 어느 피고인은 검사가 '사형'을 구형하니까 '영광입니다'라고 했죠. 그때 잡혀간 사람들이 나중에 보니 정계나 사회에서 큰 역할을 하더군요. 역설적이지만 피고인 선발을 잘 했더라고.

법치주의여, 어디로 가시나이까

이종탁 사형이 무더기로 집행되었잖아요.

한승헌 1975년 4월 8일(한승헌은 이 날짜를 정확히 기억하고 있었다) 대법원에서 인혁당 재건위사건의 판결이 선고되고, 그 중 8명에 대한 사형이 확정되자 18시간 만에 전격 집행이 됐어요. 내가 변호한 피고인 중에 경북대 총학생회장이던 여정남 군이 있었는데, 그도 형장의 이슬이 되고 말았어요. 당시 나는 김지하 재구속 사건의 변호인을 사퇴하라는 중앙정보부의 요구를 거부했다가 반공법에 묶여 구치소에 수감돼 있었는데, 여 군이 저승의 문으로 끌려가는 것도 모르고 감방에서 잠을 자고 있었어요. 나중에 그 사실을 알고 어찌나 마음이 아팠는지, 지금도 잊을 수 없죠.

당시 공안당국은 민청학련의 배후에 인혁당이 있다며, 그 연결고리로 여정남을 지목했다. 민청학련 사건으로 사형을 선고받은 다른 사람들은 훗날 형 집행정지로 풀려났지만, 여정남은 인혁당 피고인 7명과 함께 형 집행을 당했다. 한승헌이 변호한 사람 가운데 끝내 석방되지 못한 딱 한 사람의 예외인지라 아무리 세월이 흐른다 해도 머릿속에서 지워질 수 없는 것은 당연하다.

그 무렵 한승헌은 어처구니없는 일로 그 자신이 구속이 됐다. 1972년 《여성동아》 9월호에 「어떤 조사弔辭」라는 제목으로 사형 제도를 비판하는 내용의 에세이를 기고했는데, 3년 가까이 지난 75년 3월 갑자기 이 글이 간첩을 애도한 용공성이 있다며 당국에서 반공법 위반으로 붙잡아간 것이다. 누가 보아도 정권의 억지 행패임이 분명했지만 소위 공권력은 그를 0.75평의 좁은 독방 감옥에 아홉 달 동안 가둬놓았다.

그가 회고하는 감옥살이 첫 날 밤이다.

널거닝 하고 문 닫히는 소리와 동시에 독방에 던져진 몸이 됐다. 얼떨떨했다. 희미한 백열전구가 높은 천장에 매달려서 가냘픈 불빛의 신호를 보내고 있었다. 사방 벽을 둘러보았다. 낙서가 여기저기 남아있었다. '하루속히 자유를 찾으세요'와 같은 위로의 말도 있었다. 밤이 깊어진 듯하여 잠자리에 들기로 했다. 좁은 공간에 뺑끼통(변기)까지 놓여 있으니 과연 감옥은 감옥이었다. 청결할 리 없는 침구를 깔고 덮고 자리에 누워 보았다. 천장에 매달린 전구는 밤새 졸면서도 켜진 채로였다. 문득 집 생각이 엄습했다. 어머니와 아내, 어린 것들은 얼마나 놀라고 불안한 심경일까. 그러나 어차피 겪어야할 고난이라면 부끄럽지 않은 자세로 이겨내고 나가야지 하고 다짐했다."

감옥에서 의연하게 지내는 가장 좋은 방법이 독서다. 한승헌은 책 중에서도 저작권 분야의 책을 많이 읽었다. 향후 지식사회가 되면 저작권 문제가 부각될 것이라고 앞을 내다보기도 했지만, 다른 책에 비해 교도소 검열을 통과하기 쉬워서 선택한 측면도 있었다. 아무튼 이때의 공부 덕분에 그는 훗날 국내에서 선두주자격인 최고의 저작권 전문가가 된다. 문자 그대로 위기를 기회로 만든 본보기라 할 수 있겠다.

그런 면에서 한승헌은 재소자를 '국비장학생'이라 표현하기도 한다. "감옥 안에 있으면 결혼 청첩장도 안 오고 장례식장 조문 갈 일도 없으며 전화 받을 일도 없고, 나들이 갈 곳도 없다. 의식주를 정부가 보장해주는데다 안전사고의 위험도 없다. 주는 밥 먹고 식기 닦아서 엎어놓고 운동

법치주의여, 어디로 가시나이까

하고 들어오면 달리 할 일이 없어 면학분위기가 최고"라는 것이다. 그렇다고 감옥행을 자원할 일은 아니겠지만 다른 방도가 없을 때 주어진 환경을 최대한 자기 계발에 활용하면 좋은 결과가 온다는 것을 시사한다.

이종탁 보통 사람들이 겪기 어려운 음지와 양지를 극과 극으로 오갔습니다.

한승헌 세속적인 기준으로 보면 삶의 현장을 음지와 양지로 구분할 수 있겠지요. 하지만 저는 음지에서 더 많이 다져진 사람입니다. 음지에서 자라고 영양 섭취도 하고, 그러다 충전해서 양지로 나오기도 하고, 또 양지에 있다가 음지로도 가고, 냉탕 온탕 바꿔가며 살았습니다. 음지와 양지는 서로 호환성이 있는 것 같아요. 어느 쪽이든 나를 단련하고 의지를 다지고 실력을 높이는데 모판이 됐으니까요. 그래도 전체로 보면 음지 생활이 더 진솔하고 값졌다고 할 수 있습니다. 제가 원서 내고 들어간 것은 아니지만 감옥이나 실업자 생활 같은 음지가 있었기에 세상을 바르고 깊이 있게 볼 수 있게 된 거죠.

훗날 돌이켜 보면 값진 체험이었다고 생각되지만, 막상 직면했을 때는 결코 즐거울 수 없는 게 음지생활이다. 1980년 5.17이 터졌을 때 한승헌은 남산 지하실로 끌려가 모진 고문을 당한 끝에 김대중 내란음모 사건 연루자로 몰려 1년간 감옥살이를 또 했다. 그렇게 '전과 2범'이 되는 바람에 변호사 자격을 도합 8년 남짓 박탈당했고 먹고 살 길이 막막해 부인 명의로 출판사(삼민사)를 차려 간신히 생활고를 해결한 적도 있다. 40대를 역경과 고난의 세월로 보냈다.

이종탁 여러 사람 고생시킨 사건들도 결국 진실이 드러나지 않았습니까.

안승언 당시 시국사건의 피고인들은 정권의 탄압에 맞서 '후세의 역사가 심판할 것이다'라는 말을 자주 했어요. 나는 그때 후세의 역사? 하품 나는 이야기다, 하며 얼마쯤 자조적이었죠. 앞이 칠흑같이 캄캄한데 어느 세월에 그런 후세가 오겠느냐는 생각이었어요. 그런데 후세도 아닌 당대에 판결을 통해 무죄가 선고되고 역사가 바로잡혔으니 얼마나 다행인지 모릅니다. 대통령긴급조치 1호가 위헌이라는 대법원 판결이 나왔을 때 과거 내가 쓴 상고이유서를 꺼내 읽어봤어요. 거기에 제가 긴급조치 위헌론을 분명히 지적해 놓았더라구요. 유신헌법 자체에 문제가 있는데, 그 유신헌법에 비추어보더라도 긴급조치 4호는 그 발동요건을 갖추지 못했으니 무효다, 라고 말입니다. 그런데도 당시 대법원은 피고인의 상고를 묻지마식으로 기각했어요.

이종탁 주로 돈 안 되는 시국사건을 맡아오셨는데 생활하는데 어렵지는 않았는지요.

한승헌 나보고 무료변호사라고 하는 사람이 있는데, 듣기 민망합니다. 그런 분들에게 제가 그럽니다. 제가 돈은 안 받았지만 수표는 좀 받았다고요. 변호사가 모든 사건을 무료로 변론한다면 먹고 살 길이 없겠지요. 어려운 사람에게는 무료로 하고, 지불능력이 있는 사람에게서는 다과 간에 보수를 받았죠. 당시엔 저보다 더 어두운 음지에서 고난을 무릅쓰는 사람들이 많았습니다. 바른 세상 위해서 사서 고생하는 사람들, 그들에 의해 세상이 이 만큼이라도 나아지고, 역사가 발전하는 것이

법치주의여, 어디로 가시나이까

라고 저는 믿습니다.

　　이종탁　선생님이 사서 고생한 케이스 아닙니까.

　　한승헌　저는 원서 쓰고 감옥 간 게 아니고 토정비결에 의해 강요된 고생을 한 거예요. 그 시절엔 진짜 사서 고생하는 사람들이 많았어요. 제가 2008년 5월, 민변 창립 20주년 행사에서 그랬어요. "우리가 남들과 뭐가 다르냐, 사서 고생하는 변호사들이란 점 아니겠느냐, 그러니 앞으로도 사서 고생 좀 더 합시다"라고요.

　　'사서 고생한다'는 말은 우리에게 너무나 익숙한 고전이다. 옛날 어른들은 여기에 '젊어서'라는 말을 넣어 '젊어 고생은 사서도 한다'고 했다. 귀에 딱지가 앉을 정도로 많이 들은 말이지만 정작 이 말을 가슴으로 느껴서 행동으로 실천하는 사람은 많지 않다.

　　이종탁　요즘 대학생들은 사서 고생은 고사하고 당장 취업이 안 돼 사회적 의식을 가질 만한 분위기가 안 돼 있다는 생각이 듭니다. 젊은이들에게 하고 싶은 말씀 좀 해주십시오.

　　한승헌　언제나 선배 눈에는 후배들이 철부지 같고 걱정스러운 게 사실이죠. 그래도 요즘엔 대체로 생활환경이 좋아지고 더러는 유복하다 보니 젊은이들이 겉치레나 자기 일신의 안위, 편안한 것, 즐기는 것 등에 탐닉하는 경향이 있습니다. 젊은이라면 마땅히 가져야 할 사회적 관심이나 정의감이 희박해진 것 같아요. 물론 역사의 소명을 자각하고 치열하게 올바른 길을 걷고자 하는 젊은이도 있지만 그 수가 너무 적은 것 같아 안타깝습니다. 이들에게 자각을 주려면 학교 교육, 사회교육이 제대로 돼야 하고, 무엇보다 기성세대가 바르게 살면서 본을 보여줘야 합니다. 그러기에 나이든 세대가 먼저 자성을 해야 되겠죠. 젊은이를 향한 개탄이 우리 자신을 향한 개탄으로 부메랑이 되어 돌아옵니다.

옛날 어렸을 때 고생한 이야기를 자주 하는 노인을 가리켜 '꼰대'라고 한다. 이런 고약한 속어를 어떻게 아무 저항감 없이 사용하게 됐는지 알 수 없지만 젊은이들 사이에 꽤나 퍼져 있는 인식인 것은 분명하다. 입장 바꿔 생각해 보자. 1934년생 노인의 눈에 21세기 세태가 얼마나 마음에 들까. 그래도 세대 이야기가 나오자 어른의 성찰을 먼저 거론하는 것을 보면, 적어도 이 분에게 그런 속어를 쓰는 것은 온당치 않은 것 같다.

사실 한승헌의 파란만장한 삶은 여느 노인들의 판에 박힌 이야기와는 차원이 다르다. 한 토막 한 토막이 깨어 있는 현대사의 증거이자 이 나라의 살아 있는 역사다.

그는 서예가 유희강劍如 柳熙綱 선생이 내려준 '산민山民'이라는 아호를 즐겨 쓴다. 그래서 『산민객담』이라는 제목의 책을 두 권이나 내기도 했다. "산민을 러시아 말로 하면 빨치산이 된다"고 유머를 날리는 그는 실제 전북 진안군 안천이라는 두메산골에서 태어났다. 보통의 아이들이 도시를 꿈꾸며 대처로 나가길 바랐지만, 그는 순진하게도 부모님 농사일 도우며 농촌에서 사는 게 자식된 도리라고 여겼다. 그래서 중학교 진학도 하지 않으려 했으나 아무리 가난해도 배워야한다는 부모 말씀에 따라 교사가 되기로 마음 먹고 전주사범학교에 응시했다. 그러나 체력 테스트에서 높이뛰기를 못해 낙방하고 말았다. 그 뒤 전주북중에 들어가 신문배달과 좌판 행상을 하면서 공부했고, 전북고(뒤에 전주고로 개칭)에 들어가서는 도장 명함집 기능공, 프린트 필경사 같은 아르바이트를 하며 학비를 벌었다.

주경야독晝耕夜讀의 생활이었지만 고교 졸업식때 졸업생을 대표해 답사를 할 만큼 성적은 좋았다. 대학 진학 때 적지 않은 고민이 됐다. 학교에선 서울대를 권유했고, 그도 가고 싶었지만 첩첩산중에서 외롭게 지내는 부모님을 생각할 때 집에서 멀리 떨어진 부산(당시는 한국전쟁의 와중이어서 서울의 대학들이 임시수도 부산으로 피난 와 있었음)으로 갈 엄두가 나지 않았다고 한다. 결국 전북대에 입학원서를 내면서 "절대 후회하지 않겠다"고 다짐을 했고, 그 후 "그 다짐을 한 번도 어긴 적이 없다"고 한다.

한승헌이 다짐을 단단히 했다지만 후회 없이 산다는 게 생각만큼 쉬운 것은 아니다. 그 역시 사법고시 구술시험에서 어느 시험관으로부터 "한 군은 전북대학에 재학중이구먼. 가만있자, 전북대학이 어디에 있더라? 광주에 있던가?"하는 말을 듣고 수험생 신분을 망각할 정도로 기분이 상한 적이 있다고 고백한다. 아마도 그가 학벌로부터 자유로워진 것은 사회적으로 당당해지면서일 것이다. 고등고시 사법과 패스라는 국가 공인 타이틀도 작용했겠지만, 더 중요한 원천은 어떤 상황에서도 불의를 배격하고 정의와 명예의 길을 걸어왔다는 지식인의 자부심이다.

그는 애초부터 법조인을 꿈꾸었던 것은 아니라고 털어놓는다. 변호사는 자신의 네 번째 지망이었다. 첫 번째 지망은 일찍이 무산된 교사이고, 두 번째 지망은 방송국 아나운서로 KBS 입사시험을 보기도 했으나 실기 테스트에서 탈락했다. 세 번째 지망은 언론인이었으나 1950년대 중반 언론계의 병리적 풍토와 사이비 언론인의 비리 행태에 실망해 단념했다고 한다.

하지만 훗날 그는 이 무산된 직업을 모두 체험하게 된다. 한국외대 재단이사장과 중앙대 신문방송대학원 객원교수, 연세대 법무대학원 초빙교수를 역임하고, 지금은 전북대와 가천대 석좌교수로 있으니 가르치는 일은 충분히 한 셈이다. 또 텔레비전과 라디오 프로그램에 자주 출연했고, 방송위원회 위원 및 시청자위원회 위원장을 하면서 방송국을 드나들었으니 직업적 아나운서에 못지않은 경험을 쌓은 셈이다. 그리고 언론인은 명실상부한 그의 직함이다. 그는 일찍부터 신문 잡지에 많은 글을 써왔다. 엄혹하던 시절 〈한겨레〉 신문 창간위원장을 맡기도 했으며, 유력 일간지의 고정필진으로 칼럼을 쓰기도 했다.

한승헌의 직함은 여기서 그치지 않는다. 그는 시인이며 문인이다. 저작권 관련 책에서부터 평론집, 산문집, 유머집, 시집 등 다양한 분야에서 서른 권 이상의 책을 냈고, 그 중 일부는 일본에서 번역 출판되기도 했다. 음지와 양지를 극과 극으로 오갔지만 결국 하고 싶은 일을 두루 경험했으니 더 이상 바랄 게 없는 인생이란 생각이 든다.

명망가들이 한번쯤 유혹에 빠지기 쉬운 길을 그가 끝내 가지 않은 곳이 있으니 정치권이다. 한승헌은 유력 정치인 김대중과 친분도 두터웠고, 사회적 신망도 높아 마음만 먹으면 공천과 당선은 떼놓은 당상이라고 해도 과언이 아니었다. 하지만 그는 한 번도 정당에 가입하거나, 정치에 직접 참여한 일이 없다. 1995년 지방자치단체장을 처음 선거로 뽑을 때 전북지사에 출마해 달라는 요청을 받았다. 그때 찾아온 야당 부총재에게 그는 "나는 전북지사보다 애국지사가 되겠다." "전북지사보다 서울본사가 더 좋다"며 유머러스하게 거절한 일화가 전해진다. "정치는 내 적성에 맞지 않고, 잘할 자신이 없기 때문"이라는 게 그의 설명이다. 정치에 발을 들여놓은 뒤 망가진 명망가가 한둘이 아니라는 점을 떠올리면 그의 소신이 무척이나 다행스럽게 느껴진다.

그가 정치를 무시하거나 피하는 것은 물론 아니다. 유신정권 때 시국사건의 피고인과 변호인으로 만난 이미경 의원에 대해서는 후원회장을 맡아 물심양면으로 지원한다. 한명숙 민주통합당 대표와 박원순 서울시장 후보의 후원회장을 맡은 바도 있었다. 정치가 세상을 바꾼다는 신념 아래 정치후원자의 역할만큼은 쉼 없이 하는 것이다. 이제 마무리 질문을 할 시간이다.

__이종탁__ 그동안 여러 분야의 일을 하셨는데 가장 자랑스럽게 생각하는 직업은 무엇입니까.

__한승헌__ 비록 제4지망이었지만 변호사입니다. 변호사는 남을 위해, 세상을 위해 심부름할 수 있는 기회와 지위, 권능이 주어지는 직업이거든요. 물론 선생 기질도 살리고 싶어요. 지금 학점 나가는 강의를 하는 석좌교수 치고 제가 전국 최고령 아닌가 모르겠어요. 많이 아는 것은 없어도 후진들에게 나눠주고 싶고 봉사하고 싶어요."

이종탁 요즘도 시를 쓰시나요.

한승헌 아니, 욕심처럼 그렇게 문학이 생산되지 않더군요. 쓰고는 싶은데 의욕한 대로 되지 않네요. 만물의 영장이라는 사람도 몇 분 안에 만들 수 있는데, 몇 줄로 끝낼 수도 있는 시는 아무리 머리를 써도 잘 안돼요. 세상에서 사람 만들기가 제일 쉬워요, 잠깐이면 되니까. 허허, 이 말은 절대 쓰지 마세요"

막판에 분위기를 가볍게 하기 위해 그가 유머를 날린 것이나, 얼굴색 하나 바꾸지 않고 말하는 통에 나는 금방 알아듣지 못했다. 잠깐의 시간이 지난 다음에야 "아, 예…." 하며 웃었는데, 노인의 언어감각을 따라가지 못하는 이런 둔감함이란.

(2010. 12. 27.)

법치주의여, 어디로 가시나이까

리더의 서재에서 — 한승헌 편

— 〈아시아경제〉와의 인터뷰

한승헌 변호사(사법제도개혁추진위원장)의 프로필을 정리하려면 원고지 1장으로는 어림도 없다. 물론 팔순을 넘긴 나이라 살아온 이력도 시공간적으로 짧고 좁지 않아서이겠지만 법과 법정, 문학과 해학 그리고 한국 근현대사의 격랑을 헤쳐오며 시대의 아픔을 함께해온 궤적이 가히 일가를 이루고도 넘쳐나기 때문일 터이다.

'시국사건' '인권변호사' '필화 사건' 등이 등장하는 역사의 현장에 항상 함께했던 한 변호사는 한때 변호사직을 박탈당하고 끼니마저 걱정해야 하는 처지였고, 국민의 정부 때는 관료들의 저승사자인 감사원장이라는 고위 직책을 지낸 굴곡진 인생을 살아왔지만 항상 신념과 웃음을 잃지 않은 것으로 유명하다.

그의 호는 산민山民이다. 산 사람, 즉 산골 출신, 혹은 촌사람이라는 뜻일 것이다. 하지만 감옥을 두려워하지 않는 용감하고 양식 있는 인권 변호사, 감성어린 시인, 골계 미학이 넘쳐나는 수필가, 풍자적 칼럼니스트, 저작권법 전문가, 엄정한 감사원장 등 그에게 따라붙는 다양한 타이틀을 보면 그는 단순한 산 사람이라기보다 짙고 푸르른 태산 그 자체임이 틀림없다.

윤승용('리더의 서재'에서 인터뷰어) 산토끼하고 발맞춰 다닌다는 산골에서 자랐다는데, 제대로 책이나 볼 수 있었는가?

한승헌 첩첩산중인 전북 동북부 진안고원에서 태어났다. 일제강점기여서 참 먹고 살기 힘든 시기였는데 산골이라 더 심했다. 고등학교와 대학시절에는 사실상 거의 고학을 하고 지내느라 제대로 공부도 못했다. 신문 배달, 잡지 외판, 좌판 노점상, 도장집에서 도장 파기, 인쇄소 필경사까지 했다. 하지만 돌이켜보면 그런 산간 지역에서 고학하며 소외되고 불쌍한 사람들을 보면서 자라온 것이 인생관 형성에 크게 영향을 미친 것 같다.

윤승용 40여 권의 저서를 보면 역사적 체험도 다양하지만 폭넓은 독서 이력을 엿볼 수 있다. 청소년기의 독서는 어떠했는가?

한승헌 초등학교는 일제강점기 하에서 다녀서 제대로 책을 볼 만한 게 없었다. 해방 후인 1947년 중학교에 입학했으나 조잡한 세계문학전집 외에는 역시 책다운 책이 없었다. 그때 우연히 접한 『백범일지』는 내게 평생 큰 감동과 위안을 준 책이다. 책 사볼 돈이 마땅찮아 전주 시내 책방에 가서 시사 잡지를 즐겨 봤다.《민족 공론》《삼천리》등의 잡

법치주의여, 어디로 가시나이까

지가 기억난다. 지금 생각해 보면 참으로 불쌍한 세대다.

윤승용 출판사를 운영하기도 했던데?

한승헌 1975년 잡지 《여성동아》에 쓴 「어떤 조사」란 글이 문제가 돼 반공법 위반 혐의로 실형을 살고 8년 간 변호사 자격 정지를 받았다. 사형 반대에 대해 쓴 에세이가 문제가 된 건데, 제목 그대로 사형 집행된 사람에 대한 조사의 형식을 빌려서 사형 제도를 비판했었다. 내가 1975년 초에 시국 사건을 맡으면서 김대중 대통령 선거법 위반 사건과 김지하 씨 사건 등을 변호 중이었는데 중앙정보부에서 사퇴하라고 했었다. 그런데 사퇴를 안 하고 버텼더니 보복으로 그 글을 문제 삼아 반공법으로 몰아세운 것이다. 여러 사람의 도움을 받으며 살았는데 생활의 방편으로 출판사를 차렸다. 책을 40여 권 냈는데 처음에는 제법 장사도 됐다. 당시 유명 필자였던 김동길, 지명관 선생님들의 원고를 내가 받을 수 있었던 거다.

윤승용 법조인이면서 문인들과 교류가 깊은 것도 흥미롭다.

한승헌 물론 내가 시를 좋아하면서 시인협회 회원 등으로 문단의 말석을 차지한 덕도 있지만, 각종 필화 사건 변호를 하다 문단에 가까워진 측면도 있다. 김지하의 「오적」 사건, 남정현의 「분지」 사건, 월간 《다리》 사건, 조금 성격은 다르지만 마광수 교수의 『즐거운 사라』 사건 등 각종 필화 사건을 도맡았다. 군사 정부 시절에는 출판사들의 이적 표현물 관련 사건 등도 맡았다. 민족문학작가회의 이사를 맡기도 했다. 어느 자리에서 저를 문인이라고 표현하길래 내가 그랬다. 이때의 문인은 '무인武人'이 아니라는 뜻이라고.

윤승용 유머에 관한 일화도 많던데, 예를 들면 국제 저작권포럼에서 영국 대표가 "한국은 출판물 해적 국가"라고 몰아붙이자 "영국인이 해석을 욕하면 조상을 모독하는 것이지요."라고 맞받아쳤다. 마광수 교수가 소설 『즐거운 사라』로 공연음란죄로 기소되었을 때 "재판관 세 분 모두 이 소설을 읽고 성적으로 흥분한 일이 없을 테니 음란물이 아니다."라고 한 적도 있다. 유머의 자산은 어떻게 얻었나?

한승헌 어머님이 무학이셨지만 머리가 좋으셔서 뒤늦게 한글을 깨우치시고 이제는 소설책도 읽으실 정도가 되셨다. 어머님은 아무리 힘들더라도 항상 웃음과 해학을 잊지 않으셨다. 어릴 적 삶의 연륜이 배어 있는 어머니가 들려주신 한마디 한마디가 나에게는 소중한 웃음의 자산이다.

윤승용 인생에서 가장 좌표로 삼는 말은?

한승헌 '자랑스럽게 살지 못할망정 부끄럽게 살지 말자'가 내가 가진 소신이다.

(2014. 7. 11.)

우울한 시대의 삶과 유머

― 〈경향신문〉 '유인경이 만난 사람' 인터뷰

"저는 지난 연말에 법무법인 '광장'을 떠나 집에서 칩거하고자 합니다. 앞으로도 변함없는 편달을 바라오며 새해 뜻하시는 일이 두루 이루어지길 빕니다."

연초에 한승헌 변호사에게서 이런 연하장이 왔다. 올해 한국나이로 팔순이니 직장을 떠나는 것이 의외는 아니지만, 지난해 10월에 『유머수첩』이란 책을 펴내고 모교인 전북대에서는 물론 가천대에서 석좌교수로 직접 강의까지 하는 등 활발한 활동을 하신 분이 돌연 '칩거'라니…, 혹시 지지성명도 내고 고문으로 활동한 문재인 후보의 낙선 충격 탓은 아닐까. 48퍼센트의 국민들이 실망하고 '멘붕'이란 말을 쓰기도 하는 요즘, 박정희 대통령 당시에 교도소를 드나들고 민주화운동에 앞장선 한승헌 변호사는 어떤 심정일까. 엄혹한 시기와 감옥에서도 항상 유머를 구사한 그에게서 2013년을 밝고 긍정적으로 맞는 비법을 전수받고 싶었다. 인터뷰는 칩거하는 집이 아닌, 법무법인 광장의 회의실에서 이뤄졌다.

유인경 왜 광장을 떠나셨습니까.

한승헌 변호사는 법적으로는 정년 규정이 없지만, 나이든 선배가 자리를 비워주는 게 당연하다고 생각했습니다. 감사원장을 그만두고 법무법인 광장에 와서 13년이란 세월을 보냈어요. 선배로서 후배들에게 조언이나 자문도 해주긴 했지만 법정에 서거나 구치소 접견 등의 일을 하진 못했지요. 제 이름을 건 사무실은 사라졌어도 여전히 인연은 맺고 있습니다.

유인경 왕성하게 활동하시다가 너무 한가한 시간을 보내시면 스트레스를 받는다던데요.

한승헌 전 조상 때부터 '한 가'여서 늘 한가했습니다. 또 스트레스의 달인이어서 스트레스 충격도 덜합니다. 광장에 있으면서도 사회복지공동모금회 회장, 사법제도개혁추진위원회 위원장, 외대 재단이사장, 헌법재판소 자문위원 등의 직분을 다 했고, 지난해까지 가천대에서 '문화예술과 법'이란 과목을 직접 강의했어요. 아마 한국에서 학점을 주는 과목의 강의를 한 최고령 교수였을 겁니다.

그런데 기말고사 시험에 한 학생이 답안지 여백에 '교수님의 만수무강을 기원합니다'란 글을 적었더군요. 건강 기원도 아니고 만수무강 기원이라니 내가 얼마나 노인으로 보였나 싶어 충격을 받았어요. 그래서 강의도 접었어요.(웃음) 아무튼 올 한 해는 대외활동을 극소화하고 주변 정리를 하려고 합니다. 몰입도 중요하지만 해방이나 휴식도 필요하지요.

법치주의여, 어디로 가시나이까

되돌아보는 시간도 갖고 싶습니다.

유인경 '만수무강'이란 말의 충격만큼이나 이번 대선 결과에도 충격을 받으셨지요.

한승헌 저뿐만 아니라 이번 대선 후에 집단우울증에 시달린다는 이들이 많더군요. 선거 다음날, 주변 사람들과 전화를 주고받으며 다들 '어떡하죠?'라기에 '할 수 없잖아요. 어떻게 해서든지 5년은 더 살고 봐야지'라고 했어요. 그랬더니 '아니 그때 가서도 실패하면요'라고 하더군요. 그래서 제가 또 그랬죠. '그럼 그때부터 5년 더 살아봐야겠지'라고요. 아무튼 박근혜 당선인이 우리 노인들의 평균수명 연장에 크게 이바지한 셈입니다.

유인경 그런데 선거 당시에 박정희 시대를 기억하면 반유신투쟁을 했다는 이들이나 동교동계 인물들이 박근혜 후보를 지지한 것도 충격적이지 않았나요.

한승헌 충분히 그럴 만한 분들이라 크게 충격을 받진 않았습니다. 과거 민주화운동을 했거나 동교동계 적자임을 주장한 이들이지만 실상 몇 년 전에 한나라당에 공천 신청해서 선거에 나갔다가 떨어지기도 하고, 이미 민주당 내지 야권을 떠난 사람들이에요.

유인경 이번 선거에 50대의 90퍼센트가 투표에 참여하고, 나이 많은 어르신들이 박근혜 후보의 당선에 앞장서서 자칫 세대갈등으로 비쳐지고 있습니다. 일부이긴 하지만 노인들의 대중교통 무료승차도 폐지해야 한다는 의견도 있었고요.

한승헌 세상만사가 결과만 가지고 원인이나 이유를 소급 분석하는 경우가 많습니다. 야권이나 진보 성향의 국민들이 볼 땐 아쉬운 패배이지만, 제가 볼 땐 잘 싸운 선거였어요. 그런데 세대간 갈등은 물론 진 싸움에서도 서로 탓을 하고 성패를 논하더군요. 호남에서 새누리당이 두 자릿수가 나왔다, 영남에서 야권 득표율이 높았다는 등의 지역분석은 의미가 없어요. 영남 인구가 압도적으로 많잖아요. 인구 편차를 논하기 전에 수도권을 비롯한 전국에서 압도적인 지지를 받았어야 했습니다. 아무튼 이제는 서로 상대에게 탓을 돌리는 것이 아니라 서로 위로하고 등을 두드려줘야 합니다. 이럴 때일수록 유머가 필요하지요.

유인경 변호사님의 경우엔 감사원장 등의 경력이며 강단 있는 외모 등 부드러운 것과는 거리가 멀어 보이는데, 평소 유머러스한 말솜씨를 갖고 있는 것은 물론 유머 책만 세 권이나 펴냈습니다.

한승헌 그러니까 저는 이중인격자입니다.(웃음) 사실 유머란 행복하고 만족스러울 때보다는 힘들고 엄혹할 때 그걸 이겨내기 위한 편법으로 자연스럽게 우러나는 경우가 많습니다. 2004년에 산민객담('산민'은 그의 아호) 시리즈로 『유머산책』, 2007년에 『유머기행』에 이어 지난해 말에 『유머수첩』을 냈어요. 제가 『정치재판의 현장』『분단시대의 법정』 등 전문서적도 제법 냈는데, 정작 유머책이 더 인기예요. 특히 이번에 나온 『유머수첩』은 MBC의 〈PD 수첩〉이 운명을 다하게 되었기에 제가 '수첩'이란 명칭을 살리고자 살짝 부활을 시킨 겁니다. 세상 사람들이 엄숙하고 진지한 이야기보다는 유머러스한 해학을 더 좋아하는 것 같습니다. 즐겁자고 쓴 책을 다들 좋아해주니 다행이죠. 직업이나 저술의

법치주의여, 어디로 가시나이까

본류가 아닌 외도가 본도가 된 셈입니다만….

유인경 힘들고 어려울 때 유머가 더 많이 나온다면서요.

한승헌 유복하고 즐거운 상황보다 그 반대의 토양에서 싹트는 유머가 더 멋지지요. 유머는 현실로부터의 해방감, 각박한 것에서 벗어나는 여유로움, 고통을 다독거리는 위로감과 진통제의 효과를 줍니다. 감옥살이를 하면서 저도 모르게 유머가 줄줄 나오더군요. 당장 내일 어떻게 될지 알 수 없고, 너무 억울하고 답답한 상황에서 그나마 이겨내는 힘이 유머였지요. 감옥에서 일찍 석방되려면 국경일 특사가 그 기회인지라 애국심도 없는 이들이 국경일만 기다립니다. 제 경우 날씨가 추워져 견디기 힘들어 '제발 성탄절 특사로 나가게 해달라'고 간절히 기도했는데, 정작 다음해 부처님 오신 날 특사로 나오게 되자, 친구들한테서 '네가 믿는 하나님은 널 안 빼주고 왜 부처님이 석방시켜 주셨냐'란 비아냥을 들었어요. 그래서 제가 '성탄절 무렵에 하나님께서 좀 바쁘셨냐. 그래서 부처님께 특별히 부탁을 하신 거겠지'라고 해서 종교화합도 시도했지요.

유인경 평소 생활에서 유머 소재를 찾아야 한다고 강조합니다. 그게 어디 쉬운가요.

한승헌 유머란 단순히 웃기는 것이 아니라 인생을 관조하고 살짝 비틀거나 확 뒤집어서 교훈이나 즐거움을 주는 것입니다. 남의 것을 흉내내거나 재탕하면 그저 싱거운 이야기일 뿐이어서, 저는 주로 체험유머란 걸 구사한다는 자부심이 있습니다.

2006년엔가, 『한승헌 변호사 변론사건 실록』이 범우사 창사 40주년 기념 출판으로 간행되어 KBS에서도 특집프로그램을 만든다며 서울구치소 앞에서 현장 촬영을 하기로 했어요. 서울구치소는 이미 다른 곳으로 옮겨갔고 그 자리는 지금 기념관처럼 되어 있어서 입장료를 받더군요. 제가 '아니 구치소에서 입장료를 받아요? 예전엔 무료 입장에다 한번 들어가면 나올 때까지 의식주를 국가에서 해결해주었는데, 잠깐 들여다보고 나온다는데도 돈을 받다니 세상 참 나빠졌구만'이라고 하니까 다들 웃어요. 담당 직원도 따라 웃더니 그냥 들어가라고 하더군요. 특별히 봐주는 거냐니까, '아뇨. 65세 이상은 무료거든요'라는 겁니다.

나이 탓인지 제 건강상태를 묻는 지인들에게도 '고혈압, 당뇨, 관절염 등 성인병에 안 걸린 것을 보니 나는 아직 미성년인 것 같다'고도 합니다. 감기가 걸렸을 때도 '내 감기는 주한미군이다, 한번 들어오더니 나갈 줄 모른다. 그래도 난 반미주의자는 아니다. 커피 주문할 때는 아메리카노만 시킨다'고도 하죠.

<u>유인경</u> 우리나라 정치 수준이 낮은 데는 정치인들의 유머감각이 너무 없어서라는 지적도 있습니다.

<u>한승헌</u> 아마도 유교사상에 너무 길들여져서 지나치게 엄숙주의에 젖어 있는 것 같습니다. 또 정치인들은 부드러운 유머보다 독설에 익숙하기도 하고요. 다들 너무 '차렷' 자세로만 살아서 몸과 정신이 경직되어 있어요. 때론 '편히 쉬어'도 필요하고, 야구로 치면, 직구만이 아니라 변화구도 필요하지 않나요. 엉뚱한 유머는 오히려 안 하느니만 못합니다. 이명박 대통령이 전에 '박근혜 씨가 부모님을 일찍 잃어서 '유머' 감

각이 없다'란 말을 했어요. 남을 비하하거나 약점 또는 아픈 데를 들추는 것은 유머가 아닙니다. 미국 등 외국의 경우에는 유머 전문 스피치 라이터가 대통령과 그 부인에게 유머 원고를 써주어가지고 기자회견 등에서 잘 활용하기도 합니다.

유인경 만나본 분 중 유머감각이 탁월한 정치인은 누구였나요.

한승헌 김대중 대통령이 뜻밖에도 유머러스했어요. 평생 고난과 탄압에 시달려 굉장히 딱딱할 것 같지만, 공·사석에서 유머를 잘 구사하셨습니다. 전두환 정권 때 그분이 미국 망명생활을 마치고 귀국하는데 그 비행기에 미국의 언론인, 정치가, 종교지도자 등 외국인들이 많이 동행했어요. 당시 정부에서 'DJ는 사대주의자'라고 비난하니까 그분 말씀이 '내가 그 사람들을 따라다녔으면 사대주의자일지 몰라도, 그들이 나를 따라왔는데 왜 내가 사대주의자냐'고 맞받아쳤어요.

이명박 정부의 청와대 비서실장이 당시 민주당 손학규 대표에게 찾아와 정부 요직 지명자들이 부동산투기, 표절, 탈세 등의 문제가 많지만, 흠이 좀 있더라도 덮어달라고 했어요. 손 대표가 '그 흠을 다 덮으려면 아주 넓은 담요가 여러 장 필요할 텐데'라고 답했더군요. 인명진 한나라당 윤리위원장도 철새처럼 당적을 자주 옮긴 정치인들이 공천 신청을 하자 '사람에게 공천을 줘야지 왜 새에게 공천을 주냐'는 일침을 가한 것이 기억에 남습니다.

유인경 검사 출신이기도 하고 사법제도개혁추진위원장도 지냈습니다. 정치검찰은 물론 뇌물검사, 성검사 등 말이 많은데 검찰개혁은 가능하다고 보나요.

한승헌 검찰이 명실상부하게 정치권력으로부터 독립하려면 집권자와 검찰 총수의 양심과 의지가 가장 중요해요. 검찰의 정립성과 독립성을 위해 검찰총장 임기제를 두고 있지만, 잘 지켜지지도 않고 있잖아요. 검찰 중립이 안 되니까 '공비처'라고 고위공직자나 대통령 친인척을 수사하는 별도의 수사기관을 두자 하는데, 그 기관이라고 해서 하루 아침에 공정무사한 검찰이 된다는 보장도 없고, 옥상옥이 되기 쉽습니다. 대통령이 검찰 개혁의 의지가 있어야 하고, 청와대가 권력 정상부에서 간섭을 하지 말아야 진정한 개혁이 됩니다. 청와대나 권력 상층부에서 국가기관에 간섭을 많이 하는 건 두 가지예요. 대통령 자신이 그러니까 참모들이 쥐어짜는 게 있고, 정상의 한 분은 그렇게까지 생각을 않는데 주변의 인물들이 과잉충성이나 자기존재감을 높이기 위해서, 혹은 둘 다 복합적인 경우가 있지요. 지도자의 의지가 투철하고 주변이 깨끗하면 검찰개혁도 가능하다고 봅니다. 지도자건 검찰이건 입신한 분들이 그 후엔 헌신을 해야 하는데 다들 입신양명에만 신경을 쓰니….

유인경 이젠 정말 칩거하실 생각입니까.

한승헌 아주 '방콕'으로 가서 살긴 어려울 것 같아요. 석좌교수로 모교인 전북대학과 가천대학에 가끔 특강은 나가지만, 되도록 공적인 영역에서는 이름도 몸도 빼고 명실상부한 은퇴쪽으로 가고 있습니다. 지난 연말에 전북대학교에서 중앙도서관에 제가 기증한 책들을 모아 제 아호를 딴 '산민문고'를 만들었습니다. 또 지난해 12월 3일부터 연말까지 전북대 개교 65주년 기념으로 저와 관련된 자료를 모아 소장자료

법치주의여, 어디로 가시나이까

특별전을 열었는데 반응이 좋아 1월 말까지 연장했다고 하더군요. 1월 말까지는 제가 일본에 관련해 쓴 글을 모아 늦은 봄쯤에 일본 출판사에서 책 한 권이 발간됩니다. 민족문제연구소에서 '유신의 추억'이란 전시회를 연다기에 재판기록 몇 건을 주었는데 전국 순회전시를 한다고도 하고요. 그래도 공적인 일들에선 물러나려 합니다. 제가 그동안 일복, 인복, 책복이 많아 평생 바쁘게 즐겁게 살았는데 일복은 줄이려고요.

어이없는 언행으로 황당해서 웃게 만드는 정치인들, 얼굴은 솜사탕처럼 부드러운데 가슴은 벽돌처럼 딱딱한 사람들 사이에서 한승헌 변호사의 존재가 더욱 귀하기만 하다. 팔순의 한승헌 변호사를 만나고 돌아오는데 조인성이나 원빈을 만난 것보다 더 행복했다. 유머바이러스는 이처럼 중독성과 마취력이 강하다.

(2013. 1. 16.)

의로운 피고인들에게서 나도 '오염'
－〈한겨레〉'길을 찾아서' 연재하는 한승헌 변호사

30여년 인권변호, 진실을 증언하겠다

1965년, 검사 임용 5년 만에 "죄를 추궁하는 쪽보다는 억울함을 대변해 주는 쪽이 맞는 것 같아" 옷을 벗은 그는, 변호사로 개업하자마자 작가 남정현의 「분지」 필화사건을 맡은 이래 반공법 사건 전문으로 '낙인' 찍혔다.

75년 「어떤 조사」 필화사건 때와 80년 '김대중 내란음모 사건' 때, 두 차례 '반공법 위반'으로 구속돼 8년 동안 변호사 자격을 박탈당하기도 했다. 현역으로 활동한 30년 남짓 동안 100여건의 시국 사건을 맡아 수많은 양심수들을 변론했다.

"심판관석(군법무관), 검찰관석, 변호인석, 피고인석, 방청인석까지 두루 거쳤다. …구속과 복권으로 두 번이나 변호사가 되는 행운을 누

법치주의여, 어디로 가시나이까

렸고, 감옥만 해도 서울구치소를 재수하고, 육군교도소를 거쳐 50대를 바라보는 나이에 소년교도소(김천)에도 가봤다. 우리나라 교도소 네 종류 중에서 여자교도소만 못 가본 기록이다." 1997년에 펴낸 『정치재판의 현장』에서 그는 자신의 파란만장한 법조 인생을 이렇게 정리해 놓기도 했다.

"난, 자타가 공인하는 '지기만 하는 변호사', '늘 실패하는 변호사'였지만 한 번도 후회한 적은 없어요. 난 피고인 복이 아주 많은 변호사였지요. '징역 가면서도 나에게 고맙다고 인사 안한 사람이 없을 정도니까요."

그는 지금껏 자신이 만난 시국사건 피고인들 대부분이 정의와 민주화를 추구하다 핍박받은 사람들이었던 덕분에, 그들에게 '오염'돼 깨닫고 감화를 받아 한평생 흔들리지 않고 살 수 있었다고 말했다.

못 밝힌 얘기 쉽고 재미있게 쓰겠다

그런 그가 이번 〈한겨레〉 연재 요청을 기꺼이 수락한 까닭도 같은 맥락이다.

"박해받는 의로운 피고인들이 등장하여 포악한 권력자와 대결하는 법정 드라마를 지켜본 목격자로, 극적인 순간의 올바른 기록자로서 역사에 증언을 해야 하는 게 내 임무라고 늘 생각해 왔다."

엄혹한 독재시절 재판은 늘 요식행위였고, 사건과 진술은 조작되거나 왜곡됐다.

"변호사는 법정은 물론 사회와 역사 앞에서 사건과 재판의 진실을 밝히고 기록을 남겨야 한다"는 게 그의 소신이다.

실제로 그는 지금껏 30여 권의 책을 펴내며 왕성한 집필활동을 해왔다. 일찍이 1967년 시집 『노숙』으로 문필가 명함을 얻은 이래 2006년 『한승헌 변호사 변론실록』(모두 7권)으로 방대한 재판의 기록과 자료를 간행하여 주목을 받았다.

전북 진안 산골에서 태어난 그는 전주고 시절 논문 현상공모에 당선되기도 했고, 대학 때도 〈전북대학 교보〉 창간 기자로 활동했다. 특히 『유머산책』 『유머기행』 등 '산민객담' 시리즈는 스테디셀러에 들만큼 그의 글솜씨는 재치와 해학이 넘친다.

"이번 연재를 위해 지난 기억과 자료들을 되짚어보면서 내 삶을 재발견하고 있어요. 귀한 지면이니만큼 그동안 밝히지 못한, 꼭 남겨야 할 이야기들을 쓰고 싶어요."

그는 이번에도 "될 수 있는 대로 쉽고 재미있게 쓰도록 힘쓰겠다"고 독자들에게 약속했다.

(2009. 1. 3.)

유머라는 언어미학과 정치
－서강대학교 대학원 특강

감동, 친화력, 인기, 동락同樂－유머 또는 해학의 이런 효험은 인간의 삶을 훈훈하고 아름답게 감싸주는 묘약이다. 그리고 그것들은 다름 아닌 정치의 요체와도 공통점이 있다. 그러나 우리나라의 정치 내지 정치권에서 유머는 성인교육이라도 받아야 눈이 뜨일 수 있는 소외 종목이 되고 말았다.

정치의 장場과 정치인의 입에서는 직설, 막말, 야유 또는 비속어가 난무한다. 정치의 수준이자 인격의 수준을 보여주는 현상이다. 직구와 와일드피칭만 가지고는 야구의 재미도 없고, 관중도 권태롭고, 경기에서도 이기기가 힘들다. 언어의 세계에서도 마찬가지다.

서양 사람들은 유머로 스피치를 윤택하게 하는데 동양 사람은 통속적 어휘로 스피치를 꺼칠하게 만든다. 이런 말은 정확하지는 않지만, 매우 시사적示唆的이다.

미국 클린턴 행정부의 노동장관 라이슈는 체구가 작은 사람이었다. 그는 보도진 앞에서 이렇게 말했다. "Contrary to your impression, I am standing."(여러분에게는 그렇게 안 보일지도 모르지만, 저는 지금 서 있습니다.)

나에게도 이런 경험이 있었다. 정치에 입문하려는 친구가 사무실을 마련하고 집들이를 할 때였다. 그는 키가 매우 아담했다. 그래서 나는 이렇게 축사를 했다. "김 위원장은 다른 사람과 달리 국회의원이 되고 나서도 여러분을 계속 우러러 볼 것입니다."

한 나라 정상들의 유머는 많은 사람의 관심을 끈다. 백악관을 방문한 후진타오 주석에게 한 기자가 중국의 인권문제에 관한 질문을 했다. 그러나 후 주석은 시종 입을 다물고 있었다. 그 다음 차례의 기자가 왜 함구하고 있느냐고 묻자 후 주석은 이렇게 받아넘겼다. "나는 오바마 대통령에게 질문하는 줄 알았다." 기자회견장은 폭소로 넘쳐났다.

프랑스가 사회당의 미테랑 대통령과 보수파인 시라크 수상의 공동정부에 의해 통치되고 있을 때의 이야기. 미테랑이 "프랑스에서 출산율이 높아진 것은 사회당 정책의 성공 덕분이다."라고 하자 시라크 수상이 이 말을 받아쳤다. "출산율이 높아진 것은 프랑스 국민 개개인의 노력의 결과라는 것을 대통령도 부인치 못할 것이다." 은근한 표현 같으면서도 날카로운 반론이 번쩍이지 않는가? 링컨이나 처칠의 유머는 널리 알려진 고전이 되어서 여기서는 재탕을 피하기로 한다.

한국 정치인 중에서는 김대중 대통령의 해학을 내세울 만하다. 그 분은 황당한 '내란음모 사건'으로 복역하던 중 추방반 망명반으로 미국으로 간 지 2년 만에 당시 대통령 전두환의 저지를 무릅쓰고 귀국을 강행했다. 같은 비행기에 몇 나라의 정치인, 외교관, 언론인, 학자 들이 동승하고 입국한 사실을 들어 정부측에서 김대중은 '사대주의자'라고 비난을 퍼부었다. 이에 대해서 김 대통령은 "내가 그들의 뒤를 따라다녔다면 몰라도 그들이 나를 따라왔는데 왜 내가 사대주의란 말인가?"라고 역공을 했다. 멋진 일격이 아닐 수 없었다.

근엄한 자리에서 긴장을 푸는 유머는 그것대로 소중하다. 국가원수의 근무공간인 청와대에서 내가 살짝 유머를 날린 경험이 있다. 청와대에서 지난날 민주화운동으로 고난을 겪은 인사들을 초청하였다.

오찬이 끝난 뒤 좌중이 돌아가며 한 말씀 씩 했는데, 한 분이 '청와대는 감옥과 같은 곳'이라고 했다. 외부와 단절되어 있고, 부자유스럽기도 하니 틀린 말이 아니었다. 그러나 달리 볼 수도 있기에 나는 이렇게 말했다. "그렇지 않다. 감옥은 들어갈 때에는 기분 나쁘고 나올 때는 기분이 좋은 곳인데, 청와대는 이와 반대로 들어갈 때에는 기분이 좋은데, 나올 때는 섭섭한 마음이 드는 곳이다."

정치인은 유머를 구사해야 할 주체이지만 오히려 그 객체 또는 대상으로 폄하되기도 한다. 전에 어떤 최고위직 인물이 '석두'라는 별명으로 회자된 시절이 있었다. 덩달아 그런 호칭을 입에 담다가 붙들려 간 사람이 처벌을 받았는데, 죄명이 명예훼손이 아니라 국가기밀누설죄였다는 이야기. 함께 끌려갔던 친구는 겁이 나서 '석두'라는 말 대신 '위대한 지도자'라고 했더니, 무죄 석방은커녕 '너는 허위사실유포죄다.'라며 잡아가두더라는 것.

정치인과 돈의 관계는 여러 부조리의 원인이 되기도 한다. '국회의원과 강도 중에서 누구를 만나겠느냐?'는 물음에 대한 정답은 '강도'라고 한다. 강도는 한 번 털리면 끝나지만, 국회의원은 두고두고 손을 내밀기 때문이라고 한다.

　믿기는 하지만 우리 정치인 중에서도 수준급 유머를 남긴 이들이 있다. 장관 후보자의 국회 청문회를 앞두고 청와대 비서실장이 야당 대표를 찾아왔다. 정부로서는 최선을 다한 인선이니 허물이 있더라도 너그러이 덮어달라는 것이었다. 듣고 있던 야당 대표가 말했다. "그 많은 허물을 다 덮자면 아주 넓은 담요가 필요하겠는데요." 여당의 한 간부는 정치 철새에게 공천장을 준 것을 비난하면서 "사람을 공천해야지, 왜 새를 공천하느냐?"고 비꼬았다.

　핏대를 올리며 험구를 늘어놓는 것보다는 훨씬 운치가 있어서 좋다.

　유머는 먼저 상대에게 어떤 예단이나 의문 또는 궁금증을 갖게 하고, 막판에 비약, 의외성 등으로 역전을 시키는 수순으로 마무리하는 것이 일반적이다.

　한 노동자가 어렵게 사장을 면담한 자리에서 '밀린 월급을 주십사'고 간청을 했다. 뜻밖에도 사장은 이렇게 말한다. "나는 자네를 내 자식, 우리 가족처럼 생각하고 있네." 이 말에 감격한 그 젊은이는 '더구나 그렇다면 밀린 월급을 주셔야 하지 않느냐'고 호소한다. 그러자 사장 왈, "아이 사람아, 가족끼리 일 해주었다고 돈을 내라는 사람이 어디 있는가?" 의외성과 역전의 한 보기다.

　선거를 앞두고 두 여자가 주고받는 말. "난 후보자들이 어떤 사람인지 몰라서 투표하러 갈 생각이 없어!" 다른 여성은 이렇게 말한다. "난 그 후보자들을 너무 잘 알기 때문에 투표할 마음이 없다." 참 시니컬한 말이 아닌가?

언론의 황당한 정치기사를 꼬집는 이런 유머도 재미있다. 워싱턴의 한 밤중에 천둥번개가 치기 시작했다. 자다가 일어난 꼬마가 국회의원인 아버지를 깨웠다. 그리고 왜 이렇게 천둥이 치냐고 물었다. "지금 누군가가 엄청난 거짓말을 하고 있으니까 하늘이 진노해서 벼락을 치는 거란다." 아버지의 이런 대답에 꼬마는 다시 묻는다. "모든 사람이 다 잠들어 있는 이 한밤중에 누가 거짓말을 해요?" 아버지의 대답은 이러했다. "바로 지금 워싱턴 포스트의 윤전기가 돌아가고 있는 참이거든."

집권세력은 흔히 전 정권에 책임을 떠넘긴다. 요즘의 대선에서도 그런 억지가 유행이다. 미국에서도 예외는 아니어서, 역대 대통령 중 전임자 탓을 하지 않은 사람은 조지 워싱턴 한 사람밖에 없었다고 한다. 그는 초대初代였으니까. 유머에는 이런 묘미가 있다.

한국의 정치인들은 유머는 모르면서도 유머 이상으로 '그야말로 웃기는' 언동을 드러내기도 한다. 연평도가 북의 포격을 당한 뒤 군복을 입고 현지에 나타난 여당 대표라는 사람이 보온병 두 개를 들고 카메라 앞에서 "이게 바로 북에서 쏜 포탄입니다. 포탄!"이라고 외쳐서 큰 화제가 되었다. 그도 모자랐는지 그는 젊은 여성 연예인들 앞에서 지속적으로 히트를 쳤다. '룸에 가면 (성형수술을 하지 않은) 자연산을 더 좋아한다.'고.

이런 식의 저질 개그는 어쩌면 이 나라 정치인 내지 정치의 수준을 반영하는지도 모른다. 거치른 정치풍토의 개선을 위해서도 정치인의 언어 구사에 좀 더 격조와 품격이 배어나야 하고, 부드러운 유머로 친화력과 공감을 높일 수 있어야 한다. 날카로운 비판도 점잖은 비유와 상징 언어로 표현할 줄 아는 교양과 여유를 갖는다면 살벌한 정치현장

의 소음이 조금은 줄어들 것이다. 어찌 정치인뿐이겠는가? 각계의 국민
모두가 넉넉하고 교양 있는 언어생활을 통하여 평화와 운치를 누릴 줄
일이나 세상이 좀 업그레이드 될 것이다. 그런 삶의 내면이 유머 또는
해학이란 '언어의 미학'으로 가꾸어진다면, 정치를 비롯한 공동체사회
전반이 훨씬 평화롭고 화목해지지 않겠는가? 그런 의미에서도 유머나
해학은 이제 선택 아닌 필수과목이 되어야 한다.

(2012. 11. 29.)

법치주의여, 어디로 가시나이까

대화문화의 업그레이드와 해학
- 서강대학교 경제대학원 최고감사인 과정 특강

정보화사회의 역설

지금은 정보 범람의 시대다. 그런데도 한편에선 소통부재를 개탄한다. 사실, 표현의 기회와 매체 및 방식은 놀랍게 늘어나고 다양해졌다. 전통적인 대화방식 즉 대면 대화 외에도 인터넷 기반의 블로그와 페이스북, 트위터 등의 확산으로 말미암아 종래 매스미디어 중심의 소통에 일대 변화가 일어났다. 개인이 주도하는 개방적 소통수단의 위력이 커진 것이다.

재래식 또는 전통적 소통수단이라 할 대화(Dialogue) 내지 스피치 Speech 또한 그 기회와 방식이 증폭되었는데도 소통의 효과는 불확실하다. 그것은 허울뿐인 대화, 진실성 없는 대화, 사이비 대화가 횡행하기 때문이다. 또한 소셜미디어는 시간적인 신속성과 지속성, 대상의 다수성과 다양성, 비용의 경제성과 적중성, 관계의 친근성과 신뢰성 등의 장점이 있음에도 불구하고, 그런 신생 매체의 범람이 오히려 소통의 효과를 감쇄시킨다는 의견도 있다. 또한 소통수단이 발달할수록 갈등과 불화가 증폭된다는 '정보혁명의 역설론'도 나온다. (프랑스 소통학 창시자 도미니크 볼통 Dominique Wolton)

아무리 통신수단과 대중매체 그리고 인터넷과 각종 SNS(Social network service)가 발달된다 해도, 사람이 직접 대면하여 교감하는 대화의 중요성은 결코 낮아질 수가 없다. 직접 대화만큼 인간의 정서와 감성을 움직이는 것은 없기 때문이다. 다만 대화 언어의 건조함과 경직성, 일방성, 편협성 등이 문제인데, 이런 취약점을 바로잡고 여기에 보완적 요소로 해학 또는 유머를 활용한다면, 보다 바람직한 대화문화와 공사 간 소통의 업그레이드를 기대할 수 있을 것이다.

민주사회와 대화정신

민주사회에서는 대화 풍토 역시 일방통행 아닌 쌍방향성이 요구된다. 대화의 '대'對는 상대의 '대', 대등의 '대'로 이해해야 한다. 그러기에 일방적 주문이 아닌 설득과 공감을 중시한다. 도식적이고 정감 없는 언어만으로 시간을 메꾸는 메마른 대화는 효과적일 수가 없다.

대화에서 말의 독과점은 금물이다. 폭력성 어투를 경계할 필요도 있다. 인간다운 체온과 숨결이 말 속에 스며들도록 해야 한다. 말의 역기능을 조심해야 한다. 허세, 장광설, 자화자찬, 인신공격, 난해한 언사, 과장된 제스처 등이 그런 예에 속한다. 자기 미화, 자가도취, 지루한 설교조의 말도 마찬가지다.

대화의 효과를 한층 업그레이드시키는 방안의 하나로 해학(또는 유

법치주의여, 어디로 가시나이까

머)의 개발, 활용을 권하고 싶다. 정감 있고 즐거운 분위기를 조성하여 친화력과 인간미를 보이는 것이 중요하다. 웃음을 공유하는 대화는 화합과 공감의 지름길이 될 수 있다. 이런 이치는 교육의 현장에서도 예외가 아닐 줄 안다.

Top down 아닌 수평적 사고로

우리는 대화의 민주적 룰에 유의해야 한다. 특히 CEO의 입장에서는 흔히 민주적 대화정신을 소홀히 하는 예가 많다. CEO는 인사, 명령, 지휘 감독의 권한 및 책임을 갖고 있기 때문에 하향성 지배의 언행에 기울기 쉽다('Top down'이라는 하향식). 흔히 말하는 '갑을甲乙관계'에서 우월적 지위에 있는 '갑' 또는 상급자 역시 위와 비슷한 일방통행에 빠질 염려가 있다. 어떤 경우에도 자기중심의 독선에 흐르는 대화는 당연히 경계해야 한다.

권위는 좋으나 권위주의는 금물이다. 상급자의 엄격 일변도는 직장 분위기의 경직을 초래하고 언로를 막으며, 면종복배의 이중성마저 빚어질 수 있다. 대화에서 자신의 지식과 경험 또는 전문성을 활용하는 것은 좋으나 자기의 학벌, 식견, 배경, 친분인사 등을 내세우는 자기 과시는 자제해야 한다.

논리 못지않은 정서의 효용

말의 논리도 중요하지만, 대화의 분위기나 상대방의 신분, 정서도 염두에 두어야 한다. 남의 명예와 사생활 또는 자존심을 건드리는 말을 삼가는 것은 물론, 꾸짖을 때에도 설득력과 애정을 잊지 말아야 한다.

인간으로서의 따뜻한 마음, 각박한 인간관계를 넉넉하게 해주는 친화력, 생활 속에 배어드는 삶의 운치, 낙천적 즐거움, 답답함과 스트레스에서 해방될 수 있는 정신적 여유 등을 살리기 위하여 해학 내지 유머의 활용은 하나의 문화적인 처방이 될 것이다. 또한 유머 또는 해학은 경직성과 거리감을 완화시켜 주고 화목한 분위기와 이해력을 증진시켜 주는 데도 필수적이다.

갈등 많은 현실, 메마른 정서, 물신화物神化된 사회 풍조 속에서 우리 인간의 언어는 건조하고, 거칠고 운치를 잃어가고 있다. 이런 삭막함을 극복하고 인간미 넘치는 공동체 분위기를 살려나가기 위해서도 해학은 필수적이다.

해학에 대한 인식의 변화

해학은 보통의 웃음과는 다르다. 의미 부여, 역설, 풍자, 반전 등을 통해서 얻는 웃음이 해학 또는 유머다. 그것은 비단 즐거움의 촉매일 뿐만 아니라, 사람을 깨우쳐 주기도 하고, 마음을 찌르기도 한다. 비판, 저항의 표현이 되는가 하면, 정신적인 구원과 해방감을 안겨 주기도 하며, 낙천적 기질과 생각의 여유를 배양해주기도 한다.

해학 또는 유머에 대한 인식도 크게 달라졌다. 이제 해학은 사적 대화에서 오가는 재담 내지 우스개에 그치지 아니 하고, 공적 기관, 기업, 단체 등 조직사회에서도 선택 아닌 필수과목으로 자리잡아가고 있다. CEO의 E는 Executive가 아닌 Entertainment라고도 하며, 미국에서는 이미 1990년대 초부터 '펀 경영'(Management by Fun)이 등장하여 기업의 임직원들에게 유머훈련까지 실시한 바도 있다.

법치주의여, 어디로 가시나이까

해학의 현장

통념상의 짐작과는 달리 삶의 음지가 해학의 토양이며, 불행과 고난이 해학의 모태가 되는 수도 있다. 유태인의 경우가 그 적절한 사례. 행복해서 웃는 것이 아니라 웃으면 행복해진다는 말까지 나온다. 해학에의 접근법에는 다음과 같은 유형을 생각해 볼 수 있다.

첫째, 내 자신을 드러내는 (자기를 소재로 한) 유머(Self deprecating humor)를 앞세운다. 둘째, 그냥 넘어갈 일에서 의미와 재미를 찾아낸다. 셋째, 통념의 틀을 벗어난다. 넷째, 비본질적인 발상에서 출발하고 접근한다.

해학의 '현장'은 다음과 같은 기능을 중심으로 소개할 수 있다.

① 내 자신을 드러내는 유머 ② 엄숙한 분위기 풀기 – Ice breaking ③ ruaths, 친화의 표시 ④ 넌센스 속의 기쁨, 의미 부여 ⑤ 완곡한 설득, 강조, 비판 ⑥ 빈정거림, 냉소, 흉보기 ⑦ 사양, 곤경 탈출 ⑧ 결함, 실수에 대한 관용 ⑨ 역설, 저항 ⑩ 고정관념(또는 통념)의 타파 ⑪ 비극을 웃음으로 ⑫ 약점, 결함을 즐거움으로.

해학의 요체

해학의 구조(또는 요소)는 크게 설정, 압축(set up)+회심의 일격, 반전(punch ling)으로 요약된다.

해학의 요령은 ① 짧게(압축, 간결) ② 수월하게(평이성) ③ 상대방의 신분, 지적능력, 수준 처지, 분위기에 맞게(적합성) ④ 먼저 또는 도중에 웃지 말고 ⑤ 기지와 순발력을 살려서 ⑥ 체험적 유머를 위주로 ⑦ 의외성에 역점을 두는 것 등이 바람직하다.

해학의 금기사항으로 ① 구체적 상황 또는 분위기에 맞지 않거나 거부감을 자초할 염려가 있는 소재는 피할 것 ② 장황한 언변과 눈치 없는 1인 독주를 삼갈 것 ③ 인신공격이나 프라이버시 침해, 명예훼손이 되지 않도록 조심할 것 따위를 들 수 있다.

해학의 밑천은 대개 ① 신문이나 책 같은 인쇄물을 통해서 ② 인터넷에 들어가거나 영상물을 보고 ③ 남한테 들어서 ④ 자신의 경험을 통해서 ⑤ 상상에 의한 창작 등에서 얻는다. 그중에서 자신의 경험을 바탕으로 한 체험적 유머가 가장 생동감과 독자성이 있어서 좋다. 기억력의 한계를 고려하여 수시로 메모를 해두면 도움이 된다.

해학의 원형과 형태를 분류해 보면 ① 사실 자체가 해학적인 것 ② 평범한 사실에 의미를 부여하거나 패러디를 한 것 ③ 말잔치와 말재간으로 윤색 ④ 가공架空의 사실을 꾸며낸 것 등을 들 수 있으며, 재치 있게 압축해서 표현하는 기법이 필수적이다.

주목 받는 커뮤니케이션의 윤활유

요즘엔 많은 여성들이 유머를 배우자 선택의 기준으로 삼는다는 기사를 읽은 적이 있다. 대학에 유머 전공학과가 있는가 하면, 유머학원, 유머강사도 있다. 세계적인 유명 인사 중에는 유머의 달인들이 많(았)다. 오늘날과 같은 민주화, 정보화시대에는 정치행사, 대중적 교감, 경제적 거래, 교육, 사교 등 여러 면에서 유머의 비중이 높아지고 있다. 바야흐로 유머는 커뮤니케이션의 윤활유이자 향신료香辛料(Spice)의 진가로 인정받고 있다.

해학은 고통이나 슬픔을 완화시켜 주고 위안이 되는가 하면, 삶을 관조하는 묘약이 될 수도 있다. 억지로 꾸며서 말해 가지고는 해학이 되기 어렵다. 유머에는 모순이나 부조리를 논리 아닌 직관과 역설로 처리하는 말의 지혜가 따라야 한다. 유머를 듣는 상대방도 언어에 대한 세련된 감각이 있어야 한다. 그래야 공감과 소통을 기대할 수가 있다.

해학은 말재간으로만 되지는 않는다. 평소에 인간과 사물을 깊이 있게 통찰하고, 일상의 삶에서 의미를 탐구하며, 남다른 식견과 사색을 쌓아나가야 한다. 인간사를 긍정적으로 사고하고, 인간에 대한 사랑을 바탕으로 하는 해학이 풍부해지면, 우리는 그만큼 밝고 희망찬 생활을 가꾸어나갈 수 있으며, 화합과 신뢰가 업그레이드된 더욱 건강한 사회를 이룩할 수 있을 것이다.

(2017. 11. 10.)

실패한 변호사의 민망함
― 한국인권문제연구소(재미) 인권상 수상 인사

존경하는 조태완 한국인권문제연구소 소장님을 비롯한 임원 여러분, 그리고 국내외 각계의 내빈 여러분, 제가 오늘 이 식전에서 이렇게 과분한 상을 받게 된 것을 영광스럽게 생각하면서, 축하의 자리에 왕림해 주신 여러분께 감사를 드립니다.

그리고 심사위원 여러분께도 오늘 저를 난처하게 만든데 대한 '원망'과 아울러 감사의 뜻을 표하고자 합니다.

저로서는, 매우 뜻있는 이 수상의 자리가 무척 민망하고 송구스럽기만 합니다. 내가 무슨 상을 탈만한 일을 했는가 하는 물음 앞에 그저 부끄러운 마음뿐입니다.

지금 저의 머리에는, 지난 날 군사 독재에 저항하다가 박해를 당한 많은 분들의 이름과 얼굴이 떠오릅니다. 아니, 이름도 얼굴도 알려지지 않은 채 고난의 길을 함께 했던 모든 분들을 생각하게 됩니다. 굳이 무슨 상이 필요하다면, 역사와 국민의 이름으로 그들에게 큰상이 주어져야 한다고 믿습니다.

변호사로서 마땅히 가야 할 길을 걸어왔을 뿐인 저에게 과찬은 차라리 당혹스럽습니다. 군사정권 하의 법정은 독립도 양심도 기대할 수 없는 '연출'의 공간이었습니다. 민주주의와 정의를 위해서 싸운 수많은 사람들이 무참하게 고문을 당하고, 범죄인으로 조작되고, 억울한 옥살이를 했습니다.

그때 저는 구치소와 법정과 여러 집회장소를 열심히 쫓아다녔습니다. 법관과 검사를 상대로 설득도 하고 논쟁도 하였습니다. 호소도 하고 간청도 하였습니다.

그러나 결과를 놓고 말하자면, 저는 '실패한 변호사'였습니다. 그저 의롭고 억울한 사람들의 고난을 현장에서 지켜보고, 함께 분노하고, 위로·격려해 주었다는 것 이상이 되지는 못했습니다.

저 자신도 어쩌다가 두 번 감옥에 다녀온 것은 차라리 다행스러운 일이었습니다. 그것은 한 사람의 변호사로서나 지식인으로서 제 소임을 다하지 못한 저에게 큰 깨달음을 주었으며, 저의 자책감을 얼마쯤 덜어주기도 했기 때문입니다. 다만, 포악한 권력자의 칼바람이 쇳소리를 낼 때, 오직 민주화를 향한 일념으로 몸 바쳐 싸우다 먼저 가신 영령들 앞에선 드릴 말씀이 없습니다.

그들의 고난과 희생이 있었기에 오늘날 이 땅에는 이만큼의 민주주의가 이룩된 것입니다. 그런데도 세상은 어느덧 어제의 일을 망각하고 있습니다. 자유와 인권이 어떤 희생 위에서 쟁취된 것인가를 생각하지 않는 것 같습니다. 역사 앞의 죄인과 의인이 뒤범벅이 되었는가 하면, 심지어 지난날의 민주화운동의 동지들끼리도 서로 갈라서고 반목하는 세상이 되었으니, 참으로 마음이 아픕니다.

그토록 벅차는 감격 속에 출범한 이 '국민의 정부'가 오늘날 안팎으로 큰 시련을 겪고 있는 것을 보면서, 이 땅에 민주주의와 인권을 구현시킨 역사적 공헌조차도 자책점과 반발세력에 의해서 묻혀버리는 듯하여 안타깝습니다. 아무쪼록 우리 모두 지난 날 처절하면서도 아름다웠던 그 시절의 초심初心으로 돌아가서, 오직 나라 사랑의 대의 앞에 다시 하나가 되어 당면한 어려움을 극복해 나갈 수 있게 되기를 간절히 바랍니다.

모든 일이 그러하듯 인권과 민주주의도 '완벽'을 기하기는 어렵습니다. 다만, 그것을 지향하는 노력만은 멈추어서는 안 됩니다. 현 정부가 국민의 기본권을 보장하고 국가인권위원회를 신설하는 등 인권과 민주주의를 향상시키기 위한 여러 전향적 시책을 펴온 것은 높이 평가할 일입니다.

그렇지만, 아직도 통일 지향의 열망을 저해하고 기본권 제약의 위험을 주는 실정법이 남아 있고, 그로 해서 수난을 당하는 사람들이 있다는 사실을 유의해야 합니다. 잘못된 법을 고치고, 그 잘못된 법에 의한

법치주의여, 어디로 가시나이까

갖가지 해독을 제거하는 일이야말로 인권국가의 자랑을 더욱 실감나게 하는 처방이라고 믿습니다.

이번에 하아비 목사님과 함께 상을 받게 된 것을 기쁘게 생각합니다. 억압이 판을 치던 이 나라의 민주화를 위하여 하아비 목사님께서 크게 이바지해 주신 것을 진심으로 감사드립니다.

한국인권문제연구소는 일찍이 김대중 대통령께서 미국 망명 중에 설립하여 조국의 민주화를 위하여 많은 공헌을 남긴 바 있습니다. 저는 오늘 이 자리를 빌어, 김대중 명예이사장님의 뜻을 받들어 오늘에 이르도록 여러 모로 활동해 오신 역대 이사장님을 비롯한 임원, 회원 여러분의 노고에 대하여 진심으로 경의를 표하는 바입니다. 또한 멀리 미국에서 오신 동포 여러분에게 참으로 반갑다는 인사를 드립니다.

오랜 세월 힘든 세상 살아오는 동안, 저를 도와주시고 이끌어주신 모든 분들께 머리 숙여 감사드립니다. 여러분의 축복과 격려를 늘 마음에 새기면서 작은 힘이나마 선한 일에 보탬이 되도록 힘써 살아가겠습니다.
감사합니다.

(2001. 11. 2.)

세속적인 가치에 안주하는 것은
－사법연수원 〈미네르바〉와의 인터뷰

황정란 연수생 우선 귀한 시간 내주셔서 감사합니다. 대학시절 가정교사와 아르바이트를 하면서도 대학신문과 학보 편집일 등을 하셨다고 들었습니다. 변호사님의 대학시절은 어떠했는지 궁금하고, 정치학을 공부하시다가 법조계로 들어선 계기가 무엇인지 궁금합니다.

한승헌 내가 대학에 들어간 것은 1953년, 6. 25 참화가 휴전이라는 이름으로 겨우 포성만 멈춘 그런 시점이었지요. 한국전쟁이 끝난 뒤 1950년대 후반기는 한국 사회가 매우 피폐하고 암담한 때였습니다. 학생 때 고학을 한 것은 다 어렵게 살 때라서 나만 고생한 것처럼 내세울 일은 아니고, 다만 지방대학을 다닌 사람으로서 졸업 후의 취업 내지 사회 진출과 관련하여 걱정이 많았지요.

전북대학교 들어갈 때 법정대학에는 법학과와 정치학과가 있었는데, 법학이 싫어 제쳐 두고 보니 정치학과가 남아서, 행정법식으로 말하면

법치주의여, 어디로 가시나이까

공제설控除說에 입각해서 정치학과로 가게 되었지요.

그런데 졸업 후의 생업을 걱정하는 중에 어느 분이 고시를 합격하면 취직 걱정은 없다고 하기에, 입학 때 소박을 줬던 법학 분야에 민망하게 노크를 한 것입니다. 이처럼 졸업 후의 생업을 생각해서 고시공부를 시작한 것이 내 평생의 활동영역이 된 것이지요. 그리고 대학 1학년 때 법과대학 학보를 만든 것이 계기가 되어 대학본부로부터 실력과 무관하게 지명을 받아 대학신문의 창간기자가 되었는데, 좋은 경험이었다고 생각합니다.

황정란 변호사님은 30여년 동안 민주화 활동을 해오면서 두 차례에 걸쳐 20여 개월의 옥고를 치르셨고, 그러한 투쟁 경력에도 불구하고 촌철살인의 유머와 풍부한 해학으로 유명하신데, 인생을 어떤 자세로 살아가시는지 궁금합니다.

한승헌 30여년의 민주화 운동과 두 차례의 옥고를 치렀다고 하니 세상 사람들은 혹시 내가 신념이 투철하고 용기라도 있는 사람으로, 그야말로 사실 오인을 할지 모르겠는데 (일동 웃음), 어려운 환경에서 자라다 보니까 나약한 데도 있고 진취적인 기백도 모자랐지요. 법조인이 되고 나서 우연히 정치적 사건을 변호하게 되었는데, 독재에 대한 저항과 이에 대한 탄압사건이 속출하게 되었고, 당시로서는 그런 사건의 변호에 나서는 변호사가 별로 없다 보니 '나라도'라는 심정으로 그런 시국사건을 변호하게 되었지요. 큰 신념이나 결심이라기보다는 그 당시의 정치풍토나 정치적 탄압이 나로 하여금 역사의 흐름에서 비켜설 수 없도록 만든 것입니다. 보시다시피 나는 아주 온화하고 부드럽고 (일동 웃음) 나약한 사람인데 언론이나 세평이 사람을 과대포장하기도 하고

과대평가하기도 해서 덕을 보기도 하고 손해를 보기도 한 사람이 바로 접니다.

처음부터 정치적 사건을 변호하는 것을 나도 바라지는 않았는데, 당시 한국의 상황이 나로 하여금 가만히 있도록 놔주지 않았다는 것입니다. 개인으로서는 토정비결이 사나웠다는 것이지요. (일동 웃음) 그 과정에서 핍박이나 고난을 겪기도 했지만, 견디기 어려운 상황 속에서 불의 앞에 무릎 꿇지 않고 살아온 것을 다행스럽고 감사하게 생각하고 있지요. 내 변호의 효과가 판결문에 제대로 나타나지 않는다는 것을 알면서도, 벌거벗은, 권력 앞에 선 법정의 그들에게 힘이 되어주기 위해서 변호인석을 지켰는데, 그런 일이 반복되다 보니까 나중에는 피고인들한테 감화를 받아서 민주화니 인권이니 하는 것에 더 관심을 갖게 된 것입니다.

황정란 변호사님께서 북한을 세 번 정도 방문하신 걸로 알고 있는데, 어떤 느낌을 받았는지요.

한승헌 고등학교 때 6.25를 겪고 그 이후에 반공교육을 많이 받았으며 오랫동안 우리 사회는 반공, 냉전의 분위기에 제압당해 왔었지요. 그 가운데 반공법이나 국가보안법의 문제점 내지 폐단도 많이 경험했고 그러한 사건들을 변호하면서 북한이 '반국가단체의 지배지역'이라는 말을 놓고 논전을 벌이기도 했습니다.

막상 내가 처음 순안비행장에 내려서 느낀 것은, 여기도 역시 우리 형제들이 사는 땅이구나 하는 것이었습니다. 지배세력들이 높이 쌓아놓은 담장이 우리 국민들 사이에는 아주 낮거나 없다는 느낌이 들었어요. 우리가 갖는 대결의식 또는 냉전적인 사고는 통일, 나아가서 우리

법치주의여, 어디로 가시나이까

한 시대의 민족적 과제를 풀어가는 데 큰 걸림돌이 된다 할 것입니다.

북한을 비판하고 공격하기 전에 우리는 누가 만들었는지도 모르는 도그마에서 벗어날 필요가 있습니다. 어떤 점에서 북한은 우리 땅의 일부인데도 불구하고 아직은 생소한 지역입니다. 몇 번 다녀왔지만 여러 가지 제약으로 말미암아 자세히 눈으로 보고 귀로 들을 기회가 많지 않았어요. 언젠가 자유로운 왕래가 허용된다면 동족간의 이해를 더욱 넓히고 화합을 두터이 하게 되기를 바라며, 또 하나 북한은 여러 모로 어려운 형편에 있으니, 우리가 도와줘야 되지 않겠는가 생각합니다. 그것이 동족에 대한 사랑과 인도주의에 합당할뿐더러 우리 한반도의 평화를 유지하는 데도 도움이 될 것입니다.

박종국 연수생 참여정부 들어서 최근 정치적으로 중요한 사건들이 헌법재판소의 결정을 통하여 해결되는 양상을 보이고 있습니다. 이와 관련하여, 사법적극주의 내지 법치주의의 성숙이라는 시각과 사법권 남용이라는 상반된 시각이 존재하는 것이 사실입니다. 이에 대한 변호사님의 개인적인 소감은 어떠신지요.

한승헌 과거 위헌심사제청권과 불송부결정권이 대법원에 있던 시절에는 사법적극주의와는 거리가 먼 판결들이 적지 않았습니다. 집권자의 헌법파괴 조치를 통치행위라든가 그밖의 이유를 들어 위헌심사에서 제외하는 일이 반복되기도 했지요. 결국은 국민 총의의 결정체라 할 수 있는 헌법의 명맥을 어디에서 찾을 수 있는가의 문제인데, 아마 헌법재판소를 별개로 둔 것도 당시 대법원의 소극적인 자세와 연관이 있다고 생각됩니다. 대법원이 당시에 적극적으로 위헌심사제청권을 행사했다면 사법적극주의라는 말이 크게 강조되지는 않았을 것입니다.

헌법재판소가 현정부 들어와서 대통령 탄핵이라든가 수도이전 문제 등 국가적 이슈에 대해서 중요한 결정을 했는데요. 기본적으로 국가의 문제가 헌법재판의 대상이 되는 것 자체를 탓할 수는 없겠지만, 다른 한편으로 생각해 보면, 거기엔 사법의 정치화 현상이 엿보이고 또 그것을 불러일으키는 중요한 원인이라 할 정치의 사법화에 문제가 있다고 봅니다.

정치의 장場에서 해결해야 할 싸움을 재판소 쪽으로 끌고 와서 문제 삼으려고 하는 것은 잘못된 사고라고 봅니다. 정치적인 사안을 정치의 장에서 해결하지 않고 정치적인 공세의 연장으로 헌법재판에 걸게 되면, 정치의 사법화를 통해서 사법의 정치화가 될 수 있다는 것이 현실적으로 우려되는 부분인 것 같습니다.

대법원은 정책법원이고, 헌재는 그보다 더한 정책법원이라고 하는데, 그렇다고 정치적 중립의 자세를 버리고 정파적인 판단을 하는 것이 옳다는 뜻은 아닙니다. 이것이 헌재가 유의해야 할 점이라고 생각됩니다.

박종국 암울했던 군사독재 시기에 변호사님은 항상 고독한 양심의 편에 서 계셨던 것으로 알고 있습니다. 그 당시 가장 인상 깊었던 변론 경험을 하나만 말씀해 주세요.

한승헌 비슷한 질문을 여러 번 받았는데요. 이른바 시국사건이나 정치적 사건을 변호한 것이 100여 건 정도 되는데, 한 건 한 건이 다 인상 깊었고 문제가 많았습니다. 굳이 하나만 얘기하자면, 1974년 봄 대통령 긴급조치 4호로 문제삼은 민청학련 사건을 들 수 있겠지요. 유신헌법에 대한 반대운동이 거세지자 대통령 긴급조치라는, 법률도 아닌 대통령령으로 최고 15년 징역에 처할 수 있는 긴급조치를 발동해서 많은 민주인사와 청년 학생들을 검거, 투옥했었는데, 그 당시 법정에서 치열하면서도 다분히 코믹한 공방도 많았고, 그 중에 사형선고도 많이 나왔습니다.

당시 민청학련 배후라고 연계시킨 인혁당 사건과 관련된 8명의 피고인들에 대해 전격적으로 사형을 집행한 걸 보면서 법치주의가 이 땅에는 존재하지 않는구나 하고 탄식을 했습니다. 저는 당시 경북대 출신의 여정남 군을 변호했는데, 대법원에서 상고기각 판결이 난 후 만 하루도 되기 전에 다른 인혁당 피고인들과 함께 사형 집행을 당했습니다. 그것은 사법 살인이라고 볼 수밖에 없는 큰 죄악이었습니다. 형의 집행이 사법부 소관은 아니지만 그 사건의 상고기각 판결을 한 사법부의 과오를 묵과할 수는 없지요.

지금도 잊혀지지 않는 1975년 4월 8일, 그날은 저 자신의 반공법 사건 첫 재판날이자 인혁당사건 상고심 선고가 있는 날이었지요. 저 자신도 반공법 위반으로 같은 울 안의 서울구치소에 수감되어 있다가 그날 호송차를 타고 법원에 나가서 대법원 앞에서 인혁당 가족들이 울부짖는 장면을 보았는데, 통상 상고기각 판결로 형이 확정되더라도 한두 번쯤 재심의 기회를 주어야 하는 것인데, 판결 확정 다음날 새벽에 그렇게 전격적으로 처형을 했습니다.

박종국 사법개혁과 관련하여 우리나라에 배심제를 도입하려는 이유는 무엇인지요.

한승헌 우선, 국민주권주의가 사법영역에도 미쳐야 옳다는 것이 배심재판의 이론적 출발점이지요. 입법부나 행정부는 국민의 대표에 의해서 구성이 되고 있지만 사법부는 그렇지가 않은데, 모든 권력은 국민으로부터 나온다는 국민주권주의를 사법작용에서만 배제시킬 수는 없다는 것입니다. 비교법적으로 보더라도 형태는 조금씩 다르지만 선진국의 경우에는 거의 배심재판제도를 채용하고 있는 실정입니다.

한편, 직업 법관에 의한 재판의 한계나 문제점을 극복하기 위한 방안으로 국민들의 건전한 법의식이라든가 사회 실정에 맞는 납득할 만한 의견을 재판에 반영할 수가 있다고 보기 때문이지요.

박종국 배심제를 도입하게 될 경우 증거법칙과 관련한 전문(傳聞)법칙 문제, 배심원 선정문제, 그리고 위증을 어떻게 방지할 것인지, 유전무죄 무전유죄라는 비난을 극복할 수 있는지, 배심원들의 결정에 권고적 효력만 인정할 경우에 실효성을 보장할 수 있는지 등 여러 가지 부작용이 우려되고 있는데, 그럼에도 불구하고 배심제도를 도입하기 위해서 지금까지 기울인 노력에는 어떤 것들이 있는지요.

한승헌 전문 법관에 의한 재판을 전제로 사법문제를 공부한 우리에게 배심제는 생소하고 걱정스러운 면이 있는 것이 사실입니다. 배심원들에 의한 오판의 염려도 있고, 인정사정에 쉽게 이끌릴 우려도 있겠으나, 이러한 문제들은 비단 우리나라만의 문제가 아니라 다른 나라에도 있게 마련입니다. 그러나 오랜 시행을 거치면서 유익한 제도로 정착시킨 것이지요. 그럼 배심제 시행으로 얻는 것이 무엇인가? 우선 직업 법관은 법률 전문가이기는 하나 복잡다기한 사회상과 인간사를 온전하게 통찰하여 올바르게 판결에 반영하기에는 한계가 있습니다. 이러한 직업 법관의 한계를 극복할 수 있고, 재판과정이 투명해져 재판에 대한 국민들의 신뢰가 그만큼 높아지면, 한두 사람만의 법관에 의해 재판이 좌우되는 것이 아니기 때문에 법조비리도 통하기가 보다 더 어렵게 됩니다. 국민의 재판 참여로 재판에 대한 불신해소와 현장교육적 효과도 아울러 기대할 수 있다 하겠습니다.

증거법 문제와 관련해서는 배심제와 관련한 법규정의 신설이나 보완의 문제가 있는데, 이미 사법개혁법안에 관련 조항이 많이 들어가 있습니다. 배심원 선정 문제는 외국의 선례를 모델로 삼아 모의재판 때 배심원 선정을 실시해 본 결과 큰 문제는 없었습니다. 유전무죄 무전유죄의 폐단은 오히려 배심제에서 막을 수 있을 것입니다. 왜냐하면 대부분의 재판이 집중심리로 끝나므로 배심원들에게 부탁할 시간이나 기회가 없을 것이기 때문입니다. 권고제의 실효성 문제와 관련해서는 법이 우리가 바라는 대로 올해 안에 통과된다면 배심제는 2007년부터 5년간 1단계로 권고제로 시행되는데, 궁극적으로 기속력을 부여하기 위한 실험과 점검 과정을 거치게 된다고 볼 수 있습니다. 이처럼 권고제는 잠정적이므로 크게 문제가 안 될 것입니다.

또한 현행 헌법 하에서는 배심원의 평결에 기속력을 부여하기 위해선 개헌의 문제가 따르므로 어려움이 있습니다. 배심제를 채택하기까지 각계 인사나 많은 전문가들의 중지를 모은 데다가 모의재판을 3회 실시했습니다. 이 세 번의 모의배심재판의 경험은 그 성과가 매우 좋았습니다. 이는 배심원들의 관심과 논의의 밀도, 제시한 의견의 수준 그리고 성숙도에 있어서 그러했습니다. 배심원과 재판관의 의견이 두 번은 같았고, 한 번은 달랐는데, 전체적으로 보아 우리 풍토에서 배심제 도입의 위험만을 걱정할 필요는 없다는 것을 확인했습니다. 다음 달에 광주에서 또 한번의 모의재판을 합니다.

권기현 연수생 로스쿨 도입과 관련하여 현재 로스쿨 도입의 진행상황은 어떤지요. 특히 로스쿨 설치 학교 수 등 지역안배 문제나 학비 및 장학금 등이 궁금합니다.

한승헌 로스쿨 도입 문제는 모두 아시는 대로 국회 교육위 소관입니다. 지난 4월 임시 국회 때 교육위의 법안심사소위에서 여야가 로스쿨 법안에 대해 일부 수정 후 통과하기로 합의했는데, 야당측이 하루아침에 사학법 재개정과 연계시켜 사학법 재개정에 합의하기 전에는 어떤 법안의 심리도 할 수 없다고 표변하였기 때문에 현재도 정체 상태에 있습니다.

아시다시피 로스쿨 설치인가를 받기 위해 전국 약 50개 법과대학들이 엄청난 투자와 유치 경쟁을 벌이고 있습니다. 따라서 많은 법과대학 및 수험생들에게 미칠 혼란과 부담이 크기 때문에 우리 사개추위 기획추진단 간부와 나 자신이 국회의장단, 여야 지도부를 방문하고 소관 상임위 위원장과 의원들을 만나 법안의 조속한 통과를 간곡히 요청하였습니다.

로스쿨은 어떻게 되느냐, 이런 질문을 받을 때마다 제가 대답에 쓰는 간단한 모범답안이 있는데 "로가 되어야 스쿨이 된다."는 것입니다. (일동 웃음) 오늘 점심때도 한 야당 의원을 만나 간곡히 부탁했는데, '스쿨을 위한 로'가 되도록 노력중입니다.

지역안배 문제와 관련해서는, 로스쿨 설치가 준칙주의가 아닌 인가주의 쪽으로 나아가리라고 보는데, 그러나 지역안배나 학교 수는 사개

법치주의여, 어디로 가시나이까

추위에서 전혀 거론된 적이 없습니다. 이는 대학원의 인가문제이므로 교육인적자원부가 법이 정하는 협의를 거쳐 정할 문제이며, 입법 사항은 아닙니다. 학비와 관련해서는 고비용 문제가 대두되는데 이는 로스쿨이 의무교육과정이 아니므로 대학원 전반의 문제라고 볼 수도 있습니다. 그럼에도 일반인들로서는 법조인이 되는 데 돈 없으면 시험장에도 못 가느냐 하는 불만 정서가 있을 수 있지요. 그래서 로스쿨 설치 인가를 바라는 모든 학교는 상당 수준의 장학금을 확보하고 인가 신청을 해야 할 것입니다. 형편이 어려운 사람이 학비 때문에 로스쿨에 못 가는 일은 없도록 해야 할 것이며, 로스쿨 인가를 위한 여러 경쟁 조건 중에서 장학금 제도가 상당히 중요한 요소가 될 것입니다.

권기현 현재 연수생들은 사회에 첫발을 내디디면서 주위 사람들과의 관계에 있어서 여러 가지 고민들을 가지고 살아가고 있는데요. 변호사님께서는 인간관계를 어떻게 설정하고 실천해 나가셨는지 궁금합니다.

한승헌 내가 전에 사법연수원 특강을 갔는데, 강당으로 걸어가면서 교수님이 그래요. "학생들이 꾸벅꾸벅 졸더라도 좀 양해를 해주십시오." 이러는 거야. (일동 웃음) 들어가 보니까 이렇게 새까맣게 모여 있는데, 예선을 통과하고 나서 본 경기를 시작한 것같이 보였습니다. 그러다 보니 점수와 석차에 매달리는 절박한 경쟁을 겪어야 하니 얼마나 삭막할까 하는 생각을 했어요.

연수원 2년 과정이야 잠정적이고 특수한 상황이라 그렇다 치고, 결국은 법조인이 된 뒤의 대인관계인데, 우리 법조인들은 남을 대할 때 개인차는 있겠지만 은연중에 자신이 선택된 인간이라는 자부심이 따라

다닙니다. 그러다 보면 자칫 겸손함을 잃는다든가, 상대방에 대한 예의를 놓쳐버리는 경우가 있어요. 인간의 기본을 갖추고 사람을 대해야겠지요. 철학이 성층권에서 고공비행하는 것이라면, 법률은 땅에서 기는 시스템이라고 볼 수 있지요. 따라서 너무 실용적으로만 흐르는 기능적 존재로 굳어질 수도 있다는 점, 이것을 경계할 필요가 있습니다. 우리는 좀더 안목을 넓게 가져야 합니다. 초기엔 여러분이 남들보다, 동기생보다 한참 앞선 것으로 생각하기 쉬운데, 꼭 그렇지는 않아요. 일단은 그렇게 보일 수 있지만, 앞으로도 그러리라는 생각은 천만의 말씀이에요. 시작에선 토끼가 맞는데 끝은 어떻게 되나, 도중에 낮잠 자다가 거북이한테 뒤지는 토끼의 우화를 떠올려보시기 바랍니다. 스스로 내세우지 않아도 인정받을 만한 사람은 인정을 받는 것이지요. 그러니 항상 겸손하라, 이 점을 강조하고 싶습니다.

백광균 연수생 변호사님께서는 사모님을 어떻게 만나셨는지 궁금하고요. 결혼 적령기에 있는 연수생들을 위해 배우자를 찾을 때 가장 중점을 두었으면 하는 부분을 말씀해 주세요.

한승헌 집사람 만난 얘길 하면 집에서 문책당할 위험이 있으니까, 여기서는 '대외비'로 해두고요. (일동 웃음) 배우자 선택에서는 상대방의 미모와 재산과 학벌을 중시하십시오. 내가 아무리 그런 거 무시하라고 해도 다 마이동풍일 테니까. 그러니 미모와 재산과 학벌을 초월하라고 내가 공자님 말씀을 한들 무슨 소용이 있겠어요. 그러나 내 경험에 의하면 그 세 가지는 배우자와 이 세상을 살아가는 데 있어서 본질적인 요소는 아니라는 겁니다. 오히려 때로는 그런 것이 화근이 되고 부작용을 일으키는 수도 있어요. 인간의 기본을 갖춘 사람이나 친화력이 있는 사람, 또는 참을성이 있는 사람에게 후한 점수를 주기를 권합니다. 거기에 하나 더하자면 유머까지 구사할 수 있다면 금상첨화라 하겠지요. 이런 배필을 멀리 가서 찾을 것 없이 바로 여러분의 생활공간인 연수원 안에서 부릅뜨고 찾아라, 이겁니다. 그렇게 되면 자급자족을 하는 셈이지. 그렇게들 많이 하더라구요.

백광균 오랜 기간 법조계에 몸담고 계시면서 평소 우리 법조계의 나아갈 방향에 대하여 생각하신 바를 말씀해 주세요.

한승헌 진부한 설교 같지만, 권세와 부귀영화에 너무 집착하지 마라, 세속적인 가치에 안주하지 말고, 뭐 이런 메모를 내가 해놨네. (일동 웃음) 법률업자로 그치지 말고, 그야말로 법조인이 돼라 하는 거고요. 변호사로서 수임사건 처리 외에 사회정의에도 관심을 가질 것. 여기에는 헌신이 따라야 하는데 이것이 바로 지식인의 소임입니다. 거기에 더해서 법률전문가로서의 경쟁력을 기르고, 분명한 전공분야를 굳혀 나가도록 할 것. 경쟁력은 살아남기 위해서도 필요하고, 진취적인 보람을 위해서도 필요합니다.

법조인은 사회적으로 봐서 중상中上으로 분류가 되는 것 같은데, 그런 사람들은 자칫 현실과 기득권에 안주하는 수가 많은 터인즉, 스스로 수구적인 인간이 되지 않도록 깨어 있어야 합니다.

지금까지 말한 것은 내가 그런 덕목을 지키며 살아왔다는 뜻이 아니라, 내가 그렇게 못 살았기 때문에 한이 되어 여러분에게 당부를 하는 겁니다. (일동 웃음)

백광균 앞으로 계획이 있으시다면, 그리고 끝으로 하실 말씀이 있으시다면.

한승헌 지난 40년 동안의 변호사 활동에서 내가 변호한 시국사범 내지 양심수사건의 변론실록을 준비하고 있습니다. 연내로 간행될 이 실록은 7권의 분량에 공소장, 변론서, 판결문, 체험기 및 관계 자료를 담은 기록물로서 60년대 말 이후 한국의 군사독재와 민주적 변화 과정의 진통을 증언하는 1차 사료모음이 될 것입니다.

무릇 인터뷰 기사의 성패는 말하는 사람보다는 기사를 정리하는 사람의 손에 달린 것으로 압니다. 그러니까 이 대담기사가 호평을 받으면 기자 여러분 덕이고, 그러지 못하면 다 내 탓이지요. (일동 웃음) 아무쪼록 정리 잘 해주시길 바랍니다.

(2006. 11. 15.)

법치주의여, 어디로 가시나이까

역사와 체험이 곧 스승입니다
― 덕성여고 학생들에게 들려준 인생 이야기

세대차의 놀라움

제가 감사원장으로 일할 때, 어린이날을 맞아 소년소녀가장과 장애 어린이들, 그리고 감사원 인근의 삼청동 어린이들을 초대하여 감사원 뒤뜰 잔디광장에 서 즐거운 하루를 보낸 적이 있었습니다. 그날 행사에 자원봉사를 나와서 진행을 맡아준 사회자가 "마지막으로 감사원장 할아버지에게 물어 볼 것이 있으면 질문을 하라."고 했습니다. 그러자 세 어린이가 질문을 했는데, 열 살 안팎의 어린이들이 물은 내용은 이런 것이었습니다.

첫 번째 어린이는 나의 월급이 얼마냐고 물었습니다. 두 번째 어린이는 내가 몇 평짜리 아파트에 사느냐고 물었습니다. 그리고 세 번째 어린이는 청와대에 가서 대통령 할아버지와 사진을 찍게 해달라고 했습니다.

나는 뜻밖의 질문에 놀랐습니다. 저 어린 것들의 머릿속에 수입과 재산의 문제가 아랫목 차지를 하고 있다니, 예사로운 일이 아니구나 싶었습니다.

가치관이나 인생관이 세대에 따라 이처럼 엄청나게 다르다면, 오늘의 내 이야기도 제대로 번지수를 찾을 수가 있을까, 걱정입니다.

역사의 몇 단계를 살아오면서

이런 자리에서 하는 강연은 대체로 지식 위주냐, 체험 위주냐, 또는 그 혼합형이냐, 이렇게 분류해 볼 수 있을 것입니다. 나는 체험을 중심으로 해서 이야기를 해보고자 합니다. 내가 살아오면서 겪고 본 역사적 격변을 압축해서 나열해보면 다음과 같습니다.

일제 치하의 식민지시대 – 해방 후의 혼란과 좌우대립에 이은 남북분단 – 6.25전쟁과 동족상잔同族相殘 – 독재정권의 장기화와 국민의 저항 – 4.19혁명과 민주당정권 – 5.16 군사쿠데타에 이은 박정희 군사정권의 장기화 – 10.26 사태와 전두환의 쿠데타 집권 – 6월민주항쟁 – 노태우·김영삼 정권 – 김대중정권 하의 민주화와 남북한 간의 화해·교류 – 노무현정부의 출현 – 보수정권의 재등장, 민주주의의 뒷걸음질….

이렇게 질풍노도의 시대를 살아오면서 참으로 다양한 체험을 했습니다. 말이나 글 속의 진리·정의보다 현실 속의 경험이 산 교훈이 되었습니다. 지식보다 체험이, 읽은 것보다 겪은 것이 우리의 살아 있는 스승이던 시대였습니다.

물론 지금은 시대적 배경과 생활환경 그리고 의식과 사고가 내가 살

법치주의여, 어디로 가시나이까

아온 그 시대와는 많이 다르고, 또 나 자신의 경험이나 사고가 일반적 내지 평균적이라고 말하기는 어려울지도 모르겠습니다. 그러나 이런저런 차이와 다름 속에도 보편적인 분모가 있기 마련이며, 또한 반면교사로 삼을만한 일면도 있다고 믿습니다.

자식의 길, 고학의 길

내가 초등학교(그때는 '국민학교'라고 했다.) 5학년 때에 우리나라가 일본의 지배에서 해방되었습니다. 일본인 교장이 자기 나라로 돌아가고 대신 부임하신 교장선생님은 한학에 밝으신 노인이셨습니다. 그래서인지, 교훈을 효孝 근勤 덕德으로 정하셨습니다.

유교적인 성향이 강하면서도 사람의 근본 도리를 잘 압축한 덕목이었습니다. 나는 낮에는 학교에 가서 한글과 역사를 배우고 밤에는 동네 서당에 가서 한문공부를 했습니다.

가세도 빈곤한데다 내가 외아들이어서 나는 중학교 진학 대신 부모님 모시고 농사일을 도우며 살기로 마음을 정했습니다. 그러나 부모님과 숙부님의 강권에 가까운 말씀에 따라 중학교에 들어갔고, 평탄치 않은 고학의 길을 걸으며 힘겨운 학창생활을 이어갔습니다. 신문 배달, 잡지 등 책 팔기, 전주역 구내 좌판 장사, 도장·명함집, 프린트 필경생, 대학 교재 제작(프린트) 판매 등 여러 가지 일을 했습니다.

그런 와중에도 부모님을 기쁘게 해드리기 위해서 좋은 성적을 올려야 했습니다. 고향에서 슬하에 아무도 없이 외로이 살아가시는 부모님께서는 오직 방학 때 자식이 갖다가 보여드리는 성적표만 보시고 기뻐도 하시고, 서운해 하시기도 했습니다.

그러니 어떻게 해서라도 성적 점수를 잘 받아야 했기 때문에 실력은 없지만 높은 점수를 받는 데 몰두를 했습니다. 그것이 부모에 대한 자식 된 도리요, 효도라고 생각되었습니다.

학교 성적을 수·우·미·양·가로 매기던 시절, 한 초등학생이 전 과목 '가ㄲ'를 받았더랍니다. 그의 아버지가 친구들이 모인 자리에서 아들을 불러놓고 이렇게 말했답니다. "이게 우리 아들 성적표인데, 보시게나, '불가'는 하나도 없고 모두 '가ㄲ' 아닌가?"

그 아버지의 기막힌 역설을 듣고 난 아들이 분발해서 좋은 성적을 올렸다는 이야기입니다. 자식 공부에 대한 부모의 기대와 애환은 예나 지금이나 다를 바가 없습니다. 부모의 뜻을 헤아리고 받드는 일, 그리고 기대에 부응하고 섬기는 것을 효도라고 한다면, 이는 사람의 근본인 만큼, 무슨 구식이라든가, 또는 보수적 사고라고 소홀히 해서는 안 됩니다. 그래서 나는 결혼 주례사에서도 효도를 강조하곤 합니다.

제4지망(법조인)이 평생 직업으로

내 인생길의 첫 관문은 낙방과 실패의 연속이었습니다. 교사가 되고 싶어서 사범학교 입시를 쳤으나 낙방을 했습니다. 대학 재학 중에 방송국 아나운서 시험에 응시했으나 역시 불합격이었습니다. 언론인이 되고자 했으나 1950년대 중반의 혼탁한 사회에서 도저히 바른 언론인이 될 자신이 없어서 포기를 했습니다. 그러다보니 대학 3학년이 되었고, 졸업 후의 취업 걱정에 정신이 번쩍 들었습니다. 그래서 허겁지겁 고시 공부를 하게 되었으나 첫 판에는 떨어지고 말았습니다. 그 원인을 알아보았더니 '실력 부족'이었습니다.

남 보기에도 부끄러워 한 해 더 분발해서 다시 시험을 쳤더니, 이번에는 합격이었습니다. 어떻게 붙게 되었는가 알아봤더니, '용케도' 붙은 것이었습니다. 무엇보다도 부모님을 기쁘게 해드려서 나의 기쁨도 배로 컸습니다.

고시 합격 후 대학을 졸업하고 군법무관으로 입대하여 복무를 마친 다음 검사가 되어 경남 통영지청, 법무부, 서울지검을 거치면서 5년 동안 일하다가 1965년 가을에 변호사로 전신하였습니다. 아무래도 내가 유능한 검사가 되어 나라에 이바지할 자신이 없었고, 거기에다 내 성격과 적성이 변호사 쪽에 가깝다는 생각이 들었으며, 그리고 좀 더 자유롭게 살아가고 싶다는 욕구도 작용하여 결단을 내렸던 것입니다.

변호사의 길 – 시국사범 변호

그러나 박정희 대통령의 군부독재에 대한 국민 각계의 저항이 거세어지자 이에 대한 극한 탄압이 계속되어 이른바 시국사범이 연달아 발생하였습니다. 나는 억울한 수난자들을 그냥 두고 볼 수가 없어서 구치소와 법정을 드나들며 양심수 내지 시국사범의 변호에 나섰습니다. 정권이 미워하는 구속자들의 변호를 회피하는 풍조도 있고 해서 나는 매우 바빠졌습니다. 작가 남정현 씨의 소설 「분지」 반공법 필화사건을 시작으로 동백림사건, 통혁당 사건, 김지하의 「오적」사건, 월간《다리》지 사건, 재일동포 유학생사건, 남북한유엔동시가입론사건, 남산 부활절

예배사건 등을 맡아서 변호활동을 하다 보니 나는 정보·수사기관의 도청, 감시, 위협, 방해의 대상이 되었습니다.

국민의 기본권과 민주헌정을 말살하는 유신헌법 및 군부정권에 반대하는 저항이 격화되자 박정권은 1974년에, 소위 대통령긴급조치 1호(1월), 4호(4월)를 연달아 발동하여 유신헌법 폐지서명운동을 징역 15년으로 처벌하는가 하면, 민청학련사건이라는 것을 조작하여 청년·학생·지식인·종교인 등 민주화세력을 대량 투옥하고 극형도 서슴치 않는 등 야만적인 박해에 광분했습니다. 그런 사건을 다루는 법정은, 군법회의는 물론이고 민간 법원조차도 '묻지마'식 재판을 해서 독재권력에 추종을 했습니다.

감찰관(또는 검사)의 구형대로 판결하는 '정찰제' 판결이 수두룩했는가 하면, 대법원조차도 정권의 눈치를 보며 '상고기각'을 하기에 바빴습니다. 변호의 효과도 별로 없는 재판이라는 점을 잘 알면서도 내가 변호인석을 지킨 이유는 이런 것이었습니다. 재판과 판결이 정의의 편이 아니라면, 역사와 국민 앞에서 재심을 받기 위해서 내가 법정의 증언자가 되고 기록자가 되자는 뜻에서, 그리고 당장 국가폭력 앞에 끌려와 있는 피고인의 기를 살리고 응원자가 되기 위해서 법정을 지켰습니다.

나의 서울구치소 재수, 그리고

1975년 3월, 마침내 내 자신이 묶여 들어가는 사건이 나의 삶을 덮쳤습니다. 나는 김대중 전 야당 대통령후보에 대한 선거법 위반 사건의 변호를 맡아 매주 법정에 나가던 중 이병린 전 대한변호사협회 회장의 구속 배경을 폭로했다는 이유로 중앙정보부에 연행되어 반공법 위반으로 조사를 받고 사흘 만에 일단 풀려나옵니다. 그러나 김지하 시인의 재구속 사건의 변호인 사퇴 요구를 거절한 직후 다시 끌려가 반공법 위반 필화사건으로 구속 기소됩니다. 1975년 3월이었습니다. 사형제도를 비판한 내 글 한 편이 용공이라는 것이었습니다.

결국 9개월 동안의 감방살이 끝에 몸은 석방되었지만, 이번에는 변호사 자격을 박탈당합니다. 하루아침에 실업자가 되었지요. 마지못해서 출판사를 차리고 출판인으로 변신하기도 했습니다. 액운은 또 찾아 왔습니다. 1980년 5월, 소위 김대중 내란음모 사건의 '조연급'으로 스카웃되어 계엄사령부 합동수사본부(세칭 '남산')라는 데서 조사 아닌 고문을 받고 서울구치소의 재수再修를 거쳐, 육군교도소와 소년교도소를 순례하면서 1년 동안 징역을 살다가 석방됩니다. 그리고 1983년 8월, 8년 만에 복권이 되어 다시 변호사 사무소를 열고 시국사범 변호를 계속하였습니다.

감옥의 '면학 분위기'와 복권 이후

감옥살이 이야기를 좀 해야 하겠습니다. 구치소 또는 교도소라 불리는 감옥은 자원해서 갈 곳은 아니지만, 이왕 피할 수 없는 고난이라면 그곳을 자기 단련의 공간으로 삼아야 합니다. 사람은 고통과 두려움 앞에 좌절하거나 굴복할 수도 있지만, 그 반대의 경우도 얼마든지 있습니다. 그런 시련이 닥치면 우선 고난의 의미를 새겨보아야 합니다. 그리고 그것이 불의와의 싸움에서 빚어진 결과라면 자기의 공분公憤을 굳건한 의지로 승화시켜 조용하면서도 강인한 저항정신을 길러야 합니다. 자신에 대한 시험, 자신과의 싸움에서 승자가 되어야 합니다. 차분하게 자신의 삶과 생각을 관조하는 시간으로 삼아야 합니다. 그리고 밀폐 속의 불행한 시간을 선용해야 합니다. 공부가 그 중의 하나입니다. 그냥 재미로 읽는 '시간 보내기'의 독서도 좋지만, 무언가 목표를 정해놓고 하는 집중적 공부가 더욱 생산적이지요. 나는 두 번에 걸친 옥살이에서 저작권법 공부를 열심히 했습니다.

감방에 갇혀 있으면 결혼식 청첩장도 날라 오지 않고, 장례식장 조문 갈 일도 없으며, 행사에 참석하거나 친구를 만나려고 외출을 할 수도 없습니다. 물론 거기엔 문 두드리고 찾아오는 이도 없습니다. 가만히 있어도 의식주를 국가가 보장해주고, 안전사고의 위험도 없습니다. 그러니 면학분위기가 최고지요. 그런 곳에서 집중적인 공부를 해가지고 나와서 저작권법 전문가 대접을 받기도 하고 대학 강단에도 서게 되었으니, 전화위복이 된 셈이었습니다.

1983년 내가 복권이 되었다는 말을 듣고 어느 분이 "복권이요? 얼마짜리 복권이래요?"라고 물었다고 합니다. 나는 '비싼 복권이 되도록 노력하겠다.'고 스스로 다짐하고 다시금 시국사건의 변호와 민주화운동에 나섰습니다. 1987년의 대통령직선제 등 민주헌법을 요구하는 '6월민주항쟁' 때는 민주헌법쟁취국민운동본부(국본)의 상임공동대표가 되어 70여명의 변호사들과 함께 '국본'에 참여하고, 두 번에 걸친 거리시위

법치주의여, 어디로 가시나이까

에 30여명의 변호사들을 이끌고 나가 경찰과 충돌하기도 하였습니다.

무슨 자기 자랑으로 오해하지 않으시기를 바랍니다. 나처럼 용기나 박력이나 리더십이 없는 사람도 선택의 여지가 없는 긴박한 상황에서는 어울리지 않는 직분을 다해야 한다는 것을 말하고자 할 뿐입니다. 그것도 최고참 선배이자 대표니까 시위의 선두에 서야 했으니 백골단 (흰색 헬멧을 쓴 가장 무자비한 진압경찰)과 부딪칠 때는 곤봉 세례를 받고 죽거나 상처를 입을지도 모른다는 생각에서 겁이 난 것도 사실이었습니다. 그래도 물러서거나 비켜설 수 있는 여지가 없으니, 할 수 없이 '용감한' 사람이 되고 말았지요.

신념과 이익의 상충 속에서 – 지식인의 길

세상을 살아오면서 '머리에 먹물 든 사람' 즉 지식인의 도리를 생각해 볼 때가 있습니다. 어떤 이는 기능적 지식인과 보편적 지식인으로 나누어서 말하기도 합니다. 지식을 기능적으로만 생각하는 사람과 가치판단의 관점에서 생각하는 사람의 차이라 하겠습니다. 두 유형은 권력·금력 등 세속적 파워와의 관계에서 서로의 차이가 드러납니다. 과거의 역사를 보면, 독재에 아부·편승하는 지식인이 있었는가 하면, 반대로 그를 비판하고 저항하며 투쟁을 벌이는 지식인이 있었습니다.

불의에 눈 감고 추종하며 편하게 살 것인가, 아니면 정의를 위해서 고난의 길을 갈 것인가는 지식인에게 매우 중요한 선택이라 하겠습니다. 머리에 먹물 든 사람의 타락과 무기력을 많이 보아온 우리로서는 지식인의 양심과 사명 자각을 소중하게 보지 않을 수 없습니다.

지금은 전문화의 시대입니다. 일반적인 지식에서 안주하지 말고 자기 나름의 전문분야를 선택하여 깊이 있는 공부와 경험을 쌓아나가야 합니다. 경쟁력이 중요한 세상이 되었기 때문에도 그렇고. 업적을 위해서나 취업을 위해서도 그러합니다.

많은 분야가 전문화 되는 세상

변호사란 직업을 놓고 보더라도, 예전에는 사법시험 합격하고 판·검사나 변호사 자격을 얻고 나면 혼자서 모든 법률문제를 다 해결할 수 있는 것처럼 착각을 했지요. 변호사 개업 인사장에도, 민사·형사·가사·행정 등 여러 분야의 소송을 혼자서 다 수행할 수 있는 것처럼 나열을 했습니다. 그러나 이제는 다릅니다. 변호사마다 각자의 전문분야가 있어서 담당하는 업무도 세분화되어 가고 있습니다. 혼자서 팔방미인이나 만병통치의 달인인 양 처신하기는 어렵게 되었습니다.

제가 일하고 있는 법무법인 '광장'의 경우를 보더라도, 크게 송무訟務와 자문諮問 두 분야로 나뉘어 있고, 그 안에 민사·형사·행정·가사·금융·지적재산·기업인수·합병·세무 등 여러 전문팀이 있습니다. 대개는 사법시험 합격 후에 유학, 연수, 석·박사 과정 등을 통하여 전문지식을 쌓았거나 특별한 경험을 가진 엘리트들입니다. 저도 앞에 말한 대로 감옥에서 독학으로 익힌 저작권법을 전문분야로 삼고 있습니다. 사회가 복잡해진데다 세계가 그야말로 글로벌화 되어서 범죄나 분쟁의 성격도 다양해졌기 때문에 법조분야도 전문화가 절실하게 된 것입니다. 전문성을 갖춘 인재가 되어야 취업에도 유리하고 이바지도 하고 보람도 쌓을 수가 있습니다.

특이했던 신앙 체험

나의 신앙에 대해서 말하고자 합니다. 나는 마흔 살이 다 되도록 특정의 신앙 같은 것을 갖고 있지 않았습니다. 대학 시절 선배 한 분의 권고에 따라 교회에 나간 적이 있었는데, 목사와 장로들이 얽혀 가지고 파벌 싸움을 하며 서로 비난하고 음해하는 것을 보고는 발길을 끊었습니다.

검사로 일할 때에는 어느 목사님과 장로님 사이의 고소사건을 맡아서 조사한 적이 있었습니다. 대질을 시키기 위해서 한 날 한 시에 불렀더니, 동시에 검사실에 들어온 두 사람이 약속이나 한 듯이 동시에 기도를 시작하는 것이었습니다. 마치 기도경연대회라도 하는 것처럼 두 사람 다 한참 동안이나 눈을 뜨지 않아서 조금은 희극적인 광경이 되었습니다. 그 사건은 다름 아닌 재물을 놓고 싸우는 다툼이었는데, 화해가 될 만한 사안이었는데도 양편 다 끝까지 물러서지 않았습니다. 저의 눈에는 그들이 목사나 장로답지 않아서 또 한 번 실망을 했습니다.

그 후 나는 변호사가 되어 군사정권의 독재 탄압에 몰린 기독교인들을 변호할 기회가 많았습니다. 독재정권이 민주주의와 인권을 송두리째 짓밟는데도 대다수의 국민이 숨죽이고 있을 때, 일부 목사, 장로, 기독청년, 학생들이 용감하게 저항하다가 감옥에 가는 것을 보고, 저의 마음이 달라지기 시작했습니다. 그들이 다름 아닌 하느님 신앙에 입각하여 그런 결단을 내렸다고 말하는 것을 법정 변호인석에서 듣고 기독교 신앙을 다시 생각하게 되었습니다. 여기에 몇 가지 다른 정황이 겹쳐서 결국 저는 교회에 나가게 되었습니다.

나는 기독교인들이 내세의 천국 직행에만 몰입하지 말고 바로 지금 우리가 살고 있는 이 세상에서 하느님의 의를 실현하고, 형제들에 대한 사랑을 실천하는 것이 올바른 신앙인의 길이라고 믿게 되었습니다. 저는 이런 가운데 유신독재하에서 불의를 규탄하며 박해를 무릅쓰고 민주와 인권을 위해서 싸우는 기독교인들에게서 감동을 받고 마침내 교회에 나가게 되었습니다. 당시 기독교계는 포악한 집권자를 위한 조찬 기도회에는 몰려가면서 기본권을 유린당하는 노동자들의 고통을 외면하는 세력이 있기도 했지만, 나는 그 반대편에서 불의한 권력과 맞서는 기독교인들과 가까이 지내게 되었습니다.

그릇된 학벌(또는 학력)사회에서

다음엔 학벌 또는 학력 차별에 대하여 생각해 보고자 합니다. 한국은 나쁜 의미의 '학벌사회'입니다. 출신학교에 따라 차별을 받는 나라입니다. 지역 차별도 심각합니다. 특정 지역의 특정 학교 출신은 우대를 받고, 다른 대학 출신은 불이익을 받은 예가 공공연하게 있(었)습니다. TK니 KS니 하는 지역·학교 이름의 이니셜이 사람들 입에 오르내리기도 했지요.

이런 못된 풍조를 비꼬느라고 나도 학벌 자랑을 한 적이 있습니다. "말을 안 해서 그렇지, 실은 나도 하버드대학을 나왔다"라고 말입니다.

"지금이 어떤 세상이라고 거짓말을 하겠느냐, 1986년 모월 모일 오후 하버드대학에 들어가서 옌칭연구소에서 강연을 한 다음, 교수들도 만나고 교내 여기저기를 둘러본 뒤 4시간 반 만에 하버드대 로스쿨을 틀림없이 나왔다. 물론 졸업했다는 말은 아니다. 하지만 나온 것은 엄연한 사실이다."

강연을 하거나 그 밖의 이런저런 기회에 그렇게 '하버드' 나온 자랑(?)을 하면서 학력차별을 냉소했던 것입니다.

나의 모교도 지방대학이라서 차별대상에 포함되는데, 후배들을 상대로 강연을 하거나 대담을 할 적에는 이렇게 말합니다. '그런 차별은 규탄 받아 마땅하고 없어져야 할 부조리이지만, 그렇다고 비난하거나 개탄만 하는 데 그쳐서는 안 된다. 그런 차별의 벽을 허물거나 뛰어넘기 위해서는 실력의 차이를 먼저 극복해야 한다. 회사 입사시험에서는 면접의 기회조차 얻지 못한다 치더라도, 전국적인 차원의 자격시험처럼 차별 없는 경쟁의 마당에서 실력으로 승부를 건다면 공정한 결과가 나오게 되지 않겠는가? 실력의 차이에 따른 불이익을 차별과 혼동해서도 안 된다.' 이렇게 후배들에게 역설합니다. 실력의 차이 아닌 그 어떤 불합리한 기준이나 조건에 따른 차별도 없어져야만 공정한 사회를 기대할 수 있음은 더 말할 나위도 없습니다.

나라의 주인다운 관심과 참여

우리는 민주국가의 주권자입니다. 따라서 나라의 주인으로서 정치에 관심을 갖고 또 참여도 해야 합니다. 정치인의 행태나 정치판의 풍토에 실망한 나머지 정치에 대한 혐오 내지 외면을 하거나, 더러는 그런 태도를 마치 현실에서 초연한 깨끗한 처신처럼 잘못 알고 있는 사람도 있는데, 저는 그래서는 안 된다고 봅니다. 다만 정치적 관심과 참여를 강조한다고 해서 모두가 반드시 정치인이 되어야 한다는 말은 아닙니다. 그리고 정치인과 정상배도 엄연히 구별해야 하겠지요. 국민의 양식에 입각한 선택안이 중요하다는 것은 말할 나위도 없습니다.

나는 정치인이 아닙니다. 정치를 하고 싶지도 않습니다. 나의 적성과 능력이 정치와는 맞지도 않습니다. 과거 민주화운동을 하는 과정에서 정치권과의 유대도 두터웠고 정치지도자들과의 교분도 두터워졌지요. 그러다 보니 정계에 들어오라는 권유도 있었고 또 민주화의 매듭을 위해서는 직접 정치권에 들어가야 한다는 강권도 있었습니다. 그럴 때면 저는 '육상 선수는 육상의 트랙에서 달려야 하며, 수영대회에는 수영선수가 나가야 한다. 그것을 뒤바꾸었다가는 양쪽을 다 그르친다.' 이런 비유를 들어 고사固辭를 했습니다.

나라의 현재와 미래를 좌우하는 정치에 무관심한 것은 주권자로서의 도리가 아닙니다. 저는 정치를 비롯한 현실문제에 말과 글로써 의견을 제시하는 한편, 현역 정치인의 후원회 회장도 맡아서 힘을 실어주기도 합니다. 또한 시민사회단체에 참여하거나 연대하여 운동을 벌이기도 합니다. 젊은이들에게는 각종 공직선거 때에 절대로 기권하지 말고 반드시 투표장에 나가기를 당부하고 싶습니다. 주권의 행사야 말로 주권자의 기본 되는 권리이자 의무입니다.

Living과 Life

재물에 대해서도 잠깐 언급을 하고자 합니다. 사람이 사는 데 돈으로 대표되는 재물이 중요한 것은 말할 나위도 없습니다. 가난을 면하고 부자가 되고 싶어 하는 것은 인지상정이라고도 합니다. 문제는 물신주의物神主義에 몰입하여 부정한 수단으로 물욕을 채우려는 태도입니다. 그러나 부정한 치부致富는 부러워할 일이 아닙니다. 비록 풍족하지는 못하더라도 바르게 사는 길이 축복이라고 믿습니다. 옛날에는 청빈淸貧이라는 말이 아름답게 들렸는데, 지금은 '웰빙'이라는 말이 훨씬 솔깃하게 들리는 세상이 되었습니다.

해외에서 오래 살다 오신 목사님께서 이런 말씀을 하셨습니다. 미국은 기독교국가라기에 갓God을 숭배하는 줄 알았더니 거기에 엘('l')자를 하나 넣은 것(즉 gold)을 더 숭배하더라고. 참 신선한 유머이자 신랄한 비판이었습니다. 그것은 결코 남의 이야기에 그칠 수가 없는 말입니다.

그런 일반론 말고, 저 자신의 이야기를 하겠습니다. 제가 변호사로 전신하여 법률사무소를 열게 되었을 때 어느 선배가 '면기난부免飢難富'란 말을 일러주셨습니다. 직역을 하자면, (변호사를 하게 되면) '굶주리는 것은 면하겠지만 부자 되기도 어렵다.'는 말입니다. 밥 먹고 살 정도면 됐지, 부자 될 생각은 하지 말라는 뜻이 되겠습니다. 저는 이 말씀을 마음에 새기며 살아왔습니다. 변호사로 활동하면서도 부자 되지 못했다고 후회하지 않습니다. 저도 평범한 생활인으로서 재물의 다다익선多多益善에서 초연할 수는 없었지만, 세상에 재복이 아무에게나 오는 것은 아니지요. 일반 통념상으로 볼 때, 변호사답게 부유하지 않은 우리 집 생활형편을 두고 마치 내가 재물 욕심에서 초연한 사람인양 미화해서 말씀하시는 분도 더러 계십니다. 그런 분에게 나는 이렇게 말하곤 합니다. "저는 돈을 사랑하는데, 돈이란 놈이 저를 사랑하지 않으니, 할 수가 없지 않습니까?."

그래도 지난날 독재정권한테 변호사 자격을 박탈당하고 8년 동안이나 실업자로 살아갈 때, 각계 여러분들의 도움으로 생활을 지탱했으니, 얼마나 감사한 일입니까? 그런데, 사람들이 칭송하는 청빈淸貧은 남을 돕는 등 적극적인 선을 행하기 어렵다는 한계가 있습니다. 자기 혼자 깨끗한 것만을 자랑하지 말고, 정재淨財를 모아 남과 세상을 위한 선행에 힘쓰는 것이 보다 아름다운 일이라고 믿습니다.

그리고 잘 살고 싶다는 소망에서 Living만 생각하지 말고 Life의 중요함도 마음에 새겨두시기를 바랍니다.

덤으로 하는 '배우자론'

다음으로, 이건 보너스처럼 덤으로 하는 이야기인데, 배우자 선택에 관한 귀띔입니다. 내가 전에 사법연수원(사법시험 합격자들의 교육기관)에 가서 특강을 하는 가운데 했던 말을 리바이벌하면 이러합니다.

"여러분, 배우자를 고를 때에 되도록이면 미인(또는 미남), 부자집 딸(또는 아들), 명문대 출신을 택하십시오. 내가 이렇게 말하는 이유는 내가 다른 말을 해도 여러분은 어차피 앞서의 기준을 선호할 것이기 때문입니다. 다만 내가 하고 싶은 말은 그런 미인, 부자, 명문 따위의 우선순

위 항목이 인생의 본질적인 것은 아니더라는 이야깁니다. 경우에 따라서는 오히려 그런 요소들이 갈등·실망·파탄·후회 등의 불씨가 될 수도 있다는 점도 알아두시기 바랍니다. 미국의 세계적 무용가인 이사도라 덩컨이 역시 세계적인 극작가인 영국의 버나드 쇼에게 편지를 보냈습니다. 거기에 이르되, "우생학적으로 보더라도 우리 두 사람이 결합하지 못하는 것은 매우 유감스러운 일입니다. 나의 육체와 당신의 두뇌를 아울러 가진 아이가 태어난다면 얼마나 좋겠습니까?" 버나드 쇼의 회답은 이러했습니다. "운 나쁘게도 나의 육체와 당신의 머리를 합친 아이가 태어나는 것도 상상해 보시기 바랍니다." 앞서의 배우자 선택론과 딱 들어맞는 이야기는 아니지만 그런대로 암시하는 바가 있어서 소개한 유머입니다. 재미 삼아 기억해 주시기를 바랍니다.

자랑스럽게 살지는 못해도

이제 오늘 강연을 마무리해야 할 시간이 왔습니다. 나는 좌우명이 따로 없이 살아왔습니다. 중학교 때에는 책상머리 벽에다 'Nothing can be done without effort.'라고 써 붙여 놓기도 하였습니다. 어려운 형편에 고학하면서 학업을 이어가는 중학생으로서는 그런 문구가 마음에 와 닿았던 것입니다. 나중엔 Each time is the first time. 이란 격언도 명심하게 되었습니다.

어느 때부터인지 언론 미디어 같은 데서 나의 좌우명이라고 자주 인용하는 말은 "자랑스럽게 살지는 못하더라도 부끄럽게는 살지 말자." 입니다. 방송이나 인터뷰에서 좌우명이 뭐냐고 질문을 받는 수가 있는

데, 나에게는 좌우명이라고 할 만한 것이 없다고 해도, 그래도 한 마디 해달라고 조르기에 언젠가 '자랑스럽게 살지는 못해도…'를 생각나는 대로 말해주었습니다. 그 뒤 그 문구가 인터넷과 기사에 오르내리게 되었습니다. 내 생각을 비교적 잘 압축 표현한 문구의 하나입니다. '완전하지 않다는 것은 실패와 동의어가 아니다'라는 말도 유념하면서 살아갑니다.

논어에 나오는 말씀 그대로, 선과 악이 모두 나의 스승입니다.(善惡皆吾師) 선에서는 물론이고 악에서도 배울 바가 있고, 또 배워야 합니다. 반면교사反面教師란 말도 있지 않습니까? 살면서 어려움이 닥칠 때 제가 떠올리는 말씀이 있습니다. "이유 없는 고난은 있어도, 의미 없는 고난은 없다." "역사나 인생은 단막극이 아니다." 그리고 머리(지능, 사고), 심장(정의감, 사랑, 열정), 손발(행동, 실천성)의 세 요소가 합일·융합된 인간이 되도록 힘써야 된다고 생각합니다.

여러분 모두가 그런 깨달음과 다짐을 갖고 살아가는 젊은이가 되시기를 바랍니다. 또한 길거리의 국화빵처럼 세속적인 틀에 얽매어 규격화된 인간이 되지 말라는 주문도 추가하고 싶습니다. 일찍이 고은이란 시인이 읊은 것처럼 "휘날리는 것 없이 어찌 그것이 삶이겠습니까?"

끝으로, 명문 '덕성'을 배움터 삼아 공부하고 있는 여러분의 앞날에 큰 축복이 넘치기를 빌면서 이만 저의 말씀을 마치겠습니다.

(2011. 10. 27.)

법치주의여, 어디로 가시나이까